末日卷轴
The Eternity

钓不上鱼 ● 著

ZHEJIANG UNIVERSITY PRESS
浙江大学出版社

目录 Contents

引　言

　　我叫生大维,是新西兰电视台的一名普通记者,工作平淡而宁静,但 2011 年发生的一件事,在我原本波澜不惊的生活里扔下了一枚原子弹。这次"爆炸"产生的一系列连锁反应,改变了我的世界观和人生观。我所经历的事件,以目前的科学水平无法解释;而在这次事件当中,不管你们信不信,我,触碰到了 2012 世界末日的真相。如果真的无法阻止它的到来,世界末日那天,我将坦然面对……

第 1 章
卷轴现世

　　我还记得，那天是 2011 年 2 月 22 日星期二，现在回想起来，这么多"二"的存在，不是啥好兆头，注定了我会被卷入这场很"二"的漩涡之中。

　　那天我轮休在家，没有去台里，吃过中饭，换好沙滩装，准备跟美女一块去海滩晒太阳。车还没发动，电话却不合时宜地响了起来。我心里暗骂是哪个不开眼的家伙这会打电话。不高兴归不高兴，电话必须得接，我们做记者的，很多时候电话进来那就是新闻线索，可不能马虎。我按下接听键，甜美职业地"hello"了一声。电话里立马传来我们电视台新闻中心主任的狂吼："大维，休假一律取消，半个小时内赶到台里。"

　　我刚准备问问发生什么了这么紧张，还没张嘴，主任就把电话给撂了。我揉了揉被震得有些发麻的耳朵，心里直嘀咕，很少见主任这么失态，肯定有突发事件，这可不能耽搁。赶紧给美女去个电话道声歉，也来不及回家换衣服，调转车头直奔电视台。

　　我戴着墨镜、穿着大花裤衩直奔三楼新闻中心。刚进门，就感觉气氛不对，大家神情紧张，打电话的打电话，三五成群讨论的讨论，乱哄哄的，整个新闻中心都乱套了。我心说，发生什么事了？不会是哪核弹炸了吧？

来不及多想，我撞开主任办公室的房门，发现屋里挤了不少人，全是我们新闻中心的骨干力量。我摘下墨镜，跟大家打了声招呼，站到一边。主任瞟了眼我的圣斗士星矢花裤衩，摇摇头，清了清喉咙道："想必大家都已经知道了，基督城刚刚发生地震，震级不算大，但去年地震已经破坏了不少建筑的结构，修缮还没完成，这次地震是雪上加霜。从我现在掌握的情况来看，基督城整个市区的建筑至少损坏了80％，人员的伤亡情况暂时无法估计，但有一点是可以肯定的，现场非常惨烈。"说完，主任把他的电脑显示器转了过来对着大家。

我一看，心里"咯噔"一下，显示器上显示的是基督城的标志性建筑"基督城大教堂"，但眼前的大教堂再也不是之前大家所熟知的宏伟建筑，教堂的塔尖已经完全倒塌，教堂门前的广场上布满了碎石，还有一些大坑，一些当地居民在旁边捂脸痛哭。仅从这张照片就可以看出地震造成的破坏有多严重。

主任见大家表情肃穆，语气坚定地说道："这是我们新西兰的一次大灾难，今天把大家找来，就是希望大家马上赶往基督城，对地震情况进行全面报道。基督城机场已经关闭，台里把车准备好了，你们现在就出发，行动吧！"主任语气坚决地下达了任务。

大家一听这个，也没什么好说的，对新闻工作者来说，这也是难得的机会。大家急匆匆地走出主任办公室，按平时的工作小组找自己的摄像师去了。我刚准备走，就听主任喊了句："大维，你等会，有几句话跟你说。"

我一脑袋黑线，台里人都知道，主任只要单独找人谈话，一种是极好的事，一种就是极烂的事。我心里一紧，心说最近我表现非常突出，没犯什么事啊，只得强挤出笑脸对主任道："老板，有什么吩咐？"在台里，我们都习惯把主任叫老板，也算是一种爱称。

主任用手指头敲了敲桌子，不紧不慢地道："大维呀，你来台里时间不短了，业务能力没得说，连续几个月的考核都排第一，像你这样的人才我们是要大力培养的。"

我一听这话，心里的石头算是落了地，听主任这意思，应该是好事。果然，就听主任接着道："我知道你鬼点子多，人缘好，在市政府、警局等重要部门都有好朋友，很多新闻线索你都能提前得知，这次基督城大地震，你过去采访，希望你能挖几个好主题出来，挖几个与众不同的、能吸引人眼球的。 咱们的新闻节目最近收视率下滑，这次大地震的报道，是个千载难逢的机会，所以我希望你能多操点心，如果能挖出来比较特别的话题，提高收视率，我向上面申请，给你升职一级，加薪10%。 去吧，好好干吧！"

听主任说要给我加薪10%，实在是激动，要知道，随着工作年限的增长，每个员工都有加薪的机会，但一次加薪10%的实在不多。 从主任办公室出来，我满脑子都是那10%的加薪。 我的工资基数不算低，再加10%，没几个月，能换新车了。 我美滋滋地找到了我同组的摄像师，坐上单位的车，直奔基督城。

本来我是怀着激动、喜悦的心情接受这次采访任务的，等到基督城一看，那点兴奋劲全没了。 太惨了。 这次地震实在是太惨了，我们的汽车在混乱不堪的街道里穿行，看到的是满目疮痍，所有的人都没有笑脸，见到最多的就是痛哭与泪水，这个城市已经不是上帝眷顾的基督城，完全是人间地狱。

悲伤不属于我们，我们还有自己的工作，短暂的情感不适后，大家分组投入了紧张的采访报道中。

时间远比想象中过得快，不知不觉，我在基督城已经待了近一周时间，悲伤的情绪平复了许多，但我始终没有找到与众不同的选题，主任对我这一周的报道显得也不是很满意。 我心里想着煮熟的10%加薪要飞了，也不是个滋味。

要不说这一切冥冥之中自有安排，就在我才思枯竭，准备打道回府的时候，碰到了一个熟人。

那天傍晚，我路过灾民安置中心，发现在分发食品的警察中有个身影非常熟悉。 刚开始我以为看错了，因为我长期驻扎奥克兰，在基督城没有相识的警察。 我上前仔细一看，嘿，巧了，居然是奥克兰警局的安德鲁警官。 这哥们和我同属于奥克兰北岸的一支足球队，关系是相当的铁，奥克兰警局很多内幕，我都能从他那里提前得到线索，有这哥们在，保准有好新闻。

我几步上前，拍了拍安德鲁的肩膀，惊喜地问："安德鲁，你怎么在这？"

安德鲁见是我，也很高兴，脸上带着疲惫道："这次地震很严重，基督城人手不足，我被抽调过来，三天没睡了。"说完，他用手揉了揉太阳穴。

"兄弟，辛苦了，用我们中国的一句话说，这会正是你们人民警察为人民发挥光和热的绝佳时机。你们是人民的子弟兵，你们辛苦了，我向你们致以最崇高的……"

"停停停！"安德鲁笑着打断我的话，"你小子又满嘴跑火车，知道你们中国人词多，一套一套的，用你们中文来说叫'pai mapi'，对不对？说吧，找我什么事？"

我把他拉到一边，小声问："这次地震有没有什么好线索提供？八卦点的也没关系，能吸引人眼球就行。上次你给我提供的双尸案线索就很给力，我在台里可露脸了！你这次要是能再给我透露点好料，回头我跟球队的队长说说，打矿工队的时候让你首发，怎么样？"安德鲁在我们足球队是万年替补，做梦都想打首发，我跟队长关系好，大不了把我的首发位置让给安德鲁，一场比赛而已。

这个明显对安德鲁有吸引力，他犹豫了会，略显神秘地道："有件事，现在还没公开。我们同事在清理大教堂废墟的时候，发现了一个隐藏的地道。地道里一个石柱倒塌了，在石柱底部的座基里，我们发现了两件古董，好像一个是金属圆筒，另一个是玻璃瓶子，里边装着些东西。现在这两件古董已经被秘密转移到奥克兰怀特博士的研究室里，这个事情警局内部知道的人也不多，你就当个八卦听听吧！你没有照片，也没有证据，所以没法传播，我也不怕告诉你，嘿嘿！"安德鲁一脸傻笑，知道口说无凭，纯粹是为了吊我胃口。"好了，我得工作去了，回头再聊，记得让我首发！"他对我挥挥手，重新走进了灾民安置中心。

我听完安德鲁的爆料，眼睛冒起绿光，第一反应是10%的加薪有望了。这绝对是个无与伦比的好新闻，在建筑里藏东西，极有可能是"时间胶囊"，里面一定隐藏着一些早期的秘密。这种"时间胶囊"在世界各地都有发现，主要是前人留给后代的遗言或者忠告什么的。

另外，安德鲁错误估计了我的人脉关系，他提到的怀特博士，据我推测，绝对是那个新西兰著名的古生物、考古和人类学三料博士，这个人发表过很多重要的考古学研究成果。如此重要的文物，除了他够资历研究，不会有第二个怀特博士。最重要的是，怀特博士是我的好朋友。

说起怀特，他是一个五十多岁的可爱老头，我和他的相识颇有戏剧色彩。一次我在酒吧里打台球，怀特在旁边看我打得不错，心里不服气，说要跟我切磋切磋。本来说好了是切磋，打个三五局看看水平也就行了，可这老头打得实在太烂，我想输都输不了。老头也不服气，就这么一直赖着我陪打了将近12 个小时，都快把我打吐了，最后老头终于体力不支缴械放下球杆，结果是我以 35 比 0 狂胜。自打那次后，每周我们都会相约喝喝酒打打球，一边打着一边听他讲述年轻时的考古故事，我们两人的关系就这么保持了近五年。

我听说那两件古董在怀特手里，激动地拨通了他的电话，电话铃响了好久，他才接听道："你好！"

"怀特，是我，听说你手里有好东西！"我嘿嘿一乐，对着电话道。

"是大维呀，你这个当记者的鼻子也太灵了。"怀特答道。

"把你手里那两件东西的情况透露一点吧。你放心，老规矩，我个人好奇而已，不得到你的允许，我不会轻易传播出去。这么多年了，你应该相信我吧。"我给怀特吃了颗定心丸，这么些年，怀特透露给我的考古学成果不算少，但我都是在他的允许下才会做相关报道，多数成果我就那么一听，最后烂在肚子里。

怀特在电话里深深吸了口气，语气里透着些莫名的紧张和兴奋："我等了20 年，20 年了，它终于出现了，一切都是真的，和预言一模一样。还记得我和你讲过的那个我 20 年前的考古经历吗？这就是它的延续，世界末日和宝藏全都是真的，我的发现将改变整个人类的进程。"听得出来，怀特因为激动声音都在颤抖，很难想象，到底是什么会让一个一辈子和考古打交道的老头如此激动。

"那两个东西到底是什么？"我心中充满期待地问道。

"电话里一两句话也说不清，什么时候你来我的研究所，我展示给你看。好了，我要回去继续研究了。"说完，老头也不等我答话就挂掉了电话。

我承认怀特挂掉电话后我很想长翅膀飞回奥克兰，强烈的好奇心驱使着我想早点看到那两个古物，特别是听到古物里藏着的秘密，联想到他 20 年前的那次奇异的考古经历，我不禁心跳加速起来。

说起怀特 20 年前的那次经历，绝对是他人生中迄今为止最诡异的一次考古。他这一辈子发掘过的遗址很多，但从来没有一个令他如此魂牵梦萦，惦记了 20 年。因为那次考古留下的谜团至今他也没解开。

那会正是玛雅文化研究的一个高峰期。怀特的启蒙老师是德国人，叫泰格，其人对玛雅文化十分精通，特别是对玛雅古籍的研究，得到了学术同仁的高度肯定。但这个人有一个毛病，那就是认死理，而且不懂变通。所以对古籍的研究虽说有一定收获，但也爱钻牛角尖，不接受别人的意见。

怀特拜在他门下研究玛雅文化，在玛雅人留下的一部德累斯顿刻本（此古书名字很多，在这仅取它常用的名字）中发现了一个秘密。那就是在危地马拉丛林中曾生活着一个非常小的玛雅部族"卡坦"。而通过对其他玛雅旁支线索的综合分析，怀特认为"卡坦"族从早期西班牙人的劫掠中存活下来，并将玛雅祖辈积累的巨大财富安全转移到了某地。

怀特怀着激动的心情将研究成果报告给了泰格，但他的新发现被固执的泰格狂批了一通，说他是异想天开。玛雅文字由八百多个象形文字组成，由于研究的水平有限，到目前为止都只能破译其中很小的一部分，不同研究者对这些文字的破译都不同，结果也当然是千差万别。泰格坚持认为自己的研究方向才是正确的，整个学术界更不可能认可一个资历尚浅的玛雅文化研究员，还有人讽刺怀特的研究"就像是从上帝口袋里偷银币一样可笑"。他们一直认为玛雅人的财富早就被古老的墨西哥人和后来的西班牙人洗劫一空，怀特是错误翻译了书中的文字，从而得出来一个天真的想法。

年轻气盛的怀特当然不会因为他人的阻挠而放弃自己的研究，他要用行动证明他的新发现的正确性，他决定组织一次丛林探险，到森林中去寻找证据。但探险的花费是惊人的，由于怀特的想法不被学术界认可，没有组织愿意资助他的探险活动。

正当怀特万般无奈之时，美国的一家私人寻宝公司主动找到了怀特。通过沟通，怀特得知这家公司是以打捞各类沉船宝藏而闻名的。他们表示愿意资助怀特的考古探险，跟着怀特来到了危地马拉。而怀特根据种种线索，在危地马拉北部的丛林中，经过一个多月的探索，终于找到了一处古老的遗址。但那仅是一座废弃的玛雅人金字塔台庙，规模很小，只有不到 5 米高，宽也不到 10 米。

探险队在金字塔附近经过一段时间的发掘和探测，确定这里根本不可能有什么宝藏。而怀特也并没有发现确凿的"卡坦"人存在的证据。这座金字塔台庙和已经发现的台庙差不多，并无特殊之处。正当探险队陷入失望、准备返程的时候，却有一个惊人的发现。

当时探险队的设备还是比较先进的，包括雷达、地底成像、金属探测器和生命探测仪等先进设备都被带到了丛林里。探险队的一个工作人员在对金字塔内部进行每日例行扫描时，探测到在金字塔内部居然莫名出现了一团白色混沌状的物体。

这个发现令人鼓舞，同时也让人十分不安。根据之前的探测，金字塔为全封闭结构，没有入口能进去。到底是什么东西突然出现在金字塔内部呢？探险队陷入了沉思，很快便分裂成了两派。

当时，玛雅人的末日预言已经在世界上流传开来，很多人都认为玛雅人能取得难以置信的成就，只有两种可能，一种就是地外文明赋予他们的能力，另一种就是玛雅人的神给予的神力。虽然这两种说法从本质上殊途同归，但西方人心中的宗教观和鬼神信仰根深蒂固，多数人更愿意相信玛雅人所供奉的神拥有无与伦比的力量。

所以，当金字塔中突然出现一团白色混沌状物体后，探险队中的一部分人十分害怕，他们觉得是探险队打搅了神灵的休息，如果不赶紧离开，必将受到诅咒。而怀特和探险队的领队古斯特则持不同意见。

古斯特和怀特年纪相仿，祖辈都是职业寻宝人，探寻了许多宝藏和沉船，在他以前发掘宝藏的过程中，虽然也遇到过令人难以理解的诡异事件，但他从来没有受到什么诅咒，所以，古斯特坚持认为金字塔内突然出现的混沌状物体是某种实体物质，肯定是在某种自然条件下产生的。根据他的经验，如果是鬼神，不可能被仪器探测到实体。

另一方面，古斯特耗费巨大的人力财力参与这次探险，就是想找到宝藏，金字塔内出现了特殊的东西，对他来说可是个好消息。怀特也觉得有必要想办法进入到金字塔内部看个究竟，他坚持认为自己对"卡坦"人存在的分析是有道理的。

领导确定了要进入金字塔内部，那些打工的拿人工资，害怕归害怕，人都来了，也没法走。　大家只有硬着头皮设定一条线路，准备挖个地道进去。

　　大家说干就干，开始掘土作业。　随着地道离金字塔的塔基越来越近，大家发现了一个十分奇怪的现象，就是地下开始出现手臂粗细的洞穴，像有什么东西拱过，而且土壤的分层并不是那么清晰，有很多本应该分布在深处的土壤出现在了上层。　看到这，探险队的很多工人又罢工了，说这是恶魔的巢穴，再挖下去就该把恶魔挖出来了。

　　看大家退缩不前，怀特只有耐心给大家解释，说这附近土壤里应该生活着一种罕见的巨型蚯蚓，也就是中美洲蚓螈，一般都能有三米左右长，小腿粗细，最长的可以长到六米。

　　好说歹说，工人们才又恢复了工作。　好在金字塔周边的土质并不算难挖，探险队耗费了半个多月时间，终于打通了一条通往金字塔底部的通道。当时底部有石基挡着，古斯特偷偷让工人用小型定点爆破雷管给炸了个洞。为这事，怀特耿耿于怀，说他们毁坏文物，是强盗的行为。　古斯特摆摆手，说他也是迫不得已，不然无法进入内部。　怀特其实心里也知道，有些破坏行为是不得已为之，也只能作罢。

　　在大家挖地道的过程中，仪器一直监测着金字塔内的白色混沌。　半个多月以来，白色混沌没有消失，有时候还会稍稍移动一下。　当通道打开以后，由于内部空间实在太局促，加上探险队成员心里害怕，所以只有怀特和古斯特进入了塔内。

　　当年怀特给我讲这个探险故事的时候，我印象非常深刻，那会在我家，我正煎牛排，由于听得太入迷，全然不知牛排已经糊了。　后来我只能和他吃着糊牛排，喝着红酒，继续听怀特给我讲后边发生的事。

　　怀特告诉我，当他爬进塔内的时候还是有些紧张的，虽然他是科学家，但同时也是基督徒，对神灵有些敬畏。

　　怀特和古斯特二人带着光源进入塔内后，被眼前的景象惊得目瞪口呆。倒不是因为发现了玛雅人的宝藏，就见塔内是一个三米见方的小石室，四周全是封闭的石壁，石室的中间用碎石摆成了一个圈，而在圈里，赫然躺着一个赤裸的男婴。　这个婴儿看上去才几个月大，皮肤非常白，白得透明，身上的血管清晰可见。　更神奇的是，他没有脸，整个脸像一张白纸，鼻孔塌陷，嘴咧得很大，像硬生生被撕开的一样，只有一只眼睛睁开，另一只眼睛处只有一道很小的缝隙，没有眼珠。 这个独眼婴儿是一个天生的畸形儿，用现代医学解释就是"无脸人"。

另外，这个男婴还有一些与众不同之处。 当手电的灯光照射到这个男婴身上时，男婴似乎受到了什么刺激，"哇哇"大声哭了起来，直到把灯光移开，婴儿哭声才小了些。 怀特告诉我，后来他发现这个小孩不仅是无脸人，还得了一种很罕见的"光敏症"，他的皮肤对光线十分敏感，无论什么光，都能轻易灼伤他的皮肤，所以手电照到他身上时，他才会因为疼痛哭起来。

也许是缘分天注定，古斯特当年三十来岁，妻子不能生育，他特别想要一个孩子。 看着面前这个体弱多病的婴儿，激起了他心底最原始的怜悯之心，没多考虑，古斯特就脱下自己的衣服，把这个赤裸的婴儿包裹起来，带出了金字塔，带回了美国，并抚养至今。 婴儿为什么会突然出现在金字塔里，成为两人心中的谜团，但他们还是尽力说服自己，这个婴儿应该是当地人的后代，出生后，父母发现他体弱多病，只有把他遗弃在金字塔里，希望神灵能保佑他。

至于小孩怎么进入金字塔的，怀特的解释是金字塔可能有秘密的通道，只是探险队没有发现而已。 当然，所有的解释都是为了给自己找安慰。 我曾经问过怀特，为什么男婴会突然出现在金字塔内部、为什么之前仪器没有探测到。 怀特告诉我，他应该早就在金字塔内部，只是仪器故障而已。 我对这个解释是颇为不屑的，就算小孩一早就在金字塔里，探险队挖掘地道就挖了半个多月，这小孩不吃不喝，靠空气就能活这么长时间？ 显然，怀特自己也找不到更合理的解释，这件事就成了一个谜，直到现在。

金字塔内部，除了一个婴儿外，还有一个重大发现。 怀特告诉我，石室内部的一面石壁上，刻着许多玛雅人的象形文字，他将这些拍下来，回到新西兰后经过将近五年的研究，在其中发现了一个更加惊人的秘密。

根据怀特对石壁上玛雅文字的分析，发现了以下几个重要信息：第一，原稿在公元前 2000 年左右成文；第二，公元 600 年左右玛雅后人对照原稿将它刻在石壁上。 这个发现让怀特陷入了混乱：根据当时对玛雅文化的研究，玛雅文字的出现要比公元前 2000 年晚得多。

随着怀特对石壁文字内容的研究逐步深入，另一些更令人匪夷所思的东西被整理了出来。 在这篇文字中，准确预言了玛雅文化的消亡时间和过程，其中有这么一段话："3400年后，异族会将战争和瘟疫带给我们，我们璀璨的文化也将被丛林所淹没，优秀的巴图人将带着我们的财富隐藏到地下，等待新纪元的到来，重塑玛雅人的辉煌。"

怀特被这段文字深深困扰。 在这段文字中提到的"巴图"人，和之前他发现的"卡坦"人所承担的工作很像，都是要隐藏玛雅人的财富，但从字面上看，这两个种族并不是同一个。 另外，怀特认为，这段预测实在太精确了，预言在公元前2000年左右被创立出来，玛雅文化在15世纪被西班牙人毁灭，这中间刚好3400多年。

我还记得怀特曾对我说过一句话："如果世界上真有那么多巧合的话，玛雅人绝对是最巧妙的设计师，特别是他们的设计和整个人类息息相关，比神还伟大。"

如果说这段预言准确预示了玛雅人消亡的时间让怀特感到吃惊，那文字中有关预测未来玛雅人和整个人类关系的内容就让怀特有些惴惴不安了。 怀特告诉我，在这段文字中有这样一段描写："玛雅祭师保护着一切忠于玛雅人的异族奴仆，带给他们繁荣与财富，但异族残忍的天性注定他们会背叛我们，神将会对他们进行惩罚。 在最后的惩罚到来之前，神会给异族一个赎罪的机会。 茫茫深海中的小岛，大地喘息，神将会给出他的启示，异族人必须找到释放灵魂的赞美，将他们供奉于伟大的神像前，诚心赎罪，用勇气证明对神的忠诚。 否则，神将会在22个月后阻止太阳的升起，临世毁灭一切，让异族血流成河，匍匐在他脚下颤抖。"

说实话，当时怀特跟我说到这的时候，我已经喝得半醉了，对石壁上的这段话没太往心里去。 像类似的预言、诅咒什么的，在其他民族文化的古籍里也不少，我一直认为那是当权者为了巩固统治，故意写出来吓人的，让追随者心存敬畏，给那些甘心被奴役的人上个枷锁罢了。

怀特的那次考古经历之后就不了了之，因为之后的20年虽然他很努力地寻找其他线索来佐证，但收效甚微，这件事也就被放下了。 由于证据太少，加上他自己也不太确定对文字的翻译是否完全准确，所以这些研究成果也没有公之于众，我也就当听了个故事。 倒是古斯特收养的那个孩子让我有些牵肠挂肚，几次问怀特，他都讳莫如深，只说那个小孩不一般，在某些事情上很有天分。 我再问，怀特只是笑着打岔，说有机会到美国的话可以介绍我和古斯特认识，见见那个孩子。

本来我以为这件事就这么过去了，可这次基督城大地震，居然震出了两个古董，怀特又说和 20 年前的那件事有关联，立马把我的好奇心给勾起来了。我的想象力像野驴一样奔腾，思考着这里边一切可能的联系，但我的想象仅仅是不着边际的臆想，真实情况还得去问怀特。

根据原定的采访计划，我还会在基督城待两天，两天后我将飞回奥克兰，所以这两天对我来说有点难熬。 中途给怀特打过几次电话，他都没接，我猜想他可能是在研究那两份东西，怕外界打扰。 但就是这两天，出了些事。

基督城的灾情采访了一周，我和同事商量，接下来要把重点转移到救援人员身上，因为他们身上有很多感人的故事。 我们通过警局确定了采访计划，按照约定，在一个酒店里等待那几个采访对象。 我们约定的时间是上午 10 点，但一直到中午 11 点才等到警局的电话。 在电话里，警局的事务联系官很抱歉地告诉我们：采访要取消，因为那几个采访对象需要执行任务，震区有突发事件。

我们根据事务联系官的提示，立刻赶到了事发点——基督城大教堂，并在混乱的人群中找到了安德鲁。 我紧张地问道："安德鲁，怎么回事，这怎么来了这么多警察？"我放眼望去，广场废墟旁站着一大堆警察，周边还拉起了警戒线，看情况不像是救灾。

"我们有几个同事被埋在废墟里了。"安德鲁神色不太自然。

"是余震吗？"

"不是。"安德鲁摇摇头。

"到底是怎么回事，你赶紧说，别跟拉屎似的。"我气得骂道。

安德鲁也不生气，看了看身旁，很小声地对我道："发生了一些奇怪的事情，那几个警员死在了发现古董的地下通道里。"

我一时有点蒙："哪几个警员？"

"最先发现通道并拿出两份古董的那几个。"安德鲁脸色有点发青。

"怎么死的？"我实在想不明白这事是怎么发生的，但隐约中有些不好的预感和联想。

"被什么东西谋杀的！"安德鲁说了句奇怪的话。

我心里琢磨，安德鲁是不是过分疲劳，精神有点恍惚，说话很奇怪，表意不清？ 在我的认识里，谋杀当然是人干的，还能是什么别的东西吗？

"到底怎么回事？"

"我以私人身份告诉你，希望你不要外传，以免引起恐慌。"安德鲁先给我打了剂预防针，继续说道，"昨天晚上，我们就发现有三个警员失踪；今天早晨，清理废墟的同事在地道里发现了他们的尸体，他们被埋在堆成金字塔状的石堆下。 把尸体挖出来后，发现……发现他们被从胸口处切成了两半，内脏散落了一地，十根手指头也不见了。 根据法医现场的初步判断，切口是被很锋利的东西瞬间切掉的。 现场有挣扎的痕迹，发现了一种不属于三人的很罕见的 P 型血。 现在，有人怀疑是某些灾民在经过大地震的惊吓后，出现了精神上的问题，对三位警员下了杀手。 但我不这样认为，根据我多年的断案经历，这更像是一种宗教祭祀行为。 还有，在短时间内造成那样的伤口，我想不出来对方使用的是什么工具。 只有动物才具备那种爆发力。"

"能不能想办法让我看看尸体？"我提了个非分的要求。

"不可能，这件事情上边说要绝对保密，希望你暂时不要说出去，等待官方的说明。 另外……我希望你不要参与和这两件古董相关的一切事情，直觉告诉我，这件事情很邪门。"

送走了安德鲁，我迷迷糊糊地回到了酒店，开始思考这件事的前后因果联系。 因为我并没有到过现场，仅凭安德鲁的说明，想象不出到底怎么回事。无奈之下，我只有给怀特打电话，希望他能从那两件古物里得到些线索。

我拨通了怀特的电话，手机关机，研究所和他家里的电话也无人接听。我忽然有种不好的预感，这不太正常，因为怀特的老婆拉米兹是个家庭主妇，怀特整天泡在研究室里可以理解，可她整天不在家，就让人想不通了。

本来是第二天一早的飞机，但我实在是百爪挠心，跟同事说明情况，改了当天晚上的机票飞回了奥克兰。 出了机场，我打车直奔怀特的研究所，一路上，出租车司机都在跟我抱怨，说今年的气候很反常，2 月份还这么冷（新西兰的 2 月是夏天）。 聊着聊着他说到了 2012 年世界末日的话题，他说他相信世界末日是真的，我则调侃他："既然你认为是真的，那还这么辛苦赚什么钱呀，干脆车费别收了吧。"那司机哈哈一笑道："就因为是真的，所以我要赚钱抓紧时间享受呀。"

很快，我就来到了研究所，到近前一看，心里"咯噔"一下，发现研究所四周被拉起了警戒线。虽然已经是晚上9点，但还有一些警察控制着现场不让陌生人靠近，而怀特位于四楼的办公室玻璃碎了一大块，显然，这里在最近几天发生了一些事情。

我赶紧上前出示自己的记者证，向警察简单询问了一些情况，了解到这里两天前发生了一起入室袭击案件，怀特在袭击中受了重伤，目前正在中心医院抢救。

一听这个，我又喜又忧，喜的是怀特只是受了伤，忧的是怀特真的出事了。难道这一切真是巧合？我带着满脑袋疑问赶到中心医院，找到了怀特的病房。让我不解的是，他被安置在了肿瘤区。

我轻轻敲了敲病房的门，里边传出一个苍老憔悴的女声："请进！"

我推开房门，看到怀特静静地躺在床上，身上插满连接仪器的管道和线，他老婆拉米兹跪坐在床边，显得无比憔悴，一旁还有两个我不认识的年轻人，看上去像怀特的学生。

拉米兹见是我，眼中闪过一丝如释重负的亮光，随即又黯淡下来，默默地盯着我。我看着老怀特像死人一样一动不动，眼圈不自觉地红了起来。说实话，我的父母因为某些原因还在国内，每年都只能回去看望他们几次，怀特和拉米兹与我父母年纪相仿，又和我谈得来，所以平常我对他们就跟对待自己的亲人一样，而他们的孩子则在早年的一场车祸中丧生，他们待我也像待自己的孩子，我和他们两口子的感情很深。

我不知道怎么安慰拉米兹，只是默默地走过去跪坐在地上，紧紧地抱住拉米兹，轻声告诉她一切都会好起来的。我能感到拉米兹在我怀里止不住地颤抖，不知是因为伤心还是恐惧。

第 2 章
末日预言

　　我和拉米兹就这样拥抱了将近五分钟，情绪才稍微平复了下来。 我问："到底出什么事了？"

　　拉米兹从我怀里退了出来，擦了擦眼泪，看了眼旁边的两个青年道："谢谢你来陪怀特，你们先回去吧，需要帮助的时候我再找你们。"

　　两个青年也是一脸疲惫，显然已经守候怀特有段时间了。 他们点点头，走了出去，轻轻带上房门。 我见二人离开，把拉米兹从地上扶起来，让她坐在床边的椅子上，给她倒了杯水，问："怎么回事？ 怀特怎么样了？"

　　拉米兹捧着茶杯，嘴唇有些颤抖地道："魔鬼，魔鬼来取回他们的东西，怀特就不应该碰那两个古董。"

　　我没说话，继续等待她的讲述。 过了好一会，她才继续道："魔鬼闯入了他的研究室，抢走了卷轴，把怀特的手指头全部切了下来，还在他脑子里种下了魔鬼的种子。"

　　刚开始听拉米兹说"魔鬼"这个词，我并不吃惊，西方人经常把罪犯称为邪恶的化身和魔鬼，可她说怀特的手指头被切了下来，我就不淡定了。 这和我在基督城听说的那几个警员被害的情况一样。 我赶紧轻轻掀开盖在怀特身上的被子，果然发现怀特的两只手都裹上了绷带，从外观上看，手指头确实不翼而飞。

"怀特为什么会被安置在肿瘤病房里？"我不解地问。

"他受伤后送到医院，通过检查，发现他的脑袋里突然长了一颗肿瘤，而且以惊人的速度长大，医生说从来没见过这种成长速度的肿瘤，现在肿瘤已经压迫到他的脑神经，怀特有时清醒，有时昏迷，这一定是魔鬼种下的种子。"拉米兹说着又哭了起来。

我知道，怀特的身体一直很好，而且每半年体检一次，如果肿瘤一早就在的话，肯定早就发现了，这突如其来的肿瘤确实让人无法解释。我心里很清楚，这件事情绝对不简单，问拉米兹："凶手抓住了吗？"

拉米兹跟受了很大惊吓一样，突然浑身颤抖起来，我赶紧上前紧紧握住她的双手，希望她能平静一些。但拉米兹根本就不受控制，大声喊了起来："我看到它们了……看到它们了，那是地狱的使者，不是人，它们披着黑色的袍子，长着兽头，用他们手上锋利的爪子切掉了怀特的手指，拿到卷轴，跳窗飞了出去。怀特受到了诅咒，诅咒……"拉米兹不管不顾地大叫起来。

她的喊叫很快引来了好几个医生，他们赶紧给拉米兹打了针镇静剂，这才让她安静下来。随后把她安置到隔壁的房间暂时休息，然后要求我离开。

医院有医院的规矩，我不能留在医院过夜，只得起身准备离开。我刚起身，却听见怀特哼哼了几声，我赶紧趴在他耳边想听他说什么，就听他含糊不清地吐出几个词："录音，世界末日，阻止，阻止他们……"然后就又昏迷了过去。

走出医院的大门，我没有打车，而是选择徒步回家，希望夜里清爽的风能让我清醒些，让我理出些头绪。这一路上，我回想拉米兹的话，其中她对"凶手"的描述有些让我吃不准。根据她的目击，袭击怀特的可能不是"人"，但我更加倾向于拉米兹是因为受到了过度惊吓而有些胡言乱语。怀特的研究室在四楼，我确实看到了玻璃破碎，拉米兹说凶手"跳窗飞了出去"，一个正常人从四层楼跳下来，不摔死也得摔个半残废。凶手是怎么做到的呢？还有，切掉怀特的手指，这和基督城那几个受害的警察一样，但那几个警察不仅手指头没了，人都被切成了两半，怀特为什么只是脑子里多了个肿瘤呢？最后，那些人的动机是什么，为什么要抢卷轴？ 一系列的谜团困扰着我，让我有些喘不过气来。

深夜，我辗转难眠，一闭上眼睛就觉得黑暗中有双眼睛在注视着我。 我是个无神论者，不信鬼神一类的事物，也从没遇到过什么特别诡异的事，但这次似乎有点不一样，我总觉得冥冥之中有股力量把我拉进一个漩涡。

其实，无论世界末日也好，诅咒也罢，我不是超人，也不是蝙蝠侠，只是一个平头老百姓，我没义务更没责任去探究它的根源。 即使真有那么一天，我和整个人类一起灭亡，又有何可抱怨和挣扎的呢？ 但人就是一种奇怪的动物，你对一件事了解得越多，你就越想知道它的全貌，即使这个全貌跟你半毛钱关系都没有。 可能这就是人与生俱来的好奇心理吧，所谓好奇害死猫，而我就是那只执著的猫。

根据怀特再次昏迷前说的那几个词，我想怀特一定是想告诉我其中的秘密。 很快，在拉米兹的帮助下，我在怀特家房间的保险柜里发现了一个 U 盘，U 盘里存着几段录音和大量的照片。 照片放在了两个文件夹里，第一个文件夹里的照片上是一块石壁，上面刻着象形文字，还有一个面目狰狞的兽头标志，应该就是怀特所说的 20 年前危地马拉金字塔里的东西。 第二个文件夹里也是照片，其中一些照片上是写满象形文字的古朴卷轴，背面画有和危地马拉石壁上同样的兽头图案；另一些照片上则是张黄色的像树皮一样的纸，年代相当久远，上边画着地图，褪色得很厉害。 地图上也画着兽头图案，看上去是预示着这里有什么东西。

我心跳有些加速，迫不及待地打开了那几段录音，发现录音是怀特的研究口述记录。 按照顺序摘要重点记录如下：

第一段录音："2011 年 2 月 25 日下午 3 点，警局派专人送给我两件在基督城地震废墟中发现的古董，让我进行研究，一个是金属圆筒，一个是玻璃容器。 圆筒打开后，其中放着一本卷轴，卷轴内用玛雅文字书写，等待破译。 玻璃容器中是一张地图，等待破译。"

第二段录音："2011 年 2 月 26 日凌晨 1 点，我的心情无比激动，卷轴内的文字初步判断是一篇玛雅人的祭文，其中多次提到祈求神的原谅、释放灵魂，但祭文不完整。 背面有卡坦神图案，佐证了我对卡坦族研究方向的正确性，新增了卡坦族存在的线索。"

第三段录音："2011 年 2 月 26 日上午 10 点，玻璃容器中的地图经过对照测量，确定为现今马尾藻海域，地图上标示卡坦神的地点坐标大致为北纬 24 度，西经 55 度。如果进行发掘，相信有更多发现。"

第四段录音："2011 年 2 月 27 日上午 9 点，通过和 20 年前在危地马拉金字塔台庙中的文字进行对比，发现两者间的联系：两处都有卡坦神图案。这本卷轴极有可能是危地马拉石壁上所提到的'神的赞美'，而地图就是启示，指引异族找到剩下的祭文。但卷轴最后一段文字晦涩难懂，暂时无法破译。"

第五段录音："2011 年 2 月 27 日下午 3 点，茫茫深海中的小岛，大地喘息，基督城大地震 2011 年 2 月 22 日发生，这本卷轴出现。危地马拉祭文上写着神将会在启示出现的 22 个月后阻止太阳的升起，而 22 个月后正是玛雅人预言 2012 年 12 月 22 日太阳不再升起的日子。这绝不是巧合，末日是真的。我确定这本卷轴就是危地马拉祭文中提到的'异族人必须找到释放灵魂的赞美'。"

第六段录音："2011 年 2 月 28 日凌晨 1 点，黑暗中，卡坦人注视着我，我接触过最神圣的赞美，受到了诅咒，他们将砍下我的手指作为祭品。"

最后一段录音："最后一段文字已经破译，他们会阻止异族获得祭文，22 个月后，他们将唤醒深藏于地底的祖先，毁灭世界，带着他们的财富重建玛雅人的辉煌。卡坦族拥有神的力量，人类想要阻止最后惩罚的到来，只能依靠超乎寻常的勇气……"

说实话，我听完这一系列录音，身体已经不受控制地开始颤抖，也不知是因为害怕还是紧张。通过我对怀特的了解，他是一个十分严谨的科学家，以实事求是的态度做学问，一切以证据为基础，所以他说的话我至少能相信 99%。

但他在录音里留下了一个在正常人看来完全不靠谱的推测，他确定了世界末日的存在，这让我无法接受。倒不是因为末日到来、生命消亡无法接受，而是通过怀特的描述，我感觉自己生活在童话里，他所说的卡坦族听起来不属于人类，因为在最后一段录音中他说"人类想要阻止最后惩罚的到来"，这其中用了"人类"二字。再联想到基督城被杀害的三个警察和怀特断指、脑袋里长肿瘤，我不禁毛骨悚然，难道这个世界上真的有所谓的恶魔和神灵？抑或是某种动物也拥有超高的智商，生活在另一个我们所不知晓的世界里？玛雅人确确实实是"人"，这个事实是不容怀疑的，因为现在还有少量的玛雅人生活在美洲大陆上，但也没见他们拥有什么神力。

我对考古只是感兴趣，很多知识来自于怀特的口述，无法深究这其中的奥秘，现在我能做的就是期待怀特的病情有所好转，亲口告诉我这一切。但事与愿违，刚过了不到一个星期，怀特就不行了。

那是一个周日，拉米兹在电话里哭着告诉我怀特快不行了，想见见我。我放下电话连闯几个红灯，飞快地赶到医院。见到病床上的怀特，此时他睁着眼睛，已经清醒过来，看上去比之前状况要好，但我知道，这就是咱们中国人常说的"回光返照"。

我上前紧紧握住怀特的手，发现仅仅一个星期，怀特就瘦得只剩下一副骨头。怀特见到我，努力张了张嘴，想说点什么，但我只能听到他喉咙里发出"哦，哦……"的声音。我对怀特道："你不要着急，慢慢说。"因为我希望能满足怀特弥留之际的一切愿望。

怀特缓了有几分钟，终于含糊不清地说出一个词："录音！"

我用力握了握怀特的枯手，告诉他："录音我已经听过了。"

"古……古斯特！"怀特艰难地说出一个人名。

我脑海里飞快地搜索着"古斯特"这个名字，好半天终于记起来，这是20年前和他一起探险的那个美国人。我答道："你是让我找古斯特吗？是的话就眨两下眼睛。"

怀特的眼皮缓慢地眨了两下，我继续问道："你的意思是让古斯特阻止末日？"我不知道怀特的真实想法，只能胡乱猜测。

怀特这次没有眨眼睛，而是费力地憋出几个词语来："婴儿，宝藏，诅咒，尽力阻止……"

我努力把怀特说的这几个词联系起来，所能想到的就是20年前的那件事，那次古斯特探险的目的是找玛雅人的宝藏，最后却找到了一个婴儿。我只得继续问："怎么阻止？"

怀特留下了他这辈子的最后一句话："卡坦神，地图，勇气……"

几天后，怀特的葬礼举行，我作为四个抬棺人之一，送了他最后一程。 人的一生就是这样，终究尘归尘、土归土，但我知道，时间无法掩埋怀特的成就，在历史的长河中，怀特的伟大发现必定被后人所传颂。 而我，暗自决定，一定要完成怀特的遗愿。 显然，当时我并未预料到这个决定会把自己陷入何种匪夷所思的险境。

怀特的意外离去让他的太太拉米兹十分痛苦，我当时想，一定要把她当成最亲的人来对待，但也许是拉米兹觉得在新西兰睹物思人，她决定搬回英国（拉米兹是英国人），在那里她还有几个兄弟姐妹。 我没有阻止她。 很不幸的是，她搬回英国后，可能是因为悲伤过度，不到半年就因病去世了。

怀特被袭击的案件受到了警方的高度重视，一是因为怀特是新西兰十分著名的学者，二是那两件古董全部被抢走，这是国家的损失。 但是，古董被抢走这件事情警方并没有向公众透露，之后他们复制了两件赝品，向社会公布了发现古董的消息。 但他们故意隐瞒了在大教堂下发现古董的事实，说成是在基督城创建者的雕像里发现的。 对于这点，我能理解，毕竟那里发生的警察离奇死亡事件无法解释，凶手也没找到，而大教堂作为标志性的宗教建筑，出现了这么邪恶的事情，会产生一些不好的影响。

处理完怀特的事情，根据拉米兹向我提供的联系方式，我开始着手联系古斯特。 但那个电话无法打通，邮件也没人回复。 本来我以为线索会断掉，没想到一个月后，古斯特突然出现在我家门口。

那是一个周三的晚上，我听见门铃响，打开门一看，就见门口站着一男一女。 我仔细打量着面前的二人，就见那位男士 50 岁左右，185 厘米左右的个头，肌肉结实，穿着休闲，露出深灰色的皮肤，明显是常年在海边晒日光浴的结果。 他的五官有很典型的美国人特征，轮廓突出，双目坚毅，炯炯有神，其中又透露出一丝沧桑，一看就是有故事的人。 跟在他身后的那位女士则明显是东欧人，和我年纪相仿，一头金发，身材高挑，小腹平整，在紧身衣的包裹下隐约凸起腹肌的痕迹，一看就是个练家子，浑身弥漫着说不出的性感和迷人。 但她的眼神很犀利，我和她对视了一眼，赶紧挪开视线问：“你们是？”

男人伸出手和我握了握道：“你是生大维吧，我是古斯特，旁边这位是我的助手莎里波娃。”

　　我听来人是古斯特，有些意外，赶紧把二人请进屋内，询问对方喝什么酒。二人却都要了咖啡。我觉得挺有意思，大晚上的还要咖啡，看来今天晚上是打算在我家促膝长谈了。

　　古斯特接过咖啡，道了声谢，直接切入了主题："我看到你给我发的邮件了。怀特的事情我很抱歉，其实这20年来，我们一直保持着联系，互相交换着最新的发现，因为我一直不甘心，我相信玛雅人的宝藏是真实存在的，只是没想到，怀特会因为这个丧命。"

　　我心里有些不悦，看来这寻宝公司的人可真是唯利是图，张嘴就是宝藏，对末日的事情只字不提。我问道："你对怀特所说的末日怎么看？"

　　"我相信末日，所以我希望能在末日来临之前见一见他们的宝藏。"古斯特笑着喝了口咖啡。

　　我没想到古斯特是这么的直接和淡定，就跟末日和他无关一样。我笑着追问道："这个世界九成以上的人都不相信末日，你为什么这么肯定？"

　　"世界上有太多的未知，人总以为自己能左右一切，其实，很多力量都是你无法想象的。"古斯特在说这段话时，特别将"力量"二字说得很重。

　　和他一谈话，就好像一直以来我不相信世界末日是个另类一样。我赶紧理了理头绪，力争把自己拉到正常的轨道上来，对他道："我是一个记者，我所追寻的东西就是真相。世界末日我不相信，这次联系你，也是出于满足怀特最后的遗愿，希望你能探寻其中的真相。如果……我是说如果，事实真的和怀特发现的一样，有世界末日的存在，我希望能凭借你现在所掌握的线索，带着我一起，干一把拯救人类的事。"我戏谑了几句。

　　听完我的话，交叉搭着雪白的双腿靠在沙发上的莎里波娃不悦地说了句："不自量力。"

　　莎里波娃的话把我的目光吸引了过去。看着那双白嫩的小腿，我暗自咽了下口水。一直以来，我对美腿女人都没有什么抵抗力，我盯着她的双腿有点走神。这个动作逃不过莎里波娃的眼睛，她放下双腿，略带怒气道："再看，把你眼珠挖出来。"

　　我赶紧尴尬地回了回神。古斯特似乎已经见惯了男人对莎里波娃垂涎三尺的样子，不太在意地笑了笑道："大维，莎里波娃可是真有两下子，而且是说到做到的哦!"

我讪讪地笑了笑道:"那这次过来,你们是怎么打算的?"

古斯特收起笑脸,突然变得严肃起来,从随身包里掏出几张相片递给我,问:"你在邮件里说,古斯特研究的那几件古董留下了不少线索,你看看是否和这个有关?"

我接过照片,就见第一张照片拍摄的是水下的场景,而且很模糊,但能看出照片的主体是一个巨大物体的残骸,它的造型十分奇特,浑身漆黑,呈椭圆形,乍一看像潜艇。但四周又不合时宜地伸出许多像触角一样的东西,形象点说,这就是一个大号的海参。我接着翻后边的几张照片,发现是这个物体的侧面放大图,而且一张比一张大。看着这些逐渐放大的照片,我手心有点冒汗了,翻到最后一张,虽然还是比较模糊,但已经能清楚地看到,那是一张面孔,和怀特 U 盘里的兽头照片一模一样,赫然就是怀特所说的"卡坦神"。

第 3 章
诡异的卡坦神

　　我将照片还给古斯特，深吸了口气，平复了下紧张的情绪，道："怀特留下的线索里确实有相同的兽头图案，他说这是卡坦神。"

　　"卡坦神？"古斯特双手交叉放在胸前，皱着眉头，盯着天花板。

　　我不知道是什么让古斯特陷入了沉思，追问道："照片上那个黑色的物体是什么？"

　　古斯特缓过神来："20 年前我和怀特在金字塔内祭文的石壁上也发现了相同的头像，但一直不明白是什么，后来怀特也没有新的发现，这个事情就这样放下了。"

　　他顿了顿，继续道："相信怀特已经告诉过你我的职业，我是一名职业寻宝人，专门打捞海底的沉船宝藏。照片是我同行向我提供的，他在寻找西班牙古沉船的过程中，意外地在海底发现了这个物体。当时他们以为是另一艘古船，想对这艘船进行探查，可他们还未靠近沉船，就受到了不知名生物的攻击。他也因此受了重伤，不久后就病逝了。在他临死之前，将照片给我，希望我能继续对这艘沉船进行打捞。后来我将这些照片进行分析，发现了你刚才看到的头像。"

海底古沉船？ 我立刻想到怀特留下的录音里也提到一片海域，便问道："发现沉船的地点是不是属于马尾藻海域？"

古斯特吃惊地看着我："你怎么知道？"

"怀特留下了几段录音，其中提到了马尾藻海域，我想你应该听听。"

很快，古斯特二人随我来到书房。 我先向他们展示了怀特 U 盘里的照片。 古斯特在翻看这些照片的时候异常激动，手不自觉地微微颤抖，一脸难以置信的表情，反复问我："这就是大地震中发现的东西？ 真的是？"

我不厌其烦地告诉他，虽然我没见过实物，但这些照片肯定不假。 想到怀特因此丢了性命，我心里升起莫名的愤怒，一股倔劲涌上心头，心里暗暗告诉自己，都是这些东西害了怀特，我一定要解开其中的秘密，以慰怀特的在天之灵。

古斯特看完照片，又点开那几段录音，默默地听着。 莎娃（以下莎里波娃都简称莎娃）面无表情地站在一边，浑身透露出一股冷峻的美，我不由得偷偷侧目。 古斯特听完那几段录音，又找到卷轴的那张大特写照片，对着上边的文字，嘴里忽然叽里咕噜地念了起来。

古斯特的声音不大，却让我吃惊不小。 听上去，他在读玛雅文？ 要知道，玛雅文字可能很多学者都可以认，但知道发音是另一回事。 我不得不承认古斯特是个好的朗诵者，也不知是我对这种带有宗教意味的诵读敏感，还是那些祭文真的有神力，我感觉屋内突然吹起了一丝风，后背有点凉飕飕的，紧接着，"砰"地一声响，屋外刮起一阵怪风，把窗户吹得闭合起来。

这突如其来的动静把我吓了一跳，这才发现刚才是因为窗户没关，有凉风刮进来。 我走到窗前，瞭了眼窗外，大风中摇曳的树枝像鬼爪一样在黑暗里狂舞。 我心里暗骂这鬼天气说变就变，刚想把窗户给锁上，却意外看见屋外的大树上蹲着一个人形的影子，一双淡黄色的眼睛正默默注视着我。 我打了个冷战，哆哆嗦嗦地道："外……外边好像有什么东西！"

古斯特正聚精会神地诵读那些文字，没搭理我，倒是莎娃慢步踱到窗边，看了眼，不屑地道："猫你也怕吗？"

我转头再次看向树杈，却发现那里什么都没有，倒是树下的草地上有只黑猫正蹦来跳去，不知道在抓什么东西自娱自乐。

　　"难道是我眼花了？"我安慰自己，可刚才的确看到树杈上有东西。 一直以来，我都觉得自己胆子挺大，直到现在，我才知道自己在面对诡异事件时还是不太淡定。 再想想，可能还需要去找末日的线索，我心里开始嘀咕起来：怀特临终前说，要阻止末日，需要依靠超乎寻常的勇气，自己真的具备吗？

　　古斯特自顾自地研究照片和录音，不再说话，我在一旁实在无聊，想找莎娃聊聊天，谁想她油盐不进，不愿搭理我。 我只能找了本书看起来。 转眼时针指向凌晨 1 点，古斯特盯着那些照片拿出小本写写画画了三个多小时后，终于站起身来。 虽然他一坐就是几个小时，但在他脸上竟看不到一丝疲惫，反而两眼亮光闪闪，似乎有重大发现。

　　我把书扔到一边问："怎么样？ 有头绪了吗？"

　　古斯特没有回答我，却对着莎娃没头没脑说了句："他有救了。"

　　我不喜欢被忽视的感觉，提高音量道："谁有救了，什么情况？"

　　古斯特有些尴尬地对我道："不好意思，占用了你这么多时间，我和莎娃要马上赶回美国。"

　　我一股无名火直冲脑门，心想你美国大爷的，把我这当茶馆了，我倒是什么都告诉你了，你找到线索拍拍屁股就要走人？ 我不悦地说："听你这意思，好像这事跟我没什么关系了，你要知道，怀特临终前可是把这些线索托付给我的。 我按照他的遗愿找到你，告诉你这些，并不是想把自己撇出去。 我们中国人做事情讲究有始有终，无论如何，我都会帮怀特解开这个谜团。 如果你不愿跟我合作，我可以找别的探险队，世界上又不是只有你一家对这个感兴趣，相信玛雅人的宝藏还是很有吸引力的。"

　　无奈之下，我只能略带威胁地说出那些话，实际上，我上哪找其他探险队去，又有谁会相信我？ 另外，这个古斯特看上去对玛雅文化也有些了解，而且探宝经验丰富，跟他合作，比较靠谱。

　　古斯特叹了口气，又坐下来道："大维，我知道你是好心，也是好人。 怀特是你的朋友，又何尝不是我的朋友呢？ 我也很想解开 20 年前留下的谜团，只是……请恕我直言，海底探险凶险异常，我 13 岁就跟我父亲一起进行海底寻宝，多次和死神擦肩而过，在水下会遇到什么，你永远都无法想象。 你没有任何海底探险经验，加入进来，对我的探险队来说实在没有任何帮助，反而是累赘。 而且这次探险和我以前的探险不同，我自己也没什么把握，只是为找到治愈我儿子的方法，才不得已冒险。 我不让你去，也是为了你的安全着想。"

古斯特的这一番话说得有理有据，他的担心是有道理的，对于一个普通人来说，这种探险难度很高，稍有不慎就会送命。 但他小看了我大维，我从书柜抽屉里翻出几张证书和一个相册递给古斯特。

古斯特接过我手中的东西翻了起来，他一边翻，我一边自豪地介绍："我为了射鱼，在六年前就拿到了深度潜水执照，目前最多可重装备下潜 98 米，算起来，也是个老手；我还是新西兰民间组织'海滩猎人'成员，这个组织专门在近海的海滩和海床上寻找人们丢失的金属类物质，比如钱币、戒指什么的；另外，我这些年跟着一些半专业的'疯驴'探索过十几个地上和水下溶洞；在来新西兰定居之前，我还是中国'都市探险'成员，专门探索废弃的地道、防空洞、地铁站什么的，相册里都是我探险的照片，可能相对于你们这些专业人员来说我还有欠缺，但在业余选手里我可是专业级的。"

古斯特翻完我的照片，点头略带赞赏地道："没想到你经验还挺丰富，远比我想象的专业。"

"那当然，用中国的老话来说就是'没有金刚钻，哪敢揽瓷器活'！"我有些飘飘然地答道。 我突然又想起一个事来，问："你刚才说找治愈你儿子的方法，是你从金字塔里带出的那个孩子吗？ 他怎么了？"

古斯特面露痛苦之色，轻声答道："没想到怀特告诉你了，就是那个男婴。"他略微停了停，似乎在整理思路，"就在你们基督城地震的当天，他胸口出现了卡坦神头像，现在正吸食他的生命。"

古斯特冒出的这句不着边际的话让我不知如何作答，什么叫"吸食他的生命"？ 听这话，感觉那东西还是个活物？ 我在脑门上揉了两把，困惑地看着古斯特。 在我开始接触这件事之后，发生的事情都超出了我的想象，以前我认为自己当记者，也算得上见多识广，什么乱七八糟的事情都接触过，却没有一件像面前的这件事这样棘手和难以理解。

古斯特轻叹了一声："相信我儿子的事情怀特跟你说过，他得了'无脸症'和'光敏症'。 这 20 年来，我给他找了最好的整形医生，在他脸上做过将近十次手术，给他装上了一张看起来还不错的脸；他的光敏症倒是没怎么治疗，随着他年龄的增长，自己好了很多，只要不暴露在强烈的阳光下，就没什么大问题。 本来我以为一切都会朝着好的方向发展，可就在一个月前，基督城大地震的那天，他的胸口剧烈疼痛，到医院检查后，发现在心脏对应的胸前位置长了一个肿瘤，医生说这个肿瘤正疯狂吸食他身体的养分，慢慢长大。现在已经过去了一个月，肿瘤的形状也在变化，目前虽然只是个轮廓，但已经能模糊地看到卡坦神图案。 这一个月我带着他四处求医，所以一直没来得及联系你。 后来我才明白，普通的医学手段根本无法治愈，无论用化疗还是手术，都无法阻止它的生长。 这件事情一定和 20 年前的那次发现有关，我这才赶到新西兰，希望能得到一些线索。"

我承认古斯特的这番话把我心中尚存的那一丝正常思维给搅得支离破碎，我根本无法回避这一系列事件间的联系，这件事情绝不是巧合那么简单，如此多的证据指向卡坦神，我如果还不正视这事实，那就是自欺欺人。 "你准备怎么办？"我说。

"你看这张地图照片上也画着头像，坐标是确定的，这里一定藏着什么秘密。 要解开这一切，必须对这片海域进行考察。 我打算马上回美国做前期准备。 如果你一定要参与这次探险，我欢迎，不过后果自负，你要想清楚。"

想到要去揭开玛雅人的秘密，我抑制不住地激动，这可是众多考古学家、探险者梦寐以求的机会，我要是不去，都对不住党和人民。 我稍微整理了下思路，对古斯特道："好吧，你先回美国准备，我也需要把这边的事情处理一下，尽快赶到美国和你汇合。"

送走了古斯特和莎娃，我躺在床上辗转难眠。 倒不是因为这次探险的事，毕竟有古斯特在那，跟着他一切还是有保障的。 只是这边电视台的工作怎么办？ 这一去也不知道要多长时间，请长假总得找个什么理由，我总不能跟主任说我找世界末日线索去了吧，主任肯定觉得我精神出了问题。

但还是那句话，一切冥冥之中有注定。 第二天，我一脑袋糨糊赶到台里，主任却说要见我。 我提心吊胆地敲开主任办公室的门，心说上次的采访对我不满意，不是要办我吧，我那 10% 的加薪不要了还不成嘛。

走进办公室，我已经做好了面对黑脸主任的准备，没想到主任却是一脸阳光灿烂的笑容。

"老板，有何吩咐？"

"坐下说！"主任指了指他办公桌前的椅子，"上次地震的报道，虽然我不是特别满意，但总体来说，你的角度和新闻点还是对收视率有贡献的。 最近我们有个新任务，不知道你有没有兴趣？"

见主任没有发火，我放下悬着的心，爽快地答道："您说，台里的事就是我的事，只要我能办到的，一定尽力。"

"好好好，像你这么有干劲的年轻人很难得呀！"主任扶了扶领带道，"是这样的，你也知道，我们很多节目是买欧洲和美国的，自制节目相对薄弱。 新西兰这个地方拥有地球上最美的自然风光，很多东西都可以向世界展示，所以这次台里准备开办一档新的节目，以人文和探索的角度对新西兰的文化和自然风光进行报道，怎么说呢，类似于'国家地理'。 但我们经验不足，所以台里决定，要选派一批年轻有为的青年记者到美国探索频道去接受培训，你愿意吗？"

我脸上毫无表情，但心里早就乐开花了，心说真是想什么来什么，不用我张嘴请假，就有到美国的机会。 其实到美国培训的消息台里早就传开了，但没什么人愿意去，因为台里资金紧张，去培训工资停发，只给生活补助。 说白了，到美国就是受苦去了。 我们台里大多数是洋人，洋人的思维和中国人不太一样，不会说一听有机会到美国，不管什么都答应了。 很多人都贷款买房买车，要是工资停发，是个大问题。 而我本来就是租的房子，车也是全款买的二手破车，没老婆没孩子，没什么负担，估计主任也是问了一大圈人，大家都不愿意去，才想到我。

我装作有些为难地思考了一下，问道："主任，听说去美国那段时间不发工资的？"

主任把脸板了起来，估计是在这个问题上好多人都和他较过劲，他碰的钉子太多了，现在我也提起这个，他有些不高兴地道："不是不发工资，是发得少一点，不是还有补助嘛，而且是按照当地的生活标准，用美元来补助的。 年轻人怎么能只想着那点工资呢，况且只去几个月，回来以后，能做自己的节目，多好的机会呀。"

　　我心说，回来就台里这资金状况，节目办不办得起来还另说呢。 但我看主任脸色不太好看，觉得装得也够像了，再装下去该出事了。 我咬咬牙，皱着眉头答道："主任，自打我来台里后，您一直栽培我，这次给我去美国培训的机会，是看得起我，我答应您了，不就是几个月吗，我去。"

　　主任一听我答应了，脸色缓了下来，微笑着道："我就说嘛，大维可是我们台里最努力的青年记者，这么好的机会，多少人想要我还不给呢，那就这么定了。 这是探索频道的邀请函，你拿着去办签证手续，随时可以出发，机票找财务报销。 对了，这个培训时间就从今天开始算。 好了，你去准备吧，我还得去开个会。"说完，主任也不等我答话，逃似的离开了办公室。

　　我看着主任离开的背影，欲哭无泪。 谁说就中国人心眼多，这白人玩起手段来也不差。 培训从今天开始，就意味着我的工资从今天开始停发，只能拿那可怜的补助了。

　　虽然拿着中国的护照，但我有新西兰的公民身份，同时还有美方的邀请函，签证办起来倒不麻烦。 一个多星期后，我就登上了飞往美国的航班。

第4章
前往百慕大

　　我照着邀请函上的地址，找到纽约探索频道的一个分支办公室。对方告诉我工作安排，说近期会去内华达州进行一个拍摄，目前正在做一些拍摄申请，具体开拍时间未定，在这之前让我多看看资料，多向同事了解情况，具体出发时间再通知我。我心说，这不就相当于没事可干嘛。本来我打算先老老实实在这打几天杂，回头再找个机会溜出去找古斯特；现在看来，根本不用那么麻烦，这边的拍摄不知什么时候开始呢。

　　在小旅馆里，我翻看着探索频道给我的文字资料，发现他们的选题和切入点都非常吸引人。其中一期给我的印象很深刻，讲述的是"百慕大三角"的事，其中谈到许多违反物理定律和诡异的消失事件。我读得津津有味，暗自佩服美国同行的想象力。我像阅读小说一样看着这堆文字资料，一个熟悉的词忽然跳进我的眼里——"马尾藻海"。

　　我脑门上冒了汗，再一看，最不愿看到的事情还是发生了。怀特所说的，那张古地图上卡坦神头像标示的马尾藻海域，就是传说中的"百慕大三角"。想想我将要在这片海域打捞卡坦神的线索，我浑身的汗毛有些不自觉地竖了起来。

放下那堆资料，我赶紧给古斯特打了个电话，告诉他我已经在美国，询问他准备得怎么样了。古斯特说差不多了，我随时可以过去找他。随后，我有些迟疑地问："地图上标示的那个坐标位置，是位于百慕大三角内吗？"

古斯特没想到我会突然问这个问题，略微犹豫了下，答道："没错，是在那片海域。"

我有些担心地问："你之前在那里打捞过沉船吗？"

"这是第一次。虽然我知道那里沉船和宝藏很多，但那海情复杂，几十年来，我有些同行曾经尝试过在那里进行打捞作业，发生了一些不好的事情，所以，那里一直都是我们海底寻宝的禁地。这也是我之前不同意你参与的原因。现在你如果改变主意，我表示理解。如果决定过来，就三天内到佛罗里达的皮尔斯堡来找我，一会我把地址和到这的交通方式用短信发给你。"

挂了电话，我很快就收到古斯特的短信息。盯着手机上那一大串转机与转车线路，我忽然有些不知所措，不停地问自己到底要不要去。按照常理，人都有好奇心，但和自己的生命比起来孰轻孰重，不用多想就能做出判断。但我长期从事新闻工作，注定了好奇心远远重于常人，而且我在心里已经暗暗答应怀特要解开这个谜团，特别是这件事还和世界末日有关，说大一点，关系着整个人类的命运。再往深处想想，如果世界末日的预言是真的，2012 年 12 月 22 日，太阳将不再升起，和现在相比，我也只是多活了一年多而已；但现在，有机会最早洞悉这一切，还有什么可犹豫的吗？很快我就做出了选择，必须到佛罗里达参与这次探险。无论后果如何，我已经做好承担最坏结果的打算。

做出决定后，我首先到探索频道探了探口风，确定拍摄最早也要在半个月之后才能开始。我觉得如果探险一切顺利，我还能活着的话，半个月时间也差不多够了。我跟接待我的同行打了声招呼，告诉他开始拍摄时给我来个电话，最近我闲着没什么事，想到周边城市转转。同行也知道我肯定闷得慌，好不容易来一次美国，现在没什么事正好去玩玩，等回头开始拍摄了可就没时间了，就答应了。

安排好工作，我开始搜索一切和马尾藻海域相关的信息，想做充足的准备，避免到时候抓瞎。

　　经过一晚上的查找，我才真正体会到"魔鬼三角"的威力。

　　1945 年 12 月 5 日，美国 19 飞行队在训练时突然失踪，当时预定的飞行计划是一个三角形，于是人们后来把美国东南沿海的大西洋上，北起百慕大，延伸到佛罗里达州南部的迈阿密，然后通过巴哈马群岛，穿过波多黎各，到西经 40 度附近的圣胡安，再折回百慕大，形成的一个三角地区，称为百慕大三角区或"魔鬼三角"。 在这个地区，从 1880 年到 1976 年间，约有 158 次失踪事件，其中大多是发生在 1949 年之后：曾发生失踪 97 次，至少有 2000 人在此丧生或失踪。 这些奇怪神秘的失踪事件，主要是在西大西洋的一片叫"马尾藻海"的地区，为北纬 20 度～40 度、西经 35 度～75 度之间的宽广水域。 这儿有世界著名的墨西哥暖流以每昼夜 120～190 千米流过，且多漩涡、台风和龙卷风。

　　了解了百慕大三角的情况，心里稍微安心了些，知道自己可能会遇到什么，也算是知己知彼。 虽然这只是理论上的。

　　由于古斯特让我三天内赶到皮尔斯堡，我不敢多耽搁，第二天一早出发，经过一天多的舟车劳顿，我在规定时间内的第三天下午来到了这个位于佛罗里达东部的海边小镇。 古斯特如约在车站接我。

　　虽然才短短一个多星期没见，但古斯特比我上次见到的时候更黑了些，眼袋也出来了，很显然这段时间他费了很大精力做前期准备。 路上，我们二人话不多，很快就来到了一个比较安静的港口。 这里主要是以货运为主，游客很少，港外停着一些中型的货轮。 在卸装码头处，一艘银白色带吊塔的大船吸引了我的目光。

　　由于我酷爱钓鱼，特别喜欢出海钓鱼，一直梦想着攒钱买一艘自己的钓鱼船，所以了解许多舰船知识。 面前的这艘船肉眼看上去至少有 30 米长，而且是比较少见的大型双体船，将两个船身连在一起，这种船有较强的抗风浪性，适合出海科考作业。 船中部竖着高大的桅杆，尾部则有一支类似于捕鱼船的吊臂，但比一般捕鱼船吊臂要粗两倍左右。 在吊臂下有一个橘黄色的球状物体，我从来没在船上见过，不知道是什么。 船身上用粗大的黑体字写着"New Black Sam"。

　　看着这艘船，我心里有了谱，对古斯特道："如果我猜得没错，码头的那艘船就是咱们的坐骑了吧？"

古斯特笑着点点头："对，这艘穿浪双体船跟了我十几年，经过多次改造，船体外壳由三层高强度钛合金加固，能抵抗最高200公里/小时的飓风，使用最先进的双涡轮喷气发动机，马力强劲，如果用汽车发动机来比喻的话，应该相当于目前的V12发动机，甚至更高。最高航速可达每小时40节（约74公里）。"古斯特像介绍自己的孩子一样对这艘船的特性娓娓道来。

"吊臂下那个橘黄色的是什么？"我问道。

"那是我们这次探险活动的关键，深水潜艇，如果说我这船的价值是一枚金戒指，那这艘潜艇就是一枚钻石戒指，她的造价可是天价。"古斯特在介绍潜艇的时候用的是英文的"她"，显然对这艘潜艇更加喜爱。

我不禁咋舌，心说这帮人满世界找宝藏该赚了多少钱呀，设备都是顶级的。我继续问道："我看船身上写着'New Black Sam'，应该是这艘船的名字吧，有什么说法吗？"我知道洋人的船一般都有一个名字，而名字背后肯定有一段有趣的故事。

古斯特眼神坚定地望着前方道："这艘船的名字叫'新黑山姆'，历史上曾有一个非常著名的海盗头子叫黑山姆，我很崇拜他，所以给船起这个名字，也是希望船和黑山姆一样充满勇气，无所畏惧。"

说实话，和古斯特接触得越多，越觉得这个男人不一般。也许是因为常年和危险打交道，这个职业寻宝人身上有一种超乎寻常的执著与坚毅，而且这种自信会感染周边的人，让他们也变得勇敢起来。也许这就是一种超越常人的人格魅力吧。

很快，车来到码头，我一眼就看到了站在舷梯上的莎娃。她今天把一头金发扎了起来，穿着一套连体的紧身黑衣，更显得身材凹凸有致，整个人透出一股说不出的干练。我朝她笑着挥了挥手，莎娃可能觉得我即将成为探险队的一员，对我的态度有些缓和，回敬了我一个笑脸。

把车停好，古斯特带着我走上"新黑山姆"号，他大声招呼了一声，很快几个人朝船尾的甲板处围了过来。我一看，好家伙，这些人长得奇形怪状，真是什么人都有啊。

古斯特见人来齐，先指着右边三个肤色黝黑的青年道："这几位是我从波多黎各雇来的朋友，主要负责海情侦测，我就不一一介绍了，回头你自己和他们多接触。"

他把目光转向左侧，那里站着几个神色各异的船员，古斯特从左往右开始介绍，他指着最左边一个戴着棒球帽的干瘦白人老头道："这是山姆，美国人，和那个海盗头子同名，航海经验丰富，是我们船的大副。"

古斯特又指向旁边一个满身油污、胡子拉碴的矮胖子道："这是泰格，德国人，是我们的机械师，负责船上所有的机械和仪器维护，以维修和喝啤酒速度快闻名。"

古斯特介绍完泰格，一个光着上身、胸前一大片文身的光头站了出来，脸上没有一丝表情，目光冷峻，声音低沉："我叫博尔格洛夫，俄罗斯人，你可以叫我'坦克'，我负责潜艇驾驶与水下勘查。这是我的天才助手巴索托夫，乌克兰人，你可以叫他'乌贼'。"说完，他身边一个看上去才不到 20 岁的小孩腼腆地朝我挥了挥手。

我给那个小孩一个灿烂的笑脸，正想问问他有什么特别天赋被称作天才，一句中文从人群中冒了出来，就见一个戴着眼镜、看上去十分儒雅的亚洲人冒出一句平翘舌不分、带着口音的普通话："我叫熊谏羽，华裔美国人，负责海底遗物的断代与估价，曾在国内盗掘过一些古墓……"

听完熊谏羽的介绍，我暗地里吸了口气，这人要放大学里，那气质绝对是知名教授，不会把他和盗墓贼扯上关系。他在介绍自己的身份时却毫无掩饰地把那些"光辉事迹"抖出来，让我对他多了些提防心理，这人一定不简单。

我没有外号，只能向船上的众人简单介绍了自己的身份，这就算是入伙了。古斯特说他还有事要处理，让泰格带我在船上转转，熟悉一下。矮胖子泰格人倒是憨厚爽朗，从仓里拿出一大罐啤酒递给我，十分兴奋地带着我从船头到船尾，舱内到舱外，详细介绍了个遍。进到舱内我才发现这艘船真是不简单，一共分三层，第一层是控制室和工作台，第二层是船员休息室，第三层则是货仓，里边放着大量的食物和饮用水。

第一层舱内有一大块区域摆放着各种各样的仪器，舱板上也经过改造，装了很多的轨道和滑轮组，能让这些贵重仪器很方便地移到甲板上或是移到第二层的特制密封舱内。

　　参观第二层时，我走到一个带密码锁的小房间旁，泰格用油手挠着也不知多久没洗的黄头发，神秘地笑道："大维，这个房间里可放着好东西，想看看吗？"

　　我是个新人，当然想最大限度地了解这艘船，点点头道："当然了，对船了解得越多，以后配合起你们的工作来也更得心应手。"

　　泰格嘿嘿一笑，显然我这种好奇的表情让他很满意。他上前拨弄下密码，推开房门，我一眼就看到了屋内的摆设。说实话，我是真的惊呆了。就见这间房里居然摆着各种各样的武器。从手枪到机枪，从手雷到小型水下鱼雷，从榴弹枪到火箭筒，应有尽有，墙角还摞着几大箱子弹。我看着面前的军火库，惊得张着嘴一句话也说不出来。我心说，你们这不是探险队吧，怎么看上去像海盗呢？装配这么多武器干什么？

　　泰格挺着大肚子仰头猛灌了口啤酒，用手在嘴上胡乱擦了擦，脸上又多出来一道黑色的油印，打了个酒嗝道："你一定很想知道我们为什么准备这么多武器吧？"泰格忽然变得严肃起来，目光中忽然多出一丝恐惧，"海上探险没你想的那么简单，无穷无尽的大海永远都会给你制造一些意外，你永远不知道大海深处都藏着什么。如果可以，我真想开着军舰出海！"

　　我不知道泰格所指的意外是什么，人类在大海上虽说航行了多年，可到现在也没能彻底了解它，我不怀疑这些经验丰富的探险者说的话，但现在也无法理解，只能笑着对泰格道："既然你们有所准备，肯定有你们的理由，不过我还是希望没有机会用到这些武器。"

　　夜幕降临，11名船员聚集在甲板上，桅杆上的大灯把船头照得如同白昼，桌子上摆满了各种各样的食物和酒水。见坦克和山姆把刚刚烤好的大块牛排端上来坐下后，古斯特举起伏特加酒瓶，站起身环视周围的队友道："明天一早我们就要出发，这次探险的目的大家都很清楚，一是要找到玛雅人宝藏的线索，二是希望能找到治愈我儿子的方法，最后……"古斯特忽然停下，笑着看了我和熊谏羽一眼，"看看世界末日是否是真的。来，干杯，让我们祈祷这次探险像往常一样顺利，大家都能得到自己想要的东西。"

　　古斯特的举动让我有种感觉，似乎他和他的队员只关心宝藏和治愈他儿子的方法，而末日只是对我和熊谏羽说的。

在这次聚餐上，我没有多说话，多数时候都是听他们讲一些以前的探险故事和找到的宝藏，再就是和他们喝酒。 这些人的酒量不一般，而且以烈酒为主，我酒量不好，很快就不省人事，被人扶回了船舱，躺在了柔软的床上。

也不知睡了多久，我迷迷糊糊听到耳边有人小声低语，但说的是我听不懂的语言，倒像是古斯特之前诵读过的玛雅文。 我很想睁开眼睛看看是谁，却发现眼皮有千斤重，怎么也睁不开，而且我的身体也像被什么东西给重重压住，一动不能动。 那低语声在我耳边久久回荡，最后一句话说的却是英文："异族，最好的祭品，来吧，投入神的怀抱吧，奉上你的鲜血，表达对神的忠诚。 来吧……来吧……"

我忽然意识到危险来临，使出全身力气大喊了一声："谁？"

身体上那种强烈的束缚感忽然消失，我"腾"地一下睁眼坐了起来，紧接着脑门"砰"地一下磕到了什么东西，撞得我头晕眼花。 强烈的疼痛感让我瞬间清醒，我揉着脑袋摸到了旁边的台灯，打开一看，才发现自己躺在休息室中，床是上下铺，我的脑袋撞到了上铺的床板。 船员的休息室可不像大学里的上下铺，由于空间有限，上下铺之间都挨得很近，我龇牙咧嘴地下床找了杯水喝，自言自语地说了句："靠，原来是做梦，刚才被鬼压床了。"之前我也有被鬼压床的经历，知道这是一种正常的生理反应，没怎么在意，打开舱门走了出去。

在过道里，我很清楚地听到了马达的轰鸣声，说明船已经开动。 我也不知道现在几点，迷迷糊糊地来到上层甲板。 刺眼的阳光让我睁不开眼，好半天才适应过来，发现甲板上除了大副山姆，其他人都已经聚在了一起，正吵吵闹闹地说着什么。

我环视了眼周边，无敌美景瞬间闯入眼帘，这里早已看不到陆地，海上没有一丝风，也没有一点浪，时间像停顿了一样，四周全是蓝绿色广阔的海水，海面上漂浮着大片的海藻，让我有种错觉，像是掉进了某张油画里。

我慢慢地挪到众人身旁，熊谏羽见我走过来，扶了扶眼镜问候道："醒了？"

我尴尬地笑了笑："我睡了多久，船到哪了？"

"哈哈，看来你酒量真不行，我们还以为你酒精中毒，准备给你洗胃的。 你这一睡就是一天半，我们已经到达马尾藻海域，离预定坐标点还有半天航程。"

不会吧，我睡了一天半？ 我有些不敢相信。

一抬头，我看到那三个波多黎各青年齐刷刷地给古斯特跪下了，鼻涕眼泪一大把，不停地求古斯特什么。

"他们这是？"我不解地问熊谏羽。

"这三个人是波多黎各的渔民，古斯特雇他们过来打杂，本来说好了要到预定坐标点，可这会他们在恳求古斯特不要再往前走了。"

"为什么？"我满脑子疑问。

"你也知道，现在我们进入的海域就是臭名昭著的百慕大魔鬼三角，这些渔民常年在这附近渔猎，有些禁忌。 你看远方有什么？"说着熊谏羽指了指船头正前方。

我用手搭了凉棚朝远处的大海上看了一眼，就见远处的海面上似乎飘着一艘船，距离太远我也看不清："好像是一艘船，这有什么不对的吗？"

熊谏羽摇了摇头，神情严肃地递给我一个望远镜。 我透过望远镜一看，视野里出现了一艘古色古香的木制大船，桅杆上布满破洞的白色风帆鼓得老大，正全速朝我们的方向驶来。 再仔细一看，船头甲板上隐隐约约摆着许多酒桶，船身画着一些朴素的图案，根据我所掌握的知识，这艘船俨然就是 19世纪的老式帆船。

"这……这是怎么回事？"我把手往空中伸了伸，确定现在一点风都没有。

"现在不能确定，所以我们想靠近看一看，但这三个雇员说那是幽灵船，船上没有船员，经常会自己诡异地突然出现，又突然消失。 按照他们渔民的说法，这附近经常会出现这样的幽灵船，如果碰到，表示这次出海不吉利，将受到诅咒，必须立刻返航，否则会丢掉性命。"

幽灵船？ 其实我之前在查询百慕大三角资料时就看到过这种说法，幽灵船是无法解释的鬼魅般的船只，它们通常是失踪或已沉没的船只。

我使劲掐了自己一把，强烈的疼痛感告诉我这不是梦境。 心里有种说不出来的紧张，心说没这么倒霉吧，刚出海就碰到这种难得一遇的诡异场景。但紧张归紧张，船上有这么多拥有丰富航海经验的船员，而且现在还是白天，我倒也不是那么害怕。

古斯特探宝这么多年，什么没见过，所以他对面前三个吓得屁滚尿流的青年很不屑，一直安慰他们不要害怕，并承诺返航后每人多加 5000 美金的酬劳。 也许是看这一船人王八吃秤砣铁了心不返航，也许是经济手段起了作用，那三个青年畏畏缩缩地站起身不再多说什么，站到了古斯特身后。

古斯特打发好三人，给驾驶室里的山姆打了个手势，山姆加快速度朝那艘幽灵船驶过去，坦克则带着乌贼返回船舱，很快拿着几把枪走了出来，分发给众人。 他也不管我会不会用枪，扔给我一把银白色的手枪，自己则抱着一挺 M4 站在了船头。

我看着迅速武装起来的众人，咽了口唾沫，心说对面那艘船上要是有人，还不得被我们吓死，以为劫道的来了。 思索间，两艘船越来越近，很快就到了肉眼所及的范围。 山姆则在驾驶室里不断调整船的姿态，尽量以斜侧面对着那艘帆船，我知道这种姿态可以保持良好的转弯机动性，避免和对方直接接触。 而那艘古船也很礼貌地在离我们不到 100 米的海面停了下来，也没有想接近的意思。

就在众人以为对方没什么威胁时，海面忽然刮起了一阵怪风，那艘帆船借着风力居然迅速朝我们冲了过来。 两艘船相距不到 100 米，那艘船的体积不小，这要被它撞上，所有人都得喂王八去。

突如其来的变故让众人有些发蒙，眼看着对方离我们越来越近，我甚至都不抱任何希望，准备接受一切，做好落水的准备。 可就在这时候，我听见一声巨大的马达轰鸣声，船尾白浪翻滚，我们的船在原地转了半圈，灵活地躲过了来船，那艘帆船擦着我们的船屁股冲了过去，两艘船交错驶过，帆船的船尾也露了出来。 这一看，吓得我脸色苍白，就见那艘帆船的船尾处有个巨大的黑洞，明显这艘船曾经受到过剧烈的撞击，早已损坏，舱内已灌满大量海水。 按说这艘船早就应该沉了，可它就是这么违背常理地继续行驶在大海上，似乎为了复仇一样寻找着其他船只，想要撞沉他们。 而就在和帆船擦肩而过的时候，我隐约听到了呜呜的哭声，就像恶鬼在风中惨叫。 不知是错觉还是因为紧张，我看到船尾那个巨大的黑洞里似乎有个黑影闪动，紧接着，坦克忽然面目狰狞地抱着 M4 朝海里"哒哒哒"地疯狂扫射起来……

第 5 章
未知黑暗

一系列突如其来的变故让我有些不知所措，愣了一会，打算上船舷边看看是什么东西。 刚准备往前靠，古斯特对着我大喊一声："不要靠近船舷！"接着他冲着驾驶室里的山姆狂吼道："全速冲出去！"

我不知道水里有什么让经验丰富的古斯特如此失态，我只听到马达像雄狮一样发出怒吼，震得脑袋发痛。 这时另一件让我不解的事情发生了：不管马达如何嘶吼，船像被什么吸住了一样，在原地一动不动。

坦克这时也退离了船舷，对乌贼用俄语喊了一句什么，乌贼迅速冲进船舱，不一会手里拿着几个银白色的手雷状物体冲出来，二话不说，跑到船边拔掉拉环，朝海里扔了进去，接着我听到"砰砰"几声闷响，抓住船体的力量瞬间消失，新黑山姆号猛地往前一冲，我一个趔趄摔倒在甲板上，扭头看见之前那艘帆船离我们越来越远，我们的船又恢复了行动能力。

直到身后的那艘诡异帆船变成一个小黑点，我才从甲板上爬起来，却发现后背早就因为紧张被汗湿透了，再看众人，也大都瘫坐在甲板上。

"刚才是什么东西？"我一脸诧异地问离我最近的泰格。

泰格瘫坐在甲板上，满头大汗，手里还抓着一罐啤酒，酒罐早已被他捏扁。 他摇摇头道："我……我不确定！"

"是一种比较特殊的食肉海蛞蝓，它们个头很大，数量也多，但这种蛞蝓十分脆弱，天敌也多，所以经常以各类船只为宿主，吸附在船底，把船作为一种防护手段来隐蔽自己。 它们会阻止船只前进，当船丧失动力后就会成为它们的壳，被它们拖着在海里游动，刚才看到的那艘幽灵船就是这样。"古斯特走过来拍拍我的肩膀。

"那它们怎么会突然放开咱们的船？ 乌贼刚才往水里扔的是手雷吗？"我问道。

"不是，那是一种'超声弹'，在水里爆炸后能产生强烈的超声波，大多数海洋生物都会受到这种超声波的影响，所以那些蛞蝓才放开了我们的船。 现在我们船底应该还有一些，不过数量少，无法阻止我们前进。"

我还是不太相信他的解释。 但古斯特没再理我，径直走进了船舱。

经过这次不大不小的风波后，船很快就航行到预定坐标点。 这里和我想象中的百慕大三角有天壤之别，似乎一切都显得那么宁静，和"魔鬼"二字扯不上半点关系。

根据基督城发现的古地图的指示，我们的船停在了北纬 24 度、西经 55 度的海面上。 所有船员集中在了一层的仪器室，没人说话，气氛紧张。 大家都知道接下来要进行一系列探测，如果卷轴内说的是实情，那在这片海域下一定藏着什么东西。

直到现在为止，我还是对玛雅人预言的事情持怀疑态度，我不相信在这里会有什么特殊发现，如果有，几千年的时光也会把它冲刷得不留一丝痕迹。 但这种想法终究只是我的猜测，很快，事实就证明了我的想法是错误的。

泰格将各种复杂设备启动，很快就在我们船下方偏东的方位探测到一个长度超过百米的巨大物体。 我不知道这代表什么，接下来坦克的一番话更让我迷惑不解。 "这太奇怪了，根据声纳探测显示，这个物体离海面不到百米，但这附近的海深平均为 3000 米左右，这个物体怎么可能悬浮在海里？ 似乎目前只有潜艇能做到这点，难道这是一艘潜艇？"他抱着胳膊面无表情地说道。

"很有可能，试试无线电是否能联系到水下的潜艇。"古斯特发出了指令。

　　泰格操作仪器不断调整频率，试图和水下疑似潜艇的物体取得联系，但努力了很长时间都没有得到任何反馈。

　　我忽然想到，古斯特曾给我看的那张长得像海参的照片不就是潜艇形状吗？我提醒他道："会不会就是你同行发现的那艘古船？"

　　"不知道！"古斯特摇摇头。

　　坦克把指关节捏得噼里啪啦响了一通，对古斯特道："猜测没用，反正它离水面不远，我和乌贼、熊谏羽一起坐我们的宝贝下去，看一眼就什么都知道了。"

　　古斯特犹豫了片刻，点点头道："我感觉这次情况有些特殊，为防万一，你们带着潜水装备下去，水不深，即使……即使潜艇出了什么意外，你们也能脱身。"

　　坦克不屑道："能出什么意外，这么多年了，也没出过什么意外。那些装备太烦琐，不想带！"

　　站在一旁默不作声的莎娃突然阴着脸道："老板的命令你必须遵守，没有讨价还价的余地，明白吗？"

　　这句话把坦克噎得脸色发白，正欲反驳，乌贼在旁边做了个鬼脸，拉了拉坦克的腰带，摇了摇头。熊谏羽也笑眯眯地劝坦克照老板的意思办，坦克看了莎娃一眼，冷哼一声不再多说什么。

　　我在旁边觉得这几个人有点奇怪，感觉他们的关系不是铁板一块，似乎都打着自己的小算盘。我有种不好的预感，似乎人心比鬼魅更难以捉摸，更可怕。

　　很快，坦克、乌贼和熊谏羽穿戴好潜水装备，钻进了橘黄色的球形潜艇。这艘潜艇本来并不算小，比一般的二人水下潜艇要大一倍，最多可以坐四个人，但由于三人身上带着潜水装备，坐进去后空间还是显得很局促。

　　吊塔慢慢地把潜艇吊离甲板，轻轻放到海面上。坦克透过潜艇的玻璃窗朝船上的众人打了个手势，潜艇慢慢下潜，消失在了众人面前。

　　回到控制室，泰格打开一块显示器，屏幕上清楚显示着潜艇携带的水下摄像机拍到的场景。今天的阳光很好，没有云，所以海水的透明度很高，颜色各异的小鱼在显示器前游动，看上去就像是在水族馆里一样。古斯特则通过无线电和潜艇里的三人不断交流。

随着潜艇不断下潜，海里的光线也渐渐暗了下来，屏幕远端出现了一道光柱，看样子是潜艇打开了自带的大灯。可能是因为隔得太远，我看到屏幕上出现的干扰越来越大，画面时而会中断几秒，还好无线电并未受干扰，通话十分顺畅。

潜艇下潜了十分钟左右，终于来到了声纳显示的巨大黑色物体处。当黑色物体出现在屏幕上时，我倒吸了一口气，这个东西远远看上去赫然就是古斯特曾经给我展示过的那张照片上的漆黑大海参。它并不是悬浮在水里，而是从水底几千米深的海底伸出来一根石柱，将它托了起来。所以从海面上探测时觉得它是浮在水里。

当画面上出现这个物体时，我看到古斯特紧紧握着拳头，显得无比激动，不断指挥坦克驾驶潜艇靠近大海参，调整摄像头的角度。

所有人都被眼前这个巨大的物体给惊呆了，死死盯着屏幕，生怕错过任何精彩的镜头。正当大家都觉得一切顺利时，无线电里却传来乌贼紧张的声音："不明物体周边海水温度正异常下降，似乎有一股奇特的洋流经过，我们现在准备绕到它的另一面探查。"

古斯特似乎也从刚才的惊喜中恢复了冷静，指挥道："不要过于靠近它，你们的任务就是记录相关数据。"

"明白！"乌贼回道。

通过摄像头，能看到潜艇正绕过不明物体的船头，准备去到另一面。但由于摄像头的角度有限，我们无法第一时间看到那一面的场景。而就在这时，屏幕上的画面突然静止不动了。紧接着无线电里传来了一阵惊呼声："天啊，不可思议，不明物体侧面有个洞，里边有亮光。"

还没等古斯特回话，船上的雷达"嘀嘀"响了起来，我扭头一看，就见雷达屏幕上一个巨大的物体正迅速朝坦克他们的潜艇移动。古斯特脸色大变，抓起话筒拼命地喊道："紧急情况，紧急情况，立即升到水面，有不明物体在向你们移动。"

接着，听筒里传来吱吱啦啦的干扰音，坦克的声音断断续续地传了回来："来不及了，它速度很快，已经朝我们过来了，我们只能进洞躲避，进洞躲避……嗞嗞……"

听筒里只剩下电流的噪音。

古斯特不断调整频率，但无论怎么呼叫，对方都没有应答，很快，连嗞嗞的电流声也消失了，听筒那头陷入了死一般的寂静。

古斯特猛地捶了一下桌子，显得十分懊恼，接着他把双手插在裤兜里，开始在驾驶室狭小的空间里走来走去，似乎在思考对策。众人也不敢吭声。好半天，他忽然抬头对莎娃道："他们穿着潜水服，氧气瓶可供他们在水下呼吸三个小时。我们需要立即下水对他们展开救援。"

莎娃显得比较冷静，摇摇头道："我们还不知道水下攻击他们的是什么，就这么贸然下水不妥吧？"

"那个物体已经离开了，你们看！"泰格指着雷达上那个物体，此刻它正朝雷达扫描范围外迅速游走。

平时很少说话的山姆接茬道："从大小和速度上看，可能是鲸鱼，一定是潜艇发出的噪音把它吸引过来的，不过它们通常都没这么强烈的攻击性，不知道是什么激怒了它们？"

"现在既然鲸鱼已经离开，我们抓紧时间下水，他们在受到攻击前说的是要进洞躲避，也许他们只是进到了那个黑色物体的洞里，什么东西阻挡了无线电的传输。现在是最佳救援时间，不能再耽搁了。莎娃，你和我一起下水，山姆、泰格和大维你们在船上留守。"古斯特果断地下达了命令。

"我想和你们一起下水，水深不到 100 米，在我的能力范围之内，多个人多个帮手。"我主动请缨，希望能和他们一起下水，因为那个黑色大海参里到底有什么，强烈吸引着我。我这次出来，就是要找到玛雅和末日的线索，这么好的机会，我可不想待在船上。而且从刚才发生的情况来看，攻击他们的只是鲸鱼，并没什么可怕的。

古斯特和莎娃对视了一眼，犹豫了会问："水下情况不明，你确定要和我们一起下去吗？"

"咱们早一点下去，坦克他们就多一分存活的希望，还是行动吧，不要再争了，我确定。"我不想多说什么，只想早点下水看看。

古斯特也不愿再争执下去："好吧，不过你下水后务必要听我的指令。"

　　很快，我、古斯特和莎娃三人就穿戴好了潜水服。 不得不说，这是我穿过和见过最好的一套潜水装备。 首先是那套中空抗压服，抗压设计惊人，最多能支持没经过训练的普通人下潜 200 米左右，还能抵挡零下 30 度的低温，而那套水肺和氧气瓶则可以让人在水下呼吸三个半小时，而且这套装备使用的是封闭式头盔呼吸器，能支持水下 300 米距离内的无线电通话。 据古斯特介绍，整套装备价值 3 万美金左右。

　　调试好装备，我们三人陆续进入水中。 刚入水，我就明显感觉到这片海域的浮力比较大，下潜需要费点力，后来才知道马尾藻海域有几大洋流交叉流过，含盐量较高。 水下的视线比之前在屏幕里看到的还要好，海水透明度超过 30 米。 我和莎娃一左一右跟在古斯特身后，无线电里偶尔传来古斯特的指令，让我们控制速度，保存体能，匀速前进。

　　在水下潜行了十多分钟后，眼前就出现了那个大海参。 当你直面它时，才知道这个东西到底有多巨大，它的长度远远超过一个足球场，宽度也至少有 30 米，浑身漆黑，周边伸出许多树杈一样的东西，远远看去毛茸茸的，跟有生命一样。 这个物体中部有一根粗大的石柱，一直通往海底，石柱上长满了寄生的海洋生物，隐隐约约能看到上边似乎有什么东西在闪闪发光。

　　很快，我们离这个大海参不到 20 米远了。 古斯特让我们停下，说这里的水温不太正常。 我看了眼手上的便携式水情检测仪，温度表上显示这儿的水温不到 1 度，而我们刚下水时的海水温度在十几度。 而且我们离海参越近，温度似乎下降得越厉害。

　　我感觉周边的气氛有些不对，身上有种说不出来的不适，内心生出一股莫名的烦躁情绪，似乎有点氧中毒的前期反应。 我赶紧调整了下气压阀，稳了稳心神，问古斯特：“现在怎么办？”

　　“绕到侧面，看看他们说的那个洞。”古斯特给我打了个手势，带头改变方向朝海参的侧面游了过去。

　　这种时候说不紧张是骗自己，我把头灯调亮，紧紧握了握手上的鱼枪，做好射击准备。 要是一会突然冒出个大章鱼什么的，我就给它戳几个窟窿。

　　我们从海参的头部绕了过去，它的侧面立马在我们眼前暴露无遗。 上边果然有个很大的破洞，像是被什么撞击或是炸开的；但里边黑乎乎的，没有坦克他们说的什么亮光。 他们的潜艇也不知所踪，似乎是进了那个黑洞里。 古斯特告诉我们要小心，游近点看看。 随着我们离黑洞越来越近，漆黑的洞里突然出现了几个橘黄色的亮点，随即又消失不见。

我心里打了个咯噔，这种橘黄色的光点我似乎在什么地方见过，但又一时想不起来。 古斯特也应该看到了那几个光点，但并没停下，而是把超声弹拿了出来。 很快我们就来到了海参近前，终于看清了它的外壁。 我发现这并不是它本来的颜色，它的外壁上吸附着密密麻麻的黑色海螺。 我顺手扒掉几个海螺，露出它本来的颜色和材质，原来这个大海参是由白色的巨大石块组成的，石块上还刻着一些奇异的花纹。

我正准备多扒掉几只海螺看看图案画的是什么，耳麦里忽然传来泰格的喊叫："快找地方隐蔽，那只鲸鱼又回来了，正朝你们的方向前进……"

一听这个，古斯特打了个手势，第一个游进洞里，我心里一紧，来不及多想，跟着古斯特游了进去。

洞内的空间远比我想象中宽敞得多，头灯所照之处全是黑暗，不时有几条小鱼从身边穿过。 隐隐约约中，能看到正前方不远处似乎有道石梯直通上方。 古斯特往上指了指，我抬头一看，上边不就是坦克他们驾驶的橘黄色潜艇吗？

三人加快速度朝潜艇游去，不一会就来到潜艇近前。 接下来，我看到了想破脑袋也想不明白的诡异场景。 只见潜艇停在石梯的尽头，而连接石梯的是一个巨大的平台，从平台往上，居然像真空一样，没有被灌进海水。 潜艇的舱盖已经打开，里边的三人不知去向。

显然这违反物理定律的事情也让古斯特和莎娃两人吃惊不小。 在水下100米的深处，究竟是什么力量能够抵抗住强大的海水侵袭？

"我们上平台看看，坦克他们一定是发现了什么。"

古斯特带头爬上平台，接着做了一个让我看来是自杀式的举动，他正脱下氧气面罩。 我试图阻止古斯特，但已经太晚了，他利落地把面罩摘了下来。我以为他受了什么刺激，紧张地闭上了眼睛，先不说缺氧的事，就说把抗压氧气面罩摘下来，巨大的水下压力足以让他颅内出血瞬间死亡。

但我担心的压力过大和缺氧情况并没发生，他站在那跟没事人似的对我做了个摘面罩的手势。 我见莎娃也已经摘掉面罩，才敢相信眼前的一切都是真的。 慢慢地摘下面罩，古斯特指着手腕上的读数仪对我道："这里有氧气，气压也和地面差不多。"

我低头看了眼手腕上的读数，果然如古斯特所说，和地面差不多。 这才发现自己刚才因为紧张都没顾得上看数据，不禁有些尴尬地笑了笑。 和他们这些长期混迹于水下的老手比起来，我确实不够细致和淡定。

我们把沉重的氧气瓶和脚蹼也卸下放到一边，开始观察周围的情况。 这个平台差不多有十平方米，靠水面的尽头连着石梯，平台稍微有些坡度，一直往上通向黑暗深处。 古斯特拿手电筒在地上照了照，在靠水边的地方看到了三人的氧气瓶和脚蹼，旁边有一大摊血迹。 另外，地上还有三排带着水迹的脚印通向黑暗，肯定是坦克、乌贼和熊谏羽留下的。 但奇怪的是，在这些水印的旁边还有一排更大些的脚蹼脚印，似乎有什么东西跟着三人进入了黑暗。

看着地上的血迹和脚印，强烈的不安涌上我的心头。 古斯特用手沾了些血搓了搓，又走到潜艇旁查看了一番道："血迹还没干，他们刚走不久，潜艇没有损坏的痕迹。 什么东西吸引他们一定要走进去，而不是返程呢？"

我听完古斯特的话，没敢把自己的想法说出来：也许他们根本就不是主动进去的，被胁迫的也说不定。 旁边多出来的那个脚印，说明除了他们三人还有别的东西在这里。

"走吧，咱们也进去看看，情况不对就先返回水面。"古斯特道。

"我们不先跟外面的泰格打声招呼吗？"莎娃补充道。

"我刚刚试过，这里有东西屏蔽了无线电信号，坦克他们肯定有麻烦，得尽快找到他们，走吧！"古斯特调亮手电筒，从怀里掏出一把手枪，走进了黑暗。

我不敢耽搁，抱着鱼枪跟了进去。 很快我们就看清黑暗里其实是个通道，两边都是封闭的石壁，看起来年代久远。 石壁表面凹凸不平，每隔几米就镶嵌着一些碎小的宝石，在手电筒的照射下闪闪发光。 我们三人无心管墙壁上的宝贝，低头跟着血迹和脚印一路向前。 从地上的血迹来看，有一人受伤很严重，血一直稀稀拉拉滴个不停，并没有止住的迹象。

走了大概有几十米，我大喊一声："停，停，别走了，不对劲。"

古斯特和莎娃都被我这毫无预兆的喊叫吓了一跳，莎娃有些不悦地道："干什么一惊一乍的？"

"你们没闻到什么味吗？"

古斯特用鼻子在空气里嗅了嗅："有股潮湿发霉的味道。这可是在水下100米，很正常。"

"不是，霉味里夹杂着一股臭味，我肯定是尸臭，人体重度腐烂的味道。"我十分肯定地抛出一句话。

莎娃也使劲闻了闻道："是有点臭味，你怎么能肯定是人的尸体腐烂的味道？"

我朝地上啐了口唾沫道："对于死尸的臭味，我印象太深刻了。闻过那味道的人一定忘不了，那可不是什么麻辣、三鲜、糖醋味，那是真正人肉腐烂的味道。"

我强忍着恶心回忆道："我第一次闻到腐烂的尸体味就是在新西兰，那会我刚进电视台没多久，有人爆料奥克兰西区一独居老人在家死亡，死了有半个多月才被发现。领导以锻炼新人为由，把我派到现场进行采访。当时正值夏天，我跟随警察进入现场，发现那位老人全身赤裸，已经重度腐烂，皮肤开始液化，抬尸体的时候和床单粘在了一起，警察费了好半天劲才处理好尸体，那臭味熏得我差点把前年的年夜饭吐出来。所以我敢肯定，这空气里有尸体腐烂的味道。"

听我说得这么言之凿凿，古斯特也不得不信，他打开手枪的保险对我和莎娃道："从现在开始你们俩跟紧我，咱们走慢些，尽量不要发出声音。"

我不知道古斯特为什么不让我们发出声音，难道是他知道这里有什么，怕惊动了他们？我摇摇头，告诉自己不要吓自己。

随着我们三人的深入，那股恶臭更加浓烈，墙壁两边也呈喇叭状越开越大。我们似乎走进了一个大厅，两边的墙壁已经变成了一个环形，环绕着通道中间的一块区域，灯光照不到地面，很明显是个大坑。而那股巨臭正从坑里毫无遮挡地散发出来。

我捂着鼻子靠在墙边，拉住莎娃，示意她也不要往前，我生怕看到可以把人恶心致死的东西。古斯特却毫不在意地走上去，当他走到大坑边缘时，我明显地看到他身体颤抖了一下，接着淡淡地道："不可思议，你们应该过来看看。"

莎娃挣脱我的手，快步走上前去用手电筒朝坑里照了一下，忽然蹲在地上干呕了起来。古斯特拍着她的背对我道："过来看看吧，也许你会对这个世界有新的认识。"

什么叫对世界有新的认识？我小心翼翼地捂着鼻子，眯缝着眼，慢慢蹭到坑边，心里数着"一二三"，鼓起勇气猛地朝坑里瞟了一眼。由于手电筒的光柱范围有限，我没太看清是什么，只看到里边黑的白的黄的一块一块的。我定了定神，把手电筒定格在离我最近的坑边，这一看，在强烈视觉冲击和味觉侵袭的双重压力下，我再也忍不住，趴在地上剧烈呕吐起来。

这肯定是我这辈子见过最刺激的场景，我趴在地上吐了得有五分钟，直到吐出了胆汁，才稍微好受了些，对浓烈的臭味也有了些免疫力。我蹲在地上再次俯瞰这个大坑，这是我目前见过最大的乱尸坑，就见坑里全是各种各样的人类尸骨和残肢断臂，坑底部有不少白骨，上层还有些尸体正在腐烂，留着黄色的液体。而尸体的人种和穿着打扮也是各式各样，有黑人、白人，有渔民、军人，有男有女，有些尸体被拦腰截成了两段，发黑的内脏一股脑散落在外。其中一个细节引起了我的不安：这些尸体的十根手指头都不翼而飞，无一幸免。

我不敢耽搁，把这个发现告诉了古斯特，提醒他怀特在录音里留下的一条线索就是卡坦族人会用十指做祭祀。古斯特蹲在坑边思索良久，开口道："现在可以肯定这个地方和玛雅人的卡坦族有关，百慕大众多的失踪事件似乎也有了答案，这些失踪的人都被带到了这里，变成了玛雅人殉的牺牲品。"

"玛雅人有人殉的风俗吗？这些人的手指头去哪了？"我一连问了两个问题。

"怀特告诉我，玛雅人殉的风俗一直都有，但他们是把完整的活人投到井里，并没有切指头的习惯，还没有发现这类殉葬坑的相关记载。所以我也不清楚手指头去哪了。"古斯特摇摇头，表示不解。

古斯特一边跟我说话，一边用手电筒仔细搜寻这个殉葬坑，期待发现更多线索。在他手电扫过一片区域时，我忽然看到乱葬坑的边缘有个尸体动了一下，我赶紧把光柱锁定在那块。 就见那趴着一具尸体，身上虽然被裹上了黑色黄色的液体，但还是能隐约看到他穿着潜水服，和我身上的这套一模一样。

我拍了拍古斯特："你看，那好像是我们的人，刚才他好像动了一下。"

古斯特调亮灯光把光柱定格在他身上，激动地道："没错，看身材像乌贼，我得下去一趟，也许他还活着。"

我还没来得及说什么，古斯特就已经跳进了坑里。 这个坑的边缘并不高，而且坡度不陡，形状和大锅有几分相似，所以我也不担心他是否能上来的问题。

就见古斯特身手矫捷地在乱尸堆里前行，很快就来到乌贼身边。 他给乌贼翻了个身，探了探他的鼻息和脉搏，朝我和莎娃点点头，说明乌贼确实还活着。 我心里有种说不出的激动，趴在坑边伸出手，准备接应古斯特。

古斯特身强力壮，一下就把瘦弱的乌贼扛在肩上，缓慢地朝我们这边走了过来。 我在上边激动地喊着"加油，加油"！

眼看着古斯特离我还有几米远，莎娃忽然从背后拍了我一下，给我做了个噤声的手势，又用手指了指身后我们刚进入的黑暗通道。 隐约中我听到一丝沉重的脚步声慢慢传来，其中还夹杂着某种低沉的"咕噜"声，很像是狗在生气时喉咙里发出来的那种声音。 我赶紧示意古斯特停下，指了指身后。

古斯特看我惊讶的表情就知道发生了什么，他慢慢放下乌贼，俯下身子趴在了乱尸堆里，然后向我和莎娃招手，让我们也下去隐蔽。

我一看古斯特让我下去和尸体做伴，想死的心都有了，但后边那未知的黑暗里的东西也让我的心提到了嗓子眼。 莎娃明显反应比我快，二话不说，轻盈地跳进坑里，一下就爬进了尸块堆。

我脑中短暂停顿了一两秒，看着古斯特不停朝我招手，忽然回过神来：在上边那可就是等死啊。 我一个难看的懒驴打滚，也翻下了乱葬坑。 这一进坑里，那感觉才真是生不如死，趴在软乎乎、黏不拉叽的腐肉上，那股恶臭味直冲你的鼻孔，熏得你脑袋发胀。 还好人的求生本能永远都大过其他感官，我怕直接趴在地上不够安全，又强忍着胃里的翻腾，从旁边拉来一根耷拉着腐肉的大腿盖在了脑袋上，关上手电筒，然后透过这个不知道哪位大哥的脚趾头缝偷偷瞄着上边，想看看来的是什么东西。

　　我们三人趴在那一动不敢动，生怕惊扰了不知为何物的大爷。 脚步声越来越近，忽然在坑边停了下来。 我偷偷睁开眼睛瞄了瞄，黑暗中，我能看到坑边站了一个人，有手有脚，我心里稍微安定了些。 但仔细一看，又惊出一声汗来，这个人的身材非常高大，至少超过两米，全身都盖着黑袍，面部黑乎乎的，看不清轮廓，但一双淡黄色的眼睛在黑暗里显得无比诡异。

　　我用手捂住嘴，阻止自己因为害怕发出声音来，那个黑影站在坑边查看了一番，似乎并没有发现我们，转身准备离开。 他这么一转身，侧面对着我时，我脑中"嗡"地一下就炸开了，因为我看到他的身体厚度远远超过正常人，背后的黑袍下似乎有什么东西凸了出来，这让我联想到怀特老婆拉米兹目击怀特被袭击时，说那个黑袍人从四楼的窗口飞了出去，莫非这个"人"有翅膀？

　　我心里琢磨等这人走了，得把这个发现告诉古斯特。 可坏事永远都不会让你提前预知，这个人并没有离开，而是在上面嘀嘀咕咕念着什么，听起来跟古斯特之前诵读的玛雅文差不多。 我看到坑上边有道亮光突然一闪，身后传来"咔嚓"一声，殉葬坑底部似乎开了一个洞，接着，一股强大的吸力从我身后的坑底爆发出来，拉扯着我的身体和各种尸体碎片缓缓滑了下去……

第 6 章
脱身殉葬坑

身体不受控制地下滑，这才真是求生不得求死不能，谁知道那坑里有什么玩意等着我！ 我一边控制着自己不要发出声音，一边拼命在四周摸索想抓点什么东西阻止身体继续下滑，可除了尸体就是滑溜溜的液体，根本没有地方下手。

正当我在黑暗中绝望地闭上眼睛，准备接受不可逆转的命运时，忽然觉得有什么东西抽到我脑袋上，疼得我一咧嘴。 我顺手一摸，居然是一根皮带。人在求生时，一根稻草都想牢牢抓住，更别说这么粗一条皮带了，我一把就抓住了这条皮带，发现皮带那头似乎被固定住了，我心里大喜，这真是天助我也，该我不死。

我死死地拽住那条皮带，好在身后那股引力并不是那么巨大，皮带那头虽然有松动的迹象，但仍可以支撑我的身体不再滑进深渊。 痛苦等待的时间总是漫长的，也不知过了多久，身后又传来"咔嚓"一声，引力突然消失，皮带那头也瞬间松开了。

我浑身发软，趴在地上一动不敢动，直到坑上那怪人的脚步声越走越远，才听见莎娃的声音从我上方传来："大维，你没事吧？"

我想打开手电筒，但在身旁摸了半天，才发现手电筒早就不知所踪，便朝黑暗里回了句："手电丢了，你们在哪？"

一道光柱在黑暗里亮起，刺得我眯缝着眼，隐约看到光柱背后是古斯特的面庞："你手腕上的读数仪有应急灯，你按一下左边的第二个按钮！"

我迅速找到按钮打开应急灯，灯光没狼眼手电筒那么亮，但足以让我看清周围的情况。 就见莎娃和古斯特在我斜上方不远的地方，古斯特离我较远，正抱着乌贼趴在地上，头顶上方一把匕首插在岩石缝隙里。 莎娃侧躺在离我较近的位置，身旁有条皮带延伸到我面前，在她头顶上方也有一把匕首插在岩石缝隙里，此刻她的右手满是鲜血。

我一下明白了，刚才下滑的过程中，他们俩经验丰富，把匕首插在岩缝里当把手，阻止自己下滑。 我身上的那条皮带是莎娃从死人身上顺手扒拉下来扔给我的。 她左手拉着匕首，右手拽着皮带，能看出来她费了很大力气阻止我掉进去，手也因此被皮带勒破，是她救了我一命。

我心里说不出的感动和佩服，和他们相比，我的探险经验实在是太初级了，关键时刻脑子就一片空白，根本无法在短时间内做出合理的判断。 莎娃虽然是位女性，危机时刻却展示了超越男人的彪悍。

我赶紧从地上爬起来，走到她身边，托起她的右手边吹边关切地道："谢谢你，手怎么样了？"

显然我这个过于亲昵的举动让莎娃一时没反应过来，她居然呆住了。 黑暗中，我看到她的俏脸居然微微有些发红，好半天才反应过来，恢复了一脸冷峻的神情，抽出手道："没事，皮外伤。"

我本来想多关心几句，忽然发现在这么一个死尸堆里谈情说爱不太合适，便换了个话题道："刚才怎么回事？"

古斯特坐起身，看了眼周围："真危险，幸亏还有少量尸体散落在外，没有都吸进去，上边那家伙才没发现我们。"

"刚才那个人很奇怪，似乎背后长着什么东西。"我把自己的发现一股脑地告诉了二人，又问道："那个家伙能张嘴说人话，似乎说的还是玛雅文，你听清他说什么了吗？"这个问题我自己都觉得问得很奇怪，什么叫"说人话"，其实我知道，是因为我感觉这东西不像是人，但他又张嘴说话了，才搞得我十分矛盾。

"他说的确实是玛雅文，我听懂了一部分。"古斯特似乎有什么心事，忽然低头不语。

"他到底说了什么？"我急迫地问道。

古斯特眼神中充满了迷茫，似乎内心陷入了痛苦的挣扎，摇了摇头。我还想再追问，却听到躺在地上的乌贼轻哼了一声，我这才把目光转移到他身上。这一看，才发现乌贼真够惨的，十指不翼而飞，面色苍白，明显是流血过多。

古斯特见乌贼有反应，看了眼乌贼的伤口，赶紧拉开自己的潜水服拉链，把看上去比较干净的贴身背心脱了下来，撕成布条，三两下把乌贼的双手包了起来，紧张地道："要赶紧把他送回水面，上边有急救设备和止血药，不然他撑不了多久。"

我们三人赶紧把乌贼抬上了大坑，我主动男人一把，把乌贼背了起来，古斯特拿着枪在前边带路，小心翼翼地探查那个怪人是否已经离开了。好在我们顺着通道一路往回走，除了看到几个带脚蹼的脚印外，倒没碰上他。

三人都觉得挺庆幸，慢慢摸索着回到之前那个平台。其实在路上我就琢磨，那个怪人从这个通道过来的，我们的潜艇和装备都在那，他能看不到吗？心里不停安慰自己，希望那个怪人是个瞎子，什么都看不到。结果到平台一看，坏事还是发生了，原本放着潜水装备的角落空空如也，所有的潜水装备不翼而飞。潜艇也被人拴上了一条粗大的铁链，一直延伸到水下。

"看来那人知道有其他人进来了，想把我们困死在这。"古斯特摇摇头。

我把乌贼轻轻放到地上，走到潜艇旁看了眼铁链，就见那铁链比大腿还粗，没工具想割断它的可能性为零。"现在怎么办？"我没了主意，只能求助似的看着古斯特。

"这里水深接近 100 米，没有潜水装备想徒手游回水面太危险了。我还可以试试，但你、莎娃和乌贼肯定不行。"古斯特蹲在地上，眼睛直勾勾地盯着漆黑的水面。

我很清楚无装备潜水的难度有多高，目前徒手潜水的世界纪录也才 100 米多点，我可没有挑战世界纪录的勇气，想到深水下强大压力带来的窒息感我就觉得恐惧。

"坦克和熊谏羽去哪了？"莎娃突然问道。

"刚才那里并没有发现其他的通道，只能等乌贼苏醒过来告诉我们一切了。"我脱口而出，忽然又想到一种可能性，他们俩会不会已经被吸到那个殉葬坑里去了？　我正准备把这个想法告诉古斯特，忽然看到原本平缓的水面似乎有些波动，而且隐隐有点亮光。

"快退后，远离水面，有东西在水下！"古斯特紧张地发号施令。

我连拖带拽把乌贼挪到通道的黑暗处，古斯特甩给我一把匕首，他拿着手枪蹲在最前边，莎娃也拿着一把匕首和我蹲在一起。

时间不长，我清楚听到水下有东西在游动，离水面越来越近，紧接着，水面亮光一闪，一个潜水头罩冒了出来。　看到这个，我松了口气，来的是我们的人。　古斯特也看清了来人，是大副山姆，身上还背着一套多余的潜水装备。他赶紧上前把山姆从水里拉上了平台，让他摘下头盔。

山姆取下头盔，看着地上不省人事的乌贼，长满皱纹的脸上说不出的紧张，捂着鼻子问："什么味道这么臭？　这是怎么回事？"

我抬起手臂闻了闻，确实很臭，刚才在尸体堆里摸爬滚打了那么久，鼻子都被熏得麻木了，被山姆这么一提醒才想起来，胃里又是一阵翻滚。

"一时半会说不清，乌贼受了重伤，必须马上带他上水面止血，不能再拖了。"古斯特焦急地对山姆道。

"我看你们下水时间太久，又联系不上你们，为防万一，我多带了一套装备下来，我现在就带乌贼上去。"山姆也不多问，给乌贼穿上潜水装备，又把水肺阀门调成自压式状态，避免乌贼在上升过程中窒息。

"你上去先给他止血，再送一台水下切岩机下来，潜艇被铁链锁住了，切断铁链，我们就能坐潜艇上去。"古斯特道。

山姆朝我们身后望了望，发现坦克和熊谏羽不知所踪，他张了张嘴，想问点什么，但还是忍住了。　他把随身携带的一把鱼枪递给古斯特道："我上去带不了这么多东西，你们留着防身。"

古斯特把鱼枪递给我，把乌贼挪到水边准备放下去。　乌贼突然把手举了起来，眼睛也睁开了，嘴巴一张一合，似乎在说什么。　古斯特赶紧帮他把氧气面罩摘下来，我们这才能听清。乌贼这会因为失血过多，目光涣散，看上去有些神志不清，就听他断断续续地道："诅咒……诅咒……我们都是祭品，阻止人类灭亡，贝鲁奇……贝鲁奇是钥匙……钥匙……"

我第一次听到贝鲁奇这个陌生的名字，浑然不知是谁，但我发现莎娃和山姆的表情怪异，直勾勾地盯着古斯特。古斯特也眉头紧锁，问道："博尔格洛夫和熊谏羽去哪了？"

"他……他们下到了地狱，找……找宝藏……好……好冷……"乌贼蜷缩着身子不停颤抖。

看着缩成一团的乌贼，古斯特赶紧给他戴上氧气面罩，对山姆道："马上把他送回水面，我们再去找找坦克他们，你两个小时以后再带着切岩机下来。如果下来的时候没看到我们，就先把铁链切断，然后返回水面，不要自己待在这儿，这里不安全。"

众人把乌贼抬到水里，不一会，山姆就带着乌贼消失在我们面前。"贝鲁奇是谁？"我不想当傻子什么都不清楚，问古斯特道。

"是他儿子！"莎娃抢先回答我，又继续问道，"乌贼他们发现了什么，怎么和贝鲁奇有关？"

显然，莎娃对此也一无所知。

我一听贝鲁奇是古斯特那个神奇的儿子，不禁来了兴趣："怀特告诉我，你儿子有些与众不同的天赋，能说说吗？"

古斯特摆摆手，显得有些烦躁："现在不是谈这个的时候，我们需要赶紧找到坦克和熊谏羽。他们处境非常危险，又在干傻事。"

想起这两人，我心里有种说不出来的感觉。乌贼受重伤，他们不管不问，居然自己找什么宝藏去了。关键时刻，这两个人肯定靠不住。古斯特似乎也知道这两个人有自己的小算盘，为何还是把他们留在队伍中？这几个人之间到底有什么秘密呢？

不等我细想，古斯特盯着通道内的黑暗道："看来我们还得返回那个殉葬坑，乌贼说坦克他们下到了地狱，没猜错的话他们应该是进入了那个坑底。刚才情况紧急，没来得及细看，那里一定有其他通道。抓紧时间，争取在那个怪人回来之前找到他们。走！"

　　古斯特当惯了领导，下达命令和执行总是雷厉风行，压根不给队员考虑的时间，也不问问我和莎娃怎么想的。我心里一大堆疑问他也不给我解释。我来之前觉得自己的角色应该就是个打杂的，可我没想到自己在团队里似乎连杂都打不上。我一路跟着古斯特走进黑暗，一路想着给自己找个新定位，回头有紧急情况了，我不能认怂，必须得抢着上。当然，这会想得挺好，后来我才发现自己确实太嫩了。

　　很快，我就跟着古斯特来到之前那个殉葬坑，跳了进去。这会尸体没有那么多，但味可一点没淡，这活人要在这种环境里待太久了，指不定得什么病呢，真不敢想象要是下到坑底里边那是个什么味。

　　我屏住呼吸在坑内走了一圈，来到之前底部吸收尸体的地方。这一看，我心里有种说不出的怪异和熟悉感。就见底部有一个直径约 1.5 米的圆形石盖，从外观上看很像中国的太极图，分为左右两半，中间被弧线分开，但两半中并没有表示阴阳的黑白点，取而代之的是一根羽毛和一片鱼鳞状的图案。

　　古斯特蹲在地上用手抚摸着地上的石盖，轻声道："看来这个建筑真的和玛雅人有关系！"

　　古斯特莫名其妙地蹦出这么一句，让我有点发蒙："来这之前不就知道这个水下建筑上有卡坦神头像，肯定和玛雅人有关呀！为什么你现在才确定？"

　　"下水以后我仔细观察过这个物体的外观，在我得到的照片上头像位置并没有看到卡坦神图案，我可以确定这个漆黑色的建筑和照片上的那个不是同一个，除非那个头像自己有生命，长脚跑了。直到我看到这个羽毛和蛇鳞，才确定是玛雅人的建筑，这是玛雅羽蛇神的象征。"

　　古斯特一句听上去很幽默的话却让我打了个冷战，再一次对自己的粗心大意感到不满意。我整理了下思路，赶紧把自己的疑惑提出来："根据现在我们掌握的情况，你 20 年前在危地马拉石壁上发现的预言是公元前 2000 年左右成文的，他说会给出一些启示让异族赎罪，拯救自己。现在我们跟着基督城地震后出现的启示找到这，这一系列事情玛雅人在公元前 2000 年就安排好了吗？如果答案是确定的，那说明现在我们身处的这个水下建筑的建成时间非常早。但这个图案怎么那么像太极图？据我所知，太极图可是中国五代或宋朝时才有的新发明呀。"

古斯特摇摇头："你说的这些都不成立，首先，公元前2000年的预言并没有准确给出目前我们所在的这个地址，只说会给出启示。 很有可能是玛雅后人造的这个建筑，启示是后人拟定的。 公元前2000年的那个预言只是引子，玛雅人为了表达对祖先的忠诚，按照引子创造了一切，包括末日的预言。 第二，这个确实和中国的太极图很像，但并不是同一个东西，而且你说太极图是你们中国宋朝时发明出来的，这个还得重新考证，也许只是他们照搬了玛雅人的精髓。 如果有机会，熊谏羽一定会很乐意告诉你一些中国古代不为人知的事情。"

"那你怎么解释基督城大地震，启示出现的准确时间，根据玛雅人的预言，2012年12月22日是末日，22个月之前会出现启示，正好是基督城大地震的那天，难道玛雅人有控制地震的能力？"我反驳古斯特道。

古斯特没有正面回答我，无力地道："玛雅人祖先拥有的能力我们永远也不会清楚。 总有一天你会亲眼看到的。"

正当我们俩深度勾兑时，莎娃在旁边拖开一具尸体，激动地道："有新发现，你们过来看看。"

我走到近前一看，就见原先躺着尸体的地方有个非常小的卡坦神头像，只是这个头像跟以前看到的有些不一样，它的獠牙不是贴在嘴上的，而是伸出来，就像一个把手。 这个头像颜色和地面很接近，位置也非常隐蔽，不仔细看根本就发现不了。

古斯特走到头像旁边蹲下身子，没多考虑，握住那两只獠牙，使劲往上一提，我就听咔嚓一声，身后的那个玛雅太极图从中间的缝隙处分开成了两半。我赶紧趴在地上，死死地抓住一个突起的石块，生怕被它吸进去。

我趴在地上等了几秒，那股强大的引力并没有传来。 我扭头一看，就见古斯特已经一马当先跳了进去，莎娃朝我笑着招招手，也跳进了大坑。 我心说这俩人都疯了吧，这不找死嘛。 赶紧从地上爬起来走到洞边一看，这才放下心来，原来这个盖子只是第一层，在下边不到三米的地方还有一层盖子，这两人已经稳稳当当地站在了上边，朝我招手，让我赶紧下去。

我多留了个心眼，从旁边剩余的几具尸体上扒拉下几根皮带，觉得这里说高不高，说低也不低，跳下去了怎么上来是个问题。 后来我才知道自己这是白忙活，人家早有准备。

我抱着鱼枪跳进了大洞，发现这里并不是封闭的，在洞两边的石壁上各有一个一米多高的甬道，里边时有时无地往外刮凉风，似乎通往什么地方。 在甬道旁的石壁上，刻着几段玛雅文字和图案。

进到洞里我又开始纳闷，看来，坦克和熊谏羽就是从这里进去的，但他们是怎么发现那个卡坦神头像机关的？ 特别是之前上边还躺着很多尸体。

稍作调整后，我开始观察甬道旁的文字和图案，文字写的什么我一窍不通，但图案我还能看懂。 左手边甬道旁图案描绘的是一场战争。 天空非常昏暗，战争的其中一方是裸露着上身的矮小人类，从打扮上看像原始人，但手里的武器我没见过。 由于武器刻画得都比较虚，乍一看像是弩，但弩前有火光射出来。 而战争的另一方全是穿着黑袍拖着尾巴身高超过两米的巨人，脸全都看不清，这些巨人没有拿武器，而是赤手空拳和矮小人类进行战斗，其中刻画的很多细节明显看出这些巨人没有十指，他们在战斗过程中生生用拳头和尾巴把敌人给击碎。

整个战斗场景能看出来是一边倒，矮小人类虽然有武器，但他们多被高大的巨人打得四散奔逃，地上全是尸体碎片。 不少人类捂着胸口跪在地上求饶，但巨人不依不饶，将投降者捶得粉碎，将尸体碎片塞到嘴里吞食。 整个画面看得人触目惊心，这不是战争，完全是赤裸裸的屠杀。

右边甬道旁描绘的图像和左边完全相反，还是那两拨人，但他们看上去非常和平，十分快乐地在一起生活。 在灿烂的阳光下，矮小人类在树上摘野果，在地里耕作，巨人则帮助他们的小伙伴运输很重的物品，还有一些人类和巨人的小孩一起在草地上嬉闹。

我看着这两幅图不知所措，古斯特则专心分析一旁的文字，我和莎娃只能耐心地等待他的分析结果。 时间一分一秒地过去，古斯特的表情越来越严肃，似乎发现了什么不可思议的事情："这不可能，根本不可能。"古斯特忽然自言自语摇头道。

我正想问问什么可能不可能的，突然听到右手边画着和平图案的那个甬道里传出一声撕心裂肺的惨叫，接着，有什么东西吭哧吭哧地喘着粗气从洞里直奔我们跑了出来。

第 7 章
密　室

　　听着越来越近的粗重喘息声，我感觉自己的心脏都快从胸腔里跳了出来，抱着鱼枪对着漆黑的甬道，古斯特也全神贯注如临大敌般地用手枪指着漆黑的洞口。

　　正当我们都觉得那东西要冲破黑暗扑向我们时，甬道内突然安静了下来，静得只剩下自己的心跳声。那个东西像是停在了黑暗里，又像是突然人间蒸发了。

　　"怎么回事？"我问古斯特。

　　古斯特用手电筒朝甬道里照了照，可黑暗中似乎充满了浓浓的雾，阻挡了光线，根本看不到里边的情况。"我进去看看，你们待着别动。"古斯特说完径直朝黑暗走了过去。不大工夫，便消失在黑暗中。

　　我和莎娃站在那度秒如年。似乎有一百年那么漫长，遥远的黑暗里终于传来古斯特的声音："你们过来吧！"

　　我稍稍松了口气，和莎娃慢慢挪进了黑暗。当身体刚刚进入这片黑暗时，我感到温度突然下降了许多。而且黑暗里的雾湿气很大，吸到肺里感觉潮潮的。浓雾遮挡了我的视线，即使用功率强大的狼眼手电筒，也照不出一米范围。 我和莎娃走了几米，两侧的墙壁渐渐消失，我们似乎走进了一个更加开放的空间，我大声喊道："古斯特，你在哪？"

"一直往前走！"古斯特声音从前方传了过来。

循着古斯特的声音我又往前走了几米，但眼前除了浓雾，根本没有古斯特的身影。

"我们怎么看不到你？"我大声询问。

这时，古斯特的声音从我左侧传了过来："我在这里，我在这里……"看来这里的空间十分大，我居然听到了回音。

我努力竖起耳朵听着古斯特的声音，但每当我快接近声源时，却诡异地发现他的声音又从另外一个更远的地方传来。 我忽然感觉有些不对劲，准备告诉莎娃先别走了，在大雾里绕来绕去容易迷路。

我停下脚步轻声道："莎娃，你有没有觉得咱们好像在绕圈子？"

我和莎娃一起进入甬道，我在前边带路，努力听古斯特的方位，莎娃跟在我身后。 可当我问完话，身后居然没人回答。 一股不祥的预感直冲脑门，刚才一直顾着找古斯特，没跟莎娃说话，似乎好久没听到她的动静了。 我赶紧扭头朝身后一看，果然，莎娃早已不知去向。

独自一人站在湿冷的浓雾中，我感觉这些雾像有生命一样，钻进我的毛孔，让我的血液都有种被冻结的感觉。 这是怎么回事？ 我脑中飞速运转，思考一切的可能性。 难道是古斯特和莎娃故意把我带进黑暗，以便甩掉我？ 但仔细想想似乎没有这种可能，如果他们要甩掉我，就不会同意我跟他们一起下水。 那几个大活人怎么说没就没了？ 我赶紧朝黑暗里大喊了一声："古斯特，莎娃，你们在哪？"漆黑的浓雾像静止了一样，没有任何回应传来。

这时，我才真正体会到了恐惧，那种身处黑暗、孤独无助的恐惧不受控制地布满我的全身。 我继续不管不顾地朝四周的黑暗里大喊大叫，希望他们能听见。 但一切都是徒劳，我没有听到他们的回话，却惊动了别的什么东西，我听到黑暗里渐渐传来那可怕的粗重喘气声，那声音似乎离我很近，又似乎离我很远，有些虚无缥缈。 我不断地转身查看身后，除了黑暗我什么也看不清，我似乎掉进了一个恐怖的噩梦里无法自拔。

我不敢再大声喊叫，怕惊动黑暗里的东西，只能放低音量，边喊边在黑暗里转悠，我希望能找到一面墙，这样我就能顺着墙摸回到进来的地方。 就这样，我在黑暗里乱撞了不知多长时间，忽然，听到身后传来一阵异响，还没等我转身，一只大手从身后伸了过来，一把捂住我的嘴，接着，把我扑倒在地。

我趴在地上使劲挣扎，嘴里呜呜地嘟囔着，想摆脱背后那人，却听到一个熟悉的声音："嘘！别喊！是我！"

那人松开手，我扭头一看，一张布满鲜血的脸暴露在我面前。 那张脸离我不到 20 厘米，完全看不清是谁，倒是那副眼镜表明了他的身份，"熊谏羽！"我忍不住喊了出来。

"嘘嘘嘘，小点声，别惊动他们，快，把这个吃下去。"他递过来一粒白色的药丸。

我盯着他手里的药丸不知所措："这什么药？ 干什么用的？"

"你吸入了太多毒气，正在产生幻觉，再不吃药，一会你就得精神崩溃。"眼镜侠抹了把额头上的鲜血，表情严肃道。

看熊谏羽一脸严肃，我知道他不像在开玩笑，接过药丸一口吞了进去。我也不知道这药丸是什么做的，但吃进去后我眼前的景象居然发生了改变，那浓雾慢慢消失，视线变得越来越清晰。 很快，一个长方形的大厅呈现在我面前，在大厅的四角居然有四块石头发出淡淡的白光，在白光的映照下，整个大厅像铺上了一层薄薄的霜。 在大厅正中央地面上，隆起一个小型石制玛雅金字塔。

"你头怎么了？ 坦克呢？ 这是哪？ 古斯特和莎娃去哪了？ 你刚才说别惊动谁？"我坐在地上迷惑不解地问了一大串问题。

"一时半会跟你解释不清，说了估计你也无法理解。 反正，这个水下建筑是玛雅人的三大祖墓之一，在这里，不止我们几个，还有别的人，不要惊动他们。 另外，古斯特他们和我们一样，只是被困在了某个地方暂时无法脱身，我们得想办法救他们出来或者等待他们救我们出去。"熊谏羽在说到别的"人"时特别加大音量，说得很重。

不得不说，他的这番话让我犯了迷糊，什么叫救他们出来或者等他们救我们出去，到底谁被困，谁是自由的？ 我在脑中仔细回味了几遍这句话，却怎么也想不明白："你什么意思？"

"没时间解释，不想困死在这，就赶紧过来刨土。"说完，熊谏羽走向大厅中央的金字塔土包，徒手挖了起来。

我没有立刻跟着他不明缘由地一起挖土，我觉得既然现在眼前的大雾没有了，那么按照正常逻辑，只要找到我进入的通道，就能原路返回。抱着这种想法，我在大厅里转了一圈。这里的空间并不大，也就二三十平方米，没几分钟就转了个遍。我一边走，身上的冷汗也下来了，我不敢相信自己的眼睛，这简直太匪夷所思了，我发现这个房间是全封闭式的，根本没什么出口入口！那我是怎么进来的，也没记得自己走过什么暗门啊？

熊谏羽见我在房间里走来走去，一直没搭理我，直到见我脸色发青，站着不动了，才无奈地笑道："很困惑吧？是不是想问你是怎么进来的？"

我傻傻地点点头，他停下手中的动作道："其实你也不用太困惑，之前我也莫名其妙的，认为肯定是走了哪条岔道进来的，但后来发现这房间根本就没出口。直到我看见这个金字塔上升，下边露出一个出口，你从那个出口走了出来，金字塔又沉了下去，我才明白是怎么回事。这应该是一个设计巧妙的沉降式机关，在你之前产生幻觉的过程中，无意中触发了机关，被带到了这里。我相信古斯特他们一定是被带到了别的房间。"

"你是说这个金字塔会自己沉降？相当于一个电梯？"我难以置信地指着地上的金字塔。

"反正我这么理解的，不知道对不对。所以现在想挖开它附近的土地，看看能不能找到那个出口，这样我们就能顺原路返回之前的地方。"

原来是这样。我心里暗暗佩服玛雅人的想象力，居然能设计出这么巧妙的机关来。既然事情已经猜出个八九不离十，我不能站在一边看戏，赶紧上前帮熊谏羽刨土。房间地面并不是结合紧密的大块石板，而是用不规则的石块混合泥土填成的，这就给了我们下手的空间。我们先掏开泥土，再抠到石块缝隙里把它搬起来。我那把金属鱼枪派上了用场，被当成了撬棍。好在石块都不是特别大，仅凭两个人虽然有些吃力，但还是颇有成效。

我们俩就这么挖啊挖，不知道挖了几个小时，终于顺着金字塔的三面挖了半米多深的坑，但始终没见到什么出口。抱着最后一丝希望，我们挖开了紧挨着金字塔的最后一面。但这一面和前三面不一样，我们刨开土壤和石块看到的是不断朝下延伸的石梯。我俩对视一眼，觉得有戏，卯足干劲，顺着石梯一直往下挖。

很快，我们又往下挖了将近一米深，终于挖出点东西。但不是什么出口，而是一具骨骸。最诡异的是，这具发黄的骨骸生前像受到了极大的折磨，脚骨翻转，以不可思议的角度扭曲地躺在地上；而他的骷髅头居然匪夷所思地被装在了一个碗里，似乎有人跟吃猴头一样享用过他的脑子。

我和熊谏羽失望地坐在地上盯着这具人骨发呆。忽然，不知道是眼花了产生的幻觉还是怎么的，我居然看到这具人骨的胸口起伏了一下。我揉揉眼睛，赶紧让熊谏羽一起看看。一细看，才发现不是人骨自己在动，而是人骨下边的土里似乎有什么活物正在拱土，要破土而出，把这具骨架给顶了起来。

看着地上的泥土被拱得上翻，熊谏羽拉了我一把："快后退，快！"

我脑中忽然想起了美国大片《木乃伊》里的情节，不会是什么守护尸体的甲虫吧，那玩意可是会吃人的，又转念一想，那是埃及的物件，跟玛雅人不挨边，稍微放松了点紧绷的心，抱着鱼枪和熊谏羽一起退到了墙角。

我眼睛直勾勾地盯着地上，稍等了一会，先听到了一声刺耳的啸叫，接着，泥土猛地被掀开，从下边伸出一个黑乎乎的软体动物，不停扭动，似乎在空气中嗅着什么。我仔细一看，心里揪成了一团，这玩意怎么那么像蚯蚓呢？不过这还是我第一次看到如此变态的蚯蚓。它的直径比水桶还粗，身上一圈一圈的，布满了疙瘩状的突起物，要多恶心有多恶心。

"这他妈是什么东西？"我紧张得忍不住骂了出来。

熊谏羽看上去倒不是很害怕，相反，我透过他厚厚的眼镜片，似乎看到他眼里闪出异样的光。"这是蚓螈！"熊谏羽说着，拔出匕首，往前走了一步。

"蚓螈？"我脑中迅速搜索这个似曾相识的词，终于想起来，怀特曾说过他们在危地马拉挖掘金字塔时就发现了底部有很多蚓螈钻出的洞。"它们咬人吗？"我问道。

熊谏羽没有回答我，但地上那只蚓螈给了我答案。它似乎嗅到了我们的味道，摆动的上半身突然朝我们的方向停下来，接着，我看见它头部似乎张开了一个洞，也就是零点几秒，从它体内猛地喷出一股淡黄色的液体。站在前边的熊谏羽反应很快，赶紧一个侧身，躲过了大股液体，但距离太近，还是有一部分喷到了他腿上。 熊谏羽"啊"地一声惨叫，用手捂着腿又退到了墙角。

熊谏羽龇牙咧嘴地松开手，我一看，脑袋"嗡"地一下。 那股液体似乎有强大的腐蚀性，熊谏羽腿部的潜水服被熔出一个大洞，而他腿上的肉也被这股液体熔掉了乒乓球大小的一块，周边的皮肤也鼓起了水泡。

"快射它！"熊谏羽靠着墙对我喊道，他痛得声音都变了。

那只蚓螈见喷到了猎物，似乎也挺兴奋，不停地摇晃着它巨大的身躯，一点点地从土里继续往外钻。 我觉得自己的手因为恐惧在颤抖，瞄着那截身体扣动了扳机。 虽说那蚓螈有水桶粗，可它并不是静止不动，而我又因为紧张发挥失常，射出去的鱼箭居然擦着蚓螈的皮肤飞了出去，只射破了它身上突起的疙瘩，伤口处往外流着暗红色像血一样的液体。

显然我的举动激怒了那个大家伙，就听它又发出一声更大的啸叫声，震得我头疼欲裂。 接着它身体一使劲，整个从地里钻出来，直奔我们而来。

我一看，好家伙，这东西也太变态了，整个身体起码有三米长，正一点点贴地朝我们蠕动。

"你别发愣了，再射呀！瞄准。"熊谏羽大声提醒我。

我手里这把鱼枪最多一次可以装四根鱼箭，刚才用掉了一根，还剩三根。而这回蚓螈并不像刚才一样在土里左右摇晃，而是贴地爬行，这就简单多了。我屏住呼吸，瞄准它的头部，再次扣动了扳机。

我这一枪发挥了正常水平，一箭就穿过了蚓螈头部靠后的地方，鱼枪威力大，一下就穿过了它的身体，插进了泥土里，把它给死死钉在了地上。 蚓螈受到了巨大的疼痛，整个尾部疯狂扭动起来，拍在土地上"扑扑"作响。

正当我以为危险解除时，蚓螈的尾部猛地直立起来，和头部一样张开了一个小口。 一看这个，我一把推开熊谏羽，自己也猛地朝旁边一跳。 一团淡黄色的液体一下喷到了我们刚刚站立的墙角，墙上的石头被腐蚀得噼里啪啦乱响，很快就出现了一片大小不一的浅坑。

没想到这东西的尾巴和头一样能伤人，我定了定神，趁它尾部贴地的瞬间又是一箭，把它尾巴也给钉在了地上。 接着，为了保险起见，朝它的中部又是一箭，把最后一根鱼箭也射了出去。

这下，那蚓螈是彻底老实了，鱼箭上有倒刺，无论它怎么扭动也挣脱不开，只能发出一声声的啸叫。 我走到熊谏羽身边问："你怎么样了？"

他没有回答我，而是坐在地上，从身上的小包里掏出一瓶药粉，一股脑地倒在了伤口上，又拿出一卷纱布，把伤口包了个结实。 这才道："大意了，没想到它攻击力这么强。 它还没死，我得解决它。"说完，他站起身走到蚰蜒身边，用匕首猛地朝蚰蜒的头部和尾部各扎了十几刀，直到蚰蜒的头尾都被扎得稀烂，整个身体不再动弹，他才停下来。

看着地上血肉模糊的尸体，我不知该说点什么，倒是熊谏羽做出了一个让我不解的举动——他稍微休息了一下，再次拿起匕首，顺着蚰蜒的尸体，从头到尾给它来了一刀，把蚰蜒的身体给切开了。 一股酸臭味瞬间充满了整个屋子。

我心说不是吧，难不成这哥们有虐尸的倾向，我阻止他道："你别弄了，这么恶心，多保存点体能想想怎么出去吧！"

他像没听见我的话一样，居然开始用匕首挑着蚰蜒的内脏，一点点地查看，似乎在找什么东西。 不一会，他就给蚰蜒的内脏来了个乾坤大挪移，全部给挑到了体外。 查看一番后，摇摇头站了起来，脸上是掩饰不住的失望。

"你找什么？"我忽然意识到事情可能没那么简单，有些东西我还不知道。

熊谏羽嘴唇微张，似乎想说点什么，但又挥挥手，把到嘴的话生生给咽了回去："没什么，这有出口，咱们得赌一把，顺着这个洞下去看看。"

刚才蚰蜒爬上来的地方有个水桶粗的洞，我朝漆黑的洞里看了一眼，无奈地说道："你开玩笑吧，咱们又没缩骨功，怎么可能钻进去。"

熊谏羽跛着腿走到之前挖开的石梯上，朝周围看了几眼，似乎在测量距离，抬头道："如果是这样呢？"接着，他猛地对着洞口旁的土地剁了几脚，泥土下边似乎是空的，哗啦一下，居然塌出了一个洞口，露出完整的石梯，通向地底无尽的黑暗。

"蚰蜒是顺着石梯爬上来的，下边是空的。"熊谏羽扶了扶眼镜，一脸难以捉摸的表情。

我朝石梯尽头看了一眼，里边黑乎乎的，似乎还散发着蚰蜒体内那股难闻的酸臭味。 我心里百爪挠心，考虑着要不要下去：下去，可能意味着碰到更多的蚰蜒；不下去，这房间又没有别的出口，肯定得活活困死在这。

我一边思考着何去何从，一边从蚰蜒尸体里使劲拔出三根鱼箭，又走到对面的墙边，捡起那只射偏的鱼箭，箭头由于撞到了坚硬的墙壁上，有些变形，但勉强能用。　不知是因为敏感，还是什么别的原因，我觉得背对熊谏羽的时候，他似乎在笑，而且是那种很阴险的笑。　我猛地转过头，熊谏羽却还是那副正常的表情。

我心里暗想，这个熊谏羽似乎有什么事情瞒着我，跟他一起乱闯，谁知道关键时刻他会不会把我卖了。　可不下去，又怎么走出这间屋子呢？　从目前的情况来看，只能跟着他下去，但要防着他，对他多加小心。

我把四根鱼箭重新装回鱼枪，对他点点头："走吧！"

熊谏羽似乎很满意我合作的态度，朝我友好地笑了笑，打开手电筒，率先走下了石梯。　我环视了眼四周的石壁，深吸了口气，跟了进去。

下到漆黑的石梯，周围的温度忽然降了下来，那感觉就像进入了一个有中央空调的商场里，少了些燥热，多了点宁静。　我总觉得这份宁静和黑暗里隐藏着些什么。　那种感觉很怪异，总担心黑暗里会有什么东西突然冲出来，把我撕碎。

刚走了没几分钟，我的担心变成了现实。　因为两旁的石壁就跟被什么削掉一样，突然消失了，而石梯悬在空中，一直往下延伸。　石梯两侧没有任何阻挡，下边浓黑的深渊也不知有多深，呼呼地往上刮着凉风。

我所学到的任何知识都无法解释这违反建筑学和物理学定律的场景。　自打进到这个水下建筑里，一切都显得不可思议。　在水下 100 米深处有氧气有压力就够让我震撼了，现在又给我来个空中花园似的楼梯。

我战战兢兢地站在石梯上不敢再向前，生怕再往前走，要是突然来一股大风，掉进这万丈深渊就歇菜了。　还没从震撼中回过神来，熊谏羽突然转过身来，紧张地看向我的身后，张大嘴，脸色苍白地吼道："大维，不要回头，快跑！"说完他一马当先，朝石梯深处冲了出去。

第 8 章

石　人

　　看着如离弦之箭般跑远的熊谏羽，我愣了两秒，也顾不上回头，本能反应就是后边的东西肯定是来者不善，也不管前边的深渊有多危险，拔腿跟了上去。

　　跑在不到一米宽的悬空石梯上，耳边风声呼呼作响，脑中一片糨糊，我实在想不通身后封闭的石室里会有什么恐怖的东西突然出现，把熊谏羽吓成这样。 我们大概跑了不到 50 米，熊谏羽突然停了下来，我跑得急，石梯上又黑，一下没刹住，一脑门撞到他后脑勺上，把他撞了个趔趄。 我揉着生疼的额头道："怎么停下来了？"

　　脸色苍白的熊谏羽用灯照了照前边，我一看，大爷的，石梯居然从中间断开了，而对面的石梯离我们至少有两米多远，我一转头用灯照向身后，发现在远端有一个黑影正缓慢地朝我们移动。 那个黑影高一米左右，离得太远，看不清是什么，感觉它像在走，又像在爬，速度并不快，似乎知道这里是一座断桥，我们插翅难飞。

　　"那是什么东西，现在怎么办？"我脑门冒汗，问熊谏羽。

　　熊谏羽眼睛直勾勾地盯着断桥，嘴里冒出一句话："后边是死人！ 这个距离不远，我们可以跳过去。"

我脑袋摇得跟抽筋了似的："你开玩笑吧，死人怎么会动？ 这怎么可能跳过去？"其实两米多的距离并不算远，如果是在地面上，怎么也能跳过去，可这两边都是深渊，恐惧早已战胜了正常的生理本能。

"没空跟你开玩笑，不想死就照办。"说完，熊谏羽把我扒拉开，退后了十几米，深吸了口气，跟给自己鼓气似的叫唤了一嗓子，忽然加速朝前跑去。他的脚有伤，虽然有些行动不便，但求生的欲望明显更强烈，就见他跑到断口处猛地一跃，稳稳落在了对面的石梯上，不停朝我招手。

见熊谏羽稳稳跳到了对面，说明这是可行的。 我心里还在犹豫，但身后那东西发出咕噜咕噜的声音，离我越来越近，不停刺激我的神经。 我一咬牙，一跺脚，心说死就死吧，跛子都能跳过去，我一定可以。 我把鱼枪扔给了熊谏羽，也朝后退了几米，嘴里"啊"地嘶吼了一声，朝断口处冲了过去。

要说这人倒霉真是喝凉水都塞牙缝，我最近的运气一直不怎么好，没想到在这鬼地方运气没有负负得正，还是一如既往地走背字。 正当我冲到断口处使出全身力气准备纵身一跃时，支撑的那只脚却踩到了一个石块，脚下一滑，没有使上劲，人飞到半空中就开始往下掉，眼睁睁看着离对面的石梯还有个十几厘米，身体却直直地掉进了断口处。

我心想真是天要绝我，看来要摔死在这，脑袋里嗡嗡的。 但人是种很奇怪的动物，当心理上的恐惧被无限放大时，总会想到一些美好的东西，一股强烈的求生欲望从心底深处冒了出来。 脚是踩不到地了，可手是能够着石梯的，当我身体急速下落时，我伸出手猛地扣住对面的石梯。 可惜事实并不如想象的那么美好，这一切并没有像电视上演的那样在危急之中稳稳地抓住石梯让情节峰回路转，相反，双手抓住石梯的力量根本抵挡不住身体的重力和冲击力，我的双手只抓住了一秒都不到，很快就松开，身体坠了下去。

我闭上眼准备接受命运的审判，却感觉左手手腕被两只像铁闸似的手紧紧锁住，身体停止下滑，悬在了半空。 我睁开眼，居然看到一个光头龇牙咧嘴地趴在石梯边，紧紧抓住我的手，从牙缝里蹦出几个字："快把右手递给熊谏羽，我坚持不了多久。"熊谏羽则趴在一旁伸出他的双手。

来人赫然就是坦克，他身体强壮，手也很大，我感觉手腕都快被拽断了，但能感觉他双手的力气越来越弱。 这最后一根救命稻草激发了我的潜能，我也不知哪来的力量，腰部一使劲，右手猛地向上一伸，抓住了熊谏羽的双手。好在我才一百二十多斤，并不算很沉，石梯上的两人一使劲，把我跟拔萝卜似的拔了起来，三个人全瘫倒在石梯上。

我惊魂未定地躺在地上喘着粗气，嘴里不停道："坦克，你怎么在这，谢谢，谢谢！"

"别高兴那么早，它快过来了，赶紧走！"坦克把我和熊谏羽从地上拉起来，指了指对面的石梯。

我扭头一看，那个黑影已经快爬到石梯断口边缘，进入了手电光的照射范围。 我这才看清他的长相，熊谏羽说那是死人还真是不夸张。 首先可以肯定面前那个东西确实是人，只见他全身赤裸，身上的皮肤惨白无比，光滑的皮肤上没有一根毛发，一张脸跟车祸现场似的，早已看不出五官原来的模样，唯独那双没有眼珠的眼睛看上去还正常点，此刻正手脚并用，在地上缓慢爬行。

"我靠，这他妈的是什么？"我忍不住骂出了脏话。

"一会再告诉你，快走！"坦克催促道。

我没有立刻转身离开，强烈的好奇心驱使我多看了那个畸形人几眼。 就见那个畸形人缓慢地爬到断口处，停了下来，盯着下边的深渊直发呆。 我心里暗舒了口气，原以为这玩意长成这副德行，肯定比蚰蜒更有攻击力，没想到是个软脚虾，爬得慢，还不会跳。

正当我彻底放松下来，准备转身离开时，那个畸形人居然猛地抬起头，发出"哧"一声，接着脚下一使劲，像弹簧一样飞了起来，直扑我的面门。 我被这突如其来的变故吓呆了，眼睁睁看着他那张怪脸在我眼睛里越来越大，我甚至能闻到他身上的那股腥臭。

"砰！"我身后一声巨大的枪响，面前那个怪人的脑袋像西瓜一样爆裂开来，整个人朝后飞了出去，在对面的石梯上磕了一下，连哼哼声都没发出来，就掉进了无底深渊。

我咽了口唾沫，抹了把面门上那怪物带着腐臭味的脑浆，愣愣地转身，看见坦克正端着一把枪对着我的方向。

"现在你还想再看看吗？"坦克收起枪，面无表情地道。 说完，径直朝前走去。

熊谏羽过来拍了拍我的肩膀，安慰道："没事了，走吧，坦克这人就这样！"说完拽着我的胳膊跟了过去。

我惊魂未定，边走边问熊谏羽："那到底是什么东西？是人吗？"

"是人，但是没有灵魂的人。"

我愣愣地看着熊谏羽，不知道他到底是什么意思。他的这种说法宗教意味很浓，对我来说有些无法理解，问道："在一个活人身上，肉体和所谓的灵魂真的能分开吗？"

看着我满脸疑惑的表情，熊谏羽道："其实告诉你也无妨，只是怕你难以理解，想太多。刚才你看到的那个人是玛雅部族圈养的'石人'，也就是没有灵魂的人。这也是我第一次见到真正的'石人'，以前只是在古籍中看到过，本来以为是传说，或者曾经有过，现在消失了，没想到他们能在这么恶劣的环境下存活下来。"

"石人到底是什么？为什么没有灵魂？"我就像个文盲，确实对玛雅文化什么都不知道。

"根据古籍中的记载，用来制作石人的全是玛雅人在战争中抓获的俘虏。他们用特殊手段抽取他们的灵魂，让他们像行尸走肉一样没有自己的思想，终身为玛雅人服务，保护玛雅人的宝藏、科技和文化等财富。"

熊谏羽看我直愣神，补充道："哦，换种说法你可能更容易理解，所谓的灵魂其实就是精神，就是独立的思想，精神病人就可以说是丧失了部分灵魂。我看到有资料中介绍过，玛雅人抓来俘虏后，会强迫他们长期服用一种草药，这种草药有强烈的麻痹效果，长时间服用会导致脑部损伤，也就是会变成精神病人。"

"精神病人没有自己的思维，怎么可能听命于玛雅人的指令呢？"我疑惑道。

"这就是玛雅文化的精髓之处，他们有一种超越常人的力量，当这些俘虏被抽掉灵魂后，他们会用特殊的祭祀和诅咒手段控制他们的大脑，让他们终身听命于玛雅人的指挥，变成他们的奴隶。具体怎么实施的我不清楚，但我相信玛雅人一定拥有这种神奇能力，也可以叫做神力。"

　　我看到熊谏羽在说到玛雅人拥有神力时，脸上满是狂热和崇拜。 如果说用草药喂食能损伤脑部的话，我还能接受；但用什么诅咒来控制大脑，这就有些无稽之谈了。 但我已经见识过所谓的石人，他们确实和野兽一样没有思想，我觉得玛雅人一定也是用某种药物达到控制脑部的效果。 刚才见过的那个石人，一定是在黑暗的环境里待得久了，身体产生了某些变化。 可是人就得吃东西，他们是怎么活下来的呢？ 这里还有多少这种怪物呢？ 十万个为什么瞬间充满了我不大的脑袋。

　　"有石人的存在，就说明这里一定有好东西。 呵呵！"熊谏羽忽然转变成一副贪婪盗墓贼的嘴脸，冲我道。

　　我讪讪地笑了笑，心说我可不是来这挖什么宝贝的，我是想知道世界末日的线索。 如果末日是真的，财富还有什么屁用呢。

　　我们不再说话，默默跟着坦克向前走。 并没走太远，我看到了另一段石梯，和我脚下的这段相连，不知通向哪里。 看来，坦克应该是从那道石梯过来的。 又走了十来分钟，坦克忽然停住身，看了眼手表，又对照着四周的方位比画了几下道："刚才听见你们的动静，过去帮你们，可耽误了不少时间。 现在得抓点紧，通道快关闭了。"

　　"通道？ 什么通道？"我问道。 眼前除了似乎永远走不完的石梯，就是两旁漆黑的深渊，哪来的什么通道？

　　"别问那么多，跟着我走就行了。"

　　我心想，不就是走石梯吗，为什么要特别提醒我们一句？ 却看到坦克做出了一个让我惊掉下巴的举动，他居然朝着石梯旁黑暗的深渊里迈了出去。 如果他这种自杀式的举动让我吃惊，接下来我看到的就让我目瞪口呆了，坦克没有像石人一样掉进去，而是稳稳悬空站在了漆黑的深渊上……

　　这一诡异的场景再一次颠覆了我的科学思维基础，我还没来得及提问，坦克就踏着虚空朝前走了出去，不过每走一步他都很小心地用脚尖试探，觉得能踩住了才把脚步踏实。 似乎那虚空里有什么物质性的东西，只是我看不见而已。

　　我揉了揉眼睛，看了看远端清晰的石梯，确认自己视力1.5的双眼正常，赶紧拉住正准备踩到空中的熊谏羽："你先别走，告诉我怎么回事？"

"快走，跟住我的脚步，晚了就来不及了。到了对面我再告诉你。"他指了指对面，黑暗中隐约有个平台。

熊谏羽一脚踩了下去，稳稳站在漆黑的空中，我站在石梯上心"砰砰"直跳，正犹豫该怎么办，熊谏羽突然发力，一把把我给拉了下去。我的双脚稳稳地踩到了如地面般质感的空气中。

"你看，没事吧，快跟我走！"他微微一笑，松开我的手，跟上坦克的脚步。

我用脚在虚空里踩了几下，真的和地面一样，脚下确实有物质性的东西存在，只是看不到而已。我又用手摸了摸，发现很凉，有点像大理石或者玻璃的手感。

确定没有危险，我迅速跟着熊谏羽的脚步，他踩哪我踩哪，毕竟我不知道这里哪是实的哪是虚的。但说心里话，在一片漆黑的空中行走，这感觉实在是如梦幻般不真实，会让你觉得这个世界什么都有可能，眼见不一定为实。

穿过这片黑暗用了大概十多分钟，眼前出现了一个紫色的平台，似乎是用某种紫色矿石搭建而成。而在平台后的墙壁上，一个巨大的卡坦神头像张着大嘴，露出一个漆黑的洞口。用手电筒朝里一照，洞口内波光粼粼。

坦克作势就要进去，我赶紧问道："刚才怎么回事？你们俩到底是什么人，怎么对这里如此了解？"

坦克看了熊谏羽一眼，点点头。熊谏羽把眼镜向上推了推，笑道："我们是职业寻宝人，目的当然是找到玛雅人的宝藏。在过去的 10 年里，我们一直在寻找相关线索。对这里很熟悉，是因为我们俩之前在南极冰盖下的海域探索过类似的地方。虽然后来发现那里并没有宝藏，但我们找到了古老玛雅人的一些科技线索。刚才我们走过的虚空通道，实际上是玛雅人掌握的一种高科技发明，用一种碳元素合成的新型材料。它十分坚固，最早被用在玛雅建筑的地基和牢笼里。这种材料基本不会反射光线，所以你用肉眼很难发现，必须得用特殊设备才能探测到。但奇怪的是，公元 1000 年左右，这种高科技材料突然从玛雅人的生活里消失了。或者说，掌握这种材料制作工艺的工匠突然消失了。"

"那坦克刚才说的通道关闭是什么意思？"我继续发问道。

"还记得我跟你说过的吗？ 这里是玛雅人三大祖墓之一，我们称之为水墓。 如果我们一直沿着石梯走，是一个大圈，永远也走不出去。 而这条隐藏的虚空通道，则是通向水墓核心的多条通道之一，但它并不是永远开启的，根据玛雅人的'佐尔金年'记法，一年分为13个月，每月20天，每天这条通道将会开启六个小时，而且每天开启的时段不一样。 我和坦克经过长时间的计算才弄清楚他的规律，刚才我们在它关闭之前走了过来，还有五分钟它就将关闭。"熊谏羽看了眼手表。

我忽然担心起古斯特和莎娃来，问道："那古斯特和莎娃现在在哪？ 他们知道这一切吗？"

熊谏羽叹了口气："他们知道一些，但对我们俩的某些观点不太认同。 古斯特觉得这一切没那么简单，说玛雅人深奥的科技文化不可能就这么轻易解读。 他们可能还被困在某个房间里，或者……唉，看他们造化吧！"

我忽然又想到了一件事，问道："你们俩当时和乌贼一起下水，在殉葬坑那里没有碰到穿着黑袍的怪人吗？ 还有，乌贼受伤了，你们为什么撇下他不管？ 太不仗义了吧。"

熊谏羽愣了一下，和坦克对视了一眼，坦克摊摊手，显得有些茫然，冷着脸道："你什么意思？ 我们不太明白。 什么黑袍怪人，乌贼怎么了？"

嘿，我心里觉得纳闷，怎么你们敢做还不敢认呀，把同伴撇下不管这可相当恶劣，人品是有问题。 但转念一想，这俩人虽然有点古怪，可心肠还不错，刚才自己遇险他们可都是奋不顾身地施救，乌贼和他们在一起那么长时间，于情于理，不可能就这么不管不顾的呀。

我慢慢地道："我和古斯特、莎娃一起发现你们的潜艇后，上到平台，后来发现一个殉葬坑。 乌贼的十指被切断，身受重伤，我们把他从死人堆里拉了出来。 后来山姆下来把他带回了水面的船上，是他告诉我们你们两个进到这里，我们才一路跟过来的。"

熊谏羽双手抱胸，皱着眉摇头说道："这不可能，我们当时在水下为了躲避鲸鱼的攻击驶进了这个水墓里，但潜艇的发动机似乎被什么卡住了，而且无线电信号也被阻挡，怕你们担心，我让乌贼潜水游回水面告诉你们。 我们看到他安全游出去后很远，又等了很长时间，发现你们没有下来，我们俩才自作主张下来看看。 乌贼都没有看到殉葬坑，根本不可能知道我们从殉葬坑里下来了呀！"

我忽然意识到问题有些严重。 如果熊谏羽和坦克没有说谎，这里有两种可能：第一种情况是乌贼游了出去，但被人给弄了回来扔到殉葬坑里。 但熊谏羽说乌贼并不知道这里有个殉葬坑，更不知道他们俩下到了殉葬坑，怎么可能告诉我和古斯特坦克他们的下落呢？

想到这，我忽然有点毛骨悚然，还有一种可能性：乌贼游出去，已经死亡，或者被什么东西控制住，并没有回到船上。 山姆下水后带走的那个乌贼知道坦克和熊谏羽的行踪，故意告诉我和古斯特，引诱我们也下到殉葬坑。 那个知道一切的乌贼根本就不是我们的那个天才队友乌贼，只是长得一模一样罢了。

我把自己的想法和推测一五一十地告诉了坦克和熊谏羽，他们也觉得事情十分蹊跷。 熊谏羽道："这里边一定在哪个环节出了问题。 如果被山姆带上水面的不是乌贼，那会是谁？ 船上的人可能有危险。"

"好了，现在多想也没用，已经走到这了，不能放弃。 大家多小心。 如果真有人设计圈套想跟我们玩玩，我奉陪，走。"坦克拔出手枪的弹夹，往里压满子弹，朝漆黑的卡坦神嘴里走了进去。

熊谏羽把鱼枪递给我，语气坚定地说了句："相信自己。 命运掌握在自己手里，死亡并不可怕。"

说完大踏步跟着坦克走了进去。

我不知道熊谏羽为什么突然冒出这么一句富有哲理的话，其中似乎想隐晦地告诉我什么，但我怎么也想不明白，只能暗自摇摇头，握紧手中的鱼枪，和他们一起迈进未知的黑暗。

闯进这张大嘴，眼前出现一个宽大的水道，两边漆黑的石壁上布满了大小不一的浅坑和突起物。 突起物和水蚀形成的石钟乳很像，只不过是黑色的。而浅坑像是泉眼，有些正滴滴答答地往外滴水。

坦克走到水道边，用手沾了点水，放在鼻子旁嗅了嗅："很奇怪，这是淡水！"

经过了这么多匪夷所思的事情，你就是说这里边装的全是水银，我也不会觉得奇怪了。"有淡水挺好，咱们进来也没带水和食物，至少不会渴死在这。"我小声嘀咕了一句，上前用手舀了一捧水，想吸进嘴里。

刚吸了一小口，坦克一巴掌把我的水给打翻，怒道："不明不白的水你就敢喝，不要命了。"

经他这么一提醒，我才回过神来，刚才跟丢了魂似的居然想喝这里边的水，其实我这会并不渴。吸进去的水也不多，可明显感到水的味道有些发酸，舌头也有点发麻，我朝地上啐了口唾沫道："什么怪味？"

他俩没人回答我，只是神情紧张地盯着我的脸，似乎我脸上有什么东西。

我意识到气氛有些不对："你们看我干什么？"我一边说着，忽然觉得嘴角有液体流了下来，我胡乱擦了一把，抬手一看，心跳急剧加速，手掌上满是鲜血……

对于我这个连鼻血都很少流的人来说，口吐鲜血确实让我无法接受。我并没有觉得体内有什么不适，就是觉得舌头有点麻，但血就这么毫无征兆地流了下来。我惊恐地看着手上的鲜血大声问："我到底怎么了？有镜子吗？给我看看。"

"你别激动，尽量保持呼吸平稳，张嘴我看看！"坦克走到我面前，扒开我的嘴，用手电照了照。忽然，他像看到了什么恐怖的东西，猛地往后退了一步，面色严峻地给熊谏羽使了个眼神。

"我嘴里有什么东西？快告诉我，告诉我……"我歇斯底里地大叫起来。

熊谏羽走到我面前，扶着我的肩膀道："相信我，没什么大不了，我们会帮你的。"

接着，我看到坦克绕道我的身后。我忽然意识到危险，准备扭头看他要干什么。刚做了个扭头的动作，就感觉后脖颈处被猛地砸了一下，眼前一黑，就什么都不知道了。

黑暗中，我觉得百爪挠心，身体像被放在熔炉里，感觉体内有什么东西在蒸腾我的血液，我甚至能看到自己血管里的血像啤酒沫一样冒泡。我努力想睁开眼睛，但无论如何使劲，眼皮就像被粘住一样抬不起来。我想呼喊，嗓子却像龟裂的土地，完全干涸，不受控制。

也不知过了多久，我感觉身体渐渐凉了下来，体内那股滚烫的力量正在消失，取而代之的是无力与疲惫感。 我浑身酸疼，就像大病初愈的病人。 我"哼哼"一声，唇边似乎递过来一个容器，里边有冰凉带着腥味的液体，我贪婪地猛吸了一口，嗓子却像被淤泥堵死了一样，流进去很少，其他的倒灌进我的气管，引得我剧烈咳嗽起来。

这一咳嗽，我才又回到了人间，挣扎着把眼皮撑开。 熊谏羽的眼镜出现在我面前："你终于醒了，还算命大。"一张笑脸让我明白自己还活着。

我挣扎着坐起身，却引来后脖颈处一阵剧痛，皮肤像被撕裂开了一样。"不要太使劲。 坦克下手太重了，别怪他。"熊谏羽笑着道。

我用手揉了揉脖子："刚才我怎么了？"

"你已经昏睡一天，昨天你喝了那里的水，有条寄生虫钻进了你的舌头里，发现得再晚点，恐怕你就成哑巴了。 后来，我们用鲜肉把它引了出来。 说起来，你得好好感谢坦克，肉是他贡献的。"熊谏羽看了眼蹲在一旁的坦克，脸上满是钦佩与敬畏。

我扭头看了眼旁边的坦克，见他的左臂上多了一层纱布，隐隐透着血迹。"什么寄生虫，哪来的鲜肉？"

"这种寄生虫在水里其实很常见，他们经常附在鱼的体内，慢慢地吃掉鱼的舌头，之后会陪伴这条鱼一辈子，直到它死亡。 坦克说他以前在非洲西海岸的渔村碰到过这种虫寄生到人身上，当地人的土法就是用另外一个人的新鲜人肉引诱它，它才会暂时脱离舌头，这样我们才能抓住它。 所以坦克把自己手臂上的肉割了一块下来作为诱饵。"

我感激地看了坦克一眼道："坦克，谢谢你！"坦克没有说话，微微点了点头，似乎割肉这种事对他来说就和吃饭喝水一样简单。 这会我对面前这个俄国大汉钦佩无比，这种事情想想就不寒而栗，换作是我，我敢吗？ 我内心自嘲地暗自摇摇头。

我忽然对那只吃舌头的虫子来了兴趣，问道："那虫子长什么样？"

熊谏羽忽然尴尬地笑了笑道："恐怕你这次没机会看了。 虫子被引诱出你舌头后，我们剪断了它的头。 后来我一失手，它的身体没夹出来，这会掉你肚子里了。"

"啊？ 被我吃了？ 这搞什么飞机，那它不会把我内脏吃光吧？"我一阵恶心。

熊谏羽讪讪笑了笑："没事没事，它已经死了，掉进去的是尸体，全是蛋白质，你能消化掉。"

"下次别这么莽撞，不清楚的东西不要乱吃乱喝。赶紧起来吃点东西补充体能，我们耽搁的时间太多了。"坦克忽然张嘴大声训斥道，指了指放在一旁的几条不知名的鱼。

经他这么一提醒，我才发现这里和我昏迷的地方不一样，那个水道已经被甩在身后，面前是一面漆黑的石墙，看不到顶，石墙上有许多小洞。"我们已经穿过水道了？"

"背你过来的。快吃鱼吧，特意给你留的，很新鲜，记得把鱼血也喝掉，营养丰富。吃完了要爬墙。"熊谏羽从一旁抓过来两条白得透明的鱼，递给我一条，自己则拿起另一条，从鱼喉咙处撕开一道口子，一仰脖，把里边流出的鱼血喝了个干净，又开始啃食起鱼肉来。他边吃边说："美味，这种伶鱼在市面上能卖到天价。"

吃生鱼对我这种在国外待了多年的人来说没有任何难度，看熊谏羽吃得那么美味，我肚子里"咕噜咕噜"响了起来，赶紧抓起鱼撕开鱼喉咙，把里边清凉又略带腥味的鱼血吸了个干净，这算是解了渴，然后抱着肥美的鱼肉啃了起来。还别说，这鱼和金枪鱼、三文鱼的生鱼片比起来，美味得不止一点半点，我边吃边问："你们哪抓的鱼？从来没吃过这种鱼。"

熊谏羽边啃边朝身后的水道努努嘴："就那边的水里，够吃吗？不够我再去给你弄几条。"

我一听从后边那水道里捞的，立马想到嘴里的寄生虫，放下鱼，胃里一阵恶心："那水里有寄生虫，我们吃这鱼不会……"

"没事，吃吧，这种鱼的净化功能很强，他们可是吃寄生虫的。"坦克看我们吃得挺香，也拿起一条啃了起来。

一路上碰到这么多事，我对面前的这两人忽然有了种莫名的信赖感。他们有备而来，而且知识丰富，对我也很不错。他们现在说的话，我虽然不能100%相信，却至少能信个90%。心里打定主意，这一路一定得好好跟着他们。

我一共吃了三条肥美的伶鱼才停下嘴，打了个饱嗝问："吃饱了，咱们现在怎么走？"

坦克站起身，指了指面前的墙壁道："要爬上去。 根据我的估计，上去后很快就能达到水墓的核心，你能行吗？"

我看了眼面前的墙壁，往上看不到顶，也不知有多高，心里打了个咯噔。看来这得徒手攀岩呀，我们又没带任何保险绳，要爬上去难度不小。 好在墙上的坑洞很多，爬上去也不是没可能。 我心里把以前参加攀岩俱乐部时教练告知的要点默默回想了一遍，振作起精神道："那咱们走吧，我准备好了。"

"我带头，你们跟着我的攀登线路，我会尽量找容易的点。"坦克背起包，折断了三根荧光棒，分别挂在了三人的腰间，这样在攀爬过程中不管谁先谁后，都能给后边的人照个亮。

坦克第一个爬上了岩壁，熊谏羽主动跟在了我身后，也算是对我的一种保护吧，对此我心里默默感激。 攀岩对身体的力量和协调性要求都很高，好在我有些经验，自重也不大，墙上的坑洞很多，爬起来也得心应手。 由于不知道顶部有多高，三人为了保存体能，爬爬停停，速度很慢。

我一边爬一边想，这些坑洞非常奇怪，不像是天然形成的，倒有人工开凿的痕迹，难道是谁故意凿出来供人攀爬的？ 本来我想问问他们俩对此有什么想法，但又没法张嘴，攀岩最忌讳的就是分心，现在我们已经爬了几十米，一个不小心脚下打滑摔下去可就是尸骨无存，只得把这些想法憋回肚子里。

我们就这么安静地又爬了大概二十来米，坦克突然停下来。 这种爬爬停停很正常，我放松心情，找了个舒服的落脚点，开始换手休息。 抬头看着坦克，却发现他把枪从腰里掏了出来。 我的心一下提到了嗓子眼，轻声问："坦克，怎么了？"

"情况不对，大家分开，不要在一条线上。"坦克扭头回了我一句。

我不知道坦克看到了什么反应这么大，只能把他的话传给了我身后的熊谏羽。 然后我往右挪动，熊谏羽往左攀爬，三个人错开了位置。

之前坦克在我上边，挡住了我的视线，我也看不清上边有什么东西，往右边这么挪了一米，才看到坦克上方的情形。

在坦克上方大概三米远处，有一大片深黑色隐约透着红色暗纹的东西附在墙壁上，像麦浪一样一起一伏，明显是活物。 我以为又是蚯蚓，但仔细一看，想死的心都有了。 那个东西不是一个整体，而是密密麻麻长得像蜈蚣一样的东西聚在一起，每只都有20厘米左右长，拇指粗细，少说有成千上万只，全都长着密密麻麻数不清的脚，仔细一听，还能听到瑟瑟的爬行声。 这会它们似乎正在朝石壁右边的深处迁徙。

　　"大家不要动，等它们爬过去。"坦克冷静提醒道。 可就在这时，一声刺耳的尖叫从更高处传来，这些怪虫像受到了极大的惊吓，四散逃窜，不少越爬越低，眼看就要将我们覆盖。

第 9 章
燧石刀

那越来越多的怪虫四散奔逃，在听到上方的尖叫声后，好多怪虫突然缩成一团，噼里啪啦地往下掉，不少掉到了我头上。我赶紧腾出一只手，把它们拨弄掉。再看坦克，他位置最高，不少虫子已经从他手上爬过去，其中一只手已经被密密麻麻的怪虫盖满，看不到皮肤。

攀岩往上爬容易，想退回去可就难了。我们三人像壁虎一样贴在墙壁上，骑虎难下，动也不是，不动也不是，这种感觉真是生不如死。

我捏着嗓子朝坦克喊了句："这是什么东西？现在怎么办？"

"这东西没毒，不要紧张，克服恐惧。不能让上边那个东西发现我们，把荧光棒藏起来，不要透光，快！"坦克似乎没有受到怪虫的影响，低声回应我，并迅速把爬满怪虫的手抽了出来，把荧光棒塞到腰间的衣服夹层里。

我赶紧学着坦克的样子把腰间的荧光棒塞到衣服里，把原话传给侧后方的熊谏羽。熊谏羽藏好荧光棒，四周陷入了一片黑暗中。

我趴在墙上，紧闭双眼，黑暗里除了那怪虫爬行的窸窸窣窣声，就是自己起伏不定的喘气声。没过多久，我忽然感到手上一阵奇痒，似有千万只脚在我手背上爬过，接着，我的脸上、身上也爬满了那东西，好几只似乎还在我鼻孔处试探了一下，似乎有钻进去的意向。 我紧咬嘴唇，心理上的恐惧和生理上的不适完全占据了我的大脑，我脑中一片空白，混混沌沌。 在那一刻，我忽然想放开手，任由自己掉下去，结束这非人的折磨。

正当我准备放弃抵抗、结束一切痛苦时，上方又传来一阵恐怖的尖叫。被这声尖叫一吓，我的脑子顿时清醒不少，"超乎常人的勇气"，我忽然想到这句话，末日预言中曾提到的这句话，要改变一切，需要依靠超乎常人的勇气。 我暗暗为刚才的想法感到后怕，我决不放弃，我要活下去。

我紧咬牙关，死死扣住石缝。 说来也怪，那声尖叫过后，怪虫像受到了什么刺激，开始加速逃窜。 我感觉掉在脑袋上的虫子越来越多，如果刚开始是像下小雨，现在就是在下大暴雨，大片虫子往下掉落，砸得我手臂生疼。

我也不知道趴了多久，明显感到身上的虫子数量减少，身体也慢慢适应了那种怪异的爬行感。 上方的尖叫声还是会偶尔传来，只是越来越远。

时间似乎静止，有一千年那么长，身上的那种爬行感才彻底消失。 直到窸窸窣窣的声音完全听不见，才传来坦克的声音："他们走了，继续前进，不远了。"

听到坦克的声音，我才敢睁开眼睛，看见上方的坦克再次掏出幽蓝的荧光棒，那光亮把我重新带回人间。 我朝四周的墙壁上看了看，那些怪虫早已没了踪迹。 深吸了口气，我从腰间掏出荧光棒，跟熊谏羽打了声招呼，加快速度往上攀爬。

我也记不清在石墙上连爬带等耗了多长时间，反正我的双手早已疲惫不堪。 如果不是石壁上的坑洞比较大，按照攀岩等级难度划分的话，还不到 5.6 级，恐怕我早就坚持不住掉下去了。 我看着前方的坦克越爬越快，我想跟紧他，却发现被他落得越来越远。

坦克见我们落下很远，回头道："你们慢慢来，别着急。 上边 20 米远的地方好像有个平台，我先上去看看。 你们累了就休息一会，加油！"

我冲坦克点点头，停在原地等熊谏羽。 不大会，熊谏羽从我左侧自己找了条线路爬到了我身边。 我见他气喘吁吁，一脑门子汗，显然也快到了他的体能极限。

"你的手怎么了？"我忽然看到他的双手皮肤发红，好像肿了起来。

"刚才那些虫子爬过去后，皮肤有点反应。"

我看了眼自己的手，没有任何异样，问道："刚才那是什么虫子，为什么我手没事？"

"那个是千足虫的一种，也叫马陆，它们的脚上有少量毒素。个人体质不同，对毒素的反应不同，你的皮肤没那么敏感。没事，过不了多久就会好的。"

听熊谏羽这么一说，我忽然想起来确实是那个叫马陆的东西，小时候我在老家农村见到过，但都没这么大。我说："刚才好像有什么东西在叫，马陆似乎害怕那个叫声！"

"可能是另外一种动物，它们在猎食马陆。像这种地方，有自己的生态系统一点都不奇怪。走吧，坦克好像上平台了。"熊谏羽说完奋力地继续攀爬。

我朝上看了一眼，坦克的身影早已消失，只看到一块凸出的石头上挂着他的荧光棒，给我们指明了方向。

我们二人又爬了约 20 分钟，才来到那个凸起的石块处，发现里边有个洞，赶紧兴奋地从侧面爬了上去。刚一上平台，我就四仰八叉地躺在地上，心想脚踏实地的感觉真好。

熊谏羽从包里拿出一个瓶子，朝嘴里猛灌了几口后递给我。我心说这小子哪弄的水呀，我正渴得厉害，抓起瓶子就往嘴里倒。刚灌了一口就喷了出来，这温温的水有股腥臭味，我盯着瓶子问："这什么水？"

熊谏羽笑道："这是我特制的加鱼血的童子尿，呵呵！"

我胃里一阵翻滚："这能喝吗？"

"总比渴死好，快喝吧，喝一滴就少一滴，下个水源不定在哪。"

在没有水源的情况下喝尿是逼不得已的办法，加上这会喉咙冒火，也管不了那么多，捏着鼻子灌了两口。稍微缓了缓劲，开始观察这个平台，但这一看，就发现有点不对劲了。因为地上明显有一小摊新鲜的血迹，坦克的背包也落在了一旁。

"坦克受伤了？"刚才太累，以为坦克进洞查看情况去了。现在想想觉得不对：马陆那东西也不咬人，怎么可能流血？

熊谏羽蹲在地上，用手摸了摸那摊血道："不知道是不是他的血，血迹很新。"

我心想，就这二十来分钟的工夫，刚才也没听见上边传出什么动静啊，坦克进洞怎么不带包呢？"会不会出什么事，进洞看看吧！"我把挎在身上的鱼枪摘了下来，端在手里。

熊谏羽点点头，捡起坦克的背包，和我一起慢慢朝洞内挪去。我刚一进洞，就感觉这洞里的气氛有些压抑。其实所有的洞穴都会给人带来莫名的压抑感，但我以前探索过很多类型的洞穴，每个洞穴带给人的感觉都不一样，这是一种与生俱来的直觉，面前这个洞我感觉充满了死亡的气息。

首先我可以肯定，这个洞穴绝不是天然形成的，人工开凿的痕迹非常明显。随着我们的深入，更加确定了我的判断。洞穴内壁布满了各种各样的玛雅文字和符号，密密麻麻，毫不夸张地说，每一厘米石壁上都有文字，让我感觉像走进了一本巨大图书的内页。

熊谏羽正用手电照射每一寸石壁，目光中透出极大的狂热与兴奋。

"你能看懂这些文字吗？"我问道。

熊谏羽没有回答我。看他的表情，完全沉浸在了这片文字的海洋中。我见他这个样子，也不好意思再打搅，只能在一旁默默等待，警惕地用手电光扫描每一寸空间。

很快，我在靠近洞壁底端的石缝里发现了几块泛着绿色的石头，长得和匕首一样。我好奇地走过去，蹲下身，握住其中一把的上端摇了摇，发现有点松，好像能拔起来。

一种莫名的兴奋感瞬间充斥我的全身。我盯着这把石头匕首，忽然感觉身体充满了力量，一股不知名的力量驱使着我紧紧握住它的刀柄，并兴奋地冲熊谏羽喊道："你看，我发现了一把石头匕首，拿过来给你看看。"

熊谏羽被我这句兴奋的喊叫吸引过来，他转身用手电照了一下匕首，忽然脸色大变，声嘶力竭地喊道："不要碰它！"

但他这句话说晚了，我一使劲，已经把匕首攥在手里了。接着，洞内忽然莫名刮来一股强风，其间，还隐约夹着类似冤鬼般的惨叫，然后，一切又安静下来……

"怎么了？刚才那是什么声音？"我隐约听见洞里刮来的那阵大风里似乎

夹杂着某种声音。

熊谏羽阴着脸从我手里接过那把匕首道："这是燧石刀，麻烦了。"

"不就是一把刀吗？ 有什么麻烦的？"我不解地问。

"你不知道，玛雅人有用活人祭祀的传统，在祭祀之前，他们会在这些活人身上涂上一种蓝绿色的染料，和这把刀上的染料相同。 这种刀就是用来做'人祭'的主要工具，祭司用刀把人杀死后会随着尸体一起掩埋或投到井里。相传，这些被杀死的人的灵魂会附在这些刀上。 刀被抛弃的同时也会被祭司封印，如果有祭司以外的人碰到这些刀，就会释放他们的灵魂，这些灵魂的愤怒会全部发泄在后来第一个碰刀的人身上，直到这人死亡为止。 你是第一个碰这把刀的人。"熊谏羽看着我摇摇头。

我咽了口唾沫，这种鬼神之说虽然有些虚幻，但在目前这种环境下，你要说完全不信也是骗自己。 我给自己打气似的问道："你说的这个是传说，不一定是真的吧！"

熊谏羽反复掂量着这把刀，不紧不慢地道："玛雅人的很多传说不可不信。 问问你自己，如果你不信末日，为什么来这里冒险？"

熊谏羽这么一问，倒是把我问得无话可说。 从怀特身上发生的事情开始，一直到这个水墓，我看到了太多匪夷所思的事情。 我来到这里就是想找到末日的线索。 其实我潜意识里早就对玛雅人的预言和神秘文化深信不疑。

"那现在怎么办？ 那些灵魂会对我怎么样？"我把希望寄托在熊谏羽身上，希望他能告诉我解决的方法。

"根据古籍上的记载，那些灵魂会用他们的方式折磨你，具体用什么方法，我就不知道了。 解决方法倒是有一个。"

"快说！"我心里暗舒了口气，心说有解决方法你也不早说，害我白担心一场。

"你别高兴太早，我说的这个方法并不是玛雅人的方法，而是海地人的方法。"熊谏羽把石刀递给我。

"不是玛雅人的东西吗？ 关海地人什么事？"我彻底被他绕晕了。

"这种所谓的灵魂复仇学说在世界上很多地方都有。 我在海地一个村庄听到过一种理论：这些灵魂的目标很单一，就是你，他想亲手解决你；你必须平衡削弱他的力量，用另外一个灵魂来保护你。简单说，就是你必须再释放一个灵魂，这两个灵魂的目标都是你，都想亲手解决你，他们之间就会有争斗，直到其中一方被打败，你才会受到威胁。"

我忽然有种骂娘的冲动，让我想起了一句名言就是：用明朝的尚方宝剑来斩清朝的官，对着上帝念阿弥陀佛求保佑。熊谏羽的方法真是让我哭笑不得："你这个方法靠谱吗？"

"我也不知道，得试试才知道，反正你现在已经拔了一把刀，也不怕再多拔一把。"

熊谏羽这馊主意让我进退两难。你说不信这些鬼神之说，多拔一把刀也无所谓；如果信，那就更得多拔一把刀赌赌运气了，反正虱子多了不怕咬，死就死吧。

想到这，我转身走到刚才拔刀的地方，挑了一把，没怎么费劲就拔了出来。跟刚才情况一样，一股劲风从洞内刮出来，刮得我直起鸡皮疙瘩。我赶紧把两把刀随手扔在地。

熊谏羽一看，忙道："别扔呀，一会没准有用呢，这是燧石制成的刀，也就是打火石制成的刀，说不定回头还能生点火什么的。"

我一听这个，只得无奈地捡起刀塞到了坦克留下的背包里，问道："石壁上写的什么东西，有结论了吗？"

我看到熊谏羽明显犹豫了一下，微笑道："只是一些零碎的玛雅历史，我看懂的不多。算了，别管了，赶紧找找坦克。"

熊谏羽嘴上说那些文字没什么，但他的表情还是出卖了他，一定有什么东西他不愿告诉我。我心里隐隐有些不悦，但又不想直接点破。他人不坏，现在就剩我们俩，我也不愿把关系闹僵，那样对我没有半点好处。

我跟着熊谏羽朝洞里深处走去，沿路发现不少稀稀拉拉的血迹，而一路上血迹的颜色从鲜红逐渐变成了暗红，最后一摊血迹居然是漆黑的，看上去和油一样。熊谏羽的脸色也越来越难看，脚步开始有些畏缩不前，走得犹犹豫豫。

"恐怕我们不能再走了。"熊谏羽似乎意识到什么。

"为什么？"我不愿放弃寻找坦克。

"这些血不是坦克的。"他盯着地上那摊漆黑的血迹。

我也觉得不像是人血，人血怎么会黑得跟油一样。"那你说怎么办？"我没了主意。

"我们应该继续往上爬，找别的出口。"熊谏羽毅然转身，想退出洞口。

"那坦克怎么办？不能就这么不管他了。"

"坦克经验丰富，一定能想到办法。之前他不也安全脱险了吗？快走，再不走就来不及了。"说完，熊谏羽急匆匆要走出去。

"既然来了，就不要走了！"黑暗处突然传出一个模糊不清的声音。

"快跑！"熊谏羽朝我怒吼了一声。

我听着里边传出的声音非常耳熟，但被熊谏羽这么一喊，我也顾不上分辨那是谁，反正不是坦克的声音。熊谏羽对危险的感知比较敏锐，这点我还是很认同的，他说要跑，那肯定不是什么好事。我跌跌撞撞地跟着他往洞外跑去。

我俩刚跑到洞口，准备往墙上爬，洞内那个声音再次传来："别动，再动我就开枪了。"

我背靠着墙壁，不敢再动，直勾勾盯着洞里。耳中传来由远及近的脚步声，不大工夫，一个人影从黑暗里走出来。我一看，居然是古斯特，满脸是血。就见他端着手枪，指着我身旁的熊谏羽，冷冷地道："你打算骗他到什么时候？"

熊谏羽答道："你什么意思？"

"你自己明白我在说什么，你真的以为自己能驾驭那力量吗？大维，快过来。"古斯特对我道。

这种状况下，我已经彻底晕了，这乱七八糟的怎么回事。我对古斯特道："怎么了？他是熊谏羽，你快把枪放下。"

"大维，他不是熊谏羽，至少不是我以前认识的熊谏羽，你快过来。"古斯特对我怒吼道。

"大维，别听他的，他拿枪对着自己人，你愿意相信这种人吗？"熊谏羽毫无畏惧地反驳道。

我还想再说点什么，但古斯特已经做出了反应，我耳中传来"砰"一声枪响，子弹击中了熊谏羽，他踉跄了几下，倒在地上。

　　说实话，这一幕把我吓坏了，没想到古斯特居然真的开枪，我惊恐地望着他，身体不自觉地颤抖。

　　古斯特一枪把熊谏羽撂倒，放好枪朝我走了过来。我哆哆嗦嗦地道："你……你要干什么？"

　　古斯特没有理睬我，径直走到熊谏羽身边，把熊谏羽翻过身来。我看到熊谏羽面色苍白，紧闭双眼，中弹的小腹处正往外冒着深色的血。古斯特用刀在他胸前的潜水服上挑了道口子，然后用力一撕，对我道："你自己看。"

　　我低头拿手电一照，看到了让我毛骨悚然的一幕：熊谏羽心脏处的皮肤上，居然像肿瘤一样鼓起一个漆黑的卡坦神头像，此刻，它像有生命一样一起一伏，似乎在呼吸。

　　"这是……这是……"我话还没问完，躺在地上的熊谏羽忽然猛地睁开双眼，顺手操起一块石头砸在古斯特脸上。古斯特毫无防备，被砸翻在地。熊谏羽挣扎着爬起来，捂着小腹朝洞内跑去。

第 10 章
水　墓

　　我瘫坐在地上，一时竟失语了。 形势变化太快，我觉得自己完全丧失了分辨是非的能力。 古斯特捂着脸坐起身，缓缓地道："如果我不早点发现你，恐怕没多久你就成了殉葬品。"

　　"熊谏羽他到底怎么了？"我呆呆地问。

　　"他太过于迷信玛雅人的力量，正在做一些疯狂的事情。"

　　看我一脸迷惑，古斯特继续道："根据我们对玛雅文化的研究，他们之所以曾经繁荣，就是因为他们掌握了某种力量，而这种力量最突出的表现就是让他们的建筑学、天文学和医学超越了同时期的其他文化，其中部分成就甚至超越了现代文明。 传统科学把这种力量叫做科技，但熊谏羽坚持认为这是一种超越科技的神力。 他曾经告诉我，他的祖上曾经繁荣，就是获得过玛雅祭司神力的帮助，后被玛雅人遗弃，最终没落。 而他，希望重新寻获这种神力，重塑他祖上的辉煌。"

　　我听完他这段论述，觉得和卷轴中的末日预言很像，只不过论述的是玛雅人将会重塑辉煌，莫非这里边有什么联系？ "那熊谏羽要找的到底是什么东西呢？ 为什么他胸口会有卡坦神头像的肿瘤呢？"我问道。

"他胸口的头像和我儿子胸口的形状一样。 严格来说，两种不是同一个东西，而且这种头像不是肿瘤，是一种寄生物。 我儿子身上那个是突然长出来的，呈暗红色，而熊谏羽身上那个黑色的头像是因为服用了玛雅人的一种药品。 熊谏羽认为这种头像是一种信物，只有携带这种头像才是玛雅神的仆人，才能有机会获得神的力量。 但我觉得，那个东西会害死他。 我这次来，就是想找到治愈我儿子身上怪病的方法。"

熊谏羽身上那玩意是吃药长出来的？ 古斯特的话让我全身发冷。 "他吃的什么药？ 是不是一种白色的药丸？"我睁大眼睛惊恐地问古斯特。

"我在他背包里见到过那种药，好像是白色的，而且需要持续服用才行，否则会很快被反噬。 怎么了？"

我一下瘫坐在地上，捂着胸口无力地道："他给我也吃了一颗，说是治疗幻觉的药。"

"你现在有没有什么不适感？"古斯特关切地问。

我把上衣扒开，看了眼胸口，并没什么异样。 我冲古斯特摇摇头："没什么特别感觉。"

"别多想了，也许他没给你吃那种药。"

我静下心来思索了一下，觉得熊谏羽似乎没有给我吃药的必要，毕竟是他自己想得到那种力量。 稍微放下心来，忽然想到之前和古斯特走散的事情，问道："你和莎娃去哪了？"

"我们被困在了一个房间里，费了很大力才找到出口，找到这。"

"没看到你爬墙呀？ 你怎么到洞里的？ 莎娃呢？"我疑惑地道。

"这个洞顶部有别的岔道，路过那的时候听到你和熊谏羽的谈话，我从那下来的，莎娃现在还在上边。"他用手指了指洞深处。

"熊谏羽刚才跑进洞了，会不会伤害莎娃？"我紧张地问。 其实我自己也不知道为什么会对莎娃那么关心。

古斯特笑了笑道："放心吧，洞里还有别的通道。 熊谏羽会一直往前找坦克去，他们俩有共同目标。"

说到坦克，我忽然想起刚才看到的那摊黑血，便问："你下来的时候看到地上的血迹了吗？ 熊谏羽说不是坦克的，还很紧张地让我赶紧退出洞去。"

　　古斯特冷笑了一声："那就是坦克的，坦克当时跟发了疯一样攻击我，被我打伤了。 熊谏羽一定是看出了点什么，猜到是我，所以才准备退出去换条路。 坦克病得很重，再没有解药，很快就不是他自己了。"

　　我觉得自己受够了这些疑神疑鬼的话，希望把一切捋得更清楚，问古斯特："你能不能直白点告诉我，第一，你们要找的神力和治愈你儿子的方法到底是什么东西？ 有明确的目标吗？ 第二，在基督城发现的末日卷轴上的末日预言，和这里有什么关系？ 请用我能明白的、简单的话回答我。 谢谢！"

　　古斯特深吸了口气道："我知道你很迷惑，但我现在只能告诉你一件事情，因为我只能确定一件事情。 传说玛雅人在诞生之初就给自己的祖先和崇拜的神灵建造了三座祖墓，分为水墓、地墓和天墓。 而玛雅人起源、玛雅人文化的所有秘密都藏在天墓之中。 我们现在所处的地方是水墓。 在水墓和地墓中各藏着一枚带有脸谱图案的戒指，这两枚戒指上有指引天墓位置和开启天墓的方法、治愈我儿子的办法。 熊谏羽认为的神力、你寻找的末日线索，全都藏在天墓之中。 所以，我们的目标就是在水墓里找到其中一枚戒指。 这样说你很清楚了吧。"

　　"你为什么不早点告诉我，这样就清晰多了，我也能知道在水墓里绕来绕去找的是什么。 对了，戒指在哪？"

　　"不是我不愿告诉你，而是……确实有难言之隐！"古斯特犹豫了一下，把话咽了回去，继续道，"至于戒指，我只知道它位于水墓的核心，传说由玛雅人的神灵守护。"

　　"既然大家要找的是同一个东西，熊谏羽和坦克为什么要躲开你，单独行动？"我忽然发现古斯特话语中的一个漏洞。

　　"因为熊谏羽认为只有戴上戒指的人才能获得所谓神力的传承，虽然我只想找到医治我儿子的方法，但熊谏羽不信任我，认为我的目的并不那么单纯，他想独自获得那种力量。 他和坦克也只是合作关系，坦克只想要隐藏在天墓内的财宝。"

　　我再一次对自己在这个团队中的定位迷惑了。 这两拨人都有自己明确的目的，那我来这是干什么的？ 难道只想做一个见证人？ 我有自己的想法，我想解开怀特留下的谜团，于公于私，我都应该走进天墓看一看世人觉得无比神秘的末日、玛雅人的秘密。 想到这些，我内心就有种抑制不住的激动，而到底该帮谁，我真的没有想好。 我打定主意，做了一个自私的决定，谁能最后走进天墓，我就跟着谁。

"现在怎么走？"我打起精神问。

"跟我来！"古斯特调亮灯光，径直朝洞内走去。

我跟着古斯特，直到越过刚才那摊发黑的血迹。 在古斯特的指引下，看到洞顶上方一个不太显眼的角落，墙壁似乎凹进去一块。 古斯特打了个指哨，一根绳索掉了下来。 绳索尽头，隐约看到一个人影在晃动。

"你先上去吧，莎娃在上边。"古斯特一边给我绑好安全扣，一边道。

我检查了一下身上的绳扣，心里直纳闷：进洞的时候我记得他们没带绳子的呀。 本来想问问，后来想想多一事不如少一事，反正自己也不知道怎么出去，只能跟着他们走，多加小心就成。

绳子绑好，我拽了拽绳索，上端被固定在什么东西上，十分结实。 这面石壁不像之前的那个，表面比较光滑，我只能借助绳子的力量往上爬。 其实整个高度不超过 15 米，我很快就爬了一半，但这种软绳攀登对臂力要求极高，我之前消耗了太多体能，这会不能一口气爬上去，只能吊在半空中，准备休息几分钟。

但人倒霉的时候真是喘口气都会被呛死，我刚舒了口气，就听到我上方三四米远的地方有碎石挪动的声音，听声音，很明显是从光滑的墙壁上传出来的。 我掏出手电朝上照了照，那儿除了光滑的墙壁什么都没有，碎石挪动的声音像是从墙壁里边传出来的。

电光火石之间，我还没来得及反应，头顶上方封闭的石壁猛地被什么东西给撞开一个篮球大小的洞，碎石掉了我一头。 我眯着眼紧盯着那个小洞口，生怕里边钻出什么恐怖的东西。 但好运气似乎离我太远，没让我等太久，洞里就伸出了一只手臂。 我不知道该怎么形容这只手臂，整只手呈漆黑色，像被脱过水似的十分干巴，也就是一皮包骨，但发黄的指甲出奇地长，起码有五六年没剪过了。 其实一只人手我倒是能接受，可这只手臂离奇的地方在于它太长了，我脑袋顶到洞口少说有三米远，此时，那只手臂居然直扑我面门而来。 我脑袋直发蒙，什么人的手能有三米长？

　　我忽然想到之前拔燧石刀的事，莫非这就是传说中被困在石刀上的鬼魂索命来了？我望着越来越近的枯手，赶紧掰开安全滑轮，想速降下去。但悲剧再一次降临，滑轮被卡住了。我就像一只烧鸭被吊在半空中，等着这只枯手将我开膛破肚。

　　正当我无比绝望时，下边"砰"一声响，古斯特发出的子弹准确击中了接近我的黑手，伤口处迅速涌出了深色的血。那黑手的主人似乎能感觉到疼痛，墙壁后传出嗡嗡的嘶吼声。我一看这东西会流血，证明是活物，不是什么冤鬼，稍微放了点心，冲身下的古斯特大喊："快，快射他！"

　　古斯特又是几发点射，把那只黑手硬是给逼得后退了些，我心说这玩意再不走，就让古斯特给你打成筛子。那只黑手也感受到了压力，慢慢退回了洞口，我暗舒了口气。但我并没轻松太久，突然，那看似要退进洞里的黑手忽然迅速并拢五指，往前一送，用那尖利的指甲猛地朝我上方的绳索一划。

　　我一见对方用这招，知道大势已去，心里问候了十遍对方的八辈子祖宗，眼睛一闭，身子一松，整个人重重摔了下去。

　　也不知过了多久，我慢慢睁开眼，一片柔和的亮光映入眼帘。我只觉得头疼欲裂，用手摸了摸头，脑袋被绑上了厚厚的绷带。我坐起身朝四周看了看，发现这似乎是一间石室，大约 30 平方米，四角点着长明灯，石室中间有一个透明的玻璃缸，没有盖子，里边放着一口棺材，材质像石头又似金属，上边写满了玛雅象形文字。

　　从房间顶部延伸下来八根石柱，像管道一样正往玻璃缸里输送暗红色的液体，但似乎那棺材有吸水功能，无论液体怎么灌，玻璃缸里的液体似乎总是维持在同一水平线。我朝四周看了看，古斯特和莎娃不知去向。

　　寂静的石室里，除了自己的喘气声，就只能听见细微的水流声。不能这么玩我吧，古斯特和莎娃去哪了，怎么把我一个人扔这了？我脑中飞速运转。

　　"你醒了？"一个女声对我道。

　　我打了个激灵，朝四周看了看，但四周除了那口棺材，就是我自己，哪有人的影子。我以为自己脑袋受伤有点幻听，也没多想，打算起身看看有没有什么出口，找找古斯特他们去。

　　"按我的指示，打开棺材。"那女人的声音像鬼魅一样在虚空里响起。

这句话我听得真真切切，那声音似乎就在我身边。我又转了一圈，确定自己身边除了空气，什么都没有。这下我头皮就炸开了，喊了声："莎娃，是你吗？你在哪？"

"是我，现在没时间跟你解释，打开棺材。"那个女声急切地催促道。

说实话，听这声音，我觉得不太像莎娃，这个声音有点沙哑发沉，莎娃的声音比较脆，但说话的口气和感觉倒是莎娃的。我一时没了主意，在这鬼地方已经碰到太多不可思议的事情，谁知道棺材里躺着什么。

"打开棺材干什么？你在哪？古斯特呢？"我想确定一下那个声音到底是不是莎娃的。

"打开棺材你就明白了！快，我快不行了。"那个声音在空气里飘飘忽忽地传出来。莫非莎娃被困在了棺材里？想到这，我心里忽然无比焦虑，我也不知道为什么会有这种感觉。和莎娃相处的时间并不长，但从在我家见她的第一眼开始，就让我有点魂不守舍，似乎朦胧中产生了点什么化学反应。

我犹犹豫豫地走到棺材前，看了眼玻璃缸里暗红色的液体。本来我以为是血，但仔细一看，发现只是普通的水，但像是混了某种红色的颜料。

"你需要我怎么做？"我赶紧问道。

"你先站到供池里。"那个声音显然越来越虚弱。

我心说原来这缸红色的水叫供池。玻璃缸的边缘不到 1.5 米，我来不及多想，翻身跨进了水池。一进这缸水，才发现它的神奇之处，这缸水并不是恒温的，而是一会冷得像冰水，一会热得像开水，似乎每一秒钟都在变换，这种感觉很奇特，让我觉得很不真实。

我稍微适应了几秒后，回了回神问："现在怎么办？"

"棺材盖被卡住了，你在棺材盖上找一个带翅膀蛇的图案，然后按下去。"

我开始在棺材盖上密密麻麻的文字和图案里寻找带翅膀的蛇，那上边东西很多，但好在带翅膀的蛇图案比较特殊，没费太大劲，我就找到了它。这个图案画在棺材盖的正中心，微微凸起，外围画了一个圈给圈了起来。

"找到了，你别急，马上救你出来。"我安慰棺材里的莎娃道。这会我也来不及想她是怎么进去的，反正我就想用最快的速度把她弄出来。

我搓了搓手，使劲朝着那个图案按了下去。原本我以为起码会"咔嚓"一声，机关被打开，但什么都没发生。我有些无奈，问："怎么没反应，现在怎么办？"

"别着急，稍等一会！"

没等多久，我就听到"突突"的冒水声，低头一看，棺材侧面不知什么时候开启了一个小洞，深红色的液体正缓缓往外流，还带着一股淡淡的腐臭味。

水流了可能有五分钟，莎娃的声音再次响起："好了，帮我把棺材盖打开，放我出来。"

一听可以了，我二话不说，扶着棺材盖往上猛地一使劲。就这一下，差点把我腰给闪了。这个盖子看上去厚实沉重，可搬起来跟纸板似的，重量可以忽略不计，我劲用大了，差点把自己扭着。

我把棺材盖整个推到了供池里，才往棺材里瞅了一眼。就这一眼，我忽然心跳加速，面红耳赤。就见莎娃一丝不挂地躺在棺材里，正含情脉脉地看着我，脸上没有一丝血色，极其虚弱。

"你，你……"我结结巴巴的，一句完整话也说不出来。

要说任何一个生理正常的男人碰到这种情况，都会不知所措，更别说我这个年轻有为、身体强健的绝佳好男人了。我目不转睛地盯着莎娃的身体，这个我在潜意识里已经窥视过无数遍的身体，现在正赤裸裸地展现在我面前。

我的目光从她脸上顺着脖颈一直往下扫，她那发育得极其良好的双峰、平整的小腹，都勾得我有些颤抖，我的目光不敢再继续下移，只好把头扭到一旁。

谁知莎娃微微张开红唇，小声说了句："我好冷，你进来抱抱我吧！"

我听她说冷，本来打算把衣服脱下来给她穿上，可一想，我也就一件潜水服，给她了我就得光着，也不好看呀。但又不能就这么看着不理她。再加上我这会身上燥热难耐，一种罪恶的欲望早就冲昏了头脑，也不管在棺材里这么赤身裸体地抱着好看不好看了，一下就跨进了棺材里，趴在了莎娃身上，紧紧地抱住她，希望能让她暖和起来。

这一紧贴，才发现莎娃浑身冰凉，尽管如此，和那如雪般的肌肤接触，我还是难以抑制地产生了生理反应。莎娃这会全身赤裸，我也只穿着薄薄的潜水服，她一定能感觉到。 我面红耳赤，心跳急剧加速，不敢看她。

"你爱我吗？"莎娃突然温柔地说了一句。

在这种时候，一个女人对你说出这种话，其实答案是什么并不重要，重要的是这句话表达了一种带有挑逗意味的信号。

我的心跳得更厉害了，我的心智完全不受自己控制，脑子里除了莎娃裸体的画面，就是空白。 我知道接下来会发生什么，虽然是在一具棺材里，但有几个人能拒绝这种诱惑呢？

"爱！我爱你！"我几下扒掉自己的潜水服，脱得只剩下内裤，已经忍不住想要继续下面的步骤，双手也蠢蠢欲动。

哪知莎娃更加主动直接，忽然伸出双手紧紧抱着我的脸，猛地把我拉到她的嘴边，冰凉的嘴唇瞬间就占领了我的感官，我感觉身体已经完全不是自己的，我想把自己全部交给她。

男人有时是脆弱的、不设防的，特别是对心仪已久的女人。 这种情感的瞬间爆发比火山还热烈，比暴风还强劲，我只觉得脑子昏昏沉沉的，眼皮也不愿睁开，任凭莎娃在我脸上亲吻。

但我期待的关键本垒打并没有到来，等到的却是一声急迫的怒吼："大维，你在干什么？"

这声如雄狮般的怒吼并没有让我头脑清醒多少，我也不知道脑袋是不能思考还是不愿思考，继续自顾自地和莎娃抱在一起缠绵。

一声更加清脆的女声在耳边响起："大维，你怎么了？"

这声女声听起来十分熟悉，是莎娃的声音，但声源的方向在棺材外，并不是从我身下传来的，而且是实实在在的，并不虚幻。

我下意识地抬头看了一眼，只见莎娃和古斯特正站在玻璃缸外，一脸紧张地探头盯着我，目光里满是恐惧……

当我抬头看见莎娃那张俏脸时，脑子像被灌进了胶水一样，完全不能思考，也没觉得什么不对，只是傻傻地盯着他俩。

古斯特见我毫无反应，忽然拔出枪，对一旁扣动了扳机。 这个房间本来就不大，在如此狭小的空间内开枪，声音被放大了好几倍。 "砰"一声过后，我就觉得脑袋嗡嗡作响，各种感观变得正常，思维也开始活跃起来。

　　我忽然觉得后背一阵奇痒，那种痒像是有千万只小虫在你皮肤下爬行，又像是伤口结痂后皮肤开始生长的感觉。这一阵痒让我彻底清醒了，这才想起来我在干什么，我身体下边躺着一个莎娃，旁边还有一个莎娃盯着我，这明显就不对。

　　我赶紧扭头朝棺材里的莎娃看了一眼，这一眼都快把我吓尿了。我身下根本就没什么莎娃，只有一具人体骨骸，确切地说只有一半是人骨，因为骨骸从脖子往下，整个身体全部由暗红色的、像水晶一样的东西组成，只有骷髅头才是真正的人骨，而且也不知制作这具骨骸的人用的什么方法，在脖子的结合处，水晶和骨头居然毫无缝隙地融合在一起，形成一具完整的骨架。

　　再看头骨周围，呈太阳状铺满了形状不一的绿色玉石，骨骸脖子上挂着一枚长条椭圆形的翡翠，上边写着几个玛雅文字，一条似金丝的东西穿过翡翠上的两个小孔，环绕在骨架脖子上。

　　想想刚才居然像着了魔似的抱着这具骨架又亲又摸，不禁一阵后怕。我有点心虚，不敢看莎娃的脸，盯着古斯特问："我……我怎么了？"

　　"你先出来，出来再说。"古斯特一脸焦急，瞥了眼我的后背。

　　我这才反应过来，想赶紧爬出棺材。我双手扶着棺材边缘，一使劲，却发现双脚似乎被什么给锁住了，使不上劲。我扭身一看，又是一身白毛汗，刚才趴在那里没注意，这会才发现，这具人骨的水晶手臂居然比身体还长，一直延伸到脚那，现在正死死抓住我的双腿。这让我又想起了石壁上钻出的那个三米长的手臂来，恐怕一开始抓我的就是这个东西的活体。

　　我心惊肉跳地冲古斯特喊道："他抓着我腿，我起不来。"

　　古斯特犹豫了一下，翻过玻璃缸，跨进狭小的棺材，让我侧过身给他腾点地方，接着，他对着那手臂一脚踩了下去。那红色的手臂看上去很硬，其实很脆，古斯特两脚踩断两只手臂，准备把我扶出棺材，他一弯腰，看到骨骸脖子上那个翡翠项链，脸上瞬间充满了兴奋，一把将翡翠给拽了下来。

　　我提着潜水服、穿着短裤从棺材里爬出来，又用枪托把脚上残存的那点手臂给砸烂，这才松了口气。瞟了眼站在一旁的莎娃，忽然有些脸红，赶紧开始穿衣服。但后背那股奇痒又瞬间传来，我使劲挠了几下，问古斯特："我背后有什么东西吗？怎么这么痒？"

"没什么，快穿衣服吧！"莎娃抢在古斯特前回答我。

我和莎娃这个女孩认识的时间虽不长，但还算有点了解，当然，之前在棺材里的那个除外。这个女孩说话总是异常坚决果断，而且眼神坚毅，但刚才她说这话明显底气不足，很显然她在骗我。我忽然感觉事情有点不妙，我背上一定有什么东西。

"不要骗我，古斯特，我背上到底是什么？"我一边期待古斯特的答案，一边想，不会是尸毒什么的吧。棺材里经常会有"尸毒"这种东西，其实就是一种细菌，如果皮肤破裂接触了尸毒，就会奇痒难忍。如果真是这样，可就麻烦了，这又没抗生素，还不知道什么时候能出去，照这么个挠法，比感染更厉害。

古斯特摇摇头，在地上捡了几块破碎的手骨，拿到我的侧面。这玩意跟水晶一样，能当镜子用，我扭头一看，脸"唰"一下就白了。身后奇痒的位置是一个巴掌大漆黑的卡坦神头像轮廓，目前似乎只长在皮肤上，并没有凸出来。

我身体里的力气像被抽干了一样，脑中嗡嗡的，看来熊谏羽给我吃的药真有问题。我这会有想骂娘的冲动，心想熊谏羽你自己吃就行了，为什么要给我吃药，把我弄得不人不鬼，别让我再见到你。

另外，还有一个问题困扰着我，为什么熊谏羽的头像长在胸口，我的长在后背？难道体质不同，这玩意长的地方都不同？或者有别的原因？我感觉脑袋像要裂开一样难受，而且从内心深处冒出一丝沮丧，开始反省自己因为好奇而加入这次探险的决定是否正确。

看我呆呆地站在那愣神，一言不发，古斯特上来拍拍我的肩膀道："对不起。之前你从石壁上摔下来昏迷，我们把你放到这里，本想去找点水喝，没想到你就出事了。应该是产生了幻觉，不该把你一个人扔到这里，现在没有其他办法，只能尽快找到医治这种怪病的方子了。"

幻觉？古斯特一句简单的幻觉是解释不通的，如果只是幻觉，为什么不是让我撞墙自杀，不是让我干别的，而是如此精确地指引我打开棺材盖？我忽然觉得有点不对劲，古斯特刚才在棺材里看到那个翡翠项链，明显表现得过于兴奋。

"你刚才从棺材里拿的那个翡翠是什么东西？"我警惕地问道。

古斯特拿出翡翠平摊在手心上道："棺材里的那具尸体是早期玛雅人的祭司，他们掌管着玛雅人的核心秘密，会将祭文和各种书籍藏在类似仓库的地方。 这个翡翠上的文字写的是'开启仓库的钥匙'。 如果我没猜错，我们要找的那枚戒指也应该藏在一起。"

古斯特的回答滴水不漏，让我也无法再怀疑他有什么问题："现在怎么办？"

"穿上衣服，赶紧走，这里已经接近水墓核心了，要赶在熊谏羽之前找到戒指。 如果被他先找到，他一定会带着戒指消失，那我儿子的病、你的病就再也治不好了。"

本来我还想把自己当做局外人，但这会自己也被感染，无法置身事外。如果真如古斯特所说熊谏羽会独吞戒指，那我这条小命可就得在末日之前交代了。

"往哪走？"我一边穿衣服一边问。 也不知道是心理作用还是怎么回事，这会后背似乎没那么痒了。

"如果我没猜错的话，通往仓库的入口就在祭司的棺材下。 祭司在玛雅人里地位很高，无论生或死，都负责保护和看守玛雅人最重要的财富。 刚才我已经查看过别的地方，都是死路。 除了熊谏羽他们进入的那个通道，只剩这里没有检查过。"

"也许熊谏羽他们进入的通道是唯一的入口呢？"我实在不愿再碰那口棺材，想找条别的路进去。

"他们那条路我们不可能进去，那里遍布各种毒虫，相信你已经见识过一些。 那些毒虫只允许神的仆人通过，也就是身体上有卡坦神头像的人通过，你现在已经算神的仆人了，要不你去试试？"莎娃突然打趣似的调侃道。

想到之前在墙壁上看见的成群马陆迁徙的盛况，我就脚板直冒凉气。 和那种生不如死的感觉比起来，还是面前这具棺材从感官上更容易接受。 "那些毒虫真的不会攻击带头像的人吗？"

古斯特一边查看那具棺材，一边答道："据我猜测，像你这样的感染者，身体会有种特殊的气味，能驱赶那些毒虫。"古斯特在棺材外的玻璃缸周围蹲下身子检查了一番，似乎发现了什么，"快过来看。"

我赶紧几步跑上前，蹲在古斯特身旁："有什么发现？"

古斯特让我俯下身，指了指玻璃缸的底部。这会缸里全是暗红色的水，但隐约能看见缸底有一尊 20 厘米左右高的雕像，和我在棺材盖上看到那个长翅膀的蛇一个造型，此时正用头顶着棺材，暗红色的液体似乎正被它从嘴里吸进去。而这尊雕像的心口位置凹进去了一块，凹口呈条状椭圆形。

古斯特拿出刚才发现的翡翠比画了一下，似乎刚好能嵌进那个凹口。他朝我笑了笑道："咱们运气还真不错，刚找到钥匙就能用上。"说完他跨进玻璃缸里，准备把钥匙安在凹口处。

本来这一切都顺理成章，但不知是因为我受到感染有点神志不清还是什么的，隐约中我似乎听到一个声音在我脑海里喃喃地说："打开吧！地狱之门！我们需要更多异族的鲜血充满祖墓。打开吧……"

这句话不停在我耳边回响，我听得真真切切，但就是由于太真切了，我反而开始怀疑自己：之前跟莎娃那段缠绵，我也觉得挺真切，但事实上那是由于患病产生的臆想，现在我听到的这些又怎么能保证不是幻觉呢？我发现自己已经分不清幻觉和现实，我不敢告诉古斯特，也不想让他停下来，因为我对玛雅人的了解基本为零，而古斯特肯定知道得比我多，我只能把自己的命运无奈地交到他人手上。

我一边想着，古斯特已经把翡翠安到了那个雕塑的胸口，然后迅速从玻璃缸里跳了出来，把我拉到一旁。

等了一会，没有任何事情发生，我疑惑地问古斯特："你是不是落了什么步骤，要不要念点咒语什么的？"

古斯特一脸严肃，没接我的话茬，又等了一会，我似乎感觉地面有些微微颤动，由远及近传来"轰轰"的声音，而且越来越大，紧接着，我看到那具棺材和玻璃缸在原地转动起来，而且慢慢往上升，露出下面一根带图案缓慢旋转的石柱。

"棺材怎么升上去了？入口在哪？"我激动地问古斯特。

"不是棺材升上去了，而是我们的地面在下降。"古斯特指了指一旁进入这间石室的入口。

　　我一看，刚才我们身旁的入口不知不觉已经高出了我们半米："这是怎么回事，现在我们怎么……"我话还没说完，就听见一声巨响，地面像失控的电梯一样开始急速下坠，强烈的失重感瞬间传来。 而一旁光滑的石壁上居然出现了大量连续的壁画，此刻在高速运动下像电影一样展示着血腥恐怖的杀戮场景，耳朵里也有人小声不断念着听不懂的预言。 紧接着我感觉脑袋像要裂开似的一阵剧痛，眼前一黑，倒在地上，就什么都不知道了。

第 11 章
神殿恶斗

　　我是被热醒的，确切地说是连热带闷，迷糊中感觉自己腰部以下被什么盖住了，压得我喘不过气。我趴在地上睁开眼，还好，并不是无尽的黑暗，不知什么发出的亮光，足以让我看清面前的景象。首先看到的是莎娃趴在我旁边，稍远的地方是古斯特，两人还处于昏迷中，我轻声喊了声："莎娃！"她毫无反应。

　　我努力想爬起来，但全身酸软，使不上劲，而且身上压的那些东西很沉，温温的，这种感觉非常熟悉，一时又想不起来是什么。我趴在地上稍事休息，努力让自己恢复些体能，然后双手扶地，猛地往上一撑，身上那负重感逐渐消失，终于从地上坐了起来。

　　我坐在地上喘着粗气，这才发现原来压在我身上的东西是沙子，是在海滩很常见的细沙，但颜色是赤红色的。我随手抓了一把，感觉很温暖。我站起身，环视四周，发现我正站在之前下坠的那块地面上，但面积比原先房间里的小，说明只是部分地面坠了下来。远处则高高耸立起一个明亮的大圆盘，像太阳似的发出刺眼的光芒，整个空间在这光亮照射下变得很温暖。

　　我用手搭凉棚朝远处地面看了一眼，从我们所站的地面，一直延伸到光源方向，全是赤红色的沙海，此刻正莹莹地反射光芒，让整个空间内显出魔幻效果。

看到这幅美景，我不得不慨叹，如果不是在这种鬼地方，而是在地球上其他任何一个正常角落看到此景，都将让你终身难忘。

我想让古斯特和莎娃也看看这美景，低头一瞅他俩，顿时紧张起来。 莎娃还好，跟我趴那的情况比较像，由于头朝里，只是腰部以下被赤沙覆盖。 古斯特头朝外，侧躺在地上，不少细沙已经盖过他的下巴，而且我仔细一看，这些沙子并不是固定的，不知受了什么力量的驱动，此时正慢慢流动，像潮水一样缓慢上涨，覆盖地面的面积也越来越大，眼看就要盖住古斯特的嘴和鼻子。

我怕古斯特被闷死，赶紧冲上去拽着他的双腿使劲往靠近内侧的方向拖，然后帮他清除脸上的沙土，使劲拍他的脸，想让他赶紧醒过来。

这一拍不打紧，古斯特的嘴角居然渗出暗红色的血来。 我一时不知所措，看着古斯特闭着双眼，脸上显出痛苦的神色，忽然感觉到他可能受了什么伤。 我对急救医疗懂得不多，但想起莎娃曾说过她是这方面的行家。

我赶紧把莎娃也抱到内侧，托起她的头，轻轻拍打她的脸颊，没多久，莎娃就咳嗽着睁开了眼。 看到莎娃没有大碍，我松了口气，轻声道："没事了吧？ 你稍微休息一下，看看古斯特怎么了，他好像不对劲。"

听我说古斯特情况不妙，莎娃也顾不上休息，挣扎着爬起来，晃晃悠悠走到古斯特身旁，在他身上查看了一番，忽然眉头紧皱，咬着嘴唇道："他好像肋骨断了，扎到了内脏。 我们要赶紧送他出去，不然他撑不了几个小时。"

"好端端的，怎么会肋骨断了？"我十分不解，满脸诧异，心里却像丢了魂似的。 我们能完好无损地从这地方走出去，全得靠古斯特，现在他反而受了重伤，这路还怎么走？

"他肋骨有旧伤，这次是强忍着伤痛来探险，可能是地面下落到底部产生剧烈震动后引起的。 我们俩没受伤，那是运气好。 快走，找出口，送他回去。"莎娃满脸痛苦的神情，挣扎着要把古斯特背在背上。

"不……不能走，这里应该是水墓核心，必须……必须找到戒指！"古斯特突然睁开眼。

"你现在好些了吗？ 为什么这里是水墓核心？"我关切地问道。

"没事，我能挺过去，放心吧，玛雅古籍里有对水墓的记载，其中说到水墓是'神居住的地方之一，太阳神温暖无比，神用他们的鲜血染红沙土，滋润大地，结出神圣的果实，供养服侍他的仆人'。你看这里和古籍上的记载相符，一定是水墓核心。"

"那戒指在哪？你还能走路吗？咱们找到戒指赶紧离开这鬼地方。"我心里莫名有点发毛，这地方虽说很暖和，看上去很平静，但我总觉得没那么简单。

"放心，我还能走。古籍上记载，戒指在太阳神体内。"

"这是什么意思？"我都快撞墙了。据我所知，各种宗教里神灵都是虚化的，既然没有实体，那"体内"从何谈起呢？我疑惑地看着古斯特。

古斯特捂着胸口站起来，朝地上啐了口血唾沫道："你别那样盯着我，我也不知道是什么意思。咱们到发光的地方看看，也许能找到线索，而且动作一定要快。地上这些红色的沙子看上去像潮水一样上涨，我觉得既然有涨潮，也许会有落潮，咱们必须加快速度，在这些沙子落回去前拿到戒指离开这。"

我心里隐隐有些不安，这种不安来自于对未知的恐惧。眼前这环境看上去无害，但我知道，在大自然里，越是色彩艳丽的动植物，越可能致命。另外，还有一个不确定因素放大了我的担心：熊谏羽和坦克自从在洞里失踪后，就再也没有踪迹，他们的目标也是这里，但现在在哪呢？

我跟着古斯特踏上了柔软但还算结实的沙地，朝光亮处走去。刚走了几步，我耳中突然听到身后传来"沙沙"的细微动静，我迅速把头扭到后头，在刚才我们三个站立的沙地上，我似乎看到有个黑色的东西迅速钻进了沙里。

我不确定这是自己的幻觉，还是沙子底下真有什么东西，如果有，那个东西的速度一定非常快。我往回走了几步，想查看一番，发现刚才站立的地面也大部分被沙子掩埋，古斯特吐在地上的那摊血水和唾沫痕迹都看不见了。我暗自担心沙子上涨的速度，也不知道它会涨多高，是不是最终会把这个空间填满。我用脚在沙子里刨了刨，确定里边什么都没有，自嘲似的摇摇头，笑自己过于神经质，赶紧跟上古斯特的步伐。

我们三人低头顶着刺眼的强光朝光源走去，离得越近，感觉温度越高。

在松软的沙地上行走了十来分钟后，我们面前出现了一条一米左右宽的裂缝，赤红色的沙土延伸到这就不再往前移动了，它们没有漫过裂缝或者掉进裂缝里，而是径直往上涨，似乎裂缝里有一道看不见的天然屏障。

我忽然想起之前熊谏羽告诉我的玛雅人曾经使用过的一种近乎透明的建筑材料，莫非这里也有？ 我试探性地伸出手摸了一下，手直接就穿了过去，根本没有任何东西。 那到底是什么力量形成了无形的屏障？ 我心里暗自佩服玛雅人的科技。

我看了眼古斯特，想问问他是否知道，却发现莎娃在一旁紧紧搀扶着他，他的血不断地从嘴里咳出，夹杂着血泡，顺着下巴往下滴。 我刚才光顾着走路，居然没有发现古斯特已经流了这么多血。 我顺着他脚下的血迹往后看去，心里不是个滋味。

可当我顺着血迹继续看向身后的远处时，刚刚产生的那股难受感瞬间被恐惧替换，因为我看到远处有几条黑色像鳗鱼一样的东西在沙地上扭动，正循着血迹慢慢向我们靠过来，而且他们似乎正在舔食沙地上的鲜血。

"危险，后面有东西！"我大吼一声。

古斯特和莎娃转过身，也看到那几条鳗鱼，古斯特拔出枪，却因为失血过多，此刻手上无力，微微颤抖，似乎那枪有千斤重。 而那几条鳗鱼也发现我们看到了它们，忽然"吱吱"地像老鼠一样叫了起来。 在几段叫声过后，它们身后血红色的沙地像波浪一样上下起伏，紧接着，地上发出"噗噗"的声音，一大群鳗鱼从地底钻了出来，慢慢对我们呈包围之势。

古斯特不等鳗鱼靠近，朝其中一堆扣动了扳机，子弹巨大的冲击力把其中一条鳗鱼和沙子打得翻飞起来。 但这招并不管用，其他鳗鱼毫无畏惧感，一层层向我们推进。

但不知什么原因，这些鳗鱼并没有一拥而上把我们撕碎，而是在离我们一米多远的地方停了下来，发出"吱吱"的叫声，让我感觉像掉进了老鼠窝。

"现在怎么办？"我完全没了主意。 本来我还有把鱼枪，几次遇险后早就不知道扔哪去了。 而古斯特那把手枪面对这么多鳗鱼，似乎也起不了多大作用。

"它们似乎不敢靠前，好像怕什么东西？"莎娃冷静地道。

"这条裂缝可能是某种分界线，沙子也不能越过它，我们要退到裂缝对面。"古斯特身体受伤，但脑子还是很冷静，果断做出了决定。

我也觉得这是唯一的办法，裂缝后边的地方看上去还比较大，足够我们周旋一会。而且裂缝并不太宽，轻轻一跃就能过去。我从古斯特手里接过枪道："你们先过，我掩护你们！"

莎娃也不多说话，迅速转身扶着古斯特，两人稍微后退了一步，然后猛地朝对面一跳。本来这无比正常的一跃，我却傻眼了，因为我看到这两人跳过裂缝后居然活生生消失了。

看着古斯特二人在面前活生生消失，我愣了一下，接着狠狠给了自己一巴掌，脸上火辣辣的疼。这不是梦，也不是幻觉。那他们去哪了？

"吱吱……"后边那群黑色鳗鱼发出的声音越来越大，离我也越来越近。我看到不少鳗鱼的嘴巴裂成了几瓣，露出里边白色的利齿和红色的舌头，大有一跃而起想把我吞掉的意思。

不能再犹豫了，我心里不断提醒自己，转身朝裂缝对面猛地一跃，跳过了裂缝。一片刺眼的金色晃得我睁不开眼，而那"吱吱"声忽然消失，整个世界一片宁静。

我眯眼稍微适应了一会，抬头一看，顿时惊呆了。面前居然出现了一个巨大的宫殿，我也不知该如何形容，只能把它称作宫殿，因为它实在是太宏伟了。整座宫殿气势恢弘，两排像宝石一样的长明灯把宫殿映照得灯火辉煌。

整个宫殿超过 30 米高，地上铺满了各式翡翠玉石。一个巨大的水池位于宫殿正中央，水池里赤红色的水正腾腾地冒着热气，水池两边各立着 10 根直径一米多的金色柱子，金柱上刻满了各式图案，直达宫殿顶端。而在宫殿的尽头，一尊超过 20 米高的巨大的神像正怒目直视着我，脸部赫然就是卡坦神。但这还是我第一次见到他的身体，它的身体是一条巨大的带着粗大鳞甲的蛇，这尊神像没有双手，取而代之的是像鸟一样的翅膀。

虽然这只是一尊雕像，但被它凝视，我心里无法抑制地产生了巨大的恐惧和压力，看了它一眼，赶紧把眼神挪开。再看这尊雕像脚下，跪服着四尊比真人稍大点的雕像，穿着黑袍，背对着我，看不清长相。每尊雕像都托着一个陶土罐子，高举过头顶，似乎在给卡坦神奉献礼物。

可能是看到这场景受的刺激太大，我发现自己都不会害怕了。另外，古斯特和莎娃正呆呆地站在我侧前方，让我稍微放下心来，原来他们没消失，只是裂缝那有某种东西阻挡了视线而已。

我走上前拍了拍古斯特的肩膀："这里就是水墓核心了吧，真漂亮！"

古斯特没有理我，而是蹒跚走到水池边，朝远处的神像跪了下来，从身上掏出一个弹珠大小的黑色金属圆球，嘴里念念有词一番后，把圆球给扔进了赤红色的水里。没多长时间，池里的水像沸腾了一样剧烈翻滚起来。接着又从翻滚的水里升起来一条小路，一直通向宫殿尽头的雕像前。

随着水池内小路的浮起，那尊卡坦神雕像的底部忽然裂开了一道缝，从里边伸出一个刻满花纹的石碑，接着，一切瞬间安静下来。

"大维，跟我来！莎娃，你在这别动。"古斯特站起身，沿着水里浮起的小路向神像走去。

我跟在古斯特身后踏上了小路，两边红色沸腾的水此刻像岩浆一样黏稠。小路只有一块砖头那么宽，我走得战战兢兢，那感觉仿佛正走向一条黄泉之路。

我不知道为什么会有这种感觉，也许是长期当记者的直觉让我变得敏感，我意识到了危险。但我并没停下脚步，我总不能对古斯特说"我害怕，就不往前走了吧"，莎娃在旁边看着呢，那也太怂了。

还好，这条小路一直走到头，也没什么危险，直到站在高大的神像前，那种不可言喻的威严再次传来，有点压得我抬不起头。

古斯特走到伸出的石碑前，盯着上边的文字看，许久不出声，似乎在研究碑文上的内容。我趁这工夫仔细看了看那四尊雕像，发现非常眼熟，和之前在殉葬坑那看到的启动开关的黑衣怪人长得一模一样。这些雕像脸上带着类似卡坦神的面具，眼睛处是两个大大的黑洞。我走到雕像面前，透过黑洞看进去。正在这时，眼睛里似乎有什么东西动了一下，吓得我一个趔趄，脚下拌蒜，一下躺在地上。

"雕像里有东西！"我惊得大叫出来。

古斯特听见我的喊声，皱着眉头从阅读中回过神来，走到雕像前上下打量了一番问："什么东西？"

"眼睛……眼睛里有东西在动。"我有点哆嗦。

古斯特走到雕像前，挨个朝四尊雕像的眼珠里看了看，扭头道："什么都没有，你看错了吧！"

我从地上爬起来，畏畏缩缩地走到雕像前朝眼里看了眼，发现里边黑乎乎的，什么都没有。我拍了拍发胀的脑袋，心说难道我看错了？后想想也有可能，在这种地方太紧张，再加上被感染，脑子糊涂眼睛发花也有可能。

"石碑上写的什么？"我转移话题问古斯特。

"这个石碑里藏着水墓戒指，需要用特殊的方法才能开启机关。"古斯特面色凝重。

"什么方法？"我迫不及待地想知道开启的方法，想尽快拿到戒指离开这个鬼地方。

"需要你帮个忙！"古斯特忽然直勾勾地盯着我，盯得我有点发毛。

我发现古斯特的眼神有些不对，虽然还很柔和，但其中又蕴含着一丝凶狠。我把身子挺了挺，警惕地问："什么忙，只要我力所能及，一定尽力。"

"很简单，一点力气活，你帮我扶住石碑，我开启机关。一切顺利的话，很快就能拿到戒指，离开这里。"古斯特这句话声音很大，似乎说给远处的莎娃听的。

还好没让我做什么危险的事，我暗自松了口气，一边走近石碑，一边问："开启机关不会有什么恐怖的东西吧？刚才那个跟坐电梯似的过程，我可不想再来一遍了。"说着我就把左手放到了石碑上。那一刹那，我感觉手像伸进了插座，一股强大的麻木感瞬间袭遍全身。

这种感觉我相当熟悉，小时候顽皮，曾把手伸进插座里，整个人被死死地吸住，费了好半天劲才拔出来，手臂也麻了大半天。再次尝试这种感觉，唤起我童年的恐惧。我想把手从石碑上拔下来，但无论我如何使劲，都是徒劳。古斯特则站在一旁看着这一切，毫无反应。我忽然明白，这一脸善良的孙子可能在给我下套。

我的意识正逐渐模糊，心脏似乎也要停止跳动。正当我无比绝望，等待死亡降临时，手臂上的吸附感突然消失，我猛地往后一拔，整个人重重摔倒在地，大口大口地喘着气。而离我不远的墙壁上，突然弹开一个暗门，里边摆着几件相当古老的冷兵器。

"大维，能不能救你自己，能不能拿到戒指，就得看你的表现了！"古斯特突然没头没脑地丢下这么一句话，然后迅速沿小路跑到莎娃那边，然后不知道动了什么手脚，水里的那条小路居然沉了下去，把我一个人隔离在了这座二十来平方米的孤岛上。

我觉得不妙，赶紧爬起身，朝对面的古斯特喊道："你这是什么意思？ 你要干什么？"

"还记得卷轴里的话吗？ 要依靠勇气，必须靠勇气战胜一切，你是被神选中的人，你只能自己面对这一切。"

虽然我不太明白他这话是什么意思，但傻子也知道绝不是什么好事，而且我发现左手臂皮肤上居然多出来一条像树枝一样的黑线，正灼得我的皮肤火辣辣地痛。 我想找条路跑回对面，却发现这里除了刚才那条小路，根本没有别的路通到对面，除非我从那沸腾的水里游过去。

正当我四处寻找出路时，忽然听到"啪"一声，扭头一看，发现左手边第一个雕像手里的陶罐掉在了地上。 这声音不大，却把我弱小的心脏震得发麻。

而接下来，我看到了更加恐惧的一幕。 这次我看得很清楚，雕像眼睛里有活物在动，而且从雕像内部传来"吱吱拉拉"的声音，像有什么利物在划金属。 雕像腹部正微微隆起，似乎有什么东西要破壳而出。

"古斯特，你他妈的在搞什么？"我退到石碑后，冲古斯特大骂。

"这四尊雕像体内是水墓戒指的守护神，你得战胜他们，把他们赶到水里，拿到戒指，出去的通道也会打开，不然我们都得死在这。"古斯特冲我吼道。

"为什么是我，你自己为什么不上？"我心里实在想不通，论体格，古斯特比我壮；论枪法，他也比我好，凭什么是我呀？

"你别问那么多了，集中精力对付它。 它快出来了！"古斯特没有正面回答我。

我脑袋"嗡"一下。 谁快出来了？ 来不及多想，迅速跑到墙边摆放武器的暗格，挑了一把外观霸气呈漆黑色的斧头，那材质像木头，又像金属，说不出是什么东西，拿在手里最少有 20 斤重。 武器到手，稍微放心了点，可随着"嘣"地一声响，雕像肚子被从里边顶破了个洞，看着从洞里爬出的东西，我吓得脚下一软，斧头"吧唧"一声掉在地上……

斧头落地，差点砸到自己的脚。 愣了愣神，我赶紧捡起斧头护在胸前，看着从雕像里爬出的东西，我一个劲往后退。 就见雕像里爬出的那个活物高约半米，呈人形，皮肤像得了白化病一样惨白，没有毛发，双手像猿猴一样撑地，弓着背在地上爬行。 再看它的面部，五官模模糊糊的，挤成一团，但隐约能看出来是张人脸，那张脸像承受了极大痛苦扭曲在一起，一张比拳头还大的嘴占据了脸庞的大部分面积，一对大小眼闪着贼溜溜的绿光。 双手没有手指头，但脚上长着蹼一样的东西，把几个脚趾头连成一片。 此时，这怪物浑身滴滴答答往下滴着液体，散发着刺鼻的气味，似乎它出来之前一直泡在雕像内的某种药水里。

说实话，我有点被吓傻了，你让我一文弱书生对付这么个玩意，这比肉包子打狗强不了多少。 我握着斧头的手心里攥满了汗，身体止不住地颤抖，这会，我真想吐一口白沫晕死过去算了。 但人都有求生的本能，我不停地安慰自己，告诉自己还没坐上豪车，还没住上豪宅，还没潜过女明星，还有好多未完成的事业正等着我，绝不能就这么死了。

想到那么多未完成的美梦，我忽然鼓起勇气，给自己打气似的冲着那怪物怒吼一声："啊……"

那怪物估计没想到我这到嘴的猎物还能有这么大爆发力，愣了一会，眼里显示出短暂的犹豫，但仅仅几秒钟，那眼神忽然变得阴冷起来，张开大嘴冲我大叫："吼……"

我和它中间虽然隔着三五米，可这么远的距离，我还是能感觉到它嘴里呼出的腥臭气味。 我再次被吓得一愣神，它却忽然发力，就见它后腿一蹬，整个人像狼狗一样腾空跃了起来，血盆大口直扑我的面门。

我来不及多想，下意识地横起斧头一挡，谁知那怪物的力量出奇地大，我脚步又不稳，这一接触，我被撞得一屁股墩坐在地上，双手也被震得发麻。

才一个回合，我就败下阵来。 我这会多想自己变身成李逵呀，挥舞着板斧把对方砍个落花流水。 即使成不了李逵，有冒牌货李鬼那种气势也成呀。

可我是生大维，凡人一枚，这会也就只有我为鱼肉的份。

那怪物见我如此不堪一击，也不急着再攻击我，只是围着我转悠，发出咕噜咕噜的声音，像是在嘲笑我一般，有点猫耍老鼠的感觉。

我坐在地上看了远处的莎娃和古斯特一眼，此刻这两人像看戏一样。古斯特脸上毫无表情，莎娃倒是双拳紧攥，显得有些焦急。我幽怨地看了眼他俩，声嘶力竭地吼道："你们俩就打算这么看着我被它弄死吗？你们良心上过得去吗？为什么是我？为什么是我……"

"大维，它不是不可战胜的，找它的弱点，在它的胸口或后背上有弱点。"古斯特朝我大吼。

那怪物似乎能听懂人话，听古斯特道出了它的弱点，愤怒地扭头冲对面的古斯特大吼一声。似乎怕我找到它的弱点进行反扑，它迅速朝我冲了过来，还没等我反应，一脚踩到我的胸口上。

这一脚像在我胸口踩出了一个洞，我直觉得胸口发闷，喉咙一甜，一口鲜血喷了出来，意识也模糊了不少，无力地躺在地上看着越来越近的那张怪脸，等待着死亡的降临。

躺在地上，想到刚才古斯特的那句话，下意识地朝在我上方的怪物胸口看了一眼，发现这怪物胸口有一个我已经见过多次的卡坦神头像，此刻正像心脏一样微微跳动。难道这就是它的弱点？我心底忽然升起一丝希望，想做最后的努力，可我发现身体被巨大的力量踩住，根本动不了。

那畸形人的嘴慢慢地向我靠近，似乎口腔里寄生着像蛆一样的小虫，此刻正慢慢蠕动。这恶心的一幕让我精神不少，但那畸形人看来没打算再多给我几秒观察它的尊容，嘴越张越大，马上就想咬断我的脖子。

正在这时，我忽然听见"砰"一声枪响，怪物身体震了一下，忽然仰起头，像忍受了巨大疼痛一般"嗷"一声，踩着我的脚也松开了些。

我扭头朝古斯特的方向看了一眼，原来是莎娃开的枪。我感激地看了她一眼，挣扎着举起斧头，一使劲，把斧柄猛地顶在了怪物胸口的头像上。

那怪物发出更大的一声惨叫，趔趔趄趄地往后退了几步，胸口涌出了一股黑血。

我撑着斧头摇摇晃晃地站起身，吐掉嘴里的血沫，忽然有种小人得志的快感，笑着冲怪物吼道："爽了吧，让老子暗算了吧，哈哈哈……"如果此时有人给我来张特写，我能想象自己的面部有多狰狞。

在那一刻，我忽然觉得自己不害怕了，后来想想，那是人在受到极大刺激后产生的一种变态反应，我觉得自己要疯了。俗话说，软的怕硬的，硬的怕横的，横的怕不要命的，我这会就是抱着不要命的心态，也顾不上自己胸口被撕裂般的痛，看对方立足未稳，居然首先发力，举着斧头朝趴在地上的怪物冲了过去，照着它脑袋打了一下。

那怪物虽然受伤，但并没丧失战斗力，它一挥手，先把我的斧头弹开。接着，另一只手猛地朝我腰部挥了过来，我一下被打飞两三米远，脸部着地，摔得我两眼发花。好在怪物已经受伤，行动似乎也没之前那么迅速，胸口滴答着黑血，慢慢地朝我爬过来。

"大维，快起来！"迷糊中我听到远处莎娃的声音，精神一振，挣扎着站了起来。这会我脑袋发木，似乎肋骨也被打得有骨裂迹象。"我不能死，不能死！"我不停地暗示自己，胡乱抹了把脑袋上被蹭出的鲜血，手上一使劲，把斧头朝怪物扔了过去。

我也不知道自己是运气好还是有如神助，那斧头在空中旋转着直扑怪物的脑袋。那怪物一是因为受伤，二是没想到我会来这招，来不及躲闪，只是把头往旁边一偏，斧头居然砍在了它的肩膀上，斧刃起码砍进去了 10 厘米。

怪物"嗷嗷"乱叫，这会完全被激怒，肩膀上挂着斧头朝我猛地一扑。我也杀红了眼，压根就不想躲闪，也使出全力，脚下一使劲，低着脑袋，朝跳过来的怪物撞了上去。

要说这个动作还得益于我曾经参加过的一次英式橄榄球比赛。新西兰这个国家以橄榄球闻名，大街小巷全是玩这个的，我们台里为了普及这项运动，还让我们和社区的半职业橄榄球队打过友谊赛。我只参加过一次，被那些强壮的毛利人和岛人半职业球员撞得腿部骨折，以后就再也没参加过。

我现在低头冲过去这招用的是橄榄球里的"擒抱"，通俗点说就是"拦腰抱"。因为这怪物的弱点在胸口，要战胜它，必须得接近胸口。

那怪物的力气实在是太大，这一接触，我感觉自己朝后飞了出去，但我死死抱着它的腰部不撒手，就这么和怪物抱着在地上滚了几圈。这重重一摔，不光是我，那怪物也够呛，身上多处受伤，被我压在地上一时不知道怎么下嘴，只是不停地挣扎着想翻过身来。 但那柄斧头给它造成的伤害太大，它一只手臂使不上劲，只是用另一只手不停地捶打我的背部。

我趴在它身上像肉饼一样被捶，嘴里的血不停地涌出来，我感觉自己抓住它的力气越来越小，马上就要被它翻过来。 如果我被它压在身下，那就离死不远了。

我努力让自己保持清醒，看了眼它胸口的头像，刚才被我用斧柄戳伤，此刻正突突冒着黑血。 我那一顶力气并不算大，但造成的伤害不小，说明这个部位十分脆弱。 我忽然做出了一个大胆的决定。

其实这一切的想法也就在几秒钟内完成，我朝着怪物胸口的头像狠狠咬了下去，然后猛地抬头一撕，嘴上带起一块皮肉，吐到一边。 那怪物开始剧烈挣扎，我不给它机会，像野兽一样不停地啃咬它的胸口，带起它更多的血肉。

那怪物开始还能剧烈挣扎，但随着它胸口创面越来越大，开始只是往外冒黑血，这会已经有点火山爆发的意思，开始往外喷黑血，它挣扎的力气也越来越小。

我一口一口撕咬它漆黑的血肉，那味道比中药还苦，但这会味蕾都已经被苦得麻了。 我不知道啃咬了多久，直到它胸口被咬出了一个大洞，血也似乎快流干了，我才停下来，瘫坐在一边，看着怪物在地上抽搐。

见怪物没有了反抗能力，我心里一松，强烈的恶心感从胃里升起，跪在地上猛烈呕吐起来。 再回头看那怪物，它绿色的眼珠这会正慢慢褪色，露出了黑眼珠和白眼球，变得和人一样，此刻似乎正流露出一种解脱的神情。

看着这复杂的眼神，我忽然有种熟悉感，这眼神就像一个垂暮的老人在临终前流露出的一样。 接着，我忽然听见这个怪物居然张嘴重复说着几个词。我以为自己幻听，那声音非常小，我只能把耳朵放低伏在它嘴边仔细听。

它说的话我听不懂什么意思，只听到它重复几个音节："噶大提也斯，飞啦慕斯，似尼斯……"然后，它眼里的光彩逐渐暗淡。 我呆坐在它尸体旁边，牢牢地把这几个词的发音记在心里。

正准备起身，却听见"啪"一声，扭头一看，第二尊雕像的陶罐掉在地上，摔得粉碎。

陶罐掉在地上摔得粉碎，跟着一同粉碎的还有我脆弱的心脏。 和怪物的搏斗已经基本上耗干了我的体能，我现在还能坐在这喘气没倒下去，完全靠意志在坚持，身上的骨头像碎了一样刺激着我的痛觉神经。

我不知道接下来雕像里还会蹦出什么骇人的东西，仅存的一点求生意志支撑着我哆哆嗦嗦站起来挪到存放武器的墙边。 刚才的斧头深深砍进了怪物的肩膀里，我不觉得自己还有力气把它拔出来，只能重新挑选一件。 可我的体能真的已经到了极限，我找了一根看似比较轻的长矛，比斧头稍轻一些，但此时握在手里也很费劲，两个膀子像断了一样，根本无法举起来。

我把长矛当拐杖，支撑着身体，直勾勾地盯着第二尊雕像。 "大维，干得漂亮，相信你一定能行！"古斯特站在远处冲我喊道。

如果可以，我现在真想一长矛扎死这个混蛋。 被人欺骗是人这辈子最痛苦的事，特别是被一个自己信任的人欺骗，这种内心的煎熬会让你不知所措，甚至对整个人生观都会产生消极影响。 我这辈子到目前为止没害过人，却不知道造了什么孽，在这种鬼地方被人摆了一道。

但这仅仅是个想法，要扎死这混蛋首先得活着离开这里。 我努力振作精神，祈祷着这次雕像里跑出的东西不要那么难对付。 我盯着雕像看了半天，那雕像也没有丝毫反应，似乎并没有什么东西从里边跳出来。

我有些庆幸，心说难不成玛雅人的机关坏了，没有激活。 但这种侥幸心理仅仅让我得意了几秒钟，耳朵里就传来巨大的"咕噜咕噜"似水沸腾的声音。 我循着声源朝中间红色的水池里一看，靠近岸边升起来一块长条状的红雾，红雾和人的高度差不多，隐约能看见里边有什么东西在动。

我有点看傻了，眼前这团虚实结合的东西是什么？ 刚才那个怪物好歹是个人形的，顶多算个畸形，那这是什么？ 我不知所措，只能傻傻地看着它接下来准备干什么。

那团红雾没让我等太久，缓慢地挪到岸上，我似乎看到里边有双脚，而且还是人的脚。 这个发现让我倍感振奋，是人就有生命，有生命就可以杀死。

那团红雾没有直接朝我走过来，而是朝地上的那个怪物尸体挪了过去。红雾里那人的移动速度非常慢，五六米的距离，它走了有两三分钟。

而它刚接近尸体，我看到了让我脚心冒汗的场面。 首先，随着他离尸体越来越近，耳朵里传来"嗞嗞啦啦"煎牛排或是烧烤的声音。很快，空气里就弥漫着一股肉被烧糊的气味，而且那种味道非常怪，夹杂着一股异臭，熏得我赶紧捂住鼻子。

再看那具尸体，随着红雾越来越近，它的皮肤像被烫伤了一样逐渐冒起了水泡，而那"嗞嗞啦啦"的声音就是那具尸体发出来的。当红雾接触到尸体时，更令人恐惧的事情发生了，尸体像张破报纸被点燃了似的突然剧烈燃烧起来，大殿里瞬间充满了尸体焚烧的腥臭味。

谁能想到，披着红雾的这货能散发这么高的温度！据我所知，燃烧一具尸体最少需要 800 度左右的高温，红雾里这东西如果是活的，它自己怎么没被烧死？我要跟它接触，还不瞬间就变烤乳猪。

我曾想过各种死法，可没想过自己有一天会被烧死。想着电视上那些自焚人的痛苦样，我就心里发毛，我还年轻，不能就这么被火化了呀！见尸体烧着，红雾没有多做停留，径直朝我挪了过来。

我赶紧从墙角退开，绕到巨大的神像后边，尽量和红雾保持最大的距离。好在这东西移动速度不快，和正常人相比，他也就是蜗牛的速度。而这东西的智商似乎也不高，只是在我后边缓慢追逐，并没有别的什么办法。

我这么绕了几分钟，除了感觉热以外，倒也没什么特别的地方，渐渐放下心来。一边和红雾保持距离，一边思考着怎么对付这玩意，毕竟老这么绕圈子也不是个办法，耗也把我耗死了。

我努力思索着应对的办法，无意中瞥了眼燃烧的尸体，此时尸体已经烧得团在一起，火势也越来越小。我一眼就看到了之前用过的那把斧头，经过大火煅烧之后，那把斧头似乎没受什么影响，也没有熔化变形的迹象。

我心里暗喜，刚才就觉得制作武器的材料很特殊，一眼看不出来是什么材质，但有一点可以肯定，那就是这玩意耐烧。我忽然有个大胆的想法，我手里的长矛有三米多长，红雾移动的速度也不快，我完全能出其不意地给红雾里的东西扎个窟窿。

我暗自为自己的小头脑高兴，鼓足勇气，使出身上残存不多的力气紧握长矛，先是快速围绕着神像绕了几圈，那团红雾还是傻乎乎地跟在我屁股后边，反应出奇的慢。

我见机会成熟，顶着高温，一下蹿到红雾的背后，也顾不上皮肤被高温燎得剧痛，双手握住长矛，使劲朝红雾里一送。本来我以为这一扎不能干掉它也能取它半条命，但我的如意算盘打歪了，长矛接触到红雾后，我并没觉得它扎进了肉体里，而是发出"嘣"一声响，似乎扎到了什么金属上。

我预感到不妙，这玩意不是看到的那么简单，想赶紧把长矛给抽出来，但已经晚了，一团似火苗的红雾顺着长矛一下就蹿到了我的手臂上。就在那一瞬间，我感觉左手的皮肤像爆裂开一样剧痛难忍，上衣也被烧着了一小块，火苗腾腾地往我脸上扑。

我疼得一撒手，把长矛扔在地上，向后猛退几步，远离红雾，使劲用双手拍打身上的火苗。好在蹿到身上的红雾不算很多，身上的防水服也不那么易燃，火很快被我扑灭。但那火的瞬间温度十分高，虽然只烧了短短几秒钟，但还是烧伤了我的左手和脸上的部分皮肤。

才一回合的接触，我就败下阵来，这玩意刀枪不入，还不能近身，根本没有胜算的可能，看来我是逃脱不了变烤乳猪的命运了。我求助似的看向莎娃和古斯特，他们也眉头紧锁，莎娃冲我摇摇头，似乎也没什么好办法。

就在这时，那红雾突然发力，速度一下加快，猛地朝我跑过来，似乎想给我来个拥抱。当然，这个跑是相对于它的速度，和正常人比起来也就算走。我哪敢怠慢，一撒丫子蹿到一边，把它甩在身后。那红雾见抓不到我，似乎很生气，突然站在原地，也不知道是在敲打自己还是干什么，发出"梆梆"的声音。

我一见这个，心说难不成它知难而退，要自残？当然，这是我逗自个乐的玩笑，随着有节奏的敲击声响起，红色的水池里突然升起三个体型小些的红雾，慢慢挪上岸，协同大红雾，呈半圆形朝我围了过来。

我心里一声长叹，看来天要绝我，这回想不死都难。我紧紧地靠着墙壁，看着越来越近的四团红雾，随着他们越来越近，四周的空气似乎都要燃烧起来，我的皮肤也被灼得滚烫，我的血液在此刻似乎也快沸腾起来。

我无力地靠在墙边，脑中思绪翻飞，回想自己这几十年来的生活，开始后悔为什么要来这个地方探险。以这种方式死去，实在有些窝囊。

正当我无比绝望，闭上双眼，身体止不住颤抖时，上方突然传出一个熟悉的声音："大维，快上来！"

我睁眼抬头一看，巨大的卡坦神雕像脑袋上站着两个人影，居然是熊谏羽和坦克。此时他们不知从哪搞了一条绳子从上边扔了下来，垂到雕像底部。

"大维，快爬上来！"熊谏羽在雕像头顶朝我吼道。

一看逃生有门，我再次爆发出了惊人的求生力，一个箭步窜到雕像底部，把绳子在身上迅速打了个结，手脚同时用力，攀着绳子，顺着雕像往上爬。那四团红雾见我要逃走，又加快些速度，很快就接近了我，这会我才刚爬上一两米，就觉得屁股像被烧熟了一样，剧痛无比。但这就跟骑马抽马屁股一样，抽得越狠，马跑得越快，正是这股剧痛刺激我手上不停使劲，迅速又爬上了几米，屁股上那股灼烧感才渐渐退去。

我见危险解除，朝下看了一眼，那四团红雾围着雕像转悠，不停发出"梆梆"的敲击声，显得异常愤怒。

上边的熊谏羽和坦克连拉带拽，费了好大劲，我终于攀到了卡坦神头像的顶部，而在雕像顶连着墙壁的地方，有一个十分隐蔽的暗道，看来熊谏羽他们俩就是从那过来的。

"谢谢，谢谢……"我喘着粗气不住地感谢这二位，却发现这两人没有说话。我仔细看了他们一眼，忽然发现有点不对，这二人脸色发青，正直勾勾地看着我的脸，盯得我直发毛。

"你们看我干什么？"我心神不宁地问道。

熊谏羽朝下方远处的古斯特轻蔑地看了眼道："都是一条命，他还真能狠心下得了手……"

第 12 章
第三尊守护神

　　熊谏羽这一句话彻底把我说蒙了，我只能呆呆地站在一旁，希望通过他们间的对话捕捉到话里的真谛。 但古斯特只是幽怨地看了熊谏羽一眼，并没有搭话，表情略带失望。

　　"你相信我吗？"熊谏羽没头没脑地冲我来了一句。

　　我不知道该怎么回答，之前他给我吃药，害我身上也长出了卡坦神头像，这让我怎么相信他。 可我要说不相信，没准这家伙能一脚把我踹下去。 我觉得自己这会儿真是前有狼，后有虎，中间还站着食人族，这让我何去何从。

　　我一边琢磨着对策，一边问道："你为什么要给我吃毒药，让我后背也长出卡坦神头像？"

　　熊谏羽显然有些意外："谁说我给你吃的是毒药？"

　　我心说都这样了你还否认，把我当傻子吗？ 但心里这样想，话不能这么硬顶，我轻声道："古斯特把一切都告诉我了，你给我吃的那种白色的药，会让我身上长出头像，这是一种慢性毒药，对吗？"

　　"他没给你吃毒药，给你吃的确实是帮你摆脱幻觉的药。 是古斯特对你做了手脚。 如果你想活着走出这里，摆脱身上的头像，就必须相信我们，真诚地与我们合作。"站在一旁默不作声的坦克突然张嘴。

"为什么要相信你们说的话？"我已经分不清谁的话是真的，谁说的是假的，希望他们能给我个可以相信的理由。

"因为你没有选择，除非你愿意继续下去对付那个火雾，否则你必须与我们合作。 古斯特已经表明了他的态度，他拿你当炮灰。 和他相比，你更应该相信我们。"熊谏羽扶了扶眼镜，眼里透出无比诚恳的表情。

熊谏羽的这番说辞如果在之前，可能无效，毕竟他是好是坏我现在还无法判断，但古斯特把我给卖了是不争的事实。 两害相权取其轻，我只能，也不得不暂时妥协。 只是有个问题渐渐浮上水面，我只是一个普通人，参加这次探险也是机缘巧合，怎么好像这两拨人对我太过于关注。

"为什么需要我合作，我对玛雅文化一窍不通，也帮不上什么忙！"我疑惑地问道。

"你当然有用，现在我还无法告诉你。 但我答应你，如果我们能安全从这里出去，我一定会告诉你原因。 而且我相信你一定会主动跟着我回一次中国。"熊谏羽朝我微微点了点头。

"好吧，我答应你！现在我们怎么办？"

熊谏羽指了指下方两尊还托着陶罐的雕像，嘴角微微挑起，轻声道："打碎剩下的陶罐！"

"什么？ 打碎它们？ 为什么要打碎它们？"我有些不淡定了。

"这四尊守护神里的东西你不想一个个对付吧，只能用最快的方法——炸掉他们。 把另外两尊守护神释放出来，隐藏的戒指就会出现。 如果我没猜错，出去的通道也会出现，在守护神干掉我们之前，赶紧跑出去。"坦克舔了舔嘴唇，一脸凶狠。

"这……这能行吗？"我有些犹豫。

"刚才在我们过来的通道上，发现了一个刻满壁画的石碑，上边写满了祭文，说只要四尊守护神被释放，戒指就会出现，需要依靠勇气拿到戒指，并没有说必须杀死守护神。 现在我们找不到出去的通道，只能一试，否则肯定得困死在这。"熊谏羽的语气坚定，不容置疑。

见我没再说话，熊谏羽继续道："等会儿我和坦克对付火雾和即将出现的另外两个守护神，你负责拿戒指。戒指拿到后发现通道立即跑出去，当然，如果有通道的话。"

我点了点头，忽然想到对面还站着古斯特，问："古斯特和莎娃怎么办？"

"哼，他们过不来，自求多福吧。守护神不死，水里的小道不会出现。管不了那么多了，他们这么狠，不光对你，也在我身上留下了刻骨铭心的烙印呀！"熊谏羽对古斯特充满了仇恨。

熊谏羽说完，和坦克二人把绳子的一头系在了雕像的一块凸起物上，确认结实后，坦克开始顺着绳子往下爬，爬到离地面三四米高的地方停了下来。下边那三个红雾见有猎物要送上门，围着雕像底座发出更加激烈的"梆梆"声，似乎极度兴奋。

坦克找了个落脚点，深吸了口气，猛地往三个红雾的圈外一跃。在落地的一瞬间，放低身子顺势一个翻滚，然后迅速爬起身，朝藏武器的地方跑了过去。那三个红雾在后边慢慢悠悠地跟了上去。

一看红雾被吸引开，熊谏羽喊道："我先下去打碎陶罐，你赶紧下来取戒指。"说完拽着绳子迅速降了下去，直奔剩下的两座雕像。我一咬牙，也顺着绳子溜了下去。

我赶紧跟上熊谏羽，来到其中一尊雕像面前。陶罐被雕像举着，我们只能够着它的手，陶罐似乎还够不着。熊谏羽扭头朝武器库那边的坦克大喊："坦克，给来件顺手的家伙。"

我一看坦克，这家伙正跟那三个红雾斗得火热，估计他也跟我似的拿武器扎在他们身上后被火烧过，这会根本不敢靠近那三个红雾，只是拿着两条链球似的武器甩在红雾身上，然后跑一跑，再绕回去捡起刚才扔出去的链球。手上的两条链球交替使用，跟红雾周旋，打在他们身上发出类似打铁的声音。

坦克见我们需要武器，也顾不上别的，随手把他手里的那条链球朝我们扔了过来。其实这一块场地也不大，坦克又属于肌肉型男人，这会儿又杀红了眼，就见他手上一使劲，链球挂着呼呼的风声直奔我脑门而来。我吓得猛地一缩脖子，链球把身后的雕像的双手给砸了个粉碎，它手里捧着的陶罐掉在了地上。

　　见陶罐落地，我有些心跳加速，站在原地不知所措。　还是熊谏羽反应快，他一把拽下挂在雕像身上的链球，走到旁边那尊雕像上，把链球的铁链拽在手里晃了几圈，猛地朝最后一个陶罐打去。

　　两个陶罐先后破碎，整个过程也就二三十秒。　熊谏羽迅速拉着我退到卡坦神雕像脚下，等待着即将出现的守护神和戒指。　可我们等了半天，除了一旁"梆梆"作响的坦克和红雾，并没有发生别的事情。

　　我心里有种不好的预感，暴风雨前的宁静比暴风雨本身更可怕。　果然，没让我们等得太久，就听上方传来一声刺耳的尖叫，身后的卡坦神雕像开始剧烈颤抖起来，紧接着，它的底部忽然慢慢裂开，出现一座石台，不大的石台上放着一个深色的盒子。　石台之后，露出一个漆黑的洞口。

　　"守护神在哪？　盒子里是戒指吗？　这么容易就拿到戒指了？"我有点不敢相信自己的眼睛。

　　"我也不知道，不管那么多了，先拿戒指。"熊谏羽冲向石台，一把拿住盒子，可怪异的事情发生了，那石盒就像被粘在了石台上，像有千斤重，无论他怎么使劲也拿不下来。　熊谏羽试着用双手去拔，那盒子还是纹丝不动。

　　熊谏羽正拼命弄那盒子，我站在远处也不知道该干吗，心里总觉得不踏实，只能到处观望。　我眼睛像雷达一样扫描着面前的每一个角落，发现什么都没有。　我又往卡坦神雕像身上瞥了一眼，这一眼把我惊得够呛。

　　我赶紧扯着嗓子冲熊谏羽喊："熊谏羽，别弄了。　你头上有东西，快后退。"

　　熊谏羽正满头大汗地拔盒子，被我这一嗓子吼得一抬头，看到上边那东西，熊谏羽身体一震，明显受到的刺激也不小。　就见卡坦神身上趴着一个东西正往下爬，脑袋是人，但身体像蛇，腹部还伸出两只利爪，长着翅膀。　那东西的颜色和卡坦神雕像几乎一模一样，要不是它在移动，根本就看不出来。刚才我们在雕像上爬上爬下，就在这玩意身上踩过。

　　"羽蛇神！"熊谏羽激动地大声喊了出来。

　　那羽蛇神可没有因为熊谏羽知道它的大名而手下留情。　它见熊谏羽发现了它，忽然张嘴冲熊谏羽一声狂叫，翅膀猛地张开，爪子一送，从上方飞了下来，直扑熊谏羽。

　　熊谏羽显然也不是吃素的，外表长得颇有学者风范，但反应极其敏捷，脚下使劲，微蹲身子，朝侧面一跃，躲过了羽蛇神的第一击。　羽蛇神尖利的爪子在地面上划出一道深痕。　熊谏羽迅速跑到一边，羽蛇神也逼了上去。　熊谏羽显然很镇定，靠着墙冲我大喊："大维，快拿盒子，我顶不了太久。"

　　我也知道现在是生死关头，来不得半点犹豫，迅速来到石台边，一把拿住盒子准备使劲掰下来。　可我刚碰到盒子，那阵熟悉的电击感再次传来，把我吸附得不能动弹。　不知过了几秒，那种电击感又瞬间消失，盒盖忽然猛地弹了开来。　我挺着僵硬的身子朝里一看，盒子里躺着一枚翠绿色的戒指，还有一个十厘米左右长的银色圆筒。

　　我伸手先把圆筒给拿了出来，又去拿那枚戒指，可我刚把它捏在手里，那戒指像活了一样，一股奇异的力量驱使着戒指一下套在我的食指上。　我感觉不妙，猛地抽出手，使劲想把戒指给褪下来，可戒指就跟长在我手上一样，无论我怎么使劲，它都纹丝不动。

　　怎么会这样？　我理不出头绪，心里极其害怕，只能满头大汗跟做贼似的举起手上的戒指，转过身冲熊谏羽哆嗦着喊道："我……我……我拿到戒指了！"

　　熊谏羽听我说拿到戒指了，一个驴打滚避开羽蛇神的攻击，脸上满是兴奋的表情。　然而他一扭头，看见戒指戴在我的手指上时，脸色忽然瞬间变得铁青。

　　熊谏羽见我手上套着戒指，脸色变得铁青，稍一愣神，反应慢了半拍，羽蛇神一爪拍到他的肩膀，他整个人被扇飞了出去，重重撞在石壁上。　羽蛇神没有给他喘息的机会，拍打着翅膀朝躺在地上的熊谏羽冲了过去。

　　我见熊谏羽遇险，心里揪成一团，忽然低头发现掉落在一旁的链球，没多想，迅速操起链球朝羽蛇神甩了过去。　这链球的重量着实不轻，在空中划过一条弧线后，一下砸在羽蛇神那薄薄的翅膀上，居然直接穿过翅膀，给砸了个洞。

　　那羽蛇神疼得仰天一声怒吼，扭头盯着我，把我盯得一哆嗦。　那张扭曲的人脸里充满了怨恨，双眼也像兔子一样发红，接着，它忽然改变方向，翅膀一扑腾，直奔我而来。

"大维，快进通道，快进通道！它不能离开这个地方，不能进入通道的。"熊谏羽用手肘撑地，侧躺在地上冲我大喊。

我真想赶紧躲进雕像底座的那个通道里，但良心上又有些过不去，熊谏羽有伤，我不能丢下熊谏羽自己这么跑了。想到这，看着对面来势汹汹的羽蛇神，我振作精神，猛地一个变向，甩开羽蛇神的正面进攻，迅速朝地上的熊谏羽跑过去。

那羽蛇神的翅膀受伤，影响了一些活动能力，等它再次转身面对我时，我已经把熊谏羽从地上扶了起来，冲一旁气喘吁吁的坦克吼道："坦克，帮我挡一下羽蛇神，我先把熊谏羽扶进通道。"

坦克皱着眉头瞟了我一眼："戒指呢？戒指拿到了吗？"

"别废话了，戒指在我这，快！"

坦克听我说已经拿到戒指，表情略微有些缓和，手上忽然加力，一链球砸在其中一个红雾身上，那红雾被震得连连后退。"快走，我马上跟过来。"说完，坦克猛地朝羽蛇神冲了过去。

这俄罗斯人还真是生猛，他径直朝羽蛇神冲过去，待还有一米左右的距离时，忽然猛地一跃，肘子那么大的拳头狠狠地朝羽蛇神那张人脸砸了过去。那羽蛇神也不是吃素的，挥舞翅膀往前一挡，生生把坦克和它头部隔了开来，但坦克魁梧身体那巨大的冲击力还是把羽蛇神撞得猛退几步，这一人一神就这么抱着滚打在一起。

我见坦克拖住了羽蛇神，赶紧扶着熊谏羽朝通道走去，身后那三个红雾似乎猜到了我们要逃跑，朝通道口围了过去。还好它们速度慢，我虽然扶着人，但用的是逃命的速度。我拖着熊谏羽猛跨几步，抢在红雾堵住通道前往里一窜，那几个红雾这才围到通道口，却不知道什么原因不敢进来，只是"梆梆"地发出敲击声，显得无比愤怒。

围了才几秒钟，红雾就放弃了我们，离开了洞口，似乎是帮羽蛇神对付坦克去了。我松了口气，打算先把熊谏羽扶到深处安全一点的地方再去帮坦克，但刚往里走几步，那股熟悉的尸臭味铺天盖地地袭来。我调亮手表应急灯，强忍着恶心，扶着熊谏羽往里走了才三四米，心里变得无比冰凉：这里根本没什么出口，地上只有一个像粪坑一样的大洞，恶臭味就从里边传来。

我扶着熊谏羽走到洞边，朝里看了看，发现里边漆黑一片，什么也看不清，也不知道通向哪里、有多深。"现在怎么办？"我问熊谏羽。

"我们身上没有绳索，唯一的一根系在了雕像上，只能再出去拼一拼，拿到绳子。"熊谏羽也显得很失望，有气无力地道。

"你都伤成这样了，还怎么拿绳子，现在出去就是送死！"我直言不讳地指出这个计划的不靠谱。

"那也得试试，不然肯定得被困死在这。"熊谏羽忽然把眼镜摘了下来，想找块衣服什么的擦一擦，但发现衣服比眼镜脏多了，又把眼镜给戴了回去，然后就想转身再次走出通道，忽然又想起什么的样子问，"戒指呢？"

我伸出左手无奈地朝他晃了晃："不知道为什么，戒指取不下来。"

熊谏羽伸手摸了摸戒指，摇摇头道："算了，如果能出去再说吧！"

我还想问点什么，却听见洞口处一阵骚动，一个魁梧的黑影跌跌撞撞冲了进来。我抬起手腕，用灯一照，发现进来的人是坦克，这会儿他脸上满是鲜血，衣服烂成了破布条，胸口几处伤口都有些皮肉外翻，还有些肉被烧成了焦黑的颜色，惨不忍睹。

坦克在外边一定经过了难以想象的恶斗才得以脱身，所以他跑进洞非常着急，只顾着往前跑，洞里的光线又不好，他径直朝我们俩冲了过来。

这个通道非常狭窄，也就是能并列站两个人，还得挤在一起。坦克这么不管不顾地冲过来，那肯定得把我们俩给撞坑里去。我大声朝坦克吼道："坦克，别着急，羽蛇神不敢进来，不要跑，危险。"

从洞口到我们站立的地方也就几米远，我话刚喊出口，坦克根本没来得及停下脚步，猛地撞到我和熊谏羽身上，我身体支撑不住，往后一退，脚下一空，心里暗骂一声，这次死定了。整个人重心丢失，径直朝洞里跌了进去。

随着身体急速下落，我脑子里一片空白，这种身体不受控制的感觉，相信玩过跳楼机或是蹦极的人最有感触。在那一刻，那种突如其来的失控和失重感远远超越了恐惧本身。

我紧闭双眼，什么味觉、听觉、触觉在这一刻全部失灵。我就像一块毫无感觉的肉，被从高空抛落了下去。我唯一能知道的，就是在掉下的那一刻，不是我一个人，熊谏羽和坦克都没能幸免，我甚至能听见上方传来坦克的嚎叫声。

也不知这样掉落了多久，我感觉自己的屁股和后背猛地撞击到一片水面，骨头像要散掉似的，疼得我一咬牙，身体一沉，耳朵里全是嗡嗡的水泡爆裂声。

我本能地开始手脚并用划水，想浮出水面，但这水似乎有点特殊，黏度很高，水里还悬浮着不少颗粒和一块一块的东西。我费了好半天力气使劲往上一蹿，终于把头探了上去，猛吸一口空气，但一股剧烈的恶臭夹杂着空气灌进我的肺里，我脑袋嗡嗡的，感觉都快窒息了。

我真的觉得自己像掉进了粪坑里，伴着微弱的应急灯光，我环视了眼周边的黑暗，这一看，我真想把自己给呛死。首先说这水，确切地说这不是普通的水，而是由红的、黄的、黑的液体组成的，也分不清是什么，但黏黏糊糊的，散发着阵阵恶臭。离我不到一米的水面上，还漂着断肢和人体残骸。就在我的正前方，一个死人漂浮在水面上张嘴瞪着我，整个尸体也不知道被泡了多久，早已膨胀得巨大，皮肤惨白，眼珠子都快蹦出来了。

我不知所措地浮在水面上，听见后方传来水声，似乎有什么东西要从水里出来。我吓得赶紧朝对面的岸上游去，刚游了几米，后面传来熊谏羽的喊叫声："大维、坦克，你们在哪？"

我一听是熊谏羽，又扭头游了回去，发现这哥们正浮在水面上，眼镜不知去哪了，这会正眯着眼睛到处找人呢。

"是我，我在这！"我边喊边游到熊谏羽身边，一把抓住他。

等到了近前，他才看清是我，脸上露出了难得的笑容，费力道："快，快找坦克，这里可能是出口。"

我和熊谏羽浮在水里，边喊坦克边在水里扒拉，但我除了扒拉出更多的尸体残骸来，根本不见坦克的踪影。

"我在这……"正当我俩心急如焚时，远处的岸边传来了坦克的喊声。

我朝远处照了照，发现一个人影在岸上晃动，我赶紧和熊谏羽朝对岸游过去。到近前一看，发现岸边全是各种骨头，有人的，有动物的，坦克表情痛苦地靠在一具骨骸上。

"你怎么了？"熊谏羽关切地问道。

"那该死的羽蛇神把我的肋骨拍断了。"坦克指了指自己的肋部，"算了，这是哪里，现在怎么办？"

熊谏羽站起身，四周转了一圈，在一个高大的拱门前停住了，随手捡起一根荧光棒，表情严肃地道："这里应该是通向之前我们下来的那个圆形机关底部，就是大维说的扔尸体的地方。那里也许是通向外界的唯一出口。"

我不知道熊谏羽为什么会做出这种判断，问道："虽然这里也有很多尸体，但不一定就和那地方相通啊！我们贸然这么进去太危险了吧！"

"肯定是相通的，这根荧光棒是我之前挂在坑里的尸体上做路标的，我一共挂了十个，现在出现在这，说明有东西把它带了过来。"

一听熊谏羽说有东西，我毛孔就炸开了，问："都离开水墓了，还会有什么东西？"

"难道你不觉得很奇怪吗？为什么要往洞里扔这么多尸体，而且你看这些残骸，明显不是自然腐烂的，有被啃咬的痕迹。这里一定被圈养着什么东西。"虽然看我已经被吓得不吭声了，熊谏羽还是继续往下说，"而且在水墓核心，一共只出现了三个守护神，对吗？但那有四个陶罐，还有一个守护神在哪？"

第 13 章
异　兽

　　熊谏羽的这番分析有理有据，确实如他所说，谁没事往洞里扔这么多尸体啊，而且一路走来，遇到了不少活物，这些活物在这么一个封闭的空间里生存，肯定得有维持他们生命的相关生态系统，既然有生态系统，那就存在食物链，有食物链，就有处于食物链最顶端的生命。

　　"那我们赶紧离开这，别管那第四尊守护神在哪，说不定早就死了。"我催促熊谏羽和坦克赶紧离开这地方，走到之前的那个坑底，再做打算。

　　"等等！"熊谏羽紧张地盯着水面，似乎在等待什么东西出现。

　　看着熊谏羽神情严肃的样子，我也不敢再说话，整个空间陷入死一般的寂静。就这么等了一分多钟，耳朵里忽然传来"呜呜呜"的声音，像风又像嚎叫，虚虚实实，似乎从地下传来，和我之前拔燧石刀时听到的声音差不多。

　　这声音忽然让我想到了燧石刀，当时拔刀的时候熊谏羽告诉我上面有冤魂，这会儿突然又听到了那熟悉的声音，不免让我有些坐立不安。

　　随着那呜呜声越来越近，原本平静的水面像被煮沸了一样翻起水花，之前还只是水面中间一点，接着，整个水面大部分都开始剧烈翻滚起来。水下似乎有个巨大的物体正在上浮。

"别等死了，赶紧走！"坦克挣扎着立起身子，想穿过拱门，估计他明白自己的身体再也经不起任何高强度对抗。

熊谏羽也意识到情况不妙，也想转身离开，可我们仨刚挪动步子，就听见背后的水池里"咚、咚"发出两声响，听声音有什么东西破水而出，吓得我们三人又停下脚步扭头盯着水面。 这时候是一种本能反应，人如果觉得身后有东西，一定会忍不住扭头看看。

我一扭头，盯着恶心的水面，发现除了不停翻腾的水泡，没见着什么东西出来。 心里暗舒口气，问旁边同样紧张地盯着水面的熊谏羽道："听见了吗？好像有东西从水里出来了，在哪？"

熊谏羽眯着眼睛看了半天，来了句："听见了，但没眼镜，我看不清！"

我忽然觉得没有眼镜的熊谏羽长得如此搞笑，眯着眼跟瞎子似的，问他也是白问。 想问问坦克看到什么没有，谁知道坦克先开口了，语气还算镇定，但毫无掩饰地透露出恐惧的意味："别找了，它们在这。"

听坦克说话，我心里大惊，一扭头，差点没把屎吓出来。 就见拱门处凭空多出了两尊如铁塔般的人形黑影，身高超过两米，只比拱门稍低一点，此刻正一动不动地堵住拱门。 我壮着胆子用灯光由下自上打量了一番其中一尊黑影，这一看，心里更恐惧了，因为这个东西我见过。 确切地说，我见的是图，这两尊穿着黑袍的人影和我之前与古斯特一起在坑洞壁画上看到的一模一样。

当时在壁画上看到的场景我至今还记忆犹新。 一共有两幅壁画，其中一幅表现的是完全一边倒的屠杀场面，天空非常昏暗，战争的其中一方是裸露着上身的矮小人类，从打扮上看像原始人，但手里的武器我没见过，由于武器刻画得都比较虚，乍一看上去像是弩，但弩前有火光射出来。 而战争的另一方全是穿着黑袍拖着尾巴身高超过两米的巨人，脸全都看不清，这些巨人没有拿武器，而是赤手空拳和矮小人类进行战斗，其中刻画了很多细节，明显看出这些巨人没有十指，他们在战斗过程中生生用拳头和尾巴把敌人给击碎，说明这黑袍巨人有巨大的破坏力，人类在他面前根本不堪一击。 而带着尾巴的巨人，和目前站在我眼前的黑袍巨人几乎一模一样。

他们为什么会出现在这里守护戒指呢？

一想到戒指，更头疼的事情来了。 这会儿戒指跟抹了胶水似的粘在我手上，一会巨人发起攻击，我肯定是第一个被干掉的。 我赶紧偷偷摸摸地又努力了几把，想把戒指给摘下来，一会实在不行就扔掉，还给他们就是了。 但那戒指就跟长我手上似的，完全没有摘下来的可能。

好在那两个巨人一动不动，似乎只想阻止我们离开，并没有想伤害我们的意思。 "现在怎么办？"我捏着嗓子小声问熊谏羽。

"没办法，只能等，跟他们开打，胜算为零。 等等看他们想干什么吧！"熊谏羽小声回答我。

等待是漫长的，也是痛苦的，特别是无目的的等待，更熬人。 这么对峙了几分钟后，坦克最先失去了耐心，他自言自语道："估计这两个是假人，只是想吓唬我们。 不管了，我走过去试试看。"说完，他开始往前挪动，试图挤开那两个黑袍人穿过去。

这个举动在我看来愚蠢之极，跟自杀差不多。 用后脚跟都能想明白，之前他们从水里出来后能毫无声息地越过我们头顶堵住门口，绝对不是吃素的。现在要是这么硬闯，肯定没好果子吃。

我想劝，但又不知道从何劝起。 坦克这人性情暴躁，决定的事情就不容易改变。 熊谏羽眯着眼睛，嘴唇动了动，也没发出声音，估计他也觉得再这么耗下去对咱们不利，坦克要试就让他试试。

坦克很快就趔趄地走到黑袍人面前不到半米距离，他抬头看了看，发现黑袍人还是纹丝不动。 我见坦克的背影稍微犹豫了一会，然后大踏步向前走去。 坦克离这么近都没事，我心说还真被这家伙蒙对了，原来这两个东西是用来吓唬人的。

坦克回头朝我们笑了笑，似乎对他的正确判断很得意，然后又扭过头去，大踏步靠近两个黑袍人。 但正当坦克准备穿过两个黑袍人中间的缝隙时，其中一个黑袍人忽然发力，猛地伸出拳头，一拳打在坦克胸口。 坦克这个超过两百斤的大汉，居然被这一拳生生给打飞了起来，口中像开花了似的喷出鲜红的血雾，整个人朝斜后方飞了三四米，重重摔到地上，一动不动，不知死活。

我和熊谏羽都被镇住了，呆立在原地一动不敢动。 而那两个黑袍人影把坦克打飞后又保持了静止的姿势，并没有对坦克进行追杀。

他们这是干吗？ 要杀要剐来个痛快的呀！ 这么不疼不痒地站那吓人算怎

么回事？ 我有点恼火，甚至烦躁，但看看躺在一旁不成人形的坦克，迫于对方的淫威，不敢有过激举动。

好在这种对峙没有保持太久，很快我就知道他们要干什么了。 随着身后水泡爆裂声越来越大，漂浮在水面的残肢断臂被搅动得上下翻滚，一个巨大的黑影缓缓升出水面，从轮廓上看去有一辆卡车那么大。

渐渐地，那东西的后背浮上了水面，在应急灯的照射下呈绿色，椭圆形的后背上长着台球杆粗的黑刺，黑刺上扎着不少人体残骸和尸骨。 脑袋还没有出水，也看不出是什么动物。 我的脚已经止不住地颤抖。 看了眼旁边的熊谏羽，他也被吓得够呛，脸色惨白。 相信不管是谁，如此巨大的生物出现在你眼前，我认为，只要没尿裤子的都能算英雄。

我和熊谏羽俩英雄站在原地发抖，等待它的庐山真面目。 忽然地底传来一声闷响，有点像马打响鼻的声音，接着，怪物所在的池塘里涌起一阵大浪，腥臭的池水铺天盖地朝我打来。

那股巨大的冲击力可比我在海滩边冲浪的力量大多了。 巨浪夹杂着尸体块劈头盖脸直接朝我冲过来，我脚步一滑，直接被拍得趴在了地上。

等我缓过神来，摇摇脑袋，用手胡乱抹掉脸上的脏水，一睁眼，突然发现面前有个东西，确切说是个洞，离我的脸也就二三十厘米。 隔得太近，根本看不出是什么。 我正纳闷这哪多出来一堵带洞的墙，那个洞突然收缩了一下，发出像炸弹爆炸一样的巨大声响，把我脑袋震得一麻。

然后那个洞越抬越高，离我越来越远，在这个洞的旁边又多出了另一个洞，这回我可看清了，两个洞下边还有一张巨嘴，像小竹笋一样的利齿布满了整个口腔，滴着口水。 篮球那么大的一双泛着黄光的眼睛正毫无表情地瞪着我。

见到这一幕，我已经怕得不知道什么是害怕了，身体僵硬，完全不受控制，甚至连手指头都无法控制，脑袋里就跟被灌进了水泥似的又蒙又沉。 面前这个巨怪浑身皮肤像经历了几千年风霜似的，布满了褶皱，脑袋像马，身体像蜥蜴，背上还长着刺，四脚着地爬行，身体两侧不合时宜地伸出一对小翅膀，和它那庞大的身躯相比，完全是多余的。

"大维，我终于知道黑袍人为什么堵住我们了，是为了给这怪物吃活的。"熊谏羽说完，居然跟疯了似的笑起来。

听熊谏羽说这个，那巨怪又是一声怒吼，似乎对熊谏羽的这番话表示赞成，然后直勾勾地盯着我。 我心里那叫一个苦啊，你要说后边那俩黑袍人兴许能斗上一斗，可面前这庞然大物怎么斗？ 我无力地坐在地上，摇了摇头，准备等死。

那巨怪倒是个急性子，见我不准备抵抗，忽然一个俯冲，血盆大口直奔我的面门而来，我甚至能闻到那股因为常年吃腐烂尸体而发出的腥臭味。 我下意识一扭头，抬起左手往脸上一挡……

"嘘……"一声尖锐的哨响传来，我闭着眼，没感到任何疼痛。 又等了几秒，只能听到粗重的喘息声从巨怪方向传来。 我壮着胆子睁开眼，发现巨怪的脑袋又缩了回去，这会一动不动地站在原地看着我，但眼中凶光四射，流露出不甘，似乎有什么东西阻止了它啃咬我。

再看巨怪的后背，不知什么时候多出来一个人，确切地说是个人影，从轮廓上能看出来就是之前打开机关把尸体吸进坑里的那个黑袍人。 这会他的形象模模糊糊的，似乎像投影，又像是海市蜃楼，轮廓还有毛边。

这不真实的一幕又勾起了我的好奇心。 我挣扎着站起身，揉揉眼睛，看了眼一旁的熊谏羽。 结果我看到了更怪异的场景，就见熊谏羽这会像被冻住了一样，张嘴保持着傻笑的姿势，整个人一动不动，跟蜡像似的。 而周边的其他东西也似乎在一瞬间被凝固。 一种从未有过的怪异感觉环绕着我。

"人类，伸出你的左手。"一句清晰的话语在我脑中响起，但我竟然无法分辨他说的是哪种语言，英语？ 中文？ 似乎都不是！

我甚至无法启动脑子分辨他所使用的语言。 这句话就这样不知道以什么方式传进了我的脑子里，但我肯定声音没通过我的耳朵，而这句话的意义就那么凭空出现在我的思维里，被我理解。

我大着胆子张嘴用中文问道："你是谁？ 玛雅人？"

"我再说最后一遍，伸出你的左手！"那个声音再次在我脑子里响起，而且带着巨大的威压，不容许我有任何反驳。

这个要求肯定和戒指有关，我有些害怕，但只能畏畏缩缩地伸出左手。我把手背朝下，期望对方眼神不好，尽量让他看到戒指的几率小一些。 虽然我知道这是徒劳，有点捂着鼻子骗眼睛的感觉。

见我伸出左手，那个怪物忽然毫无预兆地一伸脖子，大嘴直接把我的左手，连同整个手臂一起包裹在嘴里。在那一刹那，我感觉自己似乎有点小便失禁。没想到自己的左手就这么没了，我可从来没想过变成杨过大哥那样后，该怎么生活。

但断臂的疼痛并没传来，那怪物的满嘴利齿也没有使劲咬，我感觉像有一条滚烫的、湿乎乎的大舌头紧紧地裹住了我的手臂，而且似乎舌头上分泌出了一些类似麻药的液体。几秒钟工夫，我的手臂就变得麻木，接着，我能感到有一根尖利的东西扎到了我的手腕上，没有疼痛感，但我知道有东西扎进了肉里，然后又迅速拔了出来。

那怪物嘴一松，又退回了原地，眼神变得柔和起来，我的左手又渐渐恢复了知觉，抬手一看，见手腕上多出了一个小红点，跟打针扎的针孔差不多大小。

"族人，我敬佩你的勇气，但你阻止不了人类灭亡的命运！末日终究到来，新纪元将重新开启！"那个声音突然从我脑子里响起。

族人？什么族人，这人是对我说话吗？我忽然被搞得有点糊涂。见怪物刚才并没有伤害我，问道："你是对我说话吗？你到底是什么人？是玛雅人吗？"

"我是一个守护者，用人类的说法，我是卡坦人，在此守护神留给我们的财富，等待新纪元的开始。玛雅人只是我们曾经的奴仆。"

"你们为什么要毁灭人类？这不公平。我不知道你们是谁，但任何一个种族都有生存的权利。"我也不知道为什么，突然间大义凛然地拿出人权和公平那套说辞来。也许此时此刻，我潜意识里觉得自己在代表人类和另外一个种族谈话，应该为了人类的生存而据理力争进行反抗。

"族人，人类在宇宙中微不足道，他们的出现和繁衍也只是偶然，只是一个错误而已。他们狡诈、邪恶，我们不毁灭他们，终有一天，他们也会毁灭自己。人类没有存在的必要与价值。"

"等等，你说什么族人？你的意思是我是你的族人？"我感觉这人说话立场有点混乱。我明明是个普通人，什么时候变成和这些黑袍人一个种族了？

"只有我们族人才能戴上守护戒指，我让鸤鸠测试了你的血液，你体内流着卡坦人的鲜血。"

这都什么跟什么呀？ 我一普通中国人，怎么会流着卡坦人的鲜血？ 你这玩笑开大了吧，怎么看我也不像带翅膀长蹼的呀！

"你一定搞错了，我不明白你说的是什么？"我摇摇头，这番话此时比站在我面前的巨怪还震撼。

那个声音不急不缓地道："人类自不量力，我们曾多次告诫他们，给他们引导，但他们不知悔改，反而对我们发起攻击，妄想获得我们的力量，取代我们，所以我们发动了战争。 人类应该感谢玛雅人，他们得到了我们的科技和文化传承，具备了对抗我们的实力。 本来我们早就想毁灭人类，但玛雅人的反抗给了我们重创，我们正等待神恢复力量，再次毁灭人类。"

黑袍人顿了顿，继续道："玛雅人的反抗让我们付出了巨大的代价，神的躯体暂时被毁灭。 我们的族人一部分潜入地下，另一部分则融入了人群，经过上千年和人类通婚繁衍，少量人体内会流淌着我们卡坦人的鲜血。 等我们的神再次拥有实体，进入神殿，从太阳里获取力量的那天，热血会被唤醒，你们将是我们最伟大的战士，将帮助我们毁灭人类。"

这番话让我陷入了深深的迷茫之中：

第一，说我祖上也不知道哪辈是卡坦人，我身上也留着卡坦人的血，这也就算了，毕竟祖辈是怎么回事谁也说不清。 可说将来有一天我会帮卡坦人毁灭人类，这根本不可能。 从我内心来说，自己就是人类，怎么可能干出那种事，于情于理都不可能。

第二，基督城地震发现的卷轴上并没说一定要毁灭人类，而是会给人类一些机会赎罪，虽然现在不知道如何操作，但我已经在水墓里拿到了戒指和另一个卷轴，也许上边会有新的线索。

第三，他刚才谈到的"神"听起来也并不是坚不可摧的。 如果他说的都是真的，既然以前被打败过，那现在一定还会被打败。 只是卡坦神的实体在哪？如何打败呢？

这些问题像一团乱麻，搅得我头疼。 也不知道从哪问起比较好，只得挑了一个逻辑上看起来有问题的问道："既然卡坦人要消灭所有的人类，为什么要留下关于解决末日问题的卷轴和地点启示，让我们这些人跟着启示找到这呢？"我指了指旁边一动不动的熊谏羽。 这个问题在我看起来和卡坦人要消灭人类是矛盾的，他们的神躲在一旁慢慢地恢复力量，最后再来个致命一击不就好了吗？

"这是玛雅祭司留给后人的。 他们抱着侥幸的心理，希望人类找到戒指和卷轴，进入天墓神殿，就能阻止末日的到来。 你知道天墓里有什么吗？"那个声音忽然大笑起来。

我摇摇头表示不知道。 那个声音自信地道："当人类看到天墓里的情景，除了蹲在地上颤抖，他们别无选择。 人类灭亡的命运不可逆转。"

我站在原地，不知该说什么好。 黑袍人也停了停，似乎在思考什么，又继续道："族人，你现在可以离开这个地方，接下来你有两个选择，一是等待神的召唤，在末日那天加入神的军队，毁灭人类；二是根据你身上的新卷轴，找到地墓和另一枚戒指，打开天墓神殿的大门，加速人类的灭亡。 现在走吧，我的鸤鸠要进食了，新鲜的人类！"说完，那个巨怪似乎接受了什么命令，扭头盯着熊谏羽，目露凶光。

我见他要对熊谏羽下手，来不及想别的，赶紧大喊道："不要吃他，他还有用，他会帮我找到天墓，加速人类的灭亡。"情急之下，我只能顺着黑袍人的话往下说，希望能给熊谏羽和坦克留一线生机。

似乎我的话起了作用，那巨怪犹豫了一下，最终没有下嘴，忽然转身朝后边的水池里走去。 一句话同时在我脑海里轻声响起："看到了吧，这就是卡坦人的品质，卡坦人永远比人类更善良，人类只会自相残杀，他们根本不懂怜悯为何物。"

我目送着巨怪和黑袍人慢慢地走进水池，心里回味着他的话：如果说人类不懂怜悯，那卡坦人要毁灭人类，杀害这么多生命，又怎么配谈怜悯呢？ 和人类又有何不同呢？

我脑子里不断回想着黑袍人的话，意识不知为何逐渐模糊，眼皮发沉，身子发软。 我挣扎着想保持清醒，但眼皮还是不听使唤地沉沉闭了起来。

迷糊中，我也不知道睡了多久，感觉有人拍我的脸，脸被拍得火辣辣的疼。 我一个激灵睁开眼，看到一脸兴奋的熊谏羽和坦克，而且看上去坦克跟没事人一样。

"你终于醒了，从那么高掉到水里被摔晕了，还以为你醒不过来了呢！还能走吗？ 这里有出口，赶紧走。"

我坐起身，有种不真实的感觉，看了眼完好无损的坦克，心说："摔晕了？ 莫非刚才都是在做梦？"

第 14 章
逃出生天

"大维，愣什么神呢？赶紧走，我感觉气氛不对。这有通道，也许能通到外边。"熊谏羽把我从地上拉起来，看了眼我手上的戒指，拍拍我的肩膀，和坦克一起朝通道内走去。

我迷迷糊糊地跟在他们身后，不断思考着一个问题。还记得有个做心理医生的朋友曾跟我说过，如果一个人不停地怀疑自己，无法弄清发生在自己身上的事情到底是真是假，经常出现时间、空间错乱的感觉，这个人离精神病就不远了。我失神落魄地边走边想，难道我压力太大得精神病了？想到这，我打了个寒战，忽然想起一件事，想知道刚才发生的事情到底是梦还是事实，找到证据就可以了。我还记得手曾经被那巨怪的嘴包裹住扎了一下，抽出来后手上有个小血点，看看不就完了。

想到这我如释重负，赶紧伸出左手朝手腕上瞄了一眼，但手腕上并没有什么明显的血点，只是有一小块皮肤发红，和我之前看到的血点不太一样。我无法确定这块发红的皮肤是被扎后留下的痕迹，还是在搏斗中撞伤的。如果那个梦是真的，那手上的红点不会这么快愈合了吧？从坦克的身形看，他跟之前的情况差不多，似乎没有受到过重击。因为他被黑袍人打的那一拳非常重，现在他步伐稳健，不像是装出来的，而且熊谏羽的表情也不像在骗我。

我渐渐理清了头绪，基本上愿意相信只是自己做了个梦，只不过太过真实，让我不敢相信而已。我摇摇发胀的脑袋，告诉自己既然认定了是梦，就不要多想，赶紧加快步伐跟上了前方二人。

没走太久，我们就来到一个圆坑的底部，这里散落着不少尸体，抬头用灯光照上去，能看到上方有个洞口，洞口上似乎还隐隐有些人造光，好像有人打开了应急灯，一条绳索也顺着洞边缘垂了下来。

"哈哈哈……我们终于走出来了，这里就是之前下来的那个放尸体的洞口。看来有人忘记关门。我没猜错的话，上边肯定有我们的人，应该是山姆。当然，最让人高兴是我们找到了戒指。"熊谏羽意味深长地指了指我手上的戒指，然后走到绳索旁使劲拽了拽，确认上边绑得很结实后，开始向上攀爬。

我忽然有种感觉，怎么会这么容易就能走出去，我记得这个洞口上是有门的，为什么现在是开的，我更愿意相信是有人故意让我们离开。这个念头在我脑中闪过，我不得不再次回忆起梦中那黑袍人的许诺，允许我离开，眉头也再次皱了起来。

也许是能逃出生天让人兴奋，行动也变得更敏捷，熊谏羽没费太长时间就爬到了洞顶。上边似乎有人，熊谏羽跟那人笑着说了几句后，伏在洞口招呼我和坦克上去。

坦克没有先走，而是板着脸让我先上，严肃归严肃，也许因为我拿到了戒指，他口气倒没那么生硬了。我把绳子在身上绑好，扭头对他的谦让致谢道："谢谢！"然后瞟了眼他的胸口，他的衣服之前破碎得很厉害，这一眼虽看得不真切，但隐约中我看到了两样东西，让我毛骨悚然：第一样是他的心口处有个拳头大小的通红的卡坦神头像，第二样就是他腹部靠上的皮肤深深凹了进去，像被什么狠狠砸过。

看到这两样我最不愿意见到的东西，我赶紧扭头收回目光，一咬牙，使出全身力气往上爬。现在我彻底迷糊了，我觉得自己根本就分不清现实与梦境。现在只有一个念头，赶紧离开这个鬼地方。

我手脚并用，加快速度，中途一秒钟都没停歇，几分钟后终于回到了之前空口上的空地，一眼就看到了两个熟悉的面孔，一个是老山姆，一个是脸色苍白、手掌上裹着绷带的乌贼。

山姆倒还好，只是见到乌贼让我又多了一份担心。之前我们看到乌贼时就是一副受伤的模样，但熊谏羽坚持说乌贼完好无损地游回了水面，现在看来，我和古斯特看到的乌贼和面前的这个乌贼是同一个人，但熊谏羽又说这个乌贼不可能知道他们进洞了。

我清了清嗓子，和二人打过招呼，贴近熊谏羽时，用手肘不动声色地碰了碰他，轻声道："乌贼好像受伤了，你不是说他之前游回水面了吗？"

熊谏羽被我这么一提醒，笑着答道："刚才我已经问过了，乌贼说他游回水面的过程中受到了一个黑衣人的攻击，那人把他又带回了这里，砍断他的手指，扔到了坑里。黑衣人告诉他，我和坦克居然敢闯入圣地，那地方对我们来说是地狱，说我们很愚蠢，所以他知道我们俩进去了。"

其实我这会想问一下乌贼，那黑衣人是用什么语言对你说话的？是用声音还是直接通过思想？但想想又觉得不妥，我这么个问法，没准他们真把我当精神病了。现在一切都还不明朗，还是等安全到船上再问不迟。

说话间，坦克也爬了上来。但我看着面前的坦克，总觉得有点怪怪的。他的身体虽然强壮，但从坑底爬上来居然连气都不喘，这实在是让我不敢相信，之前的那些恶战似乎对他没有丝毫影响。

坦克爬上来后和大家打过招呼，走到一边，背对着大家，开始换新的潜水服。众人闲聊了一会，山姆忽然开口问道："古斯特和莎娃呢？怎么还不上来？"

我不知如何作答，倒是熊谏羽脸上略带忧伤地答道："我们走散了，不知道他们在哪！可能凶多吉少。"

看到熊谏羽这个表情，我心说这人不简单，说谎话面不改色心不跳，丝毫看不出他对古斯特有任何不满。

"这里很危险，不知道那个黑衣人什么时候会再出现。不如这样，我们给他们留下潜水服，先上到船上等他们。"熊谏羽建议道。

山姆叹了口气，苍老的目光中掩饰不住担心的神情，犹豫了会点头道："好吧！先上船。"

　　最后大家一合计，山姆做主把潜艇留下来，这玩意的大铁索已经被剪断，他觉得古斯特使用潜艇安全性比潜水服高一些。而且他和乌贼下来的时候带了足够的潜水服，够我们几人使用。但熊谏羽有些不甘心，我知道，他心里根本不想让古斯特他们活着出来。

　　我的心情比较复杂，古斯特虽然对我做了些不光彩的事，但我总感觉他有什么苦衷，更何况他旁边还有个莎娃，她对我可不错。但他们被留在了水墓核心，被一片沸腾的池水隔开，对面还有几个守护神，想逃很难。我穿着潜水服不断上升，身体离水面越来越近，但我的心似乎渐渐下沉，留在了水墓。想到莎娃的境遇，心里满是抑制不住的失落。

　　很快，我们一行人顺利升到水面，在三个波多黎各雇工的帮助下爬上大船。泰格兴奋地抱着啤酒罐子挨个发给大家，但看到队长古斯特和莎娃没有一起浮上水面，他失落地狠狠把空罐子抛向远处的大海。

　　其实我们这次下水，看似经历了不少事情，但整个时间才过去一天多点。山姆接过了船长的职务，决定把船停在原地等古斯特和莎娃回来，如果三天后还不见人影，就回到陆地寻求救援。

　　回到船上已经是清晨，我狠狠地饱餐了一顿，灌了几大罐啤酒，觉得身体无比疲惫，冲了个热水澡，跟大家打过招呼不要吵我，一脑袋栽倒在床上。

　　我这一觉，整整睡了两天，起床后精神恢复得很好，发胀的脑袋清醒多了，只是身体像散架了似的，走路都一瘸一拐。

　　我走出船舱，迎着清晨的阳光来到甲板上，发现熊谏羽正盘腿坐那悠闲地钓鱼。我轻轻走过去，坐到他旁边："他们还没回来吗？"

　　"你也不希望他们回来吧！"熊谏羽轻声答道，眼睛盯着水面，说不出是什么表情，充满了纠结和烦恼。

　　"我希望他们能安全脱身。"见熊谏羽没答话，我继续问道，"有个问题我不理解，既然你和古斯特有这么大矛盾，为什么他还要拉着你和坦克一起来探险。你们的目的都是戒指，为什么不能合作呢？"

　　"立场不同吧。这么多年了，本来以为可以和平相处，但进入水墓的那一刻，我发现这是不可能的事。每个人存在于这个世界上，都有自己的命运，我和他终究逃不脱互为敌人的宿命。"

"我不相信什么宿命论，人都有选择命运和前进道路的权利。"我反驳熊谏羽道。

"没来水墓之前你可以这样说，现在，你问问你自己，还有选择的余地吗？"熊谏羽点了点我的心口，说了句意味深长的话，似乎他知道什么，意有所指。

"可是……"

我话还没说完，泰格忽然一脸慌张地跑到甲板上对我们吼道："不好了，山姆说要立即起航，刚收到气象云图，一股罕见的风暴在我们东北方不远的地方聚集，正朝我们的方向过来。刚收完云图，我们船上的仪表忽然全部失灵了……"

坏消息总是在你最脆弱的时候到来。我和熊谏羽赶紧跟着泰格跑进船舱，所有人都聚集在舱内，我看到山姆正对着桌上一大张航海图进行测量，神情紧张。而那三个波多黎各雇员早已经吓得浑身发颤，三人手牵手围成一圈，低着头嘴里嘟嘟囔囔祈祷着什么。

"怎么回事？"熊谏羽走到桌前。

"从收到的气象云图上看，东北方有一股莫名的风暴云正在形成，完全不知道从哪冒出来的，而且咱们的所有电子仪表都失灵了。"

"船还能发动吗？"我担心地问道。

"机械没问题，只是仪表出故障，所以我正在确定方向，准备凭经验返回港口。先不考虑风暴能否摧毁我们的船，即使风暴只是把我们吹离大陆远些，我们的燃料也不足以支持我们回到岸边。而且仪器失灵，我们也无法发送救援信息，只能期望有人发现我们。"山姆把这件事的几个严重性明确说了出来。

"那你现在确定航向了吗？"我继续问道。

"大致确定，不过也不是百分百肯定，这附近也没有明确的参照物。与其等死，不如试试运气了。"山姆语气坚定，放下尺子，走上驾驶台。

"方向有这么难确定吗？参照太阳不就能弄清楚方向了？"我有些迷惑不解。

"如果有这么简单就好了，你出去看看太阳在哪！"泰格猛灌了一口啤酒，抹抹嘴摇头道。

　　我心里直纳闷，太阳不就在那吗？ 我边想边走上甲板朝天空望去，这一看，我就糊涂了，天空和往常一样透亮，只是这会多了一些白云，但我找了半天，居然没看到太阳在哪。 这个发现让我吃惊不小，再一次颠覆了我对自然科学的理解。

　　"怎么会这样？ 太阳去哪了？ 如果太阳下山了，不是应该天黑了吗？"我诧异地问陪同我一起走出舱外的泰格。

　　"这种现象在百慕大海域时有发生，叫'印日'，只见阳光不见太阳，至今原因不明。 但多数人认为太阳被某种东西给遮挡住了。 阳光能透过来，但看不见太阳，所以无法通过太阳辨别方向。"

　　泰格看了眼平静的水面继续道："其实还有一种方式能判断方向，但我们等不到那个时候。 根据气象云图显示，风暴会从东北方过来，当风暴到我们这时，我们就能大致确定西南方向，沿着西南方向一直走，一定会遇到陆地。只是当风暴来临的时候，我们还能不能走得掉，就很难说了。"泰格拍了拍我的肩膀，重新返回了船舱。

　　这时，海上的风渐渐起来了，我紧了紧外套的领子，也准备走进船舱。 正在这时，那三个波多黎各雇员像发了疯似的瞪着通红的双眼从船舱里冲了出来，最后一人手里还提着一把刀，直奔我而来。

　　我没搞清楚什么状况，朝身后看了一眼，确定甲板上就我一个人。 他们这是干什么？ 我心里一惊，但已经晚了，跑在最前边那个黑瘦青年一下扑到我的身上，我立足未稳，整个人朝后倒去，重重摔在甲板上。

　　我使劲想推开压在我身上的波多黎各人，但他长得精瘦，力气奇大，我拼了命也才能勉强跟他相持。 这会，第二个青年也冲了过来，两人一使劲，把我翻了身，脸朝地，然后把我双手使劲朝后一拧，我手腕和胳膊像断了似的一阵剧痛。

　　"你们要干什么？ 熊谏羽、坦克、泰格，快救我……"我趴在地上声嘶力竭地喊叫。

　　那三个雇员把我按在地上，开始在我身上的衣兜和裤兜里乱翻，似乎在找什么东西。 最后他们发现了我手上戴着的戒指。 其中一个青年道："应该是这个东西，这个是他从水底带上来的，触怒了神灵，才会给我们带来黑风暴。"

另一个青年接口道："别废话，快摘下来扔到海里给神还回去，不然我们都得死。"

听到这二人的谈话，我算是明白了，也稍微放下心来，感情这几位鬼神观念比较强，认为我拿了神灵的戒指，招致灾难，这才对我动手。我心里觉得好笑，赶紧劝道："你们别傻了，风暴是自然现象，跟那个戒指没关系。哎……哎……疼，轻点，轻点，别使劲拽，那戒指我自己都摘不掉。"

那几个青年可不听劝，两人压着我，另一个使劲捏住戒指往外拔。我感觉手上的肉都快被拔掉了，疼得我豆大的汗珠哗啦啦地往下掉。

"这人真贪婪，肯定是怕别人抢他的宝贝，用胶水把戒指粘到了手上。别管那么多，直接把手剁下来吧！"那个提刀的青年斩钉截铁地建议道。

我一听这个，挣扎得更厉害了，心说老子在水墓里被几个守护神围攻，都没伤我半根毫毛，上了船了却被这几个把手给剁了，那可真是阴沟里翻船，说出去也丢人啊。

想到这，我豁开嗓子大声喊救命，可这三人跟疯了似的不管不顾，狠狠把我的左手给按到甲板上。估计用不了五秒，我就得成简版杨过。

"住手！"正当我无比绝望时，坦克的怒吼声从远处响起。

可那三个家伙根本就没有停手的意思，手上的劲道一点没收，我甚至能听到呼呼的破风声。我扭头一看，一个青年正抬起砍刀，朝我的手腕狠狠砍了下去。我吓得一闭眼，却听到一阵清脆的枪响，接着，一些温温的、黏糊糊的液体溅了我一脸，压住我身体的那几双手也瞬间松了力道。我赶紧睁开双眼，居然发现，就这么一闭眼的工夫，天空变得一片漆黑。

本来之前天空是亮的，看不到太阳就够刺激的了，这会也就短短的几秒钟，天空居然瞬间变黑。我推开身旁的两个波多黎各青年，又看了眼脸朝下趴着的另一个提刀青年，他一动不动，脑袋下红的白的流了一大摊，不用想，坦克直接给他来了个爆头。

我看了眼凶神恶煞的坦克，这家伙太狠了，说杀人就杀人，这可是现代社会，还有没有王法了。那个青年虽然想对我不利，但还不到动用私刑一枪打死的地步。 我越来越觉得面前这位俄罗斯人很可怕，他就像潜伏在你身边的猛兽，指不定什么时候给你来上一口。

虽说这会死了个同伴，但剩下那两个青年明显对突然变黑的天空更加恐惧，他们睁大布满血丝的双眼死死盯着远处的天空，双拳紧握，身体僵硬。

我揉了揉被扭伤的胳膊和手腕，也朝他们的方向望过去，就见整个天空此时变得漆黑一片，没有太阳，没有星星，也没有月亮。 海面上的情况也不对，海水像静止了似的，变得无比平静，经常听到的海风声此刻再也听不到一丝一毫。

这片水域就像被什么给冻结了，和整个世界隔离了。 我只能想到一个很形象的比喻，那就是有人在我们周围盖上了一个不透明、不透风的黑罩子。我们的船上亮着光，就好比黑罩子里的一根蜡烛。

这诡异的场景估计超出了所有人的理解范畴，我和坦克外加两个青年站在甲板上发呆，其他人也在船舱里隔着玻璃观察这奇景。

还是山姆反应最快，大吼一声："别看了，快进来，我们走!"

我赶紧把两个瑟瑟发抖的青年拖进船舱，坦克也跟了进来，随后紧闭舱门。 山姆在驾驶室上一顿调试，打着发动机，加大马力，就想离开这片区域。

我们的发动机卖力地发出怒吼，也不知道朝哪个方向开去，我也不想知道现在往哪开，只要能离开这片黑色的区域就谢天谢地了。

我们就这样在漆黑的恐惧中漫无目的地开了半个小时，却没有实质性的进展，四周依然是黑暗，远处也看不到黑暗的边缘。

"算了，不知道这片黑色区域有多大，再继续开下去，我们的燃料会耗尽，现在只能向上帝祈祷了。"山姆忽然毫无预兆地停下船，无力地坐在椅子上。

不太爱说话的乌贼此刻也开口道："除了天黑，没有任何异常，为什么一定要走?"

他的这句话倒是给了我启发。 其实现在我们都只是朝坏的方面想，主观认为这黑色的区域里有危险的东西，但其实现在除了黑暗，我们什么都没看到，甚至之前说的那股风暴也没有出现。 海上风平浪静，这似乎是好消息才对。

我正准备发表一下自己的见解，却听到一个青年指着远处的天空恐惧地大喊："死神来了，死神来了！"

众人像军队一样齐刷刷扭头看向青年所指的方向，就见远处漆黑的天空里不停地打出一道道粗大的明亮闪电，一次又一次地击打在海面上，把远处的海面打得水花四溅。奇怪的是，我们只看到闪电，却没有听到一丝雷声。

坦克盯了闪电一会，忽然转过身暴躁地一把掐住那个青年的脖子，把他顶到墙上，充满杀气地道："不就是闪电吗？下次你再胡说，我就拧断你的脖子。听到了吗？"

那个青年被掐得张大嘴，却一句话也说不出来，只能眨眨眼表示明白。坦克使劲掐着他的脖子往旁边一甩，那青年像纸片一样飞向旁边的驾驶台，脑袋狠狠地撞在驾驶台的金属边缘上，昏死了过去。另一个青年赶紧冲过去，蹲在受伤的同伴旁，抱起他的脑袋，略带怨恨地看了坦克一眼，又马上收回目光，明显是被坦克狠毒的目光硬生生给吓了回去。

"坦克，你这是怎么了？这只是他们的信仰，波多黎各人认为闪电是死神降临的前兆，没必要这么大反应。"熊谏羽明显对坦克有些不满，之前他毫无预兆地当着这么多人的面杀人，大家还没来得及说什么，这会他又打伤另外一个，估计熊谏羽是怕他再这么下去控制不住还得出乱子才提醒他。

"哼！"坦克闷哼一声，不再说话。

我心里隐隐有些不安。因为我觉得坦克从水墓上来以后就不正常，特别是我看到他心口有卡坦神头像还有胸口有些凹陷之后，我更加相信之前我在水墓不是做梦，坦克一定受到过黑袍人的重击，而且在他身上已经发生了某些变化。

远处的闪电还在继续，随着闪电频率越来越快，在闪电周围居然渐渐形成了一个龙卷风，也就是人们常说的吸水龙卷。这吸水龙卷从海面一直延伸到漆黑的天空中，直径以肉眼能看到的速度越长越大，不到几分钟的时间，据我目测推断，直径已经超过 100 米。

而这时原本静止的水面也剧烈波动起来，我们的船也随着波浪剧烈摇动，似乎那吸水龙卷正在水里搅动什么东西。

　　船上此时没人说话，都紧张地盯着这万年难得一见的奇景。 我多了个心眼，迅速浏览了一遍众人脸上的表情。 那个波多黎各青年此时抱着他的同伴，把头埋在同伴的身体里，看也不看，所以我不知道他什么表情，但身体微微颤抖，估计被吓得够呛。

　　泰格和山姆的表情最朴素真实，估计和我差不多，都是被这大自然的奇景给震住了，惊讶、紧张和好奇写满了那两张脸。 乌贼倒是显得很镇定，脸上除了本来的稚嫩，看不出任何情绪，但也不麻木，似乎他心理素质非常好。

　　坦克表情阴冷，一双眼睛眨也不眨，但身体放松，好像只是在看一个和自己不相关的东西，也不觉得这有什么危险。

　　熊谏羽的表情最为复杂，此刻他戴着备用眼镜，脸上居然略带微笑，甚至还有些嘲讽的意味……

　　我不知道他流露出这种表情时的内心世界如何，我只能肯定，他胸有成竹，对这种异象并不害怕。 我这会挺想问他是不是知道点什么，但又觉得人多嘴杂，他估计也不会说。 不过看到他的表情，我心里多少放心了点，估计这闪电加龙卷风应该不会太危险。

　　果然，没过太长时间，我明显感觉到船身往下猛地一沉。 这感觉就像海水突然矮了一截，我们也跟着沉了一截。 紧接着，也不知从哪传来一声炸响，这声音可比雷声大多了，和我以前在陆军采访军事演习时十门火炮同时开火那声音差不多，震得我牙疼。

　　我听到这一声炸响时，双手抱头，身体本能地呈防御姿势往下一蹲。 接着，我觉得船体一阵剧烈的波动，然后一切又平静下来。

　　"仪表恢复正常了！"山姆忽然兴奋地大叫起来。

　　听到仪器恢复正常，我赶紧起身，却看到了让我更加兴奋的事情。 漆黑的天空、闪电、吸水龙卷在一瞬间全都消失不见了，天空再次变得明亮。 我冲到甲板上，抬头看了一眼天空，刺眼的阳光正从太阳里射出来，大海也变回了我熟悉的大海，耳边传来呼呼的海风声。

　　原本预计等待三天，如果古斯特没有回来就返航，但因为这次突发事件，山姆决定立刻返航寻求救援，众人没有异议，也想早点上岸。

　　在返回的路上，坦克把青年的那具尸体扔到海里喂了鱼，又使用暴力手段连威胁带吓唬，让另外两个青年保密，同时许诺给两人的佣金涨两倍。 那两个青年没想到能从风暴中活下来，更没想到佣金能涨两倍。 这笔佣金比他们渔猎一辈子赚得还多，原本失去同伴的悲伤心情瞬间被抛到脑后。 而波多黎各一个小渔村的一个小渔民失踪，在贫穷的当地更没人会想得起来，毕竟，每年潜水捕龙虾都会淹死不少人。 这件事也就算解决了。

到达港口后，山姆和泰格负责寻找救援队，重返之前的区域进行水下救援。 而熊谏羽、坦克和乌贼没有一同前往，他们的理由是，古斯特在之前就说过，如果他这次下水不能回来，需要大家帮忙照顾他还在医院的孩子。 熊谏羽等人主动接过了这个任务，去处理他孩子的事情。

我呢，因为还有电视台的工作要做，必须得返回电视台学习栏目制作。所以，这次水下探险对我来说到此算是全部结束了。 但事实是太多的秘密还未解开，而且我拿着戒指，熊谏羽不会就这么让我随便离开。

果然，熊谏羽在我离开港口城市的头一天晚上来到我的房间，给我倒了杯红酒道："大维，虽然你明天要离开这里，但有些事情你将来还是必须得做，因为时间不多了。"

"你说的什么意思？ 我不懂。"我往嘴里灌了半杯红酒，开始厌倦这种打哑谜的行为。

"你知道我在说什么。 水墓只是一个开始，接下来还有很长的路要走，因为你戴着这个。"他用手指了指我手上的戒指，"明天我也会离开，为下阶段的工作做些准备。 准备好了我会联系你。 古斯特的孩子很关键，我得去看看他。"

"你不是答应我出来后会告诉我一切吗？ 现在为什么不直说？ 这是你们的工作，不是我的工作，我不知道你们到底在找什么，而且我为什么要和你们一起，我受够了这些怪异荒唐的事。 如果真有世界末日，那就让它来吧！"

我灌了半杯红酒，有些上头，带着酒劲发泄心中的不满。 因为虽然跟着走了这么一遭，我有太多谜团没解开，我甚至不知道自己到底在干什么。 之前参与这次探险的目的一是好奇，二是觉得应该帮老友解开谜团。 但经过这次探险，我差点丢了性命，忽然觉得平静的生活很美好，哪怕真有世界末日，只要让我安静地多活一年，我也认了。

　　熊谏羽站起身，摇摇头，走到门口，忽然转过身轻声对我说了一句话。　这句话声音很小，却把我震得浑身无力，像掉入了一个巨大的漩涡不能自拔。就听他慢慢地道："我们一定会再见的，别忘了你后背有卡坦神头像，会要你的命。　另外，你的好友怀特，还活着……"

第 15 章
P 型血

　　熊谏羽轻描淡写地甩下那句话后，拉门走了出去，留下神情恍惚的我。"你的好友怀特，还活着！"这句简单的话不停萦绕在我脑子里，挥之不去。

　　那可爱的老头，我的忘年交，我亲自抬棺下葬的朋友，居然还活着。 我可是亲眼看到他的尸体，亲自抚摸过他冰凉僵硬的尸体，难道这一切都是假象？他是骗我的？ 他为什么要这么做呢？ 而且医生已经确认，他老婆也确定他已经死了，不可能是假的。

　　忽然，我联想到一个让我毛骨悚然的假设，怀特会不会从死亡中复活呢？我魂不守舍地来到浴室，放下红酒杯，慢慢脱下我的上衣，从镜子里查看后背的卡坦神头像。 如果它是一件艺术品，是一个文身，这感觉一定很好，可它不是，它是莫名其妙长在我身上的毒瘤，我不知道它会带给我什么。 我忽然感觉无比愤怒和绝望，拿起酒杯狠狠地朝镜子里的自己砸去。

　　第二天一早，我退掉房间，赶回纽约的探索频道分部，赶上了他们在内华达的拍摄。 工作忙起来，我才感觉又找回了自己，非常顺利地在美国呆了一个多月。 熊谏羽等人也没有再联系我，我曾试着联系古斯特和莎娃，但他们手机关机、邮件无人回复。

　　之后，我又辗转联系上了山姆，他告诉我，他和泰格在当地寻求救援后，大队人马赶往事发海域，但他们发现，那儿的海底除了海水，什么都没有，整个水墓莫名消失了，而且不留一点痕迹，像没存在过一样。每每想起他们俩可能已经遭遇了不幸，我就忍不住内疚。

　　时间过了一个多月，我似乎也渐渐忘掉了那些不愉快。在一个周六，我回到新西兰。坐在出租车上，看着眼前熟悉的美景，我越发觉得生命与自由的可贵。如果世界末日真要来临，卡坦大军摧毁整个人类，这些美景、人类脆弱的生命，会变成什么样子？

　　我有一搭没一搭地想着各种杂乱无章的事，听到我身旁车道上响起一阵剧烈的马达轰鸣声。我不用看，就知道这是当地很多年轻小孩开的改装车。在新西兰，改车合法，随便你怎么改，你就是改成火箭也没人管你。但开改装车的人一般有两种，一种是真正追求时尚与创新的人，他们开改装车是乐趣；还有一种就是类似小混混的小孩，他们为了炫耀，这种人也是新西兰车祸肇事的主要人群。

　　这辆改装车速度非常快，很快就和我坐的出租车并驾齐驱，但他们的车道前方有辆车正常行驶，挡住了改装车的前进路线。我瞟了眼那辆改装车，开车的是个卷头发、肤色偏黑的岛人（新西兰附近岛国居民）小孩，车上还坐着他的两个伙伴，年纪都不大，也就是十五六岁的样子。

　　开车那小孩见有人挡住了他的车道，不停在后边按喇叭。这在新西兰是很不礼貌的行为，我就多看了那辆车上的小孩一眼。却没想到他居然把怒气发泄在我身上，其中一个小孩摇开车窗，冲着我喊了句话。我关着车窗，听不太清，但从他的嘴型我知道他说的是一句很脏的话："Fuck!"

　　本来，这种带有种族歧视的事情在新西兰发生得很少，而且对方也是小孩，我没打算理他们。可那小孩见我没反应，忽然大笑着指着我又来了一句："Stupid Chinese!"

　　我一听这个，本来心情就有点压抑，一股怒火直冲脑门，伸出手，朝那个小孩打了个国际通用的高级肮脏手势。这种手势在洋人眼里是最恶毒的，比中国人当面指着人家鼻子问候对方的十八代祖宗还要恶毒十倍。

　　我做完这个手势，有点后悔，心说跟一小孩较什么劲呀。但这会晚了，那小孩明显被我激怒,张嘴跟车上那几个小孩说着什么,眼里冒出愤怒的火光。

我预感着要坏事,果然,那小孩司机居然驾驶着汽车渐渐朝我们靠了上来,后座上那个受了侮辱的少年摇下车窗,从里边拿出一把扳手,猛地砸向车后座的玻璃。

出租车司机应该是从后镜里看到了这一幕,忽然一脚油门,加速躲开了这一击。然后一路狂奔,想赶紧甩掉他们。

估计那俩改装车前边的车也看了这一幕,本来很慢,突然间也一脚油门呼啸而去。我一看这个,心里暗骂,这不坑爹吗,还指望你挡着他们呢。那小孩见前边的车加速,也加速跟了上来,做出了一个极度变态的举动:他们直接驾驶着汽车像美国警匪片一样,狠狠地撞向了我们的后轮位置。

我只感觉后轮一抖,车屁股弹了起来,接着,我们的汽车忽然失控,倾斜着猛地撞向了路边的护栏。我还没来得及抓把手,就一脑袋把车窗玻璃撞得粉碎,晕了过去。

不知过了多久,迷迷糊糊中我感觉有人把我从车里抬了起来,抬到一张硬床上。我感觉脑袋像裂开了似的难受,挣扎着睁开眼看了眼周围,发现是一群医院的急救人员。

"你醒了,放心,我们正送你去医院,皮外伤。"一个年轻的女医生安慰我。

"哦,谢谢你们!刚才怎么了?"我的意识逐渐清醒,问道。

"出了个小车祸,你的头和脖子受了轻伤,运气比较好,差点伤到颈动脉。保险起见,还是得去医院做些检查和包扎。"那医生对我甜甜一笑,无比温暖。

车行时间不长,我们就来到了一家医院。医生把我推进处理室,对我进行了简单的伤口清理和包扎后,又对我头部进行了扫描,最后确认我只是有些皮外伤和轻微脑震荡。大家都说我运气不错,那出租司机腿都断了,我却只受了轻伤。

我很少来医院,对医院总是有种莫名的恐惧,这次却莫名其妙被弄到医院来了,心说霉运看来还没结束。我在休息室略微休息了下,正准备离开,一个看上去有些岁数、带着大圆眼镜的医生笑呵呵地走了进来,对我道:"你是大维吧，我们医院想跟你商量点事，找你帮个忙。"

这医生满脸笑容，总觉得他对我过于热情了，心里有点紧张起来："帮什么忙？"

老医生拍拍我的肩膀，示意我先坐下再说，别那么紧张。我扶着凳子坐了小半个屁股，心里有些忐忑。我跟医院从来没交集，莫非他知道我的身份，跟电视台的事有关？

医生见我坐下，推了推眼镜，眼里忽然冒出光，看我像看元宝一样，小声道："我们想让你给我们医院献点血，建立一个小血库。"

我一听献血，本来觉得没什么，不就是献血嘛，以前上大学的时候也献过。但听对方说要建立血库，我感觉血管里一阵冷，心说你这得抽我多少血才够你那"库"呀！

我赶紧问道："献血没问题，但你说的血库是什么意思？另外，据我所知，我的血型是 O 型，很普通的血型，你们现在很缺 O 型血吗？"

医生见我比较好说话，忽然开心地笑了起来，对我点点头道："你稍等，我给你看样东西。"说完走了出去。

没过多长时间，老医生拿着一张纸回来递给我。我一看，这纸就是个血液的化验结果，写着好多数据，我也看不懂什么意思。我唯一能看懂的就是在血型那栏，打着两字字母，"O"和"P"。

O 我知道是什么意思，因为我是 O 型血。P 是什么东西？从来没听过有人是 P 型血呀。我眨巴着眼睛，一脸困惑地看着医生问："我有什么病吗？为什么这里有个 P？"

医生笑呵呵地摇头，从我手里接过化验单，情绪忽然有些激动起来，声调提高了几个八度："你没有病。是这样的，不管需不需要输血，根据程序，我们对外伤的病人都会有个例行的血液检查，防患于未然。你被送来后我们通过检查，发现你是 O 型血，但是我们发现你的血清和血库中所有 O 型血液的红细胞都能发生凝集反应，通过进一步检测，我们居然发现你的血清与世界上现有的谱细胞都能发生凝集反应。而且……"

"不好意思，你等等。"我完全糊涂了，打断医生兴奋的讲述，"你能用通俗一点的语言来解释一遍你刚才跟我说的话吗？你说什么这个细胞、那个凝集，我听不懂。"

"哦，哦，实在是不好意思，我太兴奋了。"医生用手推了推掉到鼻梁上的眼镜，"简单说，就是你的血液中含有一种极其罕见的抗体，虽然你的血型是O型，但不是普通的O型，更准确的说法是P型血。你的这种血型比罕见的RH阴性血更稀少。根据全世界到目前为止的研究发现，P型血出现的概率是RH阴性血的千分之一左右。在整个欧洲近百万人的血液筛查中，才发现了不到六例。"

说实话，我听到这个的第一反应是我发财了，照这么看我绝对是国宝级别的，这政府得把我好好供起来。

但这种兴奋仅仅持续了几秒钟，我忽然变得极度紧张。如果这医院没搞错，这项血液检查正好印证了我在水墓那个似梦非梦里听到的话，还有那马头怪物对我血液的测试。那个声音说只有拥有卡坦人血统的人才能戴上戒指，而我拥有他们的血液传承，是他们的族人。

"生先生，生先生！"老医生把我从沉思中呼唤回来，"你可以答应我的请求吗？"

我机械地点了点头，跟他去了处理室。抽完血，等候多时的警察对我做了简单的笔录，就让我走了。我也不指望抓住那几个肇事小孩能怎么样，在新西兰，法律很宽松，只要不出人命，就定不了大罪。

回到久违的小家已经是下午六点多，简单洗了个澡，我给自己煮了杯咖啡，坐在电脑前，理了理最近发生的这些事。之前，我以为除了我自己，古斯特、莎娃、熊谏羽、坦克等人一个比一个神秘，也不知道他们到底在搞什么。但现在，我居然发现我自己也很神秘，我身体里藏着秘密，我自己却不知道，还得让别人告诉我。这种掌控不了自己命运的感觉很糟糕。

我不愿再想，觉得应该让自己好好放松一下，胡乱浏览了一会网页，又打了几局自己喜欢的电脑游戏，这才感觉活了过来，原来简单随意的生活这么美好。

我再接再厉，觉得打游戏真过瘾，自己可以随意控制人物、军队，指哪打哪，也不知道疼，死了也无所谓，哪像在百慕大那两天，真叫人难受。正当我全神贯注地和电脑厮杀的时候，游戏画面突然弹了出去，露出了桌面。我的

MSN 出现了一条提示信息：有人要加我好友。

我心里不痛快，暗骂是哪个不长眼的爆料人，大周末的也不让人休息。但不管吧也不行，搞新闻的看上去很自由，其实自己时间很少。 我通过了对方的好友申请，简单查看了一下对方的资料，却发现对方的资料基本是空的，什么也没有。

我职业地问了句："你好，请问有什么新闻线索吗？"

等了好半天对方也没回复，我觉得可能是加错了，正准备继续打游戏，消息框却弹出了几个字："你有危险，马上离开你的屋子。"

我心里觉得好笑，这种伎俩太业余了。 以前经常有些好朋友特意申请新的账号，上来就吓你，告诉你危险呀、有鬼呀什么的。 这都是小孩的游戏，也是我当年玩剩下的。 我不知道是谁，只回敲了几个字："誓与房屋共存亡。"然后坏笑着往靠背上一躺，等待对方回复，想跟对方好好玩玩。

"我再提醒你最后一遍，马上离开你的屋子，带上卷轴和戒指，你有危险，它们过来了。"

我一个激灵从椅子上弹起来，这人知道我拿到了卷轴和戒指，肯定是之前那拨人里的一个，我追问道："你是谁？ 熊谏羽，是你吗？"

对方没有回答，而是选择了直接下线，任我如何再问，对方也不再说话。我身上这神经才刚松了没几个小时，这会又紧紧地绷了起来。

我一拍脑门，坏了，对方说到戒指和卷轴，戒指在我手上，可我水墓里拿到的卷轴扔哪了？

我在水墓里拿到的那玩意是个小圆筒，但外观和基督城那个金属筒差不多，只是个头小很多，现在经对方这么一提醒，才想起来那里边一定藏着什么线索。 当时光顾着逃命，随意往身上一塞，看都没看，熊谏羽虽然知道我拿到了卷轴和戒指，也没找我要，也没要求看，这倒挺奇怪的。

我仔细回忆了一下之前的经过，一下就想起来最有可能的地方就是在我的背包里，我当时把换下来的衣服直接给塞到了包里。

我赶紧翻开包，衣服上还粘着臭味，我吸吸鼻子摇摇头，这单身男人的生活质量也就这样了，什么时候得找个女朋友或者老婆。 想到这，我忽然想起了莎娃，心像被什么给狠狠扎了一下。

在包里翻了没多久，就找到了那个圆筒。 圆筒很精致，材质很硬，呈金黄色，似乎是用某种矿石熔化后凝成的。

我小心翼翼地拧开盖子，里边果然藏着一个小卷轴。 我把卷轴放到桌上慢慢摊开，卷轴的材质像布又像纸，说不上来是什么，反正非常坚韧。 打开之前的心情很激动，这种古物也不知道是哪年哪月留下的，第一次亲手接触这种古董，还真有点肝颤。 但随着卷轴的铺开，我的心也跟着沉了下来。

我翻来覆去拿着卷轴看了几遍，发现上边完全是空白的，什么东西都没有。 我又拿到灯下照着看，还是看不出个所以然来。 这东西有什么用？ 莫非跟中国的无字天书一样？ 又或者跟间谍文件似的需要某种药水才能显影？

我忽然想起怀特，要是他在这就好了。 他研究过基督城的卷轴，也许有办法看出上边的文字或图案——如果有的话。

我无奈地把卷轴卷了起来，重新塞回圆筒。 忽然间，我听到院子里好像有动静，声音不大，但很清晰，像有什么东西在地上拖行。 我打了个寒战，刚才网上那人提醒我让我赶紧离开家，说我有危险，不会是真的吧？

我看了眼窗外漆黑的夜，刚才回家打完游戏已经是 9 点左右，这会已经将近晚上 10 点，路上见不到行人，只有少量汽车驶过。 一股强烈的危机意识直冲我脑门，我迅速跑到客厅，锁上通往院子的门，又手忙脚乱地把客厅和房间的窗户也锁了起来。

我左手捏着固定电话，按好报警电话号码，右手拿着手机按好急救号码，只要有异动，我准备第一时间把这两个号码同时拨出去求救。

我有种感觉，屋外有眼睛盯着我，而且不止一双。 我不知道这种感觉从何而来，从水墓出来后我似乎变了。 说好听点，我变得敏感了；说不好点，我变得神经质了。

我竖起耳朵仔细听外边的风吹草动，但什么都听不见，变得异常安静，外边似乎什么也没有。

就这么过了几分钟，我的手机突然毫无预兆"叮叮叮"地响了起来，吓得我手一松，手机掉在地上。 我赶紧低头捡手机，因为我这房子的房东没铺木地板，铺的是白色瓷砖，我这么一低头拿到手机，看到瓷砖的倒影里居然隐约趴着一个人。

　　这一眼，吓得我一骨碌，赶紧抬头看天花板。 我家客厅不大，一眼就能看全天花板，可上边哪来什么人。 我又看了眼瓷砖，那倒影里也是什么都没有。

　　不是吧，难道我真的神经了？ 这不见鬼吗？ 手机的铃声还在响个不停，似乎电话那头的人不听到我接电话，就打算把我手机打没电。 我看了眼来电显示，发现是中国的号码。

　　"喂……喂，你……好，哪位！"刚才被吓那么一下，还没缓过神来，说话有点结巴。

　　"我说大维，胖子他儿子都满月了，你不过来喝喜酒就算了，怎么新婚礼物还没寄过来？ 我还等着送人呢。"电话那头传来一个男声。

　　"嗨，是钟声呀。 我以为谁呢，吓死我了。 我最近忙，单位安排临时去了趟美国，没顾上，明天就给你买去。"我舒了口气，这是我一好朋友钟声。虽然相隔万里，但这会能听到熟人的声音，也让我倍感安慰。

　　"我听你声音怎么感觉哆哆嗦嗦的，正干亏心事吧？"钟声打趣道。

　　"没空跟你胡扯。 我最近经历的事，比你上次在新西兰经历的事只多不少。 我去了趟美国，小命都快丢了，回头有机会跟你讲。 就这样，挂了啊。"我心不在焉，不想多说，迅速挂掉电话，眼睛像雷达一样在屋内扫过，生怕在哪个旮旯犄角里藏着什么人。

　　我眼睛这么扫了一圈，什么都没看见，手机却再次响了起来。 我一看，还是那个电话号码，接通后我没好气地说："哥们，这会真忙着呢，你别添乱。"

　　"不是，你别挂，我就跟你说一句话，最近我学了点卜卦，前几天想你了，给你占了一卦，卦象表明你最近运气不好。 而且你忌土，遇土有难，接不得地气，否则有血光之灾。 得了，就这么多，太深奥的我还没研究出来，有新发现我再告诉你。 不说了，我得准备年底澳门的比赛，拜拜！"

　　被钟声这么一打岔，虽然说的东西比较邪乎，我反而没刚才那么紧张。挂掉电话，我给自己拿了瓶啤酒，告诉自己不要疑神疑鬼的，自己家能有什么事？ 再说了，水墓里那些东西似乎出不来，那些东西一面世，绝对被各种科学家抓起来一顿研究，跟研究外星人差不多。

我准备打开电视看看球赛，忽然听到"砰砰砰"的敲门声。

这么晚谁呀？ 我心里直嘀咕，慢慢走到门前。 这边的房子不像中国的防盗门装着猫眼，这边的房门比较简陋，在我看来也就一块木板。 我先把门的保护锁从里边栓好，又喊了声："哪位？"没人回答。

敲击声再次传来，但我感觉声音不对，根本不是门在响，而是来自门上方的天花板里。

第 16 章
逃离新西兰

听到天花板里传来的声音，我第一反应就是有人在天花板和屋顶的隔层里。可那里空间狭小，装的全是保温棉，人想钻进去不可能。莫非是老鼠？可我在这已经多少年没见过老鼠了。听那敲击声，里边的东西力气还不小。

"砰砰砰……砰砰砰……仄仄仄……"杂乱的敲击声和不知什么东西发出的怪声，毫无预兆地在天花板的各个角落不规则地响起，有几块年久失修的板子还被砸凸了，看上去有什么东西在里边准备冲出来。

我完全被吓呆了，居然忘记夺门而逃。"砰……"又是一声响，中部的天花板居然被砸开了个洞，一块烂木头掉在客厅的地上。接着，从里边耷拉出一根白得近乎透明的条状东西，具体是什么我也看不清，只是它身体上似乎布满了毛茸茸的小脚。那条状物软软乎乎地耷动，像一条大鼻涕，悬在空中左右摇晃，不知在干嘛。

我狠狠咽了口唾沫，想慢慢背身朝门口挪，却看见那条状物忽然盯着桌上卷轴的方向不动了。我意识到不好，这货要抢卷轴。虽然我不知道空白卷轴里有什么，但这东西有用，我还是知道的。我一个箭步冲上前，一把抓起卷轴就想往门外跑。

等我跑到门边正准备拉把手，却看见门旁的玻璃上出现了一个人影，就是之前我在地板上看到的那个倒影。 人影的脸黑乎乎的一团，看不清长相，也分不清性别，但体型很瘦小。 我吓得一缩手，赶紧回头，结果身后空荡荡的，还是什么也没有。 我心说生大维呀生大维，你这是要疯呀，到底什么是真的，什么是假的？

我大吼一声给自己鼓气，迅速打开后门，跳进院子，准备绕出去赶紧开车离开这鬼地方。 结果刚跨进黑乎乎的院子，我就被地上一团东西给绊倒在地，摔我一嘴草。 我心里暗骂，谁把烂木头堆我家院子里了。

我也不顾上摔破的嘴唇，一边从地上爬起来一边回头。 这一看，我又迷惑了，就见草地上趴着一个人。 这人的打扮我太熟悉不过了，穿着黑袍，俨然一副水幕里那两个守门人的装扮。 这家伙莫非就是之前在院子里弄出声响的那位？

我本来想给他翻个身看看，结果一抬头看到屋里的玻璃上，又出现了那个人影，这次那人影可不是静止不动的，而是抬起手臂，伸出一根手指头指着我，也不知要表达什么意思。

看到这一幕，我吓得头皮一麻，再也不敢耽搁，连滚带爬冲出院子，跳上车，一脚油门踩了出去。

我把车停到一个常去的酒吧门口，以最快的速度冲进闹哄哄的酒吧，这会我就想找个人多的地方待着。 我灌了几瓶啤酒，听着台上乐队疯狂的摇滚，好半天才缓过劲来。 我屋里到底是什么东西？ 他们好像没伤害我的意思。 黑衣人怎么躺在了草地上？ 一系列疑问充斥着我的脑袋。 正当我百思不得其解时，手机突然响了。 进来一条短信，我翻开一看，上边写着："不要再回家，想自救，带上卷轴，下周五前赶到北京。 我会再联系你。"落款是"老朋友"！

发给我短信的号码被隐藏，看不到是谁发来的。 这种感觉十分难受，我感觉自己的一举一动都被人监视，之前上网有人告诉我危险来临，现在又告诉我不要回家，虽然我不知道他们是不是同一个人，但同一个人的可能性非常之大。

另外，既然这个人知道我有危险，但他看着我陷入险境也只是给个提醒，而不出手相助，我很难把他归为朋友一类。

我陷入了矛盾之中。中国，我的祖国，这个让我魂牵梦绕的地方，多年前因为工作生活的原因远赴新西兰，回国的时间越来越少。以前回国都是度假，这次让我回去干什么呢？我忽然又想起古斯特和熊谏羽都提到过中国。这个我从小生长的地方会跟玛雅人和世界末日又有什么关系呢？我百思不得其解。

我其实不想跟着短信的指引回国，但权衡利弊后发现我没得选择：

第一，我现在不能回家，家里那几个东西能来一次，肯定能来第二次，他们能这么快找到我，即使我搬家，也跑不掉，我必须彻底把这个麻烦解决掉。

第二，古斯特和熊谏羽都曾提到过中国，那里似乎隐藏着整个环节的关键。那该死的好奇心再次战胜了我的理智。因为我现在回想起来，刚才那些东西没有伤害我，可能是因为我戴着戒指，或者我有卡坦人血统的缘故呢。如果有这保护符，卡坦人的东西就没啥好怕的。

第三，之前古斯特和莎娃、熊谏羽和坦克都是组队的，就我一个孤零零的，受欺负，这次回到中国，我还能找几个帮手。在国内我有一哥们叫钟声，他给我讲过一个故事，反正就是机缘巧合下他似乎学到了一些偏门手艺，据他自己说能趋吉避凶什么的，而且他的听觉异常灵敏，在我看来跟特异功能差不多。

第四，怀特现在还下落不明。如果说怀特是诈死，那么他临死前交代他老婆把相关信息告诉我，就是故意引我卷入整个事件。现在我知道自己的身份有些特殊，那怀特到底是何用意呢？为什么当初不能直接告诉我？我想再次见到怀特，这种好友死而复生的再次重逢令我十分期待和向往。

一决定前往中国，最麻烦的事就来了。我刚回到新西兰，还没去单位报到，又得走一段时间，这假怎么请，这工作还要不要了？要知道，在新西兰找一份顺手的工作还挺难的。这是个抉择。

我在酒吧一直待到凌晨，实在熬不住了，身上的证件什么的都在家里，要去中国也不能就这么一短裤一 T 恤就去了，家一定得回一趟。

思前想后，自己回家肯定不靠谱，没办法，只能报警。我拨通报警电话，说有人闯入我的家要杀我，我好不容易才跑了出来，在酒吧定定神。警察问我为什么没有第一时间打电话，我说被惊着了，希望警察能陪我一起回家看看，说不定凶手还没走。

就这样，我生平第一次坐警车回家，感觉那是相当安全。 到家后，我跟在荷枪实弹的警察身后走进了房间，那条状物体早已没了踪影，后院的黑衣人也不知去向。 我趁警察现场调查取证的工夫开始收拾去中国的行李，却发现漆黑的床底有个东西正散发着微弱的蓝光。

我趴在地上想看看是什么东西，没记得家里还藏着什么会发光的宝贝呀。但我家的床比较低，我只能够着身子用拖鞋把那东西给扒拉出来。 等把那东西从床底弄出来，我一看就傻了。 这不是我在水墓里拔起的那其中一把燧石刀吗？

这，这怎么回事？ 我记得当时逃命的时候，早就不知道扔哪去了，怎么会出现在我的房间里？ 莫非这东西真有灵气，自己长脚跟着我回家了？ 那也太邪门了吧！

我仔细回忆之前的细节，越想心越冷，越想越害怕。 而且我肯定，这东西不是我带回来的，因为我回来到时候只有一个包，坐飞机的时候过安检，不可能让我带着刀上飞机。

我陡然想起之前玻璃上看到的人影，莫非这就是刀里被封住的鬼魂？ 这个世界还真有鬼不成？ 根据熊谏羽的介绍，其中一个鬼魂会和另一个鬼魂争斗，莫非他们争斗完了，有一个被干掉，剩下那个找我索命来了？

我想把刀扔回床底下，又发现不妥，因为我忽然想到一个有趣的问题，如果这刀里鬼魂的传说是真的，那鬼魂就想亲手干掉我，但现在似乎有另一拨人想抢我的卷轴。 有这鬼魂在旁边，好像还能当个帮手什么的，之前院子里的黑衣人晕倒在那，没准就是这哥们下的狠手。

我为自己的想法暗自感到十分搞笑。 经过一番磨练，我的神经还真是粗大了不少。 本来是一件挺恶心人的事，却硬是被我自己的阿Q精神意淫成美事。

我把刀和行李一起胡乱塞到包里，跟着警察一起离开了家。 那几个警察还十分纳闷，问我这么晚了去哪，我说家里不安全，我上亲戚家借宿几天。

当天我在外边找了间小旅馆。 第二天是周日，我直接给单位领导打了个电话，说我要请假一个月，要回国。 领导十分纳闷，说你这回新西兰连面都还没见，这么急着回国干什么。 我说我年纪也不小了，家人给我找了个老婆，让我赶紧回去结婚，不然就要跟我断绝关系，我也是逼不得已。

领导一听这个，语气缓和了些，问我："你不会不来了吧？ 你这样的人才我们是很需要的。"

我赶紧否认道："您放心，办完婚礼我就回来上班。"

领导似乎听出来了不对劲，追问道："回头把你们的蜜月照什么的给我看看，让我也高兴高兴。"

我心说，谁知道这有没有回头呢，回头再说吧，就胡乱答应道："您放心，一定第一时间给您看。"

打发好领导，我订了张最快直飞北京的机票，心里想着早点到中国，找钟声聊聊。 他之前在新西兰的经历也挺诡异的，说不定能有什么好点子帮我度过难关。 而且在我身上发生的事，说给别人听也没人信，就他最可靠。 想到这，我掏出手机，给钟声发了条短信："兄弟，我明天回国给你亲自送包裹。"

在奥克兰直飞北京的航班上，我辗转难眠，一是脑子里事情多，二是隔壁那哥们尿频，半个小时就要出去上厕所，搞得我也没法睡。 我说跟他换个座位吧，人家说什么喜欢靠窗的座位，不愿意错过沿途的好风景。 我看着漆黑的窗外心里直叫苦，心说大晚上的你看什么风景。

12 个小时后，我顺利抵达北京。 打车直奔之前预订的酒店，狠狠埋头睡了一觉，爬起来后第一件事就是联系钟声。 在这里我得隆重介绍一下钟声，这哥们是我同学，以前在学校的时候由于我俩性格很像，爱好也差不多，关系一直很铁。 我到新西兰后，两人还一直断断续续保持着联系。

几年前，他曾和另外一个叫牛倒山的胖子到过新西兰，开始告诉我是来旅游的，后来我工作忙，也没陪他们玩，之后这俩人不知道去哪了，消失了一段时间。 回来之后灰头土脸的，但跟我讲了一段神奇的经历，让我难以忘怀，到现在我还不大相信。

那次回来后，钟声找到我，讲了他来新西兰的真正目的，说是他在中国莫名其妙地拜了一位老先生为师，学的东西比较怪异，学听骰子，也就是我们打麻将什么常说的色子。 据他自己说，他出师之后，不用看，用耳朵就可以听出来骰子是几点。

我曾经问过他学这个干嘛，难道为了赌博。钟声说确实是为了赌博，但和我们理解的赌不同。他说赌博也分很多种，不一定都是为了钱，就算他们赢了钱，也会拿出很多去救济穷困，也能称得上是赌亦有道吧。

那次钟声来新西兰，倒不是为了赌博，而是为了寻找藏在大山里的一本书。据说，他们的赌术像武侠功夫一样，也分很多门派，这些门派有好有坏。而那本书里就藏着克制一个叫"鬼帮"的赌术门派的秘密，据说那个门派的赌术是通过养小鬼和各种邪术来实现的。

反正，钟声失踪的那段时间，就是跑去找书了，结果在一个山洞里遇险，碰到了各式各样的机关，也差点丢了小命。侥幸逃生后，离开新西兰之前他把这个经历告诉了我。之后几年，我们也就再也没见过面。

他的那些经历当时在我看来，就和电影差不多，听他讲起来，也和听评书一样，我就当娱乐消遣，也没把这事当真。谁知道这风水轮流转，我自己碰到的这码子事更不可思议，也不听钟声知道后会作何感想。

我拨打钟声的电话，过了好久，才有个男声瓮声瓮气地说："喂！你找谁？"

我一听，这声音不对，不是钟声，难道电话打错了？我皱着眉头问："我找钟声。"

"他有点忙，过会再打吧！哦，对了，你是哪位？"

"我叫生大维，是他朋友，麻烦你给转告一声，说我来过电话了。"

"哦，知道了！哎，你等等！别挂，你是大维，新西兰的记者生大维？我是胖子呀！哈哈哈……"听筒里传来一阵爽朗的笑声。

胖子？莫非这就是跟钟声一起那个大胖子？"兄弟，你是牛倒山？"

"对呀，就是我。好久不见，过得怎么样？"胖子乐呵呵地问。

"嗨，一言难尽。对了，我本来给你说寄婴儿背带的，一直忙没抽出空，这不，我亲自给你送回国了！"我跟胖子算不上特别熟，但他是钟声的好朋友，自然从心理上我也把他当朋友。

"你回国了？什么时候到的？现在在哪呢？咱们得抽空喝两杯。"

"那必须的。你的喜酒我还没喝呢。你们俩在哪呢？听钟声说你们俩经常到处跑，地方也不固定。 钟声现在干嘛呢？ 怎么你帮他接的电话。"

"我在家待烦了，到钟声这来晃晃。 他在北京给他师父置了个大宅子，这会他正挨师父骂呢！"

"你们俩都在北京？ 我也在北京啊。 给我个地址，我这就找你们去。"我喜出望外，原本以为见钟声很难，没想到这么巧。

我按胖子给我的地址，打车来到位于北京西北方向的一片山区，路上司机告诉我，这是北京的一个小有名气的景点，叫凤凰岭。 等到目的地一看，这片山脉确实是气势磅礴，空气也比市区好了不止一星半点。

一路上司机还问我呢，说这住的可都是有钱人，豪华别墅区呀！ 问我是不是住这。 我说是来探望朋友的，也是第一次来。 司机不断地咂嘴，说这里的住户不多，都是有钱有势的。

等到了别墅区，我隔着老远一看，果然，在大山脚下十分隐蔽的地方有一片别墅区。 这种别墅在新西兰很常见，基本上家家户户都这样，但在中国可不得了，而且这些别墅不是联排的，是独立别墅，自带前后花园的那种。

其中有一栋别墅在整片的别墅群里显得特别扎眼，别的房子都是小洋楼，屋前不是种着花草就是清一色修剪整齐的草地。 但这一栋外边居然围着木栅栏，整个把别墅圈了起来，房顶上还铺着茅草似的顶棚，显得不伦不类。

我心说谁家这么个性，搞得跟爱丽丝幻境似的，这也太不靠谱了。 我跟着门牌号码找了一圈，最后发现胖子给的地址居然就是这家茅草别墅。 心里暗自发笑，钟声怎么搞成这种装修，太个性了。 随后轻轻按了按装在木栅栏上的电子门铃。

随着门铃一响，院里也不知道有多少狗狂叫了起来，我感觉像是到了狗场。 没等太长时间，一个人过来打开栅栏，后边还跟着两只小土狗和一只小黄猫。 我抬眼一瞧，这哥们身高一米八左右，整个一气球吹的，人虽胖，但不是一脸横肉，长得慈眉善目，慈厚老实，跟弥勒佛似的。 我看着眼前这哥们，笑着道："胖子，才几年没见，你怎么横向发展得这么快？"

来人正是钟声好友胖子——牛倒山。 这哥们，据钟声说，家底殷实，但为人和善，和一般的富二代不一样，既不张扬，也不霸道，这也是钟声这个从小在普通人家长大的小孩能和他混到一起，成为生死至交的主要原因之一。

"大维，你来得可真快，钟声和我都快想死你了。"说完，胖子给我来了个熊抱，差点把我给抱晕过去。

我和胖子随便聊了几句，跟着他进了小院，这才看清院内的情况。 我也终于知道他为什么要圈着栅栏了，就见院子中间是一栋二层小别墅，别墅外的草地上疯跑着不下 20 只猫和狗，但都不是什么名贵品种，都是那种最常见的猫狗，而且有的年纪看上去也挺大，有的还有些残疾。 在靠近内侧栅栏的地方，还垒着一个大鸡窝，鸡窝上站着一只硕大的公鸡，像卫兵一样监视着这些猫狗的一举一动，而那些猫狗似乎对大公鸡也有畏惧心理，不敢过于靠近鸡窝。 更远些的地方有一片小栅栏，似乎里边种着菜。

看着这混乱搞笑的场景，我疑惑地问胖子："钟声怎么养这么多老弱病残的猫狗？ 怎么还养鸡种菜？"

胖子笑呵呵地看了眼别墅，放低声音道："这宅子是钟声送给他师父的，他师父在南方山上的那个老茅屋被烧了，钟声就给他弄了套房子在这。 那些猫狗不是钟声养的，是他师父从外边捡回来的流浪动物。 他师父心善，觉得他们可怜，每次出去见一只就捡一只，结果越来越多。 后来邻居投诉，没办法只能给围起来。"胖子说完嘿嘿嘿地自个乐了起来。

"哦，是这样。"我早就听说钟声的师父是个脾气很怪的老头，但没想到有这么怪，"两个小时前听你说钟声师父正骂他呢。 这会完事了吗？ 他人呢？"

胖子一脸幸灾乐祸的表情道："他小子自找的。 当初他师父说了，弄个简单的小院就好了，结果钟声心疼师父，怕山里冷，非得给他选了这个保温隔热材料的大别墅。 他师父住着别扭，就打算自己慢慢把房子给改成农家小院的样子，你看那顶棚，就他自个儿弄的。 今天骂他是为什么呢？ 因为他没去砍柴。"

"砍柴？ 砍什么柴？"我诧异地问。

"他师父说了，不要煤气炉，煤气炉做饭不香，必须用柴火灶。 所以，只要在这住，就得让钟声每天去砍柴。 要是不在北京，不在这住了，他师父才用煤气灶。 其实我和钟声都知道，这是他师父为了磨练他的品性，现在他有钱了，也得让他吃苦耐劳。"

我心底暗暗佩服这老头。 为人师者就得这样，不光是传授技艺，更重要的是教徒弟怎么做人。 我正想先进去拜访一下老先生，却听到栅栏门上传来开锁的声音。 接着，伴着"嘎吱"一声门响，从门后头钻出来一个中等身材、身体结实的青年，身上背着一小捆树枝，手里提着柴刀，脸上被划了几道血口子。 他见到我，先是愣了一下，接着，忽然张大嘴露出一嘴整齐的牙齿，笑着放下柴刀和柴火，给我来了个大大的拥抱，嘴里道："你小子，终于肯回中国了。"

"想你了，就回来了呗！"我用力拍了拍钟声的背。

钟声放开我道："走走走，今天咱们一起好好喝几杯。"说着就把我往屋里拽。

老友相见，分外亲切。 我兴奋地跟着钟声进到屋里，一眼就看到了坐在客厅里喝茶的老头。 钟声刚才还生龙活虎，这会一见老头，收敛了不少，但还是嬉皮笑脸地道："师父，柴我给砍回来了，这是我一很好的朋友，上次去新西兰找天书就是他帮的忙，这次回来看看我。"

那老头微笑着朝我点点头，看上去没什么架子，也没他们俩说的那么怪，张嘴对我道："上次多谢你帮我徒弟，到这来了就跟到家一样，多住几天。"

"那就麻烦老先生了。"我恭敬地回答。

"麻烦什么，徒弟的朋友我不怕麻烦。 你看那死胖子，没事就来我这蹭吃蹭喝，我不也没嫌他麻烦嘛！"老头笑着朝胖子努努嘴。

胖子不好意思地挠挠头，走上前给老头倒了一杯茶，憨憨地道："这不是您老手艺好嘛，喜欢吃您做的菜，比我妈做的好吃多了。"

这马屁看来拍到点子上了，老头笑呵呵地从椅子上站起来："你这话我爱听。 得，你们老友相见，就好好聊聊吧。 老家伙我今天亲自下厨给你们做几道下酒菜，你们晚上也陪我好好喝几杯。"说完，老头抱着茶壶，哼着小曲，朝厨房走去。

等老头一走，我冲钟声道："你师父挺好说话的，没你们说的那么怪呀。"

"他这是高兴的，最近迷上了做饭，见着新人就愿意露两手。 胖子那马屁也拍得正。"钟声给胖子伸了个大拇指。

"我说，钟声，你倒是把柴火给我扛进来呀！"老头的喊声忽然从厨房里传出来。

"哎，哎，来了！"钟声冲我做了个鬼脸，跑到屋外把柴火给老头送进了厨房。 两人又在厨房里聊了会，钟声这才笑呵呵地走出来，手里还拎着几小瓶啤酒递给我和胖子。

我接过啤酒，坐在沙发上，这才觉得有点家的温暖。 最近遇到的事情实在太多，一种强烈的孤独感始终挥之不去。

"说说吧，怎么突然回国了，有什么事要办？ 需要兄弟帮忙的地方尽管开口。 你多少年没回来了，我比你了解国内的情况。"钟声喝了口啤酒，张嘴问道。

我在脑子里把整个事情给过了一遍，但发现要说的东西太多，又不知从哪说起。 这么荒诞的事，又有谁会信呢？ 我决定先从证据入手，叹了口气道："确实遇到了件棘手的事，给你看样东西。"

说完，我放下酒，起身把整个上衣给脱了下来，露出后背，对钟声和胖子道："你们看看这个东西。"

两人凑上前盯着我后背的卡坦神头像看了会，胖子还伸手摸了摸，张嘴感叹道："乖乖，现在文身技术都这么发达了，我以前看别人的文身都是直接文在皮肤上，没想到还可以浮雕文身的，这么有立体感，真是太漂亮了。 你在新西兰文的？"

听了胖子的话，我哭笑不得。 心说这胖子可真是傻得可爱。 我想听听钟声怎么看，问道："钟声，你有什么感觉？"

钟声似乎看出点门道来，略微思考了会道："依我看，这不是文的，好像是用烙铁烙上去的。 你看这东西有厚度，和肉长在一起，绝对不是文的。 兄弟，你得罪什么人了？ 下手这么狠。"

听了钟声的分析，我差点没吐血晕死过去。 这俩的话也太不靠谱了。 不过也难怪，一般人也没法想象这玩意是从身上长出来的。

我穿上衣服道："这东西像肿瘤一样，从我身上长出来的。 是一种象征。刚开始的时候，像文身一样印在皮肤上，后来慢慢生长，现在已经长凸了出来。"接着，我就把之前发生的事，包括世界末日、卷轴、卡坦人一五一十全部告诉了他们。 这两人听得津津有味，特别是胖子，张大嘴巴，像看一部精彩的电影一样。

等我讲完，钟声顿了顿，忽然拍了拍手，说了句："精彩，实在是太精彩了，比我去普科布森林的经历还精彩。 你要是写书，肯定能火，不信你先上网发一段，绝对火爆了。 现在网上看小说的可多了，我是没那能耐，写不出东西，你是吃笔杆子饭的，一定行。"

我不知道是自己脑子不够用，还是面前这两位脑子秀逗了，我费了半天劲，讲了一个小时，情绪上也是极度痛苦和悲伤的，没想到这位直接把我的经历划为小说了，这让我在感情上不能接受。 我站起身，义正词严地分辩道："我说的是真事，就一个多月前我亲身经历的，不是什么故事。"

钟声站起身按了按我的肩膀，让我坐下后，笑呵呵地道："兄弟，你别激动。 自从我学了听骰子，之后又经历了那么多诡异的事，我就知道，这个世界上什么都可能是真的。"他又喝了杯酒，"可能我们俩是由于以前惊吓过度，有点神经质，或者说麻木了吧。 刚才我那么说也就是调侃一下，精神放松点比紧张好。"

听钟声这么说，我才发现他的心理素质比我好。 也许是他现在从事的行业比较特殊，也许是他师父教了他很多对人生的看法。 我觉得他比我成熟，至少表面上看是这样。

"哎，你们肯相信我实在是太好了。 这段时间我总觉得身边的人都不可靠。 我也不知道是不是在新西兰那个安静的环境里待久了，变得很傻，似乎已经丧失了分辨是非的能力。"

"叮叮叮……"我手机突然进来一条短信，上边写着："明晚8点，带上卷轴，朝阳门外S酒店1408房间见！"

"业务还挺忙，怎么回国还不消停？"胖子打趣道。

我低着头看着手机，心里琢磨，怎么这人似乎非常清楚我的行踪。 这次我提前一个星期回国，就是想避开他。 不是说周五吗？ 怎么提前要和我见面了？

见我低头不语，钟声问道："怎么了？ 有什么麻烦吗？"

"有人约我见面，卷轴的事。 不知道对方什么来路，但我觉得这人给我的感觉非常熟悉。"

"有些事情躲是躲不掉的。 现在你在中国，不用怕，我和胖子跟你一块去。 出什么事我还能找找帮手，如果对手来邪的，哥们我也不是吃素的。"钟声目光坚毅地冲我道。

第二天，根据手机上约定的时间和地点，我来到了位于朝阳门外的 S 酒店。 地方比较好找，附近就这一家 S 酒店。 进入酒店大堂，钟声多了个心眼，让我和胖子先坐在一边等会，他跑到前台跟其中一个服务员笑着聊了起来，不知道他要干什么。"

过了几分钟，他手里拿着一张纸条回来了，我接过一看，上边写着"1408，牛寺"，我拿着这字条不知所措，眨巴着眼睛问："什么意思，这干什么的？

"嗨，我看你真是傻。 这是 1408 房间那客人的名字，我给套过来的，看你认不认识。 好歹咱们得有个准备，做到知己知彼呀。"

我暗自佩服钟声的细心，我还真没想到提前摸摸情况。 但看着纸条上这名字，我困惑地说："这个叫牛寺的我不认识，我认识的人里没有叫这个的。"

"那就麻烦了，只能硬闯。 上去会会他吧，看看他是不是像你说的，浑身黑袍，还长着尾巴。 要真是这样，我给它抓了送动物园去。"胖子在一旁把袖子给撸了起来。

钟声瞪了胖子一眼："就你那小胆，估计回头见着了就你跑得最快。 咱们得智取，不能强攻。 你尽量先搞清楚卷轴上的秘密，他要敢乱来动粗，你先稳住他。 我在局里还有几个朋友，不行就给他围了，看他耍什么花样。"钟声这话算是给我吃了颗定心丸。

其实我心里紧张，但不觉得有什么大事，估计对方不敢乱来。 因为毕竟这地方属于繁华区域，而且房间在 14 层，谁要想干坏事，肯定得低楼层，方便逃跑呀。

我们三人坐电梯来到 14 层，找到 1408 房间，我按下了门铃。 好半天也没人开门，却收到了一条短信："让你的朋友在楼下等，你自己进来。 放心，我不会伤害你。"

　　我再三考虑，无奈之下只得让钟声和胖子离开，并保持手机一直处于通话状态，他们在 13 层监听，一旦有危险就冲上来。 等他俩离开，我再次敲了敲门，却发现门不知什么时候已经打开了。 我轻轻推开房门，朝里走去，很快就看到床上坐着一个人。 这人背对着我，身上裹着宽大的黑色袍子，戴着头套，整个人特别像名著《装在套子里的人》里的主角，还佝偻着身子。

　　"你好，我来了。 你是哪位？"我小心翼翼地问道。

　　"老朋友，好久不见！"一个熟悉的声音响起，慢慢转过身。 但当我看到那张熟悉又陌生的脸时，我脑子里忽然一片空白，整个人像被冻结了似的，站在原地，身体止不住地颤抖……

第 17 章
怀特复活

　　当那张脸出现在我眼前，我简直不敢相信。 这是一张熟悉的脸，又是一张陌生的脸。 "怀……怀特，你怎么变成这样了？ 你……你不是死了吗？" 我的声音发颤，不知是因为激动还是因为恐惧。

　　穿着黑袍坐在床边的正是怀特，那个已经死去多时的好友。 他的脸此时一分为二，左边脸是我熟悉的老怀特，虽然布满皱纹，显得极其憔悴，但我一眼就能认出他是怀特；可他的右半边脸此刻变得漆黑，而且半张脸不知道为什么整个凹了进去，一只眼珠也不知去向，只剩下干扁的眼窝。

　　看着老怀特变成这副不人不鬼的模样，我心头一酸，对他的担心早已超越了死而复生的恐惧。 我红着眼走到怀特身边，握着他的手，颤声问道："你怎么了，到底怎么回事？"

　　我握住老怀特的右手，忽然感觉不对。 我觉得自己握住的不是一只有血肉生命的手，而是一截树枝。 我猛地掀开他的衣袖，发现从手掌到手臂也是一片漆黑，所有的肌肉组织已经完全萎缩干枯。

　　怀特慢慢把手掌从我手里抽出来，又藏进黑袍里，用微弱苍老的声音说道："对不起，我一直都在骗你，从见你的第一天起我就在利用你。"

我不知道怀特为什么突然这么说。从我认识怀特的第一天起，他从来没有伤害过我，从来没有做过任何对不起我的事，为什么说是在欺骗我？"怀特，你在说什么？你快起来，我带你去看医生。"我想把怀特扶起来，我觉得他一定是得了什么罕见的病，现在病入膏肓，我只想把怀特医治好。

怀特笑着摇摇头道："医院治不好的。我的时间不多了，想把事情原原本本地告诉你，由你自己来选择。"

我见怀特没有想去医院的意思，只好尊重他，慢慢坐在他对面的椅子上，面色凝重地道："好，我听你说。"

怀特稍微调整了一下情绪，慢慢地张嘴道："还记得几年前你移民到新西兰之前在中国做过的体检吗？"

我点点头。移民办手续的时候其中一项就是体检，而且是必须通过的。

怀特继续道："多年前，我多次向中国相关机构提供考古方面的帮助，在我的专业知识的帮助下，他们发掘了不少有考古价值的线索和文物。同时，我在这里也积累了一些人脉，还有了中国护照。"说完他从旁边的包里拿出一本中国护照递给我，上边的名字就是"牛寺"。这会我才看明白，这不就是怀特的特字拆开吗？

"后来我一直托中国的朋友帮我留意医疗系统的相关记录，发现你是罕见的 P 型血。"

我默默地听着，怀特继续道："你到新西兰后，我开始有意识地接近你，并最终取得你的信任，和你成了朋友。我不知道你是否已经了解你血型的价值，现在我告诉你，你有卡坦人的血脉传承。其实 P 型血的人这个世界还有，但你的传承度非常高，和远古的卡坦人十分接近，所以我才会在平时告诉你关于玛雅人的故事和我之前考古的故事，就是想潜移默化地影响你，激起你的好奇心，利用你去完成任务。"

我似乎明白自己为什么会莫名其妙地卷入这场诡异的事件中，其实一切早已被安排好。我只是一颗棋子，对方等着我入套。"什么任务必须得我才能完成？"

怀特指了指我手上的戒指道："因为你的血液传承度高，你能带上石戒，说明我的选择没错。只有你才能戴上两枚戒指，开启天墓的大门，其他人都无法做到这点。 或者还有别的Ｐ型血传承人，只是我没发现而已。"

"那你为什么不直接告诉我？ 如果只是开启大门，我不会拒绝的。"我有些迷惑。

"这个过程并不容易，找到水墓戒指你都差点丧命，更别说还得找到地墓戒指，进入天墓。"

"那你为什么现在要告诉我这些？"

"我承认我的出发点有些自私，不顾你的安危，骗你去水墓。 我只是想知道你到底是不是那个合适的人而已。 事实证明，你可以胜任。 而且，我确实不忍心再骗你，再让你苦恼。"

听完怀特的话，我心里有种异样的感觉。 被人欺骗的滋味总是不好受的。 但我始终不明白找到水墓有什么意义，难道真的和世界末日有关吗？ 我问道："你到底想在水墓里找什么？ 现在你告诉我真相了，就不怕我拒绝去地墓和天墓吗？"

"因为我看到了你的诚实、勇敢和责任心。 更重要的是，你后背的卡坦神头像已经被激活，它会吸食你的生命。 你可以选择不去，等待末日那天和人类共同灭亡；也可以选择闯闯天墓，改变自己和人类的命运，舍命一搏。"

怀特这句话彻底把我说糊涂了。 我从来没想过自己会成为拯救人类的英雄。 这是种奢望，只存在于幻想里。 我是个普通人，我只想过好自己的小日子，我不认为自己有开天辟地的能力，即使我身上携带着卡坦人的血脉。 我平常也没觉得自己有什么特殊，不吃饭我也会饿，不睡觉我也会困。

"我想知道天墓里到底有什么，世界末日到底是怎么回事？ 我又能帮到什么忙？"我一连抛出了好几个疑问。

"有件事我一直瞒着你，其实当年我和古斯特挖掘危地马拉金字塔时，除了发现那个小孩，还发现了古卡坦人留下的科技遗产和一封启示。 这封启示是一个同情人类的卡坦祭司留给玛雅人的，里面记载了卡坦族毁灭人类的计划。"

怀特顿了顿，继续道："其中提到了Ｐ型血的传承，还提到在天墓之中有一个机器，这个机器具有惊人的力量，能源源不断地从太阳里获取能量，并最终传给卡坦神。 而卡坦神一旦吸收了足够的力量，就能唤醒隐藏在人类中的卡坦后裔，摧毁人类。 如果卡坦神迟迟没有从机器中获取力量，则说明卡坦人在历史的长河中退化，自动放弃了繁衍生存的权利。 2012 年 12 月 22 日，机器存储的力量将完全释放。 到时，整个地球将会变得和太阳一样炙热，所有的生命都会消亡，包括卡坦人自己。 但只有卡坦族人才能接近那部机器，所以，我才选择你去完成这个任务，尝试尽可能毁掉机器。"

听完这一系列天方夜谭似的讲述，我忽然很想哈哈大笑。 这种东西谁会相信，至少我不应该相信这些鬼话。 但我身上的头像，还有之前的奇异经历，已经让我的思维完全和真实的社会脱节，我能不信吗？

另外，听怀特这意思就是，我不去天墓，不是卡坦神把人类搞定，就是那机器把地球搞定。 我要是去天墓，里边还不知道有什么等着我，也许在我接触那机器之前就已经先死了，听起来里里外外都是个死，基本上是不可能完成的任务。

"既然卡坦人这么厉害，这么高科技，为什么不直接利用他们的武器毁灭人类，为什么还会等待卡坦神恢复力量？ 这不是很矛盾吗？"我始终对卡坦人的高科技的存在表示怀疑。

"卡坦人部族之间也有过争斗，玛雅人也曾经给予他们重创，在他们潜入地下和隐藏在人类当中之前，已经彻底毁掉了之前的大部分科技和武器，避免落入人类的手中。 他们的科技知识全集中在卡坦神的脑中，需要他来传承，一旦他恢复力量，激活卡坦后裔，源源不断的武器就会被制造出来。"

"你当初不是死了吗？ 为什么现在还活着？"我忽然想到了这个非常重要的问题。 死人是不能复活的，但现在怀特坐在我面前，按照正常逻辑，他也许不是怀特。 如果不是怀特，那上边说的那些话我就不能相信，我怕又掉进一个新的陷阱里。

"我当初确实是死了，但我在危地马拉找到的卡坦人科技遗物中，有一小瓶药水，根据启示上的描述，这种药水可以让生命在死后复活一段时间。 所以我托付我的好友在我死后把我挖出来，让我喝下药水。 但没有想到我会变成这副模样。 我能感觉到，我离再一次死亡不远了。 在临死之前，我很想进天墓看一看卡坦人留下的高科技。 启示上说，卡坦人的文明高度发达，天墓里留下了几件有代表性的东西。 你能帮我打开天墓之门吗？"

怀特用一种近乎恳求的眼神看着我。我心里十分难受，这会我的情绪十分复杂，也许怀特知道自己终归要死亡，所以他不太在乎人类是否会灭亡，但他作为一名考古学家，十分希望在临死前看一看卡坦人灿烂的文明。

"让我考虑一下好吗？"我低头答道。

怀特叹了口气道："好吧！不过你最好快点做决定。在古斯特夺走你的戒指前进入天墓。"

这个回答让我有点发蒙："古斯特不是被困在水墓里了吗？"

一个声音从身后突然传来："他有卡坦神的庇护，不会死的……"

身后突然有人说话，着实让我吃惊不小。我迅速转过身，看到一个人从厕所里走了出来，居然是熊谏羽："你怎么在这？"

"我告诉过你，我们会再见面，而且会来中国。"

现在我彻底糊涂了。当初怀特让我去找古斯特，那说明怀特对古斯特比较信任，但通过水墓之旅，我发现熊谏羽和古斯特分歧很大。俗话说朋友的敌人就是敌人，怀特和古斯特是朋友，现在怎么又和熊谏羽搅在一块？

"你和古斯特还有他到底是什么关系？"我指着熊谏羽问怀特。

"我知道你很困惑。事到如今，我就原原本本告诉你。"怀特慢慢站起身，走到窗边，能看出来，他走得有些吃力，"我和古斯特很早就认识。当初我们在危地马拉发现了卡坦人的秘密后，有一些私心，认为这是一次重大的考古发现，将改变整个人类对世界的认识，也能让我们名垂青史，所以约定暂时保密，等我们找到天墓的时候再向世人公布。之后的很多年，我们一直寻找更多天墓的线索，直到后来最终确定水墓的位置。我让你去找古斯特的本意是想让古斯特带你拿到戒指，进而得到地墓和天墓的线索，最后进入天墓。但我意外地发现古斯特变了，这多亏了我的儿子。"

我完全被搞蒙了，怀特什么时候有儿子了？"你不是没有孩子吗？"我瞪大眼睛问道。

怀特指了指旁边的熊谏羽："他是我的养子。"

这句话确实让我大跌眼镜："他……他怎么会是你的养子？"

"这个说来话长，一会让熊谏羽亲自告诉你。我先说古斯特，我把熊安排进了古斯特的探险队里，一起工作了很多年。我一直都觉得当时在金字塔里捡到的那个孩子有些古怪，他让古斯特变了很多，但我又没有任何证据，所以我让熊时刻留意古斯特的言行。 这次水墓探险，熊无意中看到了一本古斯特的日记，这本日记古斯特常年随身携带，主要记录了他收养的那个孩子的成长情况。 从日记里，能看出古斯特对孩子十分喜爱，他觉得这个孩子就是他的人生，就是他的一切，他确实是一个称职的好父亲。"

听到这，我也没听出有什么不对劲，但接下来怀特说的话让我震惊了，有种恍如隔世的感觉。 他慢慢地道："日记里写到，古斯特之前以为那个孩子只是当地土著人的弃婴，但那个孩子从小就与众不同。 第一，那个婴儿生长的速度奇快，他在两岁的时候就长到了普通美国小孩 10 岁左右的身高，而且身体强壮，力大无穷；第二，随着他年龄的长大，他的腿部长出了如蛇鳞一样的鳞甲，坚硬无比，脊椎两侧有两道裂口，长出了如鸟翅一样的细小骨骼；第三，他有超强的夜视能力，在漆黑的夜里，能看清百米以外移动的物体；第四，从小古斯特就教他英文，但他从来不张嘴学。 古斯特以为他是哑巴，直到他五岁的时候，突然张嘴，但语言并不是英文，而是一种比玛雅文更晦涩难懂的文字。 更奇特的是，古斯特并没学过这种文字，但似乎这种文字有种神奇的穿透力，能直达你的思维，让你理解它的意义。"

听完怀特这一段讲述，我的第一反应就是这孩子一定是个畸形儿，而且有严重的返祖现象。 其实现代社会里有很多婴儿会有这种退化返祖现象，比如长个尾巴、浑身长毛，或者手指脚趾有璞什么的，但这个婴儿似乎把几种退化占全了，这就有点不正常了。 但接下来怀特的话才是重点。

怀特继续道："熊在日记里发现的最惊人的秘密就是孩子的真实身份。 那个小孩告诉古斯特，他是神孕育的孩子，带着使命来到人间，目的就是要延续他们的种族，让他们的种族重新站在这片大地上，因为他们才是地球最早的居民。 而他，就是卡坦神实体，准备接受太阳力量的神。"

听怀特讲完，我浑身发软。 之前我虽然从心底已经相信卡坦人和卡坦神的事情，但还保留着一丝渺小的希望，希望这一切都只是一场梦，也希望这只是一些狂热的宗教分子杜撰出来的某种吓人的传说，但现在有另外一个人如此详细地告诉我真相，从情感上我很难接受。 这个小孩是卡坦神，那就意味着末日真的存在。

"古斯特应该是被卡坦神洗脑了，准备帮他夺取钥匙进入天墓对吗？"我忽然对古斯特的种种行为逻辑更清晰了。

"他是自愿的。 日记里充满了他对孩子的爱，而这个孩子在他眼里是什么并不重要。 他只是一个父亲，只会去满足孩子的一切愿望，甚至人类的灭亡在他眼里都无足轻重。 只能说他是一个伟大的父亲。"熊谏羽插话道，语气里充满了矛盾，带着尊重也带着鄙夷。

"为什么那个小孩自己不来拿钥匙？ 他是卡坦神，想得到钥匙不是更容易吗？ 为什么要古斯特出马？"我不解地问。

"理论上，卡坦神自己更容易进入水墓和地墓拿到戒指，但为什么他自己不来，我就不得而知了，将来有机会，你也许可以当面问问他。 如果有机会的话。"熊谏羽略带玩笑地道。

我心里忽然想到一个在大学教哲学的朋友曾说过一句十分绕口的话："凡是违背常理的逻辑，一定蕴含着合理且不正常的逻辑关系。"卡坦神自己不来取戒指，一定有原因。

我把古斯特的事情又在脑子里牢牢过了一遍，梳理清楚，这才继续问道："在你没发现那本日记之前，和古斯特一起水墓探险的目的是为了找到戒指，进入天墓，毁掉机器吗？"

"原本我们把你拉进团队，就是希望找到戒指，由你带出来，然后进入天墓，有可能的话，毁掉机器。 但我发现古斯特的日记后，知道了古斯特并不想毁掉机器，他的真正目的是想夺取戒指给他儿子，所以我才和他翻脸。 而他似乎也知道我翻过他的日记了解了真相。"

"可古斯特说你和坦克是为了求财，是为了寻找卡坦人的财富，是这样吗？ 还有，你怎么会是怀特的养子？"我觉得熊谏羽的身份也很可疑。

"坦克求财是真的。 而我，是为了完成先祖遗训！"熊谏羽郑重地说道。

熊谏羽这一句话又把我听蒙了。 怎么又扯到先祖遗训上去了？ "莫非你祖上也是卡坦人？"我有些紧张地将身体往后仰了仰。

熊谏羽摇摇头，张嘴开始说了一段我不太明白的话："楚王负刍二年（公元前226年），秦军伐楚，大破楚军，占十余城。 拟献青阳（今湖南长沙）以西地以求和。 秦仍派二十万大军攻楚之平舆（今河南平舆北）、寝（今安徽临泉）

和陈城（今河南淮阳）等地。 楚军趁秦军不备，进行反击，大败秦军，杀秦军七个都尉，收回失地。"

熊谏羽说完这段话，脸上充满了兴奋与自豪，不过这种表情仅仅持续了几秒，随即脸色又阴沉了下来。 继续道："楚王负刍四年（公元前224年），他因不愿献青阳以西地，并派楚军袭击原楚都郢所在地的秦之南郡（今湖北武汉以西至四川巫山以东；郡治设在今湖北江陵东北郢城，后迁江陵）。 同年，秦始皇出兵六十万攻楚。 他出动主力拒秦，大将项燕被秦军击败后自杀。"

讲到这，熊谏羽的脸色愈发难看，语速加快，但条理清晰，就像这些话曾被他在心里默背了上万遍一样，继续道："楚王负刍五年（公元前223年），秦军攻入楚都寿春（今安徽寿县），楚王负刍被俘。 楚王负刍的弟弟昌平君芈启在淮南被拥为楚王，定都兰陵，以长江为屏障，据吴越之地。 后秦军蒙武来攻，昌平君兵败自杀，楚国亡。"

熊谏羽一气把上边这些话说完后紧咬嘴唇，似乎充满了怨恨与不甘。 我却听得稀里糊涂，因为这段话文白夹杂，只大致听明白讲的是楚国亡国的过程。 我不知道他为什么突然提起一段古代的历史，跟卡坦人似乎没有任何关系。 我问道："你为什么要告诉我楚国亡国史？"

熊谏羽抬起头死死盯着我，把我盯得直发毛。 如果眼神能杀死人，我已经被他千刀万剐了。 我也不知道我那句简单的话哪里刺激到他了。 但他很快调整好情绪，慢慢道："楚之先祖出自帝颛顼高阳氏。 高阳者，黄帝之孙，昌意之子也。 颛顼帝后第五代吴回，是帝高辛氏的火正（火官），主管天火与地火，能光融天下，帝喾命曰祝融（祝，大也；融，明也）。 其部落分布在商都朝歌的南方。 吴回之子陆终，生有六子，幼子曰季连，芈姓，是楚之先祖。 季连之后曰鬻熊，是周文王的老师，其曾孙熊绎，当成王时，封为楚子，建都于丹阳，建立了楚国。 楚君的后人多以熊为姓，称为熊氏。 你听明白了吗？"

我暗自庆幸自己小学语文基础打得好，虽然不是每句话都明白，但话里的中心思想我还是听出了个大概，答道："意思就是说楚国的后裔姓熊，对吧？ 但还是不明白你告诉我这个干什么。 你有什么话就直说吧！"

"我也姓熊，是楚后人。"熊谏羽答道。

"哎哟！"我一拍脑门，怎么把这事给忘记了，我压根就没往这上边联想，

"你是楚后人跟卡坦人有什么联系吗？"我还是不解。

"楚国是除玛雅人外，另一个接受了卡坦科技传承的种族。楚国之所以曾经强盛，就是受到了卡坦祭司的帮助，但最后卡坦人背信弃义，撤走了祭司，收回了所有的力量和武器，并降灾给楚国，使楚国遭受了灭顶之灾，最终被秦国所灭。更可恶的是，卡坦人将楚人的灵魂困在天墓之中，遭受万代折磨，我得释放他们。"

第 18 章
卷轴的秘密

　　熊谏羽的这番话都让我听傻了，怎么卡坦人在中国古代也这么活跃，而且把灵魂这种玄而又玄的东西搬出来，似乎更不太靠谱。卡坦人困住楚人的灵魂干什么用？我是不太相信纯迷信的鬼神之说的。其实一路从水墓走来，在那见到的东西虽然古怪，可都是实实在在的。而鬼神到目前为止，我也只是疑似在我家玻璃上看到过。

　　我好奇地问道："你的祖训就是释放楚人的灵魂？释放之后会发生什么么？"我的直觉告诉我实情没这么简单。

　　熊谏羽点点头道："没错，祖训从楚国王室后裔里口口相传下来，就是让我们进入天墓，释放灵魂。至于为什么要这样做，并没有说明。"

　　我紧紧盯着熊谏羽的眼睛，想从他眼神里看看他有没有说谎。我发现他在说这事时目光坚定，既不慌乱，也不躲闪，让我不得不相信他说的是真的。如果他说的是假话，我只能说他演技太高超了。

　　"那你和怀特到底什么关系？为什么你是他的养子？"我终于问出了这个最让我迷惑的问题。

　　熊谏羽给站在窗边的怀特端了杯茶，继续道："我出生在美国，我的父亲因为遵循祖训，耗尽了一生寻找水墓与地墓的相关线索，希望能找到打开进入天墓的钥匙。很多年过去了，虽然一无所获，但他因为在全世界的多次成功探险与意外发现，成了伟大的探险家，并和我的养父怀特相识，成为非常要好的朋友。直到1986年，他发现了地墓的线索。"

说到这，熊谏羽忽然打住，嘴唇微微颤抖，表情也变得很哀伤，眼里似有泪花闪动。他稍稍稳定了下情绪，低声继续道："1986年，他通过之前的线索发现疑似地墓的确切位置，辗转来到乌克兰，并进入乌克兰北部的切尔诺贝利市，这个被称为切尔诺伯格，在斯拉夫神话中代表黑暗、死亡、疾病的地方。经过探查，他发现了地墓的入口。但是很可惜，这个入口的地表已经被盖上了一栋在现在看来很有名的建筑——切尔诺贝利核电站。"

熊谏羽说到这个名字，我自然不陌生。切尔诺贝利核电站曾经发生过爆炸，造成非常严重的核灾难，影响到现在还没消除。据我所知，那个地方现在荒无人烟，和鬼城一样。

"至于为什么那么巧，他们刚好在地墓的入口上修建核电站，我不得而知；但我猜测，也许他们发现了卡坦人的某些高等科技，正在进行利用。我能想象，父亲当时一定是用尽方法进入了地墓，但他没能活着从地墓走出来。"

"发生什么了？"我迫切想知道原因。

"我父亲可能预感到什么，在进入地墓之前，他给怀特叔叔打了个电话。由于母亲去世得早，所以父亲告诉怀特，如果一个月后没有音讯，就让怀特叔叔做我的第一监护人。1986年4月26日凌晨，也是我父亲进入地墓的第三天，切尔诺贝利核电站发生爆炸。通过现在的报告来看，有人不明原因地紧急停止反应堆造成了这次事故，但我知道这和父亲和地墓有关。"

熊谏羽说完这些，整个房间都弥漫着悲伤的气氛。我知道核爆炸有多恐怖，他父亲在那种环境下生存的可能性基本为零。"对不起，我很抱歉……"

熊谏羽摆摆手道："没事，都是过去的事情了，父亲当年走的时候我才10岁，这二十多年多亏了叔叔，把我接到新西兰生活了五年。15岁我返回美国开始独立生活。虽然和叔叔不在一起生活，但叔叔一直都给我无微不至的温暖和关心。"

　　看着熊谏羽忧郁的样子，我的心情也有些沉重，感觉熊谏羽也是个苦命的人。 但这种感觉忽然被另一种情绪取代，照他的说法，地墓在切尔诺贝利，那地方现在还辐射高得吓人，这要一去，不是找死吗？

　　"你说地墓在切尔诺贝利？ 那个地方是禁区，人进去就会受到大剂量辐射，这不找死吗？"我突然打破宁静问道。

　　"你还记得水墓吗？ 当我们出来后，泰格他们寻求救援找古斯特，救援队在百慕大水下根本就找不到水墓，说明它是会移动的。 我想这是卡坦人的手段，只要有人进去过，它就会移动。 所以，如果我父亲进过地墓，那它现在也一定不在核电站的废墟之下。"

　　经熊谏羽这么一说，我觉得完全有可能就是这么回事，我也从心底希望就是这么回事。 本来进这几个墓就是提着脑袋的事，要是再来点辐射，那就是自杀式的任务。

　　"那地墓在哪我们怎么知道？"我打心眼里希望熊谏羽也说不知道。

　　熊谏羽神秘地笑了笑道："这也是我们让你来北京的原因，你手里的卷轴会告诉我们详细地址。"

　　一说到卷轴，那我可看过，上边什么都没有，空白的。 我心里暗自思量，莫非熊谏羽有方法看到这卷轴上的字？

　　我一边思索着一边拿出圆筒，从里边取出卷轴递给熊谏羽道："卷轴上的字是隐形的，估计得用特殊的方法才能看见上边的字。"

　　熊谏羽接过卷轴，做出了一个让我惊掉下巴的举动！ 他居然把卷轴用力地给撕成了碎片，接着囫囵全部吞到嘴里，使劲咽了下去。

　　我真的已经看傻了。 熊谏羽在做这一系列动作时丝毫不犹豫，感觉他吃那卷轴跟吃巧克力一样容易。 等他吃完卷轴，喝了口水顺顺胃，才对我道："把极深拿过来。"

　　我刚才见他吃卷轴就已经被震得脑袋发木，这会又对我说什么把"极深拿过来"，我觉得自己就像个刚出生的婴儿，什么都不懂。

　　"你……你说什么极深？"我张大嘴，茫然地问道。

　　熊谏羽舔了舔嘴唇，有些抱歉地道："不好意思，极深就是你手里拿的装卷轴的圆筒。"

我端起手里圆筒看了看，除了材质很特殊，其他的也看不出什么端倪。这个东西怎么会叫"极深"这么怪的名字呢？我把圆筒递给熊谏羽，问："你怎么把卷轴给吃了？咱们还怎么找地墓？"

熊谏羽把圆筒放在酒店洁白的床单上，道："地墓的线索不在卷轴上，卷轴是由卡坦人的一种食物制成的，里边的营养物质非常适合青年人；真正的地墓线索在极深身上。"说完，熊谏羽又蹲下，从床底拿出一个看上去十分坚固的保险箱。

我心说你小子，知道这是好东西，适合年轻人，也不给我留一口；但转念一想，这玩意少说有上千年的历史，过没过期、变不变质谁知道呢，没准吃完被毒死也说不定。

熊谏羽把保险箱轻轻放在床上，小心地输入密码，而怀特此刻也从窗前转过身，本来毫无光彩的眼里也透出异样的神情，似乎那箱子里装着十分重要的东西。

随着熊谏羽小心翼翼地输完密码，保险箱发出一声轻微的"咔"声。熊谏羽停下动作，抬头对我道："一会需要你配合一下，借你几滴血激活极深。"

我一听要借血，又是一阵凉。自从知道我是 P 型血后，医院抽走一管子，现在还得用，这以后不定要我多少血呢。我决定以后不到特殊情况，绝对不再让人抽血。

"你箱子里装的什么？很贵重？"我探着头想看看里边是什么，但熊谏羽还没打开盖子，也不知道是什么物件。

"这是我们楚国人遗留下的最后一件卡坦科技武器残件，是 1958 年在湖北江陵长湖南岸楚墓中出土的。中国的文物学家为它定名为'楚王孙鱼双戈戟'。"熊谏羽说着将保险箱的盖子慢慢翻开。

随着盖子打开，一对呈金黄色、如钩镰般的物体出现在箱子里。熊谏羽小心翼翼地从里边将这两件物体拿出来，放在极深的旁边。我走上前，自己观察这两个物件：虽然是古董，但表面散发着莹莹的光泽，有种震人心魄的美。

"这武器是干什么用的？"我抑制不住好奇问道。

"早年卡坦人在楚人的戟上装配了大量的武器，这是其中一种，叫'萨巴托'，它可以吸收和储存电能，并能在战场上随意施放，有点类似于现在的电击枪。"

我抹了抹额头上不知什么时候冒出的冷汗，心里直打鼓，这种东西放在几千年前的冷兵器战场上，根本就无人能敌，难怪楚国最强盛的时候占据了大半个中国。"现在怎么办，这件武器和极深有什么关系？"

熊谏羽没有答话，而是拿起极深，找准一端的两个破口，将两片残件稳稳地插在了上边，又拉过我的左手，捏住我的食指肚，掏出一根针快速扎了个口，用力一挤，把我的血滴在极深上。而血刚一接触极深，整个套件猛地开始抖动起来，发出"嗡嗡嗡"的刺耳破音。

随着刺耳破音响起，熊谏羽突然松开套件，而套件违背常理地自己立了起来悬浮在空中，似乎底部有看不见的力量正托着套件。看到这神奇的一幕，不仅我惊呆了，怀特也无比激动地盯着套件，身体微微颤抖。

破音持续了几十秒，忽然安静下来，我的那几滴血本来只是随意地滴在极深上，这时却以肉眼能见的速度呈蛛网状向整个极深各个部位扩散。虽然只有几滴血的量，可没过多久，整个极深全部被染红，表面也像被烫过似的开始起泡，房屋里很快弥漫着一股奇异的香味。

我被眼前这一幕惊呆了，确切地说还有些害怕。我忽然觉得在如此高科技的产物面前，我无比渺小，我不敢想象地墓和天墓里会有什么等着我。

"卡坦科技产物有非常高的兼容性，这种极深是卡坦人常用的保存信息的手段，它们能以人类无法理解的方式和它的信息源保持联系，并实时更新信息，所以他上边一定有最新的地墓线索。但极深必须要用其他的卡坦科技产物来激活，这也是卡坦人信息保密的手段之一。"熊谏羽一边观察着极深的变化，一边向我做科普。

我忽然想到之前基督城的那个卷轴，问怀特："基督城的极深你是用什么卡坦科技产物开启的？"

"那个卷轴不是卡坦人的，是玛雅人留下的，也可以叫做羊皮卷，和这个有本质区别。"怀特目不转睛地盯着极深答道。

说话间，极深上插着的两片戟微微冒出红光，开始缓慢地逆时针转动起来。 极深这个圆筒状的物体随着戟的转动居然像画卷一样展开，露出了圆筒的内壁，而在内壁上居然刻着不少符号，很多符号还微微发光，若隐若现。

我对卡坦人如此隐藏信息的手段感到震惊，这简直就是天才的做法。 我如痴如醉地看着眼前这套如艺术品般的科技产品。 熊谏羽迅速从包里取出一个带屏幕的仪器，不断对照极深上出现的文字，脸上本来十分严肃的神情也逐渐放松下来。

"确定地墓位置了。 咱们运气不错，地墓从乌克兰消失后，没跑远，就在中国。"熊谏羽略带兴奋地道。

而极深完全展开后大约持续了几分钟，两片戟上的红光逐渐暗淡，极深又慢慢合拢，直到完全恢复到之前的圆筒状，表面的红色也逐渐褪去。 "咔咔"，两片戟忽然被自动弹了出来，所有的力量瞬间消失，极深和戟从半空中落在床上，一动不动，除了极深上那几滴血液表示这一切都是真实的，其他就像什么都没发生过一样。

我好半天才从刚才的画面中回过神来，赶紧问熊谏羽："地墓具体位置在哪？"

熊谏羽指了指手上的仪器嘴角微微挑起："长江以南。"

听熊谏羽这么一说，我也松了口气。 这几个大墓会到处跑，要是地墓跑到什么大沙漠里就惨了，还好地墓在中国，也不算太远。 但我忽然想起个事，问熊谏羽："那你和怀特为什么要让我来北京？ 没必要的嘛，在新西兰一样可以确定位置呀！"

熊谏羽指了指床上的那两片戟道："这两个文物是国宝，存放在北京，这也是怀特叔叔想了很多办法才临时借出来的。 我可不想带着这个出境，所以只能就近使用，很快就要还回去。"

我对怀特的能量暗自咋舌，这得什么关系才能把国宝借出来！ 但我又一琢磨，这种事情也许只是我平常没接触，在那个圈子里肯定很常见。 故宫那么大的地方，每年工作人员不小心摔几件一级文物恐怕难免，但也没见有人追究责任，更别说短暂地借出来用用了。

现在地墓位置确定，而熊谏羽和怀特也把这里边的前因后果原原本本地告诉了我，只剩下我自己来决定去还是不去。 按照怀特的话说，选择权在我，他绝不勉强。

要说我这人，有时候确实有点好了伤疤忘了疼，刚过了几天舒坦日子，又见识了卡坦人的高科技，心里还真有点痒痒的；而且我有卡坦人血统，似乎进地墓也没什么，他们总不能自己人杀自己人吧？ 但还有一个问题一直让我耿耿于怀，百思不得其解，便问："你们在中国怎么知道我的行踪的？ 你们怎么知道我有危险？"

熊谏羽看了怀特一眼，怀特点点头表示默许，才答道："当年从你进入新西兰的第一天起，我们就有人 24 小时对你进行监控，当然，更多是为了保护你。"

熊谏羽这一句话让我头皮发麻。 照他这么说，我已经被监控了好多年，而且是 24 小时全天的。 想到我这些年来像被扒光了一样展示在他们面前，我忽然觉得无比厌恶。

"保护我？ 我有危险的时候也没见你们的人出现，反倒是给我带来了不少麻烦。"我对他的说法嗤之以鼻。

"不久前你在家，不是提醒你它们来了吗？ 但请你理解，我们根本不是它们的对手，只能善意地提醒你，最终还得你自己解决。"

"它们到底是什么？"

"我们也不确定，也许地墓里有答案。"熊谏羽毫不掩饰，说话倒也直接明了，不像以前，说什么都支支吾吾、故作神秘，"另外，给你一周时间，考虑一下是否去地墓，这一周我会进行必要的准备。"

"如果我不去，你们打算怎么办？"我心里还是有点不踏实，怕万一我说不去，他一发怒就地把我拍死了。 虽然我知道这种可能性不大。

"不论你去不去，我都会进地墓。 如果你和我同行，咱们就先找戒指；如果你不去，我也会自己去找我的父亲，哪怕是他的遗骨也好，我想再见见他。 到时候我会联络你，你来做决定。 对了，你楼下那两个朋友正在隔壁房间睡觉，门没锁，你直接进去找他们吧。"

钟声和牛倒山不是在楼下吗？ 怎么在隔壁睡觉？ 怀特和熊谏羽目送我走出房间。 我轻轻推开隔壁的门，果然没锁，一眼就看到了床上的两个人，钟声趴在床上，胖子呈大字状躺在旁边，鼾声震天。

我赶紧上去拍了拍钟声的脸，他很快醒过来，看了看周围，一脸诧异地问："我怎么在这？"

我苦笑着摇摇头，表示不知道。钟声又扭身把胖子踹醒，问："死胖子，你怎么在这睡上了？谁让你带我来开房的？"

胖子打了个哈欠睡眼朦胧地坐起身，嗡嗡地道："我哪知道啊，咱们不是在楼梯口监听大维的手机吗？后来下边好像来了个小老外，再往后我就不记得了。"

"估计咱们被人算计了。大维，你没事吧？真对不住！"钟声一脸抱歉。

"没什么大事，情况我也摸得差不多了。咱们回你师父那再说！"

我们三人驱车回到钟声师父的别墅，然后我把在酒店看到的、听到的原原本本地告诉了二人。他们俩这次的表情比上次还复杂，听完后久久不出声。

我心里有些着急："你们俩倒是给点意见呀，这趟地墓我倒是去不去呀？"

钟声点了根烟，在屋里踱了几步，好半天才开口问："你觉得那个自称为楚国后人姓熊的，和你那个老朋友的话是真的还是假的？

"他们讲的逻辑清晰，也很合理，不像是说谎。"

"那你自己怎么想的，愿意去吗？"

"水墓我已经去过，那会都九死一生了，这地墓似乎更危险。但末日如果是真的，我不去回头大家也是个死。还有，我背上的卡坦头像最近似乎有长大的迹象，也不知道是不是心理作用，我觉得自己的身体好像不如从前了。想摆脱这东西，还真得去地墓里找线索。"

听我说完，钟声把烟屁股顺手一弹，居然准确地落到两三米外的垃圾桶里，一脸坏笑地对我道："当初师父让我找天书，我开始也紧张害怕，但我活着出来后，发现很有成就感。人生在世不过短短几十年，虽然说好死不如赖活着，但活就得活出个样子来。我相信人是有宿命的，每个人从出生那刻起就带着自己的使命。兄弟，我支持你，不过你得带我一起去。"

钟声这番话倒是激起我不少热血，年少时憧憬不平凡的日子，长大后却被生活所累，整日忙忙碌碌，性格里那点尖锐早被磨平，活着似乎成了一种机械程序，早已失去了它本该有的生机。这不是我要的日子，我得改变。
　　"兄弟，多谢你的支持，那咱们兄弟俩齐心协力，不管它龙潭虎穴，闯它
一闯。"
　　"还有我！"一个粗壮有力的声音响起，胖子走过来，三人三双手紧紧握在
了一起。

第 19 章
寻找地墓

　　一周的时间过得很快。 这一周我在钟声师父的住处和这几个兄弟吃吃喝喝、打打闹闹，似乎忘记了要去探险的事，而那些潜在危险也早已被抛在脑后。 熊谏羽准时在一个星期后打来电话，听我答应了去地墓探险的事，他长舒了口气。 只是我要求带钟声和胖子一起前往，他稍稍犹豫了一会，还是答应了我。 但他的话说得很清楚，这不是旅游，生死有命，让我那两个朋友想清楚。

　　钟声和胖子没有退缩，也没有把探险的事告诉他们最亲近的人，毕竟说了就免不了一番解释，更何况是这么荒唐的理由。 但钟声的师父倒是觉察出了点什么，在我们离开前，把钟声独自叫到屋里说了些什么。 钟声出来后，能看出来他情绪有些波动，但我什么也没问，也许有些事情不知道为好。

　　熊谏羽在电话里告诉我，他已经提前到目的地做准备，让我们尽快赶到。 按照他给的线路，我和钟声、胖子二人先飞到武汉天河机场，又打车来到宏基长途客运站，这才见到了熊谏羽。 他早已准备好车辆，在车上我没看到怀特，倒是见到了另一个熟人——乌贼。

　　简单寒暄过后，熊谏羽发动汽车。 我问他："怀特呢，你把他安排到哪了？"

"他还在北京，身体原因，这次地墓探险他不参与。 如果我们能尽快找到戒指，他会跟着我们去天墓。"

"你们找到地墓的入口了吗？ 具体在什么地方？"到目前为止，熊谏羽还没有告诉我地墓的位置，只说了个长江以南，现在又来到湖北，莫非地墓就在湖北？

"情况有些复杂，极深给出的位置是一个区域，并没有具体的地点。 不像水墓，玛雅人给出了明确的坐标，所以我们需要点时间确认。"

"那我们现在去哪？"我很怕他又给我带到陷阱里，所以想知道得详细些。

"去一个叫'木桥'的小镇！到了你就知道了。"说完熊谏羽不再言语，专心开车。

见熊谏羽不再理我，我只得和钟声、胖子聊闲天。 胖子没聊几句就开始打起鼾来。 钟声倒是很精神，估计也是被憋坏了，好久没这么自在过，跟我天南海北地胡侃。 从国际大事到国内局势，从演艺明星八卦到球员竞技状态，从炒房子的地产商到他师父那几个有背景的邻居，把我侃得云里雾里的。

我虽说也是做记者的，但毕竟做新西兰国内新闻多，听他聊得这么有意思，也有点入神，不知不觉车已经行进了近三个小时，开始还是那种路况比较不错的国道，到后来全是土路，越野车开起来尘土飞扬，不知道通向哪里。

我完全沉浸在钟声的神侃里，忽然感觉有人碰我大腿，低头一看，是钟声往我腿上放了个手机。 他嘴里还是唾沫横飞地胡乱侃着，但手在椅背下边做了一个很隐蔽的姿势，示意我把手机拿起来。 我心说钟声这是什么意思，疑惑地拿起手机，就见手机屏幕上写着几个字："别打草惊蛇，我听到车后备箱里有活物。"

我见钟声打了这么几个字，忽然觉得呼吸有点加快。 后备箱里怎么会有活物呢？ 而且这车开起来声音嘈杂，除了发动机的轰鸣声和风声，我什么也没听到。 我尽量做到表情平静，赶紧在手机上打了几个字："你确定吗？ 是人还是别的什么东西？"然后把手机放低，递给钟声。

钟声接过手机看了看，只是微微点了下头，并没有再继续打字。 而车速也渐渐放缓了。 我看到前方不远处出现了一片极其普通的村落，路边是大片的水稻田，一些当地农民扛着农具在田埂上走着。

乌贼把车驶进村里，在一条小路的尽头停下，招呼众人下车。 熊谏羽带领大家朝一间普通得不能再普通的瓦房走去，到门前轻轻敲了几下门，不大工夫，门被打开，门后出现了另一张熟人的脸——坦克。

其实我早就料到坦克会在这，他可是熊谏羽的得力帮手。 按照现在的形势看，熊谏羽那边三个人，我这边也三个人，从人数上说势均力敌。 但后备箱里那个东西始终让我提心吊胆，熊谏羽把什么东西放后边了？ 为什么不告诉我？

我心有不甘，反正我这边也有三个人，必须问清楚了。 这次再不能干水墓那种傻事，进到墓里被牵着鼻子走。 想到这，我拍了拍走在前边的熊谏羽道："你等会，我有点事问你。 咱们出去说。"

熊谏羽倒显得有些意外，但还是让乌贼带钟声、胖子先进屋和坦克认识，之后跟着我来到汽车旁。 我直接拍了拍后备箱问："这里边装的什么？ 路上还出声呢！"我没有把话说得很明，因为我也不知道里边到底是什么。

熊谏羽怔了怔，忽然缓过味来，笑着道："开始在市区人多眼杂，我打算回来再告诉你，没想到你问了。 这里边是一个人，能帮我们找到地墓的入口，之前我去车站接你的时候，看到他准备往村外走，我们怕他走丢了，就顺路把他给塞到后备箱里带了回来。"

熊谏羽这话说得我一愣，这什么逻辑，一大活人还能走丢了？ 再说了，人家往村外走，也是人家的自由，想去哪还不就去哪呀，你们至于像劫匪一样把人家给塞到后备箱里吗？ 我暗自庆幸一路上没有查车的，这要被查到一万张嘴也说不清。

不过他这话里倒是有个地方让我很感兴趣，想知道什么人有这么大能耐，能找到地墓的入口。 莫非是活的卡坦人？ 我一想到卡坦人的危险程度，忽然觉得装后备箱里是非常有必要的。

"你怎么能把人塞到后备箱里？ 这是违法的。 快打开我看看。"我抑制不住激动的心情，想在光天化日之下看看活的卡坦人长什么样，就随意扯了几句理由。

　　熊谏羽拿起车钥匙，后备箱"砰"地弹开。可当里边那人出现在我眼前时，我被惊得一句话都说不出来。

　　后备箱里确确实实是个普通人，但又不完全是。为什么这么说呢，这人一头长发盖住了整张脸，乱糟糟的满是污垢，看不出是男是女，身上的衣服也脏得看不出原来的颜色，脚上蹬着双破球鞋，有一只鞋的鞋底都没了，露出黑漆漆的脚趾头。

　　最奇异的是这人的双手紧紧地贴在胸口处，手指头像鸟爪一样蜷在一起，指甲也不知道多长时间没剪过，伸出了三四厘米。此时这人一声不吭，像是睡着了。

　　"这，这你们从哪找到的？你找这么一个疯子干什么？他跟地墓有什么关系？"我疑惑地问。

　　"根据现在我们掌握的线索，地墓就在这附近。而且据老乡说，离这个村几公里远有一个叫野猪岭的地方，那里有一个观音洞。以前，那片区域当地人用来栽果树，但从 1986 年开始，那个地方经常会有人莫名其妙地失踪。按当地人的说法，那个观音洞里有蛇精，所以他们就再也不敢在那片土地上动土，只是在每年过年的时候全村人会集体去观音洞前祭祀求平安。从时间点上看，那正是地墓从乌克兰移动到这的时间。"

　　"那地墓的入口应该在观音洞里吧？"我推测道。

　　"如果有这么简单就好了。我调查过，观音洞不是 20 世纪 80 年代形成的，而是早就存在了，和地墓联系在一起只是巧合。不过据我推断，地墓应该也在野猪岭里，观音洞里所谓的蛇精也许是从地墓里跑出来的某种东西。而地墓真正的入口需要他来给我们带路。"熊谏羽指了指躺在后备箱里的人。

　　我看着后备箱里这人，有点哭笑不得。从现在来看，也不知道是这人疯了，还是熊谏羽疯了，让一个疯子带路找地墓，这比自杀似乎也好不了多少。

　　"你为什么说疯子知道地墓入口？"我实在不能理解熊谏羽的思维。

　　"因为前几天我们刚到村里来的时候，偶然听见这人喝醉了说疯话，而他说的东西和卡坦人的遗迹很相似。你看到他的双手了吗？"

　　我看着他像鸡爪似的双手问："怎么了，不就是因为得风湿，骨头变形吗？"

"不是风湿，这是一种病，叫废用性综合征。 一般是受到了外界的某种刺激或侵害才会得。 在我们探险行业里，刚入门没经验受到过度惊吓的人会得这种病。"

"一个疯子的话而已，我还是不敢相信。 我不能把自己的命交给一个疯子。"我摇摇头。

"那这个你认识吗？"熊谏羽忽然将疯子的上衣掀开，露出黑乎乎的胸膛，我居然看到他胸前印着一个我十分熟悉的卡坦神头像……

第 20 章
疯子向导

当我看到疯子胸前的卡坦神头像，思维忽然暂停了一下，确切地说是暂时陷入了混乱。 怎么这个神秘的东西，我在短短几个月内看到不少人身上都有了？ 这是怎么回事？

我俯下身子，仔细盯着那头像，想确认跟我身上的是不是同一个。 可疯子的胸膛实在太黑，看不明晰，我问熊谏羽："怎么他也长了头像？"

"他的不是长出来的，是被什么东西烙上去的。 你摸摸看。"熊谏羽让我自己感觉一下。

我伸手想摸一下，可他身上实在太脏，还有一股陈年的酸臭味，犹豫了会，还是下定决心摸了摸那个头像。 这一摸我才发现，他的头像和我身上的不一样。 我背上的那个摸起来像皮肤，很平滑，他这个坑坑洼洼的，像是外力造成的，而且他的头像并没有我身上的这个精致。

如果这个头像如熊谏羽所说，是被烙上去的，说明他真的进过地墓，至少是遇到过卡坦人的东西。 我正准备对熊谏羽的推测表示赞成，那乞丐却突然醒了，嘴里"嗷嚎嚎"地怪叫了一声。 我没想到这家伙突然醒了，吓得一缩手，脑袋一抬，"砰"地一下头顶撞在后备箱的一个突起物上，疼得直咧嘴。

我用手揉着脑袋往后退了几步，心说这神经病还真是神经病，不知道人吓人会吓死人的呀！这一惊一乍的是要干吗？

那疯子"嗷嚎嚎"了之后，躺在后备箱里，嘴里开始念念有词地带着湖北口音唱了起来："大王派老子去巡山，山上有蛮多小星星，亮晶晶呀亮晶晶……"就这样把这么一句词，唱了四五遍后，忽然从后备箱里爬了出来，一下摔到地上，扑腾起一阵尘土，脸朝下趴着，又不吭声了。

我眨巴着眼，看了眼地上的疯子，又瞄了眼熊谏羽："他唱什么呢？怎么又不动了，不会摔坏了吧？"

熊谏羽摇摇头："从我见他开始，就听他一直这么唱，我觉得是在唱他看到的某种卡坦科技。"

我有点担心这家伙摔出个好歹来，要闹出人命就不好了。咱们这波人进村的时候就惹来不少怪异的眼光，熊谏羽还是个盗墓贼，坦克那样子看上去也不像好人，而且又是个武装分子，谁知道他这次有没有带武器过来。这要有警察来查，少不了麻烦。

想到这，我赶紧过去蹲下，拍了拍地上的疯子，问："哎，哎，醒醒，醒醒！"

"嗷嚎嚎……"疯子猛地转过身，这次露出那张黑脸朝我叫唤道。

疯子这一翻身，又把毫无准备的我吓得一屁股坐在地上。我心里直骂娘，心说下次一定和他保持距离。那疯子翻过身坐了起来，扒拉了一下盖在脸上的乱发，忽然声音变得无比淡定，中气十足，像朗诵一样念道："檑枪一点现东方，吴楚依然有帝王，门外客来终不久，乾坤再造在角亢。"

我没想到这疯子还能诌出几句文言文来，实在让我大跌眼镜。可他说的什么我是真没听懂。熊谏羽也吃了一惊，有些激动地冲上去，也不管疯子身上有多脏，抓住疯子的肩膀，使劲摇了两把，问道："你说什么？再说一遍？"

疯子显然也不怕熊谏羽，忽然张嘴笑了起来，露出一嘴黄牙："嘿嘿嘿，先把（给）杯酒我活（喝），我再跟你们慢慢梭（说）。"

没想到这疯子还会提条件，熊谏羽愣了一下，松开手，关好车的后备箱道："跟我进屋拿酒。"

疯子一听有酒喝，变得极其兴奋，整个人像跳舞似的颠了起来，跟在熊谏羽身后走进了屋子。我一脑袋黑线，心说这算什么事，我怎么觉得跟这疯子一起找地墓是我这辈子干过的最不靠谱的事呢。

我跟着二人走进屋子，看到坦克、乌贼、钟声、胖子正在院子里喝茶，钟声还懂一些英语，连比划带猜，相互之间还聊得比较融洽。疯子看到院里有这么多人，显得有些紧张，刚才乐颠颠的劲头没有了，站在角落里，显得比较拘束。

熊谏羽很快从屋里拿出一罐啤酒递给疯子，疯子没有接，而是问道："我不喜欢活（喝）啤酒，跟马尿一样滴（的）。有冒（没）得白酒啊？"

熊谏羽眼一瞪，大声答道："只有啤酒，没白酒，你不喝就算了。"说完作势要把啤酒拿走。

疯子一看到嘴的啤酒也要跑了，赶紧小跑两步挡住熊谏羽，笑嘻嘻地道："阔（可）以，阔（可）以，啤酒也阔（可）以将就。"

熊谏羽把啤酒打开，塞到疯子如鸟爪般的手里。疯子的手似乎有些问题，拿酒罐的姿势比较怪，不是用手指抓，而是用捧的，似乎手指头伸不直。疯子捧着啤酒，找了个石阶坐下来，抱着酒猛灌了几口，不一会工夫一罐就见了底，又腆着脸找熊谏羽再要一罐。

熊谏羽又拿出一罐打开，但没有直接递给疯子，而是问道："你现在回答我几个问题，回答好了，再给你酒喝，回答得不好，我就把你扔出去。"熊谏羽倒是熟悉胡萝卜加大棒的手段。

疯子听完，先是撅起嘴"哼"了一声，接着道："我晓得，你们都想进山抢我滴宝贝。你们冒（没）得一个好人。"

我在一旁听着疯子讲话，感觉这人还有防备心理，还懂得谈条件，真不像个神经病。

熊谏羽把手里的啤酒往自己嘴里灌了一口。疯子的眼珠子跟着那酒罐上下移动，眼巴巴地看着熊谏羽喝下本属于自己的啤酒，口水都快流出来了。熊谏羽放下罐子问："刚才你在外边念的那句话是从哪知道的？"

疯子见喝不到酒了，索性把脑袋扭到一边道："不晓得！"

熊谏羽眼睛眯了一下，转身走到坦克身边嘀咕了几句。坦克铁塔般强壮的身躯从椅子上挪了起来，径直走到疯子身边，毫无预兆地对着疯子的肩膀就是一脚，把疯子单薄的身体整个给踹了一个后滚翻，后背重重地砸到墙上。疯子发出一声闷哼，接着他的身体缩成一团，把头埋在身体里，像筛豆子一样颤抖起来。

这突如其来的变故让整个院子陷入宁静。稍微安静了几秒，坦克作势伸手想把疯子从墙角里拉出来。钟声首先冲出来挡在疯子和坦克之间，怒目圆睁，眼里要喷出火来，冲坦克大吼："你他妈的干什么呢？没看到是个老人呀？下这么狠的手？"

钟声说的是中文，坦克也没听懂，朝熊谏羽摊了摊手。我一看形势不对，有点剑拔弩张，而且那一脚确实太狠，我也觉得很过分，赶紧站到钟声身边。胖子一看，也放下茶杯，挪了过来，和我们两人站到一起。

熊谏羽上前，站到坦克身边，阴着脸道："我怀疑这人是装疯卖傻，而且他知道地墓的重要线索，不给他点教训，他不会说实话的。你们也不想他把我们带入险境吧？我这可是为大家好。"

熊谏羽这番话把我说得哑口无言。钟声却反驳道："你们除了打人，不会好好沟通吗？而且这还是个老人家，神智也不清楚。想问他话，无非就是多花点时间，这么一点耐心都没有？看你们不像干大事的人。"

钟声这一番明嘲暗讽倒是有点作用，熊谏羽表情柔和了些道："好，那咱们就不动粗，慢慢问。你们可以让开了吗？"

我拉了拉钟声的衣角，轻声道："这次就算了，打也打了，关系别搞太僵。"

钟声吸了口气，拿了罐酒打开，走到疯子身边道："没事吧，给你酒。随便喝，想要多少有多少。我们不是坏人，不抢你的宝贝。不过你得告诉我们你知道的事情。"

疯子听钟声说话，把头抬起来，眼睛盯着远处的坦克，目光里满是恐惧。但看到钟声手里的酒罐，似乎瞬间又忘了之前被打的事，嘻嘻地笑了起来，接过钟声的酒，开始一通猛灌。

熊谏羽等疯子喝完酒，又递上一罐，问道："告诉我你从哪知道那几句诗的？"

　　疯子接过酒，打了个酒嗝，看上去有点晕乎乎的，眼神涣散地发了会呆，随后又缓过神来道："你们真滴（的）不抢我的宝贝，梭（说）话要算数，不然我要鬼把你们滴（的）心挖出来。"

　　我一听这疯子还懂威胁了，暗自好笑，在旁边插嘴道："放心，不要你的宝贝。快回答他的问题。我们还有很多酒。"

　　疯子拍了拍干瘪的肚子道："够了够了，已经活（喝）饱了。"然后他放下酒罐，把身上的破烂衣服紧了紧，张嘴道："那句话是我以前在野猪岭碰到的一个野人疯子告诉我的。"

　　疯子这句话从嘴里冒出来，我差点笑喷了，你自己就是个疯子，另外一个人被你称为疯子，那该疯成什么样？

　　熊谏羽听完这个，身体似乎微微怔了一下。我明显感觉到他在尽量控制情绪，就听他继续问道："那个疯子长什么样？现在在哪？"

　　"他脸上有一个蛮大的包，有这么大！"疯子用那双鸟爪般的手大致比划了一个足球大小的圈，又继续道，"他具（住）在一个和（黑）色大面窝（湖北的一种食品）里边。"

　　熊谏羽听完，眉头皱了一下，似乎和他心底想听到的那个答案不一样。继续问道："你能不能带我们去你说的那个什么面窝？"

　　疯子一听这个，把头摇得飞快，连嘴边的啤酒泡沫都被甩飞了去，含糊不清地说："不去不去，不棱（能）去，面窝里边有会放电的妖怪，有其（吃）人的妖怪……"

　　疯子这番话在普通人看来肯定是疯话，但在场的所有人都相信那一定是真的。当初水墓里就有这种吃人的东西，地墓里有一点都不奇怪。但疯子看样子是当初被吓得不轻，现在想让他再带我们去，得费点工夫。

　　熊谏羽思考了片刻，正准备问疯子点别的什么事，门口却传来一阵敲门声，还有几声狗吠。一个男人的声音在外边叫起来："有没有人在？我是木桥村的丁支书，开开门。"

　　熊谏羽顿时警惕起来，让坦克看好疯子，他跟在我身后让我去开门。我则叫上钟声，觉得他在国内混得久，应付这些事应该比我得心应手。

　　钟声也知道这几个人里他最适合干这种事，很快打开门。就见门外站着一个五十多岁的男人，微笑着，手里夹着根烟。他的穿着很朴素，上身穿一件领子塌掉的蓝色衬衣，外边披一件灰色西服，西裤的裤腿被卷起来一只，蹬着一双灰蒙蒙的皮鞋，旁边还有点稀泥，似乎刚从农田里回来。

见我们打开门，这人笑着问道："你们好，我是这里的村支书，姓丁。听人说你们租下这房子一个月，里边还有外国人。这个村子很少有外国人来，所以我想问问你们是干什么的。"

被他这么一问，我有点蒙。还是钟声反应快，他抢着答道："我们是从北京来的，这里风景好、空气好，比城市强多了。我带几个外国朋友来这住一段时间，感受一下中国农村的淳朴气息。有打搅到村民的地方，还请您多包涵。"说完，钟声从兜里掏出一根烟递给丁支书。丁支书推了一下，还是拗不过钟声，凑着钟声的打火机点着吸了起来。

丁支书吸了口烟，继续道："外国朋友来我们这小村庄，那欢迎，一定要欢迎。需不需要我找人给你们当当向导？还是你们自己已经找了向导？"说完，丁支书眼睛向后边的院子里瞟了瞟。

"我们自己随便逛逛就好了，不劳烦您费心！我们才到这里不久，今天想先好好睡一觉，回头有空我们再亲自去拜访您。"站在身后的熊谏羽忽然走了出来，抢在钟声前答道，同时话语里下了逐客令。

"哦！那好那好。我就不打搅你们了，你们好好休息休息。有什么需要帮忙的尽管来找我。"丁支书看了眼熊谏羽，微笑着点点头，转身准备走，又忽然转了回来，换了种让人难以捉摸的语气道："只是有点事情要提醒你们，看风景可以，不要跑太远，特别是有个叫野猪岭的地方不要去。那个地方比较危险。"撂下这句话，丁支书扭头走远。

看着丁支书远去的背影，我总觉得有些异样。合上门，我问钟声："你有没有觉得这个支书有点怪怪的？但哪里怪我又说不上来。"

钟声没答话，倒是熊谏羽先发话了："这个支书确实有问题。"

"你看出什么问题了？"钟声问。

"我观察到了一个细节，这个支书身上的衣服很破旧，看上去和村里人没什么两样，但我发现了两个可疑的地方。第一是他的牙，非常白，那种白不是靠刷牙刷出来的，而是洗牙洗出来的。"熊谏羽道。

"这能说明什么？ 时代不同了，观念自然不一样，现在农民同志们的业余生活也可以很广泛。 谁也没规定农民同志不能洗牙，更何况人家是个支书呢！"钟声对熊谏羽的推测很不屑。

熊谏羽没有和钟声争辩，而是继续道："第二，你递给他烟的时候，他伸出手时我仔细看了一下，他的手指头并没有被烟熏得发黄，说明他不是杆老烟枪。 但从他刚才不停抽烟的举动看，却像是一个抽了多年烟的老手。"

"你到底想说什么？"我不明白熊谏羽的意图。

"说明他是伪装的，故意伪装成村里人给我们看的。"熊谏羽斩钉截铁地道。

"我觉得不太可能，伪装成这样有什么意义呢？"我也不太同意熊谏羽的推断。

"我觉得和那疯子有关系，刚才他偷偷往院子里看。 不信咱们问问疯子知不知道这个丁支书。"熊谏羽出了个主意。

我心说，你问疯子，他哪知道支书是什么呀。 摇摇头跟着熊谏羽又回到院内。 这会那疯子似乎酒劲有点上来了，在墙边手舞足蹈，一会学壁虎贴墙上一动不动，一会又把自己当成老鼠，要往墙边乒乓球大小的洞里钻，让人哭笑不得。

熊谏羽上前费了好大劲让疯子安静下来，问道："你知道这个村里的支书是谁吗？"

疯子眨了下眼睛，听完熊谏羽的话，忽然翻着白眼珠子看着天，似乎正在思考，但想了半天，答非所问地冒出来一句："我叫丁二。"

我这会有点抓狂，忽然觉得和疯子聊天确实需要耐心和勇气，你问他什么，指不定他会回答你什么。 我现在不管你是丁二还是丁三，只想知道刚才那个丁支书到底是什么人。 但我们一群人努力了半天，最后终于发现，让丁二把逻辑理清楚实在是比登月还难。 几个人无奈地坐在旁边喘粗气，也不知是累的还是被气的。

"我看算了吧，你们别管那个丁支书是什么人，咱们来这不就是找地墓的嘛。 赶紧办正事，办完了就走人，跟一个疯子较什么劲呀。"胖子在一边等得有点不耐烦，插嘴道。

我仔细琢磨了一下，胖子这话也对，别管那支书是真是假，速战速决，找到地墓拿了戒指走人不就完了嘛。我把想法告诉了熊谏羽，熊谏羽沉思片刻，问丁二道："丁二，你明天带我们去野猪岭的面窝，我给你很多酒喝好不好？"

疯子摇摇头："不去，不去，有妖怪！会被妖怪其（吃）的。"

熊谏羽又用了各种手段，但丁二就是油盐不进，甚至坦克过来吓他，他也只是吓得发抖，坚决不答应带我们上山。愁得我们几个直摇头。

正在我们万般无奈的时候，胖子忽然踱着方步走到丁二面前，大手指着丁二面前的虚空道："妖孽，你胆敢骚扰丁二，看我不把你打得永世不得投胎。"

说完，胖子一跺脚，嘴里发出一声怪叫，双手在空中不知道对着什么一捏，然后狠狠地往地上一摔，又对着空地剁了几脚，这才指着空地对丁二道："看到了吗？这个妖孽已经被我降服，现在你没有危险了。你知道我是谁吗？"

看着胖子这番举动，我脑子都木了。心说胖子干吗呢，莫非神经病也能传染，他怎么也神叨叨的了。我这么想，丁二可不这么想，只见他一脸崇拜地盯着胖子，喃喃地道："你是哪个呀？"

胖子双手背在身后，挺着大肚子答道："我乃天尊下凡，专收人间鬼怪。这次来，就是想收了野猪岭的妖怪。丁二，你可愿带我去？这可是功德无量的大事呀！你放心，有我在，妖怪近不了你的身。"

我听胖子这么一说，差点没笑喷了。其他几个人也是一脸苦笑和无奈，这胖子到底唱的是哪出呀？

但世界就是这么奇妙，一物降一物，一招服一招，没想到这怪招还真起了作用。待胖子说完，丁二那短路脑子没思考太久，就激动地冲上前，用他那沾满污垢的鸟爪抱住胖子的肥手，不停摇晃道："天尊啊，你本事太大了呀！刚才我看到那个妖怪在我面前蹦，冒（没）想到你一巴掌就把他拍死了。"

胖子看了眼一旁的空地，若无其事地道："那是，在我手上亡命的妖魔鬼怪没有一千也有八百。我的道行深着呢，你到底带不带我上山？"胖子摆出一副大师的样子。

丁二算是被唬住了，不住点头道："明天带你上山。"

第 21 章
野猪岭

丁二答应带我们上山后，众人开始着手准备。 装备什么的不用操心，坦克早已收拾妥当，最让我担心的是，不知坦克有没有带着什么武器来。 在中国可没法用枪，这要路上被抓住，也得判你个十几年。

我怀着忐忑的心情跟着大家一起来到堆满装备的房间，问坦克："这次你不会又带枪过来了吧？"

坦克没答话，只是从众多大背包里拎出一个黑色的防水袋，往屋子中央一扔，说了句："大家自己挑顺手的。"

胖子看上去对探险充满了期待，率先走过去拉开背包。 我一看，好家伙，就见包里放着几把弩，但又比普通的弩工艺复杂，一看就不同凡响。 还有几把长刀。

胖子在里边挑了半天，挑了把比巴掌长一些的精致小弩，拿在手里像玩具似的，笑呵呵地对站在一旁的钟声道："这把弩我喜欢，还能揣兜里，藏袖子里，多帅呀。 谁也不许跟我抢。"说完他像藏宝贝似的往兜里一塞。

"谁跟你抢啊，大男人没个大男人样，这么大块头挑这么点小东西，还是这个用着顺手。"钟声说着从包里拿出一把四连发的大弩，漆黑厚重的弩身一看就霸气十足。

我在包里翻了半天，要不就嫌弩太重，要不就嫌功能不够强大，最后只能挑了一把中等大小的普通弩。但这种弩的弩箭有点特殊，不是尖头，而是圆头。据坦克介绍，这种弩初始速度快，对敌人造成的创伤面很大，对付一般的动物什么的好用，但要是对方皮糙肉厚，可就不灵了。

待众人挑完弩，坦克这才拿出一个带着保险的手提箱，从里边掏出一些零碎部件，在手里倒腾了会。我一看，汗就下来了。那些零碎部件在他手里没用多长时间就变成了一把手枪。

我没想到这家伙还是带着枪过来了，他怎么入境的我真不知道，现在我只希望那山够大够深，没人能听到他开枪。另一方面，这把枪也给了我一定威慑力，当初坦克在水墓被攻击，后来他却像没事人一样，这点我始终疑惑不解，但又没法求证，成了我的心病。

一切准备妥当，众人早早睡去。胖子负责看好丁二。这群人里边，目前来看，丁二也只服胖子，所以晚上睡觉丁二都要睡到胖子身边。胖子也不嫌他臭，很快就呼噜震天，倒是吵得我睡得不踏实。

迷迷糊糊中，也不知睡了多长时间，感觉有人轻轻推我。我睁眼一看，发现是钟声，问道："怎么了？"

钟声做了个压低声音的手势，指了指院外道："我听到熊谏羽和乌贼溜到院子里说话，他们用英语说的，语速太快，我没听全。但我听到熊说了一句'等找到东西后就把他们全部干掉……'"

钟声说完这个，我一个激灵就弹起来了。如果这是真的，那还得了，这完全就是个套啊！不过，乌贼连手指都没了，熊谏羽跟他说有用吗？现在看来，乌贼也就是一个普通人，也没见他有什么特殊的地方呀！熊谏羽想干掉我们，也得跟坦克说才对。

我看了眼远处角落里熟睡的坦克，问钟声："你没听错？"

"我没听全，但大概就是这么个意思。这孙子肯定是在算计咱们。你要是说现在咱们不去找地墓了，我这就叫上胖子，咱们走人。如果你要是坚持去，咱们以后就得小心点了。"

我思考了片刻就做出决定，先去探探口风，看看他们到底在打什么算盘。

钟声也怕自己听错了，同意让我去跟他们俩接触接触。

我装作起来上厕所的样子，径直闯进了院子里，把正在聊天的熊谏羽和乌贼吓得一怔。 不过他们俩神色很快恢复了正常。 熊谏羽若无其事地问我：“怎么起来了？”

“哦，被尿憋醒了，起来上个厕所。 你们俩大晚上的不睡觉，还有精神聊闲天啊。 对了，刚才我在屋里听你们说要把什么东西全部干掉。 你们说的是卡坦人吗？ 那玩意可不好对付。”我打了个哈欠，装傻问道。

熊谏羽笑了笑，从他脸上看不出一丝异样，说道：“我们在说地墓里可能会碰到的东西。 这里的村民不是说野猪岭有东西祸害村民吗？ 等拿了戒指，我跟乌贼商量有机会的话就把那些东西全部干掉，免得他们出来伤人。”

熊谏羽这话答得貌似滴水不漏，可这里边有问题，乌贼都算残障人士了，跟他说管什么用？ 我问道：“乌贼的手不是受过伤吗？ 这么艰巨的任务你应该跟坦克说，跟我们说才对呀。 乌贼还是需要我们来保护的。”

“乌贼自然有乌贼的作用。 刚才我们也是碰巧一起出来，正好跟乌贼说这事，本来是打算明天早上跟大家一起说的。”熊谏羽答道。

“哦，那你们早点睡，明天还得进山。”我去了一趟厕所，之后返回屋子里对钟声道，“这两人是有点鬼鬼祟祟的，不过似乎没有太大问题。 既然来了，就走一趟吧。 咱们小心点，多防范。 他们三个人，咱们也三个人，哦，对了，应该说咱们有四个人，丁二也算咱这伙的。”

钟声听我这么说，也没什么意见，但我能看出来他表情很严肃，似乎觉得我太欠考虑，但又顾及兄弟情分，必须跟我走一趟。

第二天一早，众人收拾好装备，在丁二的带领下，朝野猪岭进发。 现在正值春夏交替，早晨起来山里雾蒙蒙的，还飘着点小雨，但道路并不算太湿滑。 野猪岭比我想象的要远很多，从木桥村的住所出发，沿着东北方向翻过了两座山后，丁二才有些紧张地说：“到了！”

我抬眼瞧去，只见正前方出现了一座大山。 山上是大片的绿色竹林，而在成片的竹林中，虽然隔着老远，我还是能看到有个黑乎乎的东西，而且其中有什么东西正闪闪发光……

“山里发光的是什么？”我随意向众人问了一句。

坦克拿起望远镜看了一会，递给我道："是个山洞，洞口摆了不少东西，在反光，可能就是当地人祭祀的那个山洞。"

我接过望远镜看了一眼，那个黑乎乎的东西确实是个山洞，洞口摆了不少祭品，反光的好像是玻璃瓶子一类的东西。

"你说的那个什么面窝在哪里？"熊谏羽低声问丁二。

丁二显得极其害怕，用手把眼睛遮起来，不停地喊道："我看不到你们，你们也看不到我，妖怪呀，妖怪来了……"

熊谏羽看了眼胖子，那意思就是让胖子出马搞定他。胖子也不含糊，吸了吸鼻子，中气十足地对丁二道："丁二，有我在，妖魔鬼怪都不敢靠近你。现在你就带我们去面窝斩妖除魔。这妖怪道行很高，我不杀了它，它回头还会来找你的。"

要说胖子这一吓还真管用，丁二不嘟囔了，指着对面竹林山脚下一大片杂草地道："那里是妖怪下山的地方，从那里进去可以找到面窝。那个野人也具（住）在里边。"

我朝那块杂草地看了一眼，除了杂草，没有看到任何东西。熊谏羽显得比较急迫，也许是他一直对丁二嘴里的那个野人念念不忘："走，下去看看。"说完他一马当先，朝山坡跨了下去。

我心里有点小紧张，觉得马上要见到地墓，里边也不知道有什么未知的东西等着我。

那片杂草地在山上看着近，但走起来可真是远，大概走了将近半个小时，众人才来到那片杂草地近前。这才发现这片地上的野草有一人多高，而且十分浓密。

"丁二，妖怪下山的出口在哪？"熊谏羽一边扒拉杂草，一边头也不回地问道。

按照丁二的说法，这个地方是妖怪下山的地方，肯定有出口，但谁知道那出口有多大，万一这疯子说的是个耗子洞，那不白忙活了吗？所以我也迫切想知道出口在哪，对旁边的胖子道："赶紧问问你那跟班，妖怪的出口在哪？"

胖子"嗯"了一声，然后就要扭头问丁二，可答案没等到，却等到了胖子急迫的叫声，就听他大喊："狗日的，丁二不见了。"

　　这一声喊叫把大家都吸引了过去。等人聚在一起，这么一看，才发现确实少了个人。刚才大家光顾着下山，胖子走得最慢，在队伍最后头，丁二跟着胖子，谁也没注意到丁二什么时候不见的。

　　我忽然感觉有些不妙，要不说我直觉灵敏，这种感觉刚刚上头，就感觉周围的气温忽然急速下降，不知从哪冒出的一股浓雾，像潮水一样瞬间将我们周围的环境淹没。

　　"你怎么不看好丁二？"钟声责备胖子道。

　　"哎，他……他一直跟在我后边，谁能想到这傻子会跑呀？"胖子有些沮丧地回答。

　　"别管丁二了，怎么突然起这么大的雾？"我紧张地问。

　　"嘘，别说话，杂草里好像有东西。大家靠在一起，不要分开。"熊谏羽把长刀紧紧握在手里，提醒大家。

　　所有人都屏住呼吸，背靠背形成了一个圈，紧张地注视着周围的浓雾。可这雾实在太大，充其量能看清雾里一米的距离，再往远只能影影绰绰看到杂草的影子。山风一吹，杂草发出"哗哗"的响声，但就在这响声里，夹杂着一点不同的声音，像是有什么东西在草里穿行。但在这种环境里，我辨不清声音来源，只感觉那声音似乎就在周围，忽远忽近，发出那个声音的东西似乎正在观察我们。

　　"钟声，你耳朵好使，快听听草里的东西在哪。"我压低嗓子问钟声，熊谏羽也用期待的目光看着钟声。我之前向熊谏羽提过钟声耳朵的厉害之处，他之前半信半疑，但现在只能期待钟声能听出些端倪。

　　钟声盯着浓雾听了一会，面色严峻地道："很奇怪，而且不符合逻辑，发出声音的东西位置在不断改变，一会在左，一会在右，一会近，一会远，要么草里不止一个东西，要么就是这东西会瞬间移动。但从声音的质感上来判断，我大致肯定这是同一个东西发出来的。"

　　钟声这番分析让我脚底冒汗。我知道卡坦人的科技很发达，但什么东西能瞬间移动？这实在是太匪夷所思了。在这群人里，熊谏羽对卡坦人最了解，我求助似的转向他问："你知道草里是什么吗？钟声说那东西可能会瞬移！"

熊谏羽把眉头皱得更深了，自言自语地道："这不可能，不可能还有那种东西存在。"

听熊谏羽一个人在那嘀咕，把我给急得不行。我心说这会我们像猎物一样被困在雾里，这个地墓的入口又情况不明。这种对未知的恐惧让我变得有些气急败坏，我对熊谏羽低吼道："都死到临头了，别在那可能不可能的了。到底是什么东西，你倒是快说呀，该怎么应付？"

熊谏羽没想到我反应这么大，愣了一下答道："我也只是猜测。这种东西我在楚人后裔留下的一本书里看到过，它们是卡坦人驯养的哨兵。按我们现在的科技理解，这种东西是克隆出来的，连体形都一样，他们能释放一种类似浓雾的气体，相互之间有种微妙的联系，配合异常出色，经常成群出现，常会给人造成瞬间移动的假象。"

"你说草里不止一个这玩意，而是一群？那他们到底是什么动物？"我急迫地问道。

"书里没说具体形态，只说这个东西异常凶猛，但后来不知什么原因，卡坦人失去了对他们的控制力，所以卡坦人选择将他们全部杀光，一个不留。现在看来，他们可能在守地墓。"

我心说，这真是出门没有看黄历，诸事不顺。而且现在看来，我们极有可能是被那个疯丁二给耍了。他把我们带进陷阱，自己却跑了。一帮自认为聪明绝顶的人，居然玩不过一个疯子，这实在是讽刺。

"你还没说怎么对付这玩意呢？你倒是出个主意，咱们不能在这傻等了。"我追问道。

"主动出击，跟着它们找到地墓的入口。"熊谏羽说出了一句让我惊掉下巴的话。

"主……主动……哎！"我被憋得一句完整话都说不出来。

熊谏羽跟坦克交代了几句，坦克将背在身上的强弩取了下来，搭上弩箭，对着四周的浓雾深处就是几箭。我看着他这个举动，觉得这不是浪费弹药吗。什么都看不见，你瞎射什么呀！

可坦克把弩箭射出之后，草丛里忽然一阵骚乱。坦克对着骚乱的方向又是几箭，就听草丛里发出一声低嚎，一股巨大的动静从草丛里传出，直奔我们而来。

"大家靠紧，小心四周，见到活的东西就射。"熊谏羽吼道。

我心里真有骂娘的冲动，熊谏羽呀熊谏羽，你这也太莽撞了吧，拿这一群人当饵，故意激怒对方，等着对方来攻，连敌人是什么都没搞清楚，今天估计要被你害死了。 忽然觉得对不起我这两个一起来的兄弟。

给我思考的时间不多，但现实总得面对。 那股巨大的动静很快靠近我们，就当我感觉它快冲出草丛的时候，声音突然消失，而我身后，也就是钟声面对的方向，动静却大了起来，让人感觉就是那东西瞬间换了个方向。

没想到这帮家伙的智商如此之高，居然懂得声东击西。 "钟声，小心!"我大声提醒他。

"放心，看好你自己那边，不要分心。"钟声提醒我。

"吼吼嚎……"一声惊破云层的嘶吼从我右手方向传来。 我心里一惊，怎么又变方向了，正是胖子面对的地方。 我一扭头，就看见从草丛里冲出一个紫红色的东西。 这东西体型不大，和一般的小型豪猪差不多，四脚着地，全身无毛，身体像是得了某种皮肤病一样，呈紫红色，期间夹杂着大块像尸斑一样的暗色斑点。 但是什么动物我看不出来，因为它的面部戴着面罩，只露出漆黑的牙齿、外翻的嘴，脖子上还挂着一个狗牌似的物件。

"胖子，小心!"钟声也听到了这边的动静，大声提醒胖子。 可胖子明显有点吓傻了，完全丧失了抵抗能力，端着小弩，看着对方朝自己的腿扑过来。

还是钟声反应快，一扭身将手里的弩箭率先射了出去。 但那动物的反应速度出奇快，减速一低头，就躲过了这一击，然后又迅速跑进草堆里。 钟声这一击帮了胖子，但自己的处境就不妙了，就在他射出弩箭的那一刻，我看到他的方向也窜出一条动物，迅速冲到他面前，对着他的小腿扑过去……

眼睁睁看着钟声根本来不及反应和躲避，马上就会被咬到，我心里揪成一团，眼泪都快下来了。 虽然是钟声主动跟我来的，但他要是因此受伤，我这辈子都良心不安。

可就在这时，钟声身边的乌贼冲着那只豪猪似的动物大声用一种我听不懂的语言吼道："巴脱夫拉斯拉，苏拉帕美里……"更奇怪的事情发生了，那只豪猪张着嘴巴在钟声腿边停下来，扭头看着乌贼。

接着乌贼又叽里咕噜地对着那动物说了几句，那动物喉咙里发出阵阵低吼，似乎在回应乌贼，并没有发起攻击。听见乌贼说话，四周的草堆里传来一阵动静，居然从里边钻出十几只几乎一模一样的动物来，齐刷刷地盯着乌贼。

我这辈子还是第一次看见人和动物说话，这种惊讶绝不亚于看到外星人。而乌贼在说了一段话后，豪猪群里走出一只来到乌贼面前，这只豪猪长得和别的一模一样，唯一不同的是它脖子上戴的牌子更大一些，而且那块牌子像一块被烧红的铁似的，颜色通红，似乎它是这群动物里领头的。

我感觉气氛没那么紧张了，慢慢蹭到熊谏羽身边问："这是怎么回事？乌贼说的什么语言？"

"他说的是古卡坦语。"熊谏羽表情淡定地答道。

"他怎么会说卡坦语？"我再一次被震惊。以前觉得觉得乌贼挺普通的，上次水墓出来后，除了手指头断掉后他说的那些话让我有些怀疑，别的似乎还算正常，但现在他居然张嘴说卡坦语，这也太诡异了。

"现在不是讨论这个的时候，希望能赶紧找到地墓。"熊谏羽眼神里透露出不寻常的急迫。

我还想打破砂锅问到底，但终于没能张嘴，因为乌贼那边似乎谈完了，那群动物里有一只留了下来，其余的开始返回草丛，不一会就消失不见，像从来没出现过一样。浓雾也渐渐散去。

"它会带我们到地墓入口。"乌贼指着那只留下的动物道。

"这到底是怎么回事？我觉得自己的耳朵就够神奇的了，没想到世界上还有这种本事！"钟声显得又吃惊又无奈。

我摇摇头："这得听他自己解释了。"

"没什么好解释的。你们要是相信我，就跟着我走。"乌贼挺着那张人畜无害的笑脸道。

我觉得要是不搞清楚心里总堵得慌，正准备再问问，却听到我们下山的小道上传出一点动静，像有什么东西冲了下来。我心里一紧，心说不会又有什么怪物来了吧。不大工夫，一个人从杂草里连滚带爬地跑了出来，我一看，来人正是刚才失踪的丁二。就见他一脸害怕，哭丧着脸对胖子道："天尊啊，我刚才去窝（拉）个粑粑（大便），你们就不见了，合（吓）死我了。"

看着突然出现的丁二，我顿生疑惑，这家伙刚才有危险的时候就不见了，现在危险解除后就跑了出来，哪有这么巧的事？

"丁二，你刚才上哪拉屎去了？带我去看看。"我觉得这人有问题，提出了一个变态的要求。

丁二指着身后的山头，正欲说话，一眼看到了杂草旁的那只带着面罩的动物，吓得大叫一声"嗷嚎嚎"，然后转身就要往山上跑。

"回来吧你！"胖子眼疾手快，一把抓住准备逃跑的丁二，使劲一提，把他给扔到了我们这群人堆里。丁二趴在地上，把脑袋深深埋在杂草里，浑身直哆嗦，嘴里不停嘟囔着："不要其（吃）我，不要其（吃）我……"

"快起来，快起来，跟我走。我已经降服那妖怪了，不会吃你的。"胖子指着那动物神气地道。可那动物跟能听懂中文似的，显得很不服气，冲着胖子发出低吼，吓得胖子赶紧把指向它的手给缩了回去。

丁二听胖子这么说，才慢慢抬起头，用手遮着脸，透过指缝偷偷瞄那只动物，确定它真的不具备攻击性，才从地上爬起来，胡乱抹了抹嘴上粘着的杂草和泥土，问胖子道："天尊啊，这是么司（什么）妖怪呀？还会变形呀？我以前见过的不是这样的。"

丁二这句话把我说傻了。你见过的不是这东西，莫非还有别的怪物不成？我正想细问，熊谏羽催促道："别耽误时间了，赶紧走。"说完让乌贼和那只动物沟通了会，那动物扭头朝深处的杂草里走去。

既然现在有那动物带路，丁二其实就没什么作用了。我们让他自己回村里，但这家伙就是不肯走，说什么自己回去害怕，天尊本事大，还是跟着天尊安全。我们没办法，赶又赶不走，只能带着他。钟声则提醒我要多注意这疯子，说直觉告诉他疯子有问题。我很赞同钟声的判断。

我们一群人跟着那动物在草丛里行进，丁二一路上都在问那妖怪怎么知道面窝的所在地，走的路线和他当时去面窝的路线一样。我们也懒得搭理他，倒是把胖子烦得够呛。

我们在草堆里行进了大概 15 分钟，眼前的杂草渐渐消失，出现了一片空地，空地上全是碎石，散落着不少黑色的东西。那动物带着我们又转过一个山脚的拐角，我这才看清，原来这是野猪岭的侧面。 山脚下出现了一个洞，洞口被打成了圆环形，长得和我们平常吃的面包圈很像。 估计就是丁二说的面窝。 而洞口处，一条像火车铁轨似的轨道朝洞里延伸开去。 而这片区域的外围长着不少大树，刚才我们在下山的路上根本看不到这块地方，显得异常隐蔽。

"这是个煤矿的矿口。"胖子第一个叫了出来。

"你怎么知道的？"我吃惊地问，胖子这家伙看起来不学无术，怎么可能一眼就认出来了。

"我爸前不久在山西跟人合伙开了个煤矿，我去玩过，就是这样的。 只是洞口没这么多怪圈。"

莫非这个煤矿就是地墓的入口？ 这也太赤裸裸了吧！我从来没想过地墓入口就这么暴露出来。 这也太容易了。 "你怎么看，这是地墓入口吗？ 那动物不会耍我们的吧。"我拿胳膊肘捅了捅熊谏羽。

熊谏羽拿出一块仪器看了看，好半天才答道："从位置上看，在预计的范围之内。"之后他又走向乌贼，两人说着什么，坦克也凑了上去，显得很焦急。

趁他们仨讨论的工夫，我也和胖子、钟声凑到一起合计。 "你们怎么看？"我问二人。

钟声摇摇头道："我听你说水墓的事，那可是在百慕大水下，而且又是那么怪异的一个东西。 可这地墓明显就是个废弃的矿坑，现代人挖的，和我想象中差太远。 你要说这里边藏着世界末日的线索和古人的高科技产品，我还真得思量思量。"

"我看哪，别管里边有什么，进去走走看看就知道了。 要是什么都没有，就当旅游了，回头接着找呗。"胖子倒是什么都不在乎。

我们三个人正合计着，熊谏羽走过来道："乌贼可以肯定这就是地墓的入口，因为那动物不再往前走，像是受到了什么惊吓。 这只有一种可能，就是矿坑里藏着卡坦人的信息，他们受到过卡坦人的屠杀，畏惧卡坦人。"

熊谏羽说完，我再看那动物，发现它确实畏惧不前，略带些怒意和恐惧看着洞口，之后走到乌贼身边嘶吼几声，就沿着山路往野猪岭跑去。

"它走了，接下来的路需要我们自己走。 可惜了，这些哨兵不能开口讲话，也不知道它们这几千年怎么活下来的，还能继续活多久。"乌贼走过来，神情显得有些落寞。

被乌贼这么一说，我也觉得有些触动，想想任何生命都有选择生存的权利，谁也无法随意夺走他们的生命。 人类一直觉得自己能掌控世界、改变世界，是世界的主宰，而且觉得其他生命都理所当然地应该为人类服务。 人类为了食物、居住环境，随意践踏大自然，真不知道如果我不能阻止末日，那么末日那天，卡坦人把人类像蝼蚁一样踩在脚下时，会作何感想。

"嘿，大维，发什么愣呢？ 拿好武器，走了！"钟声拍了拍我的肩膀，把我从沉思中拉回来。

我赶紧收了收神，发现熊谏羽和坦克、乌贼已经走向坑口。 我赶紧拿好弩，和钟声几人跟了过去。 丁二则弓着身子，畏畏缩缩地躲在胖子身后。

待一群人来到矿洞口，我朝洞里一看，就见一条废弃的轨道伸向洞里，里边黑乎乎的，洞口凌乱地散落着一些挖矿的工具和生活用品，似乎这些矿工走得比较匆忙，像是受到了什么惊吓或者被什么东西驱赶了。

更让人不安的是，现在正值春夏交接，天气并不寒冷，但矿坑的洞壁上凝着不少白色的像冰一样的东西。 我好奇地走到近前，用手抠了一个下来，这才发现并不是冰，而是像柳絮一样的物质，毛茸茸的，拿在手里时间不长，就以肉眼可见的速度慢慢消失……

"这是什么东西？"我问熊谏羽。

熊谏羽摇摇头："不知道，从来没见过这种物质。 进洞看一看。"说完，熊谏羽打开手电和头灯，跨过一辆翻倒在地的矿车，朝洞里走去。

一行人小心翼翼像做贼似的朝洞里走去，动作都很轻，似乎怕惊着了洞里的什么东西一样。 我边走边观察，发现这的的确确是个矿洞。 但让我百思不得其解的是，为什么地墓会在一个现代人挖的矿洞里。

我们大概在漆黑的矿洞里走了有二十来分钟，整个矿道的走向开始深入地下，而且坡度越来越陡。 在拐过一个小弯之后，丁二突然冲出来挡在队伍的最前边，伸开手，嘴里喊着："你们莫（别）往前走了，说好了不抢我宝贝滴（的）。"

丁二这个举动着实出乎我们的意料。我们一群人互相看了看，都觉得莫名其妙。我心说压根也没人想打你宝贝的主意呀，向丁二道："丁二，我们不是来抢你宝贝的，你别担心。"

"我不信，你们就是来抢我宝贝滴（的）。我宝贝就藏在洞里边。"丁二显得有点生气，反驳道。

我看了眼胖子，示意胖子出马。胖子马上心领神会地背着手走到丁二面前，正声道："丁二，你自己都说了，你看到的妖怪和刚才外边的那个不一样，我怀疑妖怪就藏在洞里，所以我得进去斩妖除魔。你快让开，别坏了本天尊的大事。"

丁二见胖子说话，也不知道那短路的脑子里经过了怎样的思想斗争，底气不足地道："那，那你们么样（怎么）保证不抢我滴（的）宝贝？"

我心说这怎么保证呀。还是胖子能忽悠，他背着手在原地转了一圈，道："那这样，你把宝贝挖出来自己抱着，不就好了吗？"

我心说这是什么逻辑，抱着该抢还得抢呀！但也许胖子的脑袋最接近短路的思维，他估计也没怎么考虑随便说出这么一句话，反而歪打正着。丁二想了想，吸溜几下快掉出来的鼻涕，点点头："这个方法好，这个方法好。"

丁二说完，往前走了几米，就见他蹲下身子，用那鸟爪费力地扒拉开几块烂石头，又徒手在地里刨了会。不大工夫，就挖出个物件来。待这个物件一出土，我就看傻了。只见这个东西像一个蛋，巴掌大小，晶莹剔透，表皮看上去很光滑，而且在光线不足的矿洞里发着幽幽的蓝光。丁二胡乱擦了几下，就赶紧塞到怀里用衣服给包了起来。

估计其他几个人看到这东西也都吃惊不小。原以为丁二嘴里的宝贝肯定不是什么好东西，没想到从外观上看还真是个宝贝。

熊谏羽往前走了一步，伸手道："把那东西给我看看。"

丁二嘴里"嗷嚎嚎"一声叫，吓得赶紧躲到胖子身后道："你们说好不抢滴（的）！"

第 22 章
奇怪的矿洞

　　我也觉得熊谏羽有点过分，刚才还答应了丁二，虽然人家精神有问题，但也不能出尔反尔呀。我拉了拉熊谏羽道："别这样，胖子刚刚答应了他，咱们的目标又不是他手里的东西，办正事要紧。"

　　熊谏羽还想说点什么，但又把话给咽了回去，不再强行要求看那个宝贝，扭身朝洞里走去。见熊谏羽走了几米远，我故意放慢速度，凑到胖子身后的丁二身边，笑着道："丁二，我不抢你宝贝，能不能让我看一眼。"

　　我知道自己这个举动显然是相当无耻的，但人都有个好奇心，实在是忍不住才这么问。钟声也在旁边笑着给我使眼色。胖子不必说，也想看看，他附和道："丁二，把宝贝拿出来让本天尊瞧一瞧，看里边有没有什么妖气？"

　　丁二听胖子这么说，犹豫了一下，还是把包着那个宝贝的衣服给掀开，露出里边的东西。由于他手有点问题，所以他用双臂紧紧夹着那个宝贝，生怕我们给抢了去。

　　近距离看他手里的物件，就那么一眼，我就被惊呆了。这个东西从外观上来看，可以说像一个水晶球，晶莹剔透，但在水晶球内部，像星空一样令人惊讶地布满了亮度不一的亮点，甚至能看到一片片的星云状图案。更奇特的是，其中有些大些的亮点正在缓慢移动，有些则突然发出强光，然后瞬间消失，而别的空白处又会莫名地多出一些亮点来。微微蓝光就是这些亮点发出的，这赫然就是一片活的星空。

"丁二，你从哪里搞到这个宝贝的？"还没等我说话，钟声张大嘴和眼睛，迫不及待地问道。可以看出来他也被震住了。这么奇特的东西可不是大马路上就能看到的。

丁二见我们垂涎欲滴的样子，赶紧又把水晶球给包了起来，看了眼钟声，欲言又止。我赶紧碰了碰钟声，咳嗽了两声，钟声这才回过味来，把面部表情收了收，尴尬地朝我笑了笑。

"丁二，快说，本天尊也想知道，从哪弄到的？"胖子眨巴着眼问丁二。

听胖子问，丁二才张嘴道："这是那个野人疯子给我滴（的），他叫我收好，说这个东西蛮重要。"

"你说的那个疯子在哪？"我追问道，越来越觉得他嘴里的那个疯子很关键。

"他就具（住）在这里边。"丁二用手指了指洞深处。

我往洞深处看了看，眉头皱了起来。丁二说的那个疯子一定是个正常人，不然肯定没法跟丁二交流，但正常人谁又没事住在废弃的矿道里？正当我准备再详细地问问丁二那疯子的事，熊谏羽在前方语气有些急迫地大喊起来："你们快过来，有发现。"

我们赶紧跑过去，就见熊谏羽站在一面墙边，墙上有个大洞，洞里放着一个带锁的铁笼，而铁笼周围则散落着大量支离破碎的森白的人骨……

"怎么会有一个笼子？"我看着面前诡异的场景，联想到水墓的那个尸体坑，莫非这里边也有吃人肉的东西？

熊谏羽上前扒拉了一下铁笼上的大锁道："这不是卡坦人的科技，是现代人留下的，而且从锁孔来看，没有锈蚀的痕迹。"接着熊谏羽又在附近的人骨里扒拉里一下，"有的骨头是新留下的，不会超过一年时间。"

熊谏羽查看完骨头，又凑到铁笼旁，朝笼里看了看，说出了一句让我毛骨悚然的话："笼子里有干的血迹，但没有骨头，笼子的铁条上有摩擦挤压的痕迹，我推测，这些死的人原来被关在笼子里，有什么东西把他们从笼子里硬拽出来，生生撕碎，才造成了这样的现场。"

熊谏羽分析完，在场的没人接茬，矿道里陷入了死一般的寂静。我不敢想象，是什么东西能把人撕成一片一片的从铁笼并不宽大的缝隙里给硬扯出来，这些人在死之前该承受了多大的痛苦？

"管它干什么用的，跟咱们无关，爱谁用就谁用呗。"胖子满不在乎地大声道，说着推开铁笼，"这里还有个岔洞！"

胖子这么一指，我才发现在矿道的侧面有个不大的岔洞，之前太黑也没看见。容不得我多想，胖子边敲着洞壁边走了进去。不一会，传来急剧的铁链声，动静也越来越大。没过一秒，胖子以百米冲刺的速度猛地从洞里蹿出来，因为恐惧，五官都像要分离，边跑边喊："妈呀！"

接着我听到一声怒吼"嚎……"，一只体型有小型面包车那么大的活物冲出来，身上还挂着一条巨大的铁链，直奔我们而来。

我们第一反应就是疯了似的往外跑。跑着跑着，感觉不对，怪物好像没有追上来。回头一看，那怪物被铁链给拉扯住，只得异常愤怒，仰头怒吼。

确定安全后，坦克让我们停下来想想法子。我这会才真正看清这动物的模样。就见这怪物和人一样用两条后肢站立，前肢是一双锋利的爪子，伸出来四根手指，整个头部看不出来是什么动物。它没有脸，那张所谓的脸上只有一张异常夸张的大嘴，似乎这东西天生就是为了吃饭而生的，此刻嘴边布满了鲜血。

另外，怪物一双铜钱大小的眼睛，和如此庞大的身体配在一起显得极不协调。它身体呈灰白色，没有毛发，只在后脖颈处有一小撮黑色的像鱼鳍似的东西，整个身体表面还附着一层如玻璃材质般透明的膜。而那条拴着它的铁链从它后背上穿过，似乎牢牢地拴着它的脊椎骨。

我不知道该怎么称呼这东西，我想遍了这个世界上我所知的任何一种动物，都没有能和这个挨上边的。"熊谏羽，这是什么东西？"我朝熊谏羽吼道。

"不知道，没见过！"熊谏羽答得倒也干脆。

我心说你这不废话嘛，我那意思是想问他看过的楚人后裔的书里有没有关于这种动物的描述，该怎么对付。

"嗷嚎嚎!"传出一声怪叫,把我吓得一哆嗦。 我扭头一看,是丁二发出的声音,就见他手脚并用把胖子往怪物推,嘴里还说着:"天尊,天尊,救命呀! 妖怪来了,你快去把他拍死……"

我再看胖子,他脸都绿了,也不知道是吓傻了还是怎么的,嘴里不停嘟囔着:"急急如律令,太上老君,玉皇大帝,穆罕默德,观音菩萨,上帝呀,你们快显灵吧……"

熊谏羽脸色苍白地冲乌贼道:"你不是会古卡坦语吗? 看看它是否能听懂!"

乌贼听到这,摇摇头,但还是皱着眉冲怪物用那种我听不懂的语言大喊了几声。 那怪物之前还显得异常激动,突然之间安静了下来。 见到这一幕,我心里暗喜,心说这古卡坦语还真管用,看来真的能镇住怪物。 但这种欣喜仅仅持续了五秒不到,那怪物突然发出一声巨大的嚎叫,震得整个矿洞都有些发颤,从那声音里我甚至能听出人类的情感来,那是一种遭受了极大痛苦之后的反抗和宣泄……

"砰砰"两声震耳欲聋的炸响在耳边响起。 我揉了揉被震得有些发麻的耳朵,扭头朝旁边一看,原来是坦克拔出他的手枪朝怪物放了两枪。 那怪物后退了几步,呷巴着嘴,发出低沉的闷哼。 看样子,坦克这两枪并没打在他坚硬的身体上,而是把子弹直接射进了他嘴里。

趁怪物后退调整这工夫,坦克从之前扔到地上的背包里掏出两个圆乎乎的东西,直奔怪物后背,嘴里喊着:"都趴下!"

我怕钟声和胖子听不清英文,用中文重复了一遍:"他让我们趴下,快!"

一拨人趴在地上,我把头埋在手臂里,偷偷通过手指缝看坦克,就见他不知道用什么东西,把手里其中一个圆滚滚的东西粘到怪物后背,然后猛地一跃,整个人飞了出去,抱头趴在地上。

那怪物意识到身后有东西,扭身想看,但就这么两三秒钟,怪物身上的那个东西突然爆炸,发出一声巨响,紧接着硝烟弥漫,一股气浪几乎把我从地上给掀翻起来。

我趴在地上半天才缓过劲,这才明白坦克刚才粘到怪物身上的是颗手雷。我暗暗咋舌,心说坦克这家伙是怎么带武器入的境? 但这会显然不是纠结这个的时候，我更关心这颗手雷是否能把怪物炸上天。

待刺鼻的硝烟稍微散开了些，我看了眼怪物，发现它正趴在地上一动不动。 但烟雾没散尽，也看不出它的身体是否有损伤。

"快走！"坦克爬起身冲我们喊道。

钟声第一个走，正跨在怪物的身体上，紧跟他之后的胖子由于吓得不轻，摔了一跤。 看这情况，钟声便想拉胖子一把。 但意想不到的事情又出现了，那怪物并没死，居然手脚并用一撑地，站了起来。 而钟声正好跨在它身上，被怪物这么一顶，钟声怕身体摔倒，本能地双手一抱，居然骑在了怪物的脖子上。

那怪物的智商明显不高，而且估计它也从来没有被人这么骑过，就见它张着大嘴怒吼，不停在原地转圈，两只眼睛努力往上翻看，想搞清楚什么东西在它脖子上。

而胖子这会又犯傻了，爬跪在地上，呆呆地看着面前的怪物和钟声。 那丁二倒是反应迅速，一个轱辘就滚了回来，跑到我们身边。

钟声这回可真是骑虎难下。 那怪物现在只是转圈，前脚在身体两侧不停挥舞，也不知道什么原因没一爪子把钟声拉下来。 而钟声也不敢贸然跳下来。

我在一旁纠结地看着钟声，就见这哥们脸色不是一般的白，而且能很清楚地看到他的上下嘴唇在抖动。 这绝对是惊吓过度的典型表现。

我本来以为手雷炸不死这怪物，也得给它炸残废了，现在我朝它背上一看，上边除了被手雷爆炸后的烟雾熏得一片黑，什么伤口都没有。

我看着兄弟生死悬于一线，着急地冲坦克喊道："你还有什么大杀伤力的武器吗？ 快拿出来。"

坦克思索了会，又掏出一颗手雷对我道："你朋友离怪物最近，让他把手雷扔到怪物嘴里试试看。"

这绝对是最馊的馊主意，我反驳道："那钟声不是一块被炸死了吗？"

"应该不会，怪物外表很坚硬，从体内爆炸，不会伤到旁人！"说完坦克让我用中文告诉钟声，让他接住手雷。

我现在才知道什么叫急得跳脚、热锅上的蚂蚁，这种左右为难的事情我以后是真的不想再尝试了。 我本来还在犹豫，但一看钟声，这哥们看样子挺不了太久，很快就会撒手掉到怪物脚下。 我硬着头皮冲他喊："钟声，坦克把手雷扔给你，你接好了，扔到怪物嘴里。 放心，怪物的皮很厚，不会伤到你。"

钟声也没多想，估计他只想早点摆脱这匹座驾，不住冲我点头。 我示意坦克可以了。 坦克缓慢地靠近怪物，尽量想离钟声近点，趁怪物转圈到正面时，坦克把手雷朝钟声一扔，而钟声双腿紧紧夹住怪物的脖子，把手腾出来，准备接手雷。

但这件事看起来容易做起来难，坦克扔出的手雷滚到了趴在地上的胖子面前。

我一看，急得汗"唰"地就下来了，地上的胖子喊："胖子，把手雷捡起来递给钟声。"

胖子愣了一下，从地上捡起黑乎乎的手雷，居然做出了一件让在场所有的人都发傻的举动。 他没有递给钟声，而是慢慢地爬到怪物脚边。 而这怪物此时双眼上翻，没注意到脚下的胖子。 胖子猛地站起身，跳着把手雷给扔进怪物的大嘴里，之后摇晃着肥胖的身体，迅速跑到我们身边，脸上满是兴奋，嘴里大喊："扔进去了，扔进去了。"

我的心这会早就提到了嗓子眼，也兴奋地拍着胖子的肩膀道："兄弟，真是好样的。"接着我就等着爆炸，心里琢磨着这怪物血肉横飞的模样。

坦克忽然走到我身边，沉着脸问："你问他拉环了吗？"

我愣了一下，问胖子："他问你拉环了吗？"

胖子傻傻地看了眼坦克道："拉什么环？"

我把胖子的原话转给坦克："他问你拉什么环？"

"蠢猪，手雷不拉环，不点燃引信怎么爆炸？"坦克脸色阴沉，显得十分不悦。

坦克这么一说，我才想起来，手雷这玩意确实要触发才行，直接扔进去那不就相当于给怪物当零食了吗？ 只得有些尴尬地朝坦克撇了撇嘴。 坦克没理我，而是又掏出一颗手雷，用英文冲钟声喊道："最后一颗手雷，记得拉环后扔到它嘴里，不想死的话，一定要接住。"

我赶紧把这句话翻译给钟声听，他表情坚毅地点了点头，也知道这是最后的机会。 坦克这次离得更近了些，使用的力道更柔和，手雷划出一道弧线，完美地被钟声接住。 钟声犹豫了一两秒，猛地拔掉手雷顶端的拉环，一低头，把手雷给塞到了怪物的嘴里。

而那怪物就像个垃圾桶，嘴一直张着，手雷一下就滑进了怪物宽大的食道内。 几秒钟过后，令人难忘的一幕发生了，我先听到一声闷响，那声音就像往封闭的铁桶里扔鞭炮差不多，接着，怪物那张大嘴像输油管道似的猛地喷出一阵火光来。 怪物一下跪倒在地，身上那层膜出现了大片的裂纹。 几秒钟后，那膜像被打碎的玻璃一样裂成小块，散落在地……

见怪物跪倒在地，钟声手上一使劲，从怪物脖子上摔了下来，又手脚并用，连滚带爬地回到了大家庭的怀抱。

我和钟声来了个大大的拥抱，兄弟情谊在这种死里逃生的考验后更显弥足珍贵。 两人分开后，我问坦克等人："你们说这次它死透了吗？"

没人回答我，因为谁也不知道。 现在看来这东西只是静止跪下了，谁知道会不会像刚才一样又站起来。 坦克拔出手枪，对着怪物的身体开了两枪，这次，子弹没有被膜挡住，而是像打进了豆腐一样深深射进了怪物的身体里，伤口处流出一些淡黄色的液体。

坦克见怪物没反应，壮着胆子上前使劲踹了怪物一脚，怪物的身体"啪"地一下倒在地上。 "安全了！"坦克收起枪冲我们道。

见怪物一动不动倒在地上，我这才真正松了口气，抹了把脑门上的汗，问熊谏羽："这到底是什么鬼东西？ 为什么地墓里会有这种玩意？ 乌贼之前跟它说卡坦语，为什么它显得异常愤怒？"又是一大堆疑问充满我疲惫的脑袋。

熊谏羽显得也很茫然："不知道，不过这东西应该是卡坦人留下的。 这个动物我不认识，但它身体上的那层膜我有些了解。 根据书上的记载，古卡坦人会把这种膜附在一些高尖端的武器上，防止武器的损耗，但从来没有记载过活物也可以用这种防护膜，也许这是一个试验品。"

"卡坦人为什么要把它拴起来呢？"我继续问。

"这我们就得进洞找原因了。"熊谏羽指了指怪物方向的岔道。

我觉得关于卡坦人、玛雅人、世界末日、神秘的科技力量、古老人类的历史等等，这些本身就是一个又一个的谜团，而我们现在所做的就是无限地去接近真相。而真相似乎就在眼前，就在触手可及的不远处。

想到这，我一扫之前的疲惫，感觉未知的地墓虽然危险，但和这些真相相比，冒险绝对值得。我看了眼身边的人，虽然经历了刚才的生死考验，除了丁二有些神志不清外，其他人还算淡定，这也更加坚定了我继续走下去的决心。

众人稍作休整，拿上各自的装备，朝那个岔洞走去。其实在这个岔洞旁，还有一个洞，那个洞就是煤矿的矿坑。我们之所以没有选择那边是有两个原因，第一，就是觉得既然有怪物在这个岔道里，就说明这里有秘密，而我们就是来寻找秘密的，当然对普通的矿道没有兴趣；第二，熊谏羽在这个岔洞口发现了玄机，他发现这个岔洞的土质和矿洞截然不同，这也印证了地墓从乌克兰移动到这的说法，所以很有可能这个岔洞一直通向地墓。

正待众人准备走进岔道时，身后怪物尸体的地方传出像玻璃瓶子破裂般的一声响。大家紧张地扭头看着尸体，生怕它又活过来。但怪物并没有动弹，而是出现了神奇的一幕：它嘴里居然飘出一个乒乓球大小的橘黄色光球，迅速穿过我们一群人，飞快地朝岔洞深处飞去。

当我看见这个光球消失在黑暗的岔洞深处，还以为自己眼花了，赶紧问旁人道："你们看到了吗？好像有个发光的东西飞过去了。"

众人的表情回答了我，几个人脸色都不好看，显然大家都看到了那东西。

"好像是个大个的萤火虫。"胖子张嘴道。

萤火虫我可见过，但乒乓球那么大的我还真没见过。我摇摇头："不可能是萤火虫，而且是从怪物尸体的嘴里飘出来的。"

正当我们几个面面相觑时，那丁二却一脸兴奋地唱起那句我听过的歌谣："山上有蛮多小星星，亮晶晶呀亮晶晶……"

丁二刚唱到一半，熊谏羽一把抓起丁二的衣领，厉声问道："你见过这东西对不对？在哪座山上看见的？"

熊谏羽这个举动把丁二吓得够呛，它求助似的看着胖子，胖子一甩手道："以后不光是本天尊问你话你要回答，这里所有人问你话你都得回答，不然就把你一个人扔到这喂妖怪。"

丁二多数时候犯傻，但关键时刻不糊涂，他见胖子也发火了，只得唯唯诺诺地应声道："我见过，在山上见过蛮多小星星。"

　　熊谏羽松开他的衣领继续问："哪里的山？ 野猪岭吗？"说完他用手往上指了指，我们现在正位于野猪岭的内部，那意思就是问他是不是在外边。

　　丁二摇摇头赶紧答道："不是，不是，就在这里边，那个野人疯子带我进去看滴（的）。"说完他指了指岔道深处。

　　"你放屁！"熊谏羽不知道为何突然有点恼羞成怒，张嘴骂道，"这里有怪物守着，我们刚弄死它，你怎么可能进得去？"

　　"真滴（的），真滴（的）。 那个野人疯子不怕这个妖怪，他带我进去滴（的）。 这里边有一座山，山上有蛮多星星。"丁二说得乱七八糟的，完全不明白他要表达什么。 岔洞里怎么会有座山？ 山不是在我们脑袋顶上吗？ 我们就在山的内部呀！

　　我忽然意识到熊谏羽可能知道那个亮点是什么，问道："那个亮点到底是什么？ 你这么紧张干吗？"

　　熊谏羽闷哼了一声，甩下一句话："我不确定，希望我的判断是错误的。如果真是那东西，我们很难拿到戒指。"说完头也不回地第一个朝岔洞内走去。

　　我见熊谏羽不想说，知道多问无益，只能跟着大部队朝洞里走去。 一群人刚走了没多远，我就看到在手电和头灯的照射下，前方黑暗处有一堆堆的东西正在反光。

　　"前边好像有东西！"我想加快速度走上去看看。

　　钟声一把拦住我，压低声音道："小心点，我听到有很小的金属撞击声，很奇怪，让他们先上。"说完钟声朝熊谏羽和坦克努努嘴，那意思就是有雷让他们先去踩。

　　我暗自佩服钟声的心细，但钟声说的金属撞击声又是什么？ 除了几人的脚步声，我可什么也没听到呀。 我和钟声、胖子、丁二一起故意放慢脚步，慢慢和熊谏羽等人拉开距离，见他们三人已经站到了那些反光的东西前，熊谏羽蹲下身子正在查看。

　　我见他们没遇到什么危险，这才加快脚步跟了上去，等走到近前一看，傻眼了。 地上一堆堆的东西居然是成堆的黄金珠子，这还是我第一次见到这么多黄金。

　　我随意抓了一把，拿在手上看了看，发现金珠呈椭圆形，大小还不到小拇指盖的一半。这地方到处都是金珠，站在黄金堆里用手电这么一照，晃得我有些分不清现实与虚幻，感觉就跟做梦似的。

　　但这种梦幻般的感觉仅仅维持了几秒钟，我就被血腥的场景拉回到现实。在金珠附近散落着一些骨架，还有未干的血迹。

　　"这该有多少金子啊？这些金子哪来的？"我自言自语地感慨道。刚说完，我就感觉有什么东西掉在我头发上，我顺手这么一摸，就从头发里摘出一颗金珠来，我心说金珠怎么会掉在我头上。

　　想到这，我抬头用头灯一照，这一照，上边的东西吓得我一个趔趄，失态地撞到钟声怀里。

　　"怎么了？"钟声见我如此紧张，赶紧关切地问道。

　　"眼睛，上边有好多眼睛。"我指着三四米高的洞顶喊道。

　　我这么一喊，大家都抬头看去，多道头灯和手电的光束瞬间把洞顶照得明亮。我这才看清，一幅巨大的卡坦神头像印在洞顶，但组成头像的不是线条，而是一只只刻在洞壁上的眼睛。最神奇的是这些雕刻的眼睛像活的一样，里边充满了金黄色的泪水。这些泪水越集越多，最后变成泪滴掉落下来，形成我们脚下成堆的金珠。

　　"我知道那个怪物是什么了！"熊谏羽盯着头顶滴落的金珠突然冒出一句。

　　"那是什么怪物？和金珠有什么关系？"

　　"那个怪物叫食金兽，存活在卡坦人时代的一种食肉动物，靠吃各种金属来增强自身体质，黄金则是它最喜欢的食物之一。正是有这些黄金的存在，食金兽才能活这么久。他们把食金兽拴在这守住通道，铁链尽头一定有很重要的东西。"熊谏羽指了指延伸进黑暗的铁链。而他这么一指，我居然看到粗大的铁链在地上被什么给拖动起来，发出哗哗的声音。

第 23 章
地墓复活

"哎呀，不是外边那怪物又活了吧？"胖子指着发出哗哗声响的铁链紧张地道。

"不可能，你看铁链是往里移动的！"钟声指了指洞深处的黑暗。那铁链正缓慢地被什么东西拉向洞里。而且速度越来越快。

要说那怪物的体型，没有五百斤也得有两三百斤，有东西能拉动它的尸体，只能说明洞里的东西力气很大。

"我们是不是先退出去？"我提醒熊谏羽前方有未知的危险。

"来不及了，必须往前走，怪物的尸体现在一定被拖进了洞里，这个洞口和怪物的体型差不多，能把洞堵个结实，咱们再不往前走，一会就得被挤死。而且既然来了，我不会选择回头。"熊谏羽说着，身后不远处就已经传来尸体在地上拖行的声音，夹杂着链条的哗哗声，显得异常诡异。

我心说确实是这个道理，开弓没有回头箭，既然选择来这，就是要把戒指弄到手，管他有什么呢，反正现在胆子也被练得比较大了。当时我是这么想的，但后来我才知道，卡坦人所留下的东西，没有最恐怖，只有更恐怖。

另外，从见到金珠堆的那一刻，我多留了个心眼，偷偷观察众人的反应。

因为这么大一堆金珠，正常人都会觉得是一笔巨额财富，从大家对金珠的关注度，能看出一些问题来。

这群人里，钟声、乌贼和熊谏羽的反应最小，似乎不太在意这些东西，胖子倒是觉得稀奇，捧了些把玩了一会，最后还是钟声让他扔掉。 疯子看着这些东西是又怕又爱，但他的手有问题，还抱着个球，衣服也破烂，没什么地方装这些金珠。 坦克是这群人里反应最大的人，他往包里塞了一些，熊谏羽跟他说了几句话，他又全都给倒了出来，有些遗憾地跟着熊谏羽贴着墙壁往洞里走去。

所以我基本可以断定，熊谏羽在北京的酒店里，跟我提到坦克是求财的说法看来是真话。 估计熊谏羽跟他小声嘀咕的是这些金珠不算什么，而且太重，地墓里有更好的东西，坦克这才扔掉金珠。 所以这也打消了我一个顾虑，如果坦克只是求财，那倒好说，我也不用再纠结在水墓里他身上到底发生了什么，时刻提防着人的感觉不好受。

一行人都贴着墙壁慢慢朝洞深处挪，铁链像条大蛇一样在我们身边蠕动，我们谁也不敢碰它，生怕里边那东西感觉到有人在碰铁链。

漆黑压抑的山洞越走越潮湿，洞壁上甚至都开始滴下水来。 大部分人都没有说话，我只听到胖子压着嗓子问丁二："你不是说进去过吗？ 里边有什么？"

丁二跟胖子挤在一起，神叨叨地小声道："有个大磨盘！"

丁二说了不少东西，但多数都和正常人理解的不一样，他说什么大磨盘，也不知是啥，还是眼见为实比较好。

一行人也不知道走了多长时间，在这种封闭的地方，时间总是很容易被遗忘。 我就着灯光看到周围的土质已经发生了明显变化，之前地上还有土，但随着越来越深入，土层逐渐变成了碎石，洞壁也逐渐变成了坚硬的岩石，人工挖掘打磨的痕迹也越来越明显。 我忽然又产生了一种很强烈的不安感。

终于，当洞壁两边渐变得更为漆黑平整，并猛地向两边张开时，空间豁然开朗，整个岔道像被什么看不见的东西给撑大了一样，前方和左右变成了一望无际的黑暗，看不到任何遮挡物。 洞内湿气很重，迎面扑来的空气很快就让脸上潮乎乎的。

　　整个空间，除了我们身旁铁链被拖动的声音，静得可怕。熊谏羽顺着移动的铁链调亮强光手电，居然看到铁链的尽头出现了一个高大模糊的人影。

　　这一幕，在场的所有人应该都看见了，气氛再次变得诡异。"前边好像有个人在拖铁链？"我对熊谏羽道。

　　"看到了！"熊谏羽皱着眉，若有所思。

　　"那是什么人？那人该有多大力气呀？"胖子躲在我和钟声身后不解地问。

　　"我听不到对面有人的喘息声，这里除了铁链的声音就是我们这几个人的声音。莫非对面那人不用呼吸的？"钟声说了一句让我想掉头逃跑的话。

　　这人不用呼吸，还这么大力气？我忽然想起丁二，这家伙不是说进去过吗？"丁二，上次你进去的时候，看到那有人吗？"我问完了才觉得可笑，居然把答案寄托在一个疯子身上。可我问完了才发现，在场的所有人都扭头看着丁二，谁也不敢冒冒失失上前。这会似乎就他最靠谱。

　　丁二被大家这么一盯，又成了万众瞩目的焦点，他有些紧张地道："有……有啊！那是个假人。"

　　假人？我问丁二："假人怎么会动，怎么会拉铁链？"

　　丁二摇摇头："我都说了前边有个大磨盘，假人的脚下边有个大磨盘，它会动。"

　　见他说得这么肯定，熊谏羽转身径直朝链条尽头的那个人形物体走去。很快我就看到熊谏羽走到那人身边，低头看着什么东西，招呼我们道："有发现，地墓活了。"

　　熊谏羽这句话冒出来，我和钟声、胖子三人面面相觑。什么叫地墓活了？

　　众人赶紧跑到熊谏羽身边，我抬眼一瞧，首先看到丁二说的那个假人，发现这确确实实只是一尊石像，但这个石像的样子和我以前接触的卡坦人石像或者卡坦神没有任何关系。这座雕像比正常人要高大一些，约高两米，全身都被涂上了彩色的颜料，雕像头部的五官非常模糊，看不清长相，但通过雕像的身体，能看出来这是一位女性，因为这座雕像身上只是被涂上颜料，并没有雕刻上任何服饰，基本上是赤身裸体，一眼就能辨认出性别。

　　这座雕像全身并没有特别的地方，而且也不像以前的卡坦黑袍人那样没有手指。 就见它十指齐全，手掌朝下呈抓握状，而和它手掌垂直的地面上，有一个外缘十分光滑、直径约两米左右的圆洞，那条铁链正被拉进圆洞里。

我用手电往圆洞里一照，就见下边果然有一个如丁二所说的像磨盘一样的东西正在转动。 磨盘并没有像绞盘一样缠住铁链，而是随着磨盘的转动，铁链被拉进洞里更深的黑暗。

"这是什么东西？ 你为什么说地墓活了？"我诧异地问熊谏羽。

"这是地墓的自保手段，避免卡坦人的科技和财富被带出地墓。 整个地墓已经被激活，进入了警戒状态，它已经启动了地墓内的防护手段，我们前边的路会很艰难。"

"怎么会激活呢？ 谁激活的？"我摊摊手表示不解。

"她！"熊谏羽用手指了指身边的那尊女性雕像。

"这不是一座雕像吗？ 怎么会知道我们进来了。"我看了眼旁边的雕像。

"她是卡坦祭司。"熊谏羽扶了扶眼镜，"还记得从食金兽嘴里飘出的那个光球吗？ 它的作用之一就是报警。 卡坦人将信息藏到食金兽身体里，一旦它被杀死，那个光球就会进入祭司雕像的身体里，雕像则像一个终端，将信息传输到地墓内的各个环节。"

"照你这么说，我们将要面对的是卡坦人的高科技防御手段咯？ 有可能存在很致命的武器啊！ 那我们怎么可能有胜算？"钟声问道。

"这个倒不用担心，卡坦人当初怕自己的武器和科技成果被人类得到，已经毁掉了大部分的武器。 根据我们在水墓里的经历，地墓不会有特别厉害的武器，应该会以原始的防御为主。"

"什么叫原始的防御？"也不知道是熊谏羽说得太玄乎，还是我自己的理解能力越来越差了。

"就和刚进地墓时遇到的食金兽一样。"熊谏羽的表情看上去很痛苦。

一提到那食金兽，我立马蔫了。 和那种动物相比，我更愿意卡坦人拿把枪来跟我单挑。 我正胡思乱想，忽然感觉脚下开始微微震动，接着，我居然听到脚下传来"轰隆隆"的巨大水声……

脚下巨大的水声让我吃了一惊，第一反应就是完了，不会是地墓要被水淹了吧。 想到这，我大喊一声："危险，地墓要被淹，快跑！"说完我就想往后跑。

"别着急！水声从前方的地下传来的，离我们还有段距离！"钟声拉住我，镇定道。

我硬生生被钟声扯住，看了眼旁人，大家都站在原地，反应似乎没那么大。我有些尴尬地笑了笑，静下心来仔细一听，那水声果然在前方，不在脚下。

这一会工夫，熊谏羽和坦克已经朝前边走去，我们几个人也慢慢地靠了过去。大概走了有二十几米，那水声也越来越大。熊谏羽忽然停住了，伸手示意我们也停下。

我赶紧停下，用手电朝前方一照，忽然觉得有点腿软。就见前边不到半米的地方，路没了，形成了一个断崖，那隆隆水声就是从断崖底部传出的。

我壮着胆子靠近了些，朝断崖下一看，发现整个断崖如刀削斧砍般，边缘十分整齐，一眼就能看出不是自然形成的，更像是人工开凿的水渠或护城河一类的东西。水渠底部翻滚着漆黑的水状物质，离我们所在的地面高度超过十米，还散发出一股刺鼻的味道。

我捂着鼻子往后退了几步，提醒大家道："不要靠太近，有臭味，可能有毒。"

说完这话我才觉得自己的行为有些傻，如果真有毒，那我已经吸进去不少，这提醒没有任何意义。熊谏羽镇静地拿出一个仪器，趴在地上把仪器伸到断崖外，过了会又收回来看了眼读数道："没事，各项都正常，没毒！"

他这么说我才放下心来，问："怎么会有一个水渠在这？这怎么过去？"说完，我意味深长地看了眼丁二。

丁二像没听见我的话似的，无动于衷，完全不知道我这话是指他以前怎么过去的。我苦笑着摇摇头，心说跟疯子说话不能绕弯，必须得直接开口问才行。我正准备张嘴，就听到"砰"一声，整个空间忽然变得亮堂起来。

我扭头一看，原来是坦克朝对面打了一枚信号弹，信号弹发出红色的亮光，瞬间把面前的场景照得一清二楚。

这一看，我周身开始冒凉气，一是被吓的，二是被震撼的。先说脚下的水渠，就见水渠宽度超过 30 米，上边并排架着两座铁索桥。桥面用一种黑色物质搭建，看上去很结实。 两座铁索桥间隔三米左右，每座桥的下方，从水里长出四尊巨大的卡坦黑袍人雕像，用肩膀顶着桥面。

再看水渠对面，是一个巨大的平台，其实更恰当的说法应该是广场。 因为这平台实在太大了，信号弹的光亮根本照不到广场两侧的边缘。 广场的正前方有一面城墙状的遮挡物，由于信号弹光照范围有限，城墙也看不到边缘。往上也看不到顶部在哪，似乎无限向上伸展，要冲破天际。 在城墙的中央位置，一扇高度超过普通六层楼的大门就那么肆无忌惮地敞开着。

看着面前这座宏伟的建筑和脚下滚滚的黑水，所有人都惊呆了。 谁会想到在这么一座毫不起眼的小山下，竟然隐藏着如此巨大的建筑奇迹！ 至此，我完全理解了怀特的想法，远古的卡坦人，他们的建筑水平已经发展到令现代人咋舌的程度，更别说他们的科技了。 难怪他的梦想就是看看天墓里的卡坦人科技，连世界末日在他眼中都黯然失色。

但震惊过后，现实的问题又让我挠头了。 面前的水渠上架着两座桥，看上去十分坚固，除了桥下那几尊雕像似的桥墩让人不舒服外，从表面上看也没什么特别的地方。

但平静下往往隐藏着危险，这是人类在长期的斗争中总结出来的基本逻辑，更别说在这么一个诡异的地方。 特别是那莫名的黑水突然出现，这一切一定有原因。 熊谏羽作为整个团队最冷静的人，显然也意识到了这点，他问丁二："你走过这桥吗？"

丁二毫不掩饰，点点头道："那个野人疯子带我走过！"

"走的是哪座桥？ 左边的还是右边的？"熊谏羽继续更详细地问道。

"我记不清楚了，野人疯子不要我和他走同一个桥，我们一人走了一个。"丁二答道。

丁二的回答显然出乎大家的意料。 我这才觉得桥可能有什么问题，首先为什么要设置两座桥，为什么那个奇怪的人要丁二和他分开走，这很不正常。 现场陷入了短暂的宁静，谁也没再说话，似乎都在思考着其中的可能性。

我琢磨了会，但理不出个头绪，因为在我的印象中，世界上所有护城河上的桥似乎都只有一座，没有听说设计两座是干什么用的。 莫非一个用来进，一个用来出的？ 但瞬间我就把自己的这个推论给取消了，因为这种设计也太多余了。

"现在怎么办？"我问熊谏羽，他对卡坦人有研究，希望他能有好的对策。

"走走试试吧！我先走。"熊谏羽说完，径直朝其中一座桥的方向走去。

这会信号弹早已没了光亮，一群人跟着熊谏羽朝刚才认定的铁桥方向走了过去，等走到近前拿手电一照，才发现桥并没有连接在断崖上，似乎固定铁桥的就是那几个雕像石墩子。

熊谏羽看了眼断崖下的黑水，又从包里掏出绳索，在身上打好保护结，又把另外一头扔给坦克，嘱咐了他几句。 坦克把绳子在自己身上系了几圈，又招呼我们过去帮忙拉住绳索。 熊谏羽见一切准备妥当，这才稳稳地向铁桥跨出第一步。

俗话说，第一个吃螃蟹的人不是伟人就是傻子。 熊谏羽跨出了第一步，从目前看来，他是伟人，因为桥很稳，就和普通的桥一样，相当坚固，什么也没发生，我提到嗓子眼的心也放了下来。

我们几人共同打亮灯光，帮熊谏羽照着路。 30米的铁桥熊谏羽颤颤巍巍走了五六米，就到了第一个雕像桥墩子处。 但地墓永远不乏惊喜，我耳朵里传来一声清晰的"轰隆"声，熊谏羽站立的铁索桥整个沉了下去。

铁桥下沉的速度不慢，但也不是那种瞬间就掉得没影的速度，大家一愣神，三四秒的工夫铁桥下降了半米左右。 熊谏羽一个转身，飞快地朝断崖边跑了回来，然后猛地一跃，抓住了断崖边缘。 我们几个连拉带拽给他拖了上来。

熊谏羽坐在地上，脸色苍白，显然被吓得不轻。 随着熊谏羽爬上岸，我居然看见那铁索桥又升了上来，慢慢恢复到原来的位置不动了。

"这怎么回事？"我们几个大眼瞪小眼。

"丁二，你当初走的时候桥沉下去没有？"熊谏羽拉着脸问丁二。

"冒（没），冒（没）啊！冒（没）沉下去啊！"丁二一脸无辜。

"详细说说你当时怎么过的桥？"钟声似乎发现了什么关键的东西，问丁二。

"当时那个野人疯子给了我一个电筒，要我站到另一个桥上边，要我跟他同时开始走。"丁二把当时的情况说了一遍。

"同时走？ 莫非这是个压力感应浮桥？ 就和跷跷板一样，两边的重量差不多才能保证桥不下沉？"钟声一语道破其中可能的奥秘。

"那这么设计也太不合理了吧。 卡坦人自己不过桥的吗？ 弄这么麻烦。"我提出疑惑。

"钟声的猜测有些道理。 如果我没猜错的话，这两座桥确实不是给卡坦人自己过的，而是防止里边的东西跑出来。"熊谏羽指了指对面。

熊谏羽一语惊醒梦中人，他的说法现在看起来合情合理。 如果卡坦人在里边放置一些用来守护地墓的古老动物，根据之前在门口遇到的食金兽来推断，它们的智商普遍不高，所以也无法想出这种方法通过铁桥。 这两座桥并不是防止人进去的，而是防止里边的东西跑出来。

当我快完全信服这种说法时，一个念头在脑子里闪过，问丁二："你说你当初进去过，那你后来一个人怎么出来的？"

丁二眨了眨眼睛，好像没听懂我说什么。 我只得再重复一遍道："这桥需要两个人同时过，你进去后一个人得出来吧，那桥没沉吗？"

丁二这才明白我说的是什么意思，摇摇头答道："冒（没）沉，稳得很。 我不是一个人出来滴（的），那个野人疯子送我出来滴（的），还是一个人走一个桥。"

他这么一说我才放下心来，觉得这个压力浮桥的推断相当靠谱。 正准备跟大家合计着把人分配分配，按重量分分拨，熊谏羽却一下站起来走到丁二身边，激动地道："你说那个野人送你出来的？ 那他一个人怎么回去的？ 如果不能回去，那他现在在哪？"熊谏羽问出了一串问题，同时他目光警惕地搜索着四周无尽的黑暗。

第 24 章
绝命铁索桥

黑暗依旧是黑暗，除了我们几人外，黑暗里并无其他生命的气息。 我深呼了口气，觉得这么自己吓自己不是个办法。 丁二嘴里那人既然有办法在这里自由出入，要想躲着我们太容易了。 我劝熊谏羽道："算了，如果那人在这里，想让我们看见，他迟早会出现的。 如果他故意藏起来，我们不可能发现他。 还是抓紧时间过桥吧。"

熊谏羽微微点点头，算是同意了我的建议。 众人经过短暂的讨论，准备测试一下两人同时过桥是否真的不会触发机关。 最终，两个先锋队员选出来了，就是我和钟声。 因为从体重上来说，我和钟声最为接近。

我俩在身上绑好绳子，慢慢朝两座桥走去。 刚才站在岸边看熊谏羽过桥，心里只是紧张，可当自己站到桥边，腿就有点哆嗦了，特别是看着桥下滚滚的黑水，里边总觉得藏着什么奇怪的东西，这种对未知的恐惧着实吓人。

好在刚才熊谏羽测试过，这桥的下沉速度不是那么快，完全有足够的反应时间跑回来，我不断给自己打气，也朝着隔壁那座桥边的钟声做了个胜利的手势，钟声则回了我一个大大的"OK"。

"放心，我们拉着绳子，不会有事的。 出发吧！"熊谏羽像领导一样在身后发号施令。

我和钟声交流了一下眼神，随后各自迈出了自己的第一步。 根据熊谏羽之前的经验，走到第一个雕像桥墩那才可能出问题，所以之前的几米我们走得很快，待走到第一个桥墩处，我略微顿了顿，这才小心地踩了上去。

这一踩，桥并没有下沉，而我扭头看了看钟声，发现他那边也一切安好，这才把心吞回到肚子里，继续朝前走去。

很快，我们二人顺利通过四个桥墩，稳稳踩到了对面的广场上，整个过程中桥没有任何下沉的迹象。 没想到钟声的猜测居然是正确的，我给钟声竖了个大拇指，两人又原路返回到对岸。

"怎么样？ 有什么异常吗？"胖子关切地问。

"一切正常！这桥就得这么过。"钟声信心十足地答道。

"那这桥到底是按照人数，还是按照体重来设计的？"我忽然想到了一个比较技术的问题。

"试试就知道了，刚才我们俩已经试过了，现在是不是该轮到你们了？"钟声笑呵呵地冲熊谏羽等人道。

熊谏羽转身对坦克和乌贼嘀咕了几句，两人很快绑好绳子，朝铁索桥走去。 这两人的体重一看就相差不少，等他俩走到第一个桥墩时，两座桥并没有像跷跷板一样一个下沉一个上升，而是一起沉了下去。 两人早就做好了心理准备，迅速往回跑。 坦克身手敏捷，直接跃上了断崖，而乌贼跑到一半，不知为什么，眼睛盯着水下，忽然停住了。

"乌贼，你干什么？"熊谏羽一脸紧张，又扭头冲我们喊，"快帮忙拉紧绳子，乌贼危险。"

我们一群人冲上去使劲拽着绳子，想把乌贼给拽上来，可下边忽然传来乌贼的喊叫声："先不要拉，水里有东西。"

听乌贼这么说，我们手上松了点劲，但又不敢完全放开。 随着铁桥越降越低，乌贼离翻滚的黑水越来越近，熊谏羽憋不住了，朝下边的乌贼大喊道："别管水里的东西了，危险，先上来再说。"说完对我们喊道："把他拉上来。"

我们几个不敢怠慢，使出浑身力气往上拉，可刚拉了几秒，我忽然感觉绳子那头猛地一松，几个人齐刷刷摔倒在地。我心头一紧，赶紧从地上爬起来走到断崖边朝下看，这一瞅，汗就下来了，我发现乌贼踪迹全无，而铁桥则慢慢往上升，很快就恢复了原位。

熊谏羽双手趴在断崖边，也看到了这一幕，只见他懊恼地用双手猛捶了一下地面，双眼不知因为愤怒还是伤心，此时像恶魔一样变得通红，朝我们大吼道："乌贼人呢？"

我心说刚才我们在你身后拉绳子，你都没看见，我们哪知道？乌贼丢了，我也难过，你也犯不着冲我们发火呀。我有点火气上头，本来一切顺利，谁想到突然出现这么个变故，弄得我也憋不住了，冲熊谏羽吼道："你怎么不好好检查系在他身上的绳子，现在出事了，你朝我们吼什么？"

熊谏羽颤颤巍巍地从地上爬起来，也不再跟我发火，而是快速地把绳子给拉了起来。等绳头被拉起来，熊谏羽拿在手里一看，忽然一扫之前的懊恼，皱着眉头道："绳子没有断，保险也在，像是乌贼自己解开的。"

熊谏羽这么一说，我脑袋就大了：乌贼这不有病吗？为什么自己把绳子解开，没道理呀！我再次朝断崖下看了几眼，发现下边除了滚滚黑水，确实没有乌贼的踪迹。

乌贼的离奇失踪给整个团队蒙上了一层阴影。根据铁桥下降的速度，乌贼离水面还有一段距离，而且从拉起来的绳索上看，没有被水淹过的痕迹，那就说明乌贼不会被黑水卷走。如果遇到了什么攻击，乌贼肯定会大声求救，但我们什么也没听到。

更奇怪的是，熊谏羽说乌贼可能是自己解开的绳子。乌贼的手指早就在水墓被切断了，没手指怎么解绳子？如果不是他解的，那又会是谁帮他解开的呢？

我越来越觉得乌贼这人身上有种超乎寻常的神秘感。当初从水墓出来后，我就觉得他有些不对劲，后来来到地墓，又听见他说古卡坦语，更觉得不寻常。这个乌贼到底是什么人？我很想开口问熊谏羽，但我心里清楚，乌贼刚失踪，按照熊谏羽的脾气，一定不会告诉我，最后只能弄个不欢而散。

"现在怎么办？还往前走吗？"钟声轻描淡写地问道。

"走，必须走！"熊谏羽强打起精神坚定道。

虽说乌贼的失踪给我们的打击不小，但来之前我就有心理准备，毕竟这里的危险程度大家心里都很清楚。短暂的情感不适后，众人还是强忍着悲伤准备过桥。

我们几人各自报了一下体重，最终决定坦克和胖子一组，他们身材相仿，首先绑着绳子过桥。我与钟声的体重之和跟熊谏羽与丁二加在一起的体重差不多，再把各自的背包平均分配一下，尽量做到平衡，我们四个人同时过桥。

我心里很清楚，这么决定是有风险的，但这也是没有办法的办法。让最强壮的胖子和坦克先到对面，如果我们出了什么事，他们还能拉一把。

分好组，坦克和胖子很快踏上铁桥。过桥进程很顺利，两人体重虽然不完全相等，但桥似乎并没有异样。而我们剩下的四个人过桥就过得有些战战兢兢了，因为丁二搞不清楚自己多重，我们也只是根据体型来判断，所以只是个大概。

不知是运气好还是我们体重确实相差不多，我们四个人居然毫发无损地通过了铁桥。站在对面的平台上，我产生了一种错觉，就是这两座桥像是有生命的，它好像在故意放我们过去。而这个看似荒唐的猜测，却在后来的经历中得到了印证，不仅是这两座铁桥，整个地墓都不是看到的那样简单。

众人登上平台，很快来到那个高大的门前。这时才真正感觉到它的庞大，我们在它面前显得无比渺小。以我当时的思维，很难理解卡坦人为什么会建这么高大的城门。莫非卡坦人身高都有几十米？

我关注的是城门的外观，熊谏羽则抬头查看城门两边的铭文。那些铭文我一个字都不认识，看上去就是玛雅人的象形文字，也许不是，反正在我眼里这些字都长得差不多。

"上边写的什么？可以进去了吗？"我问熊谏羽。

熊谏羽没有回答我，而是拿出一本小册子，对照上边的文字进行辨认，很显然他也不是全部都能看得懂。我见熊谏羽没有要走的意思，索性跟钟声、胖子一起坐在地上聊起来。

"感觉怎么样？累吗？"我首先问胖子。

胖子也不知道是没听见还是没顾上搭理我，自顾自从包里掏出来一份方便饭盒，把上边的绳子一拉，盒子里咕嘟咕嘟地像水烧开了一样响了会，接着他一脸兴奋地撕开饭盒表面的包装，一股饭香味扑鼻而来，勾得我肚子咕噜噜直叫。 他朝嘴里扒了几口饭，才发现我和钟声、丁二正直勾勾地盯着他，特别是丁二，不住地在一旁咽口水。

"死胖子，你就自己吃啊？ 好吃吗？"钟声忍不住在一旁笑着问。

胖子也没听出钟声话里有话，点点头，咂巴着嘴道："好吃，挺不错的，红烧肉盖饭，我喜欢这个口味。"

我在一旁哭笑不得，正准备逗逗胖子，熊谏羽冲出来一把夺过胖子手里的饭盒扔进断崖，怒目圆睁道："谁让你吃饭的！想害死我们吗？"

"你干什么？"胖子把筷子捏在手里举在半空，还没反应过来。 钟声站起身冲熊谏羽怒道："不就是吃碗饭吗？ 这么大惊小怪干什么？"

"你知道这是什么地方吗？"熊谏羽眯着眼，铁青着脸问道。

"不就是地墓吗？"钟声针锋相对。

"这是地墓没错，但这里还是记忆之城。"熊谏羽从牙根里蹦出几个字。

我见钟声要发火，赶紧拦下他，冲熊谏羽道："好好说话，别一惊一乍的。 记忆之城怎么回事？"

熊谏羽瞟了钟声一眼，语气平静些道："我刚才仔细核对了大门旁的文字，发现这座地墓是卡坦人仿造记忆之城的模式建造的。 记忆之城是卡坦人在远古时期用来保存各类物种的地方。 卡坦人为了防止地球上突如其来的灾难毁灭所有生物，在记忆之城里用他们的科技安置了地球上大部分的生命形式。 但很不幸的是，原先的记忆之城并没有毁于自然灾害，而是毁于他们自己的部族战争之手。 现在我们面前的这座地墓建筑模式，就是一个小型的记忆之城翻版，但它是否具有记忆之城的功能，就不得而知了。"

"你的意思是这里边有可能存在远古的生命？"我感觉有点头大。

"有这个可能。 所以我才不让他吃饭。 食物的味道会吸引一些东西，给我们带来危险。"熊谏羽指了指胖子。

"算了，抓紧时间进城吧。 我倒想看看里边藏着什么玄机。"钟声拍了拍胖子的肩膀，安慰道。

熊谏羽也不再纠缠，背好包和坦克并肩走进漆黑的大门内。 我们剩下几人不敢落得太远，尾随着跨进大门。 刚刚走进大门，我感觉温度一下升高了许多，就像从室外走进了一个大暖棚，刚才在门边却感觉不到一丝热量泄露出来。 如果真如熊谏羽所说这是记忆之城，里边到底会藏着什么东西呢？ 地墓戒指又会藏在什么地方呢？

众人进入门内，稍微停住脚步，开始用灯光搜索面前的黑暗。 我发现与气派的大门和广场相比，门内的空间显得局促许多。 在我们正前方有一面像屏风似的石墙，上边坑坑洼洼，布满了黑色的斑点，像被火熏过，地上则满是碎石，一片狼藉。 而在石墙两侧，有两条通道朝前延伸开去。 整个环境死气沉沉的，感觉不到一丝生机。

"走哪边？"我问熊谏羽。

"我也不知道，随便挑一边吧！"说完熊谏羽朝右手边那条通道走去。 一群人在黑暗里摸索了没多久，就发现路中间一块黄色的大石头把路给挡了个结实。 刚开始我只觉得运气差，挑了条死胡同，但我很快就发现这石头不一般，上边居然画着一张笑脸，在笑脸旁边还挂着一大串比鹅蛋还大些的白色圆球。 坦克走上前拿弩捅了捅那白色圆球，但就那么一瞬间，我居然发现笑脸动了一下。

我下意识地后退了几步，再看那笑脸，一动不动。 莫非我刚才看花眼了？ "你刚才有看到它动吗？ 那笑脸！"我赶紧问旁边的钟声。

钟声一脸紧张地答道："你也看到了？ 我以为是我看花眼了！"

钟声这么一说，我脑袋上的汗就下来了。 两个人都看见了，那肯定有问题。 我刚想提醒坦克离那石头远点，坦克猛地后退了几步，然后压低声音对我们道："快走，那白色的东西不是石头，外壳是软的，好像是什么东西的卵！"

听坦克说那东西是卵，我算知道头皮发麻是什么感觉了。 如果有东西的卵比鹅蛋还大，那母体该长多大个？ 根据我的经验，人最怕三种类型的动物：一种是体型小，但成群结队、密密麻麻出现的动物；第二种是体型中等，但身体柔软会蠕动的动物；第三种则是体型巨大的动物。 前两种动物带给人的恐惧是恶心，而第三种则是真正发自内心的震颤。

看到这么大的卵，知道母体不好惹，坦克第一个朝进来的路退了出去。 我也赶紧拉着钟声、胖子往后走。 这时候我们还不敢跑，生怕惊动了附近的什么东西，只能轻手轻脚地扶着墙壁后退。

我们一群人刚退了几步，意想不到的事情发生了，那丁二之前一直跟着胖子，胖子去哪他去哪，但这次我们走了两步，发现丁二居然还靠着墙站在原地。

"丁二，你快走啊，干什么呢？"我压着嗓门朝身后傻愣愣站在原地的丁二喊了句。

"丁二，本天尊命令你赶紧过来。"胖子也感到形势不妙，怕丁二坏事，也朝丁二道。

"嗷嚎嚎……啊……"丁二居然大吼一声，靠着墙号啕大哭起来，嘴里含糊不清地喊道："有妖怪，有妖怪抓我后背，我走不动。"

他这一嗓子在封闭的空间里可真是惊天地泣鬼神。我感觉心里一紧，一种强烈的不安瞬间把脑门给胀得发木。钟声倒是反应很快，冲到丁二身边，抓住丁二的手臂使劲一扯，但丁二并没有被扯离原地。我隔着几米远，发现丁二好像被什么东西给粘到了墙壁上，也顾不得多想，赶紧跑过去帮钟声。

待我跑到丁二身边一看，发现墙壁上居然有一个拳头大的洞，而洞里有一团小臂粗的丝柱牢牢地粘在丁二的衣服上，任丁二怎么使劲也摆脱不了那团丝柱。

"把衣服脱了，快！"我灵机一动，那丝柱不是粘着衣服吗？我三两下帮丁二把衣服给扒了下来。

"钟声、大维，快跑！那石头长毛边了。"胖子在远处突然声嘶力竭地朝我们吼道。

什么叫石头长毛边了？我心说胖子咋呼什么呢，赶紧朝旁边的石头看了一眼。这一眼差点把我吓尿了，这哪里是石头长毛边了，而是那黄色带笑脸的石头朝旁边伸出了几只毛脚。

要是平常在电视上或者动物园里看到这场景，我肯定会很自嘲地幽默一句"哦，My lady gaga！"来表示我的惊叹，表示对世间万物神奇的由衷赞叹，可现在这玩意出现在我身边，就不那么愉悦了。

我顾不得看那到底是什么东西，和钟声一起拽着丁二的手臂就往回跑。可刚跑了两步，我觉得脚下像被什么给绊了一下，"吧唧"一下脸着地摔到地上，摔得我头晕眼花，半天爬不起来。钟声在旁边使劲拖我，但我脚踝处被什么给牢牢拉住，动弹不得。

"大维，使劲！有丝缠住你的脚了！死胖子，过来帮忙！"钟声在旁边大声吼道。

我晃了晃脑袋，努力让自己的神智恢复清醒，感觉身边又多了一个人在拉我，还不停在我脚边弄着什么。我挣扎着爬起身，朝脚下看了一眼，发现一团和刚才粘住丁二一模一样的丝柱从地面的一个洞里伸了出来，牢牢地粘住我的裤腿。

"快脱裤子，快脱裤子。"胖子在一边出主意道。

"脱屁的裤子，回头衣服扒光了，被丝缠住身体，难道要扒皮？赶紧拿刀。"钟声催促胖子。

胖子一听，赶紧在背包里翻出了一把匕首。钟声接过匕首，对着我脚下的丝柱一顿乱砍，直砍得我脚心冒汗，生怕他砍着我的脚。但这些丝似乎异常坚韧，钟声砍得满头冒汗，花了两三分钟才给完全砍断。

而钟声砍丝柱的工夫，我有足够的时间观察后边那块长了八只脚的黄色石头。这一看，我真想一脑袋撞死算了，此时那个石头用脚撑地，已经完全"站"了起来。我数了下，一共八只腿。我才发现，这货根本就是一个类似蜘蛛的动物，那个带笑脸的石头，只是它屁股上的花纹，刚才它只是把身体缩了起来。由于太高大，挡住了我们的视线，以为是块石头。

脚上的丝刚一砍断，我一个轱辘爬起来，也不顾上丁二了，拉着身边的钟声和胖子就跑。因为我看到那蜘蛛正慢慢转身，可能这家伙有点岁数了，动作并不迅速，但那已经转过来的脑袋着实把我吓得不轻，脑袋上两个茶杯那么大的眼睛，在手电的照射下反射着红光。

前边的熊谏羽等人看到我们身后蜘蛛形的动物，也被吓得不轻。熊谏羽朝我招了招手，喊道："快，快过来！"说完他拔腿朝后奔去。

我和钟声一块拖着胖子，跑得比较慢。别看丁二瘦弱，逃命的时候永远跑得最快，就见他在黑暗里狂奔，一会工夫就拉开了和我们三人的距离。我边跑边扭头看，发现后边那蜘蛛慢慢朝我们爬了过来，速度并不快。我这才稍微放心了些。

　　我们并没有进入通道太深，所以很快就看到之前进入的大门。　我隔着老远就看到熊谏羽等人停在了大门边，并没有冲出去。　我心说这几个家伙不赶紧出去还等着上菜呢？　但只见那丁二没头没脑地赶上前边的熊谏羽等人，并没有停下来，而是径直朝门外冲了出去。　就当他通过门口时，我看见他的身体像撞上了一堵无形的墙，整个人被弹飞了回来，躺在地上直哼哼⋯⋯

第25章
圣 山

　　我和钟声、胖子气喘吁吁地跑到熊谏羽等人身边，指着大门问："这怎么回事？"

　　"地墓被激活了。 好像有一道无形的门挡住了去路，我们出不去了。"熊谏羽眉头紧锁，显然他没有想到会被人抄了后路。

　　"门，门在哪呢？"俗话说眼见为实，可我眼里什么也没看见。 门口空荡荡的，哪来的门？ 可丁二刚才确实被什么东西给挡住了！ 我扭头看了眼坦克，发现坦克此时也正在用手不停地揉脑门，整个脸上一大片红，还有少许的鼻血正冒出来。 显然他也被这无形的门撞得不轻。

　　我伸手朝虚空的门口试探着摸了一下，这一摸让我吃惊不小，更确切地说是一种相当不真实的感受：在我手指触碰的虚空处，有东西挡住了我的手。我抚摸了一下那看不见的遮挡物，能感到它的表面并不光滑，颗粒感很强，有点像砂纸。 手指接触停放的时间久了，有种酥酥麻麻的感觉，像有电似的。

　　"怎么我们进来的时候没有这东西？"我问熊谏羽。

　　"也许地墓是故意放我们进来的，也许这里只能进不能出。 我不知道。"熊谏羽摇摇头。

我更倾向于地墓放我们进来后才开启大门的这种说法，因为丁二他进来过。 我把躺在地上的丁二给扶了起来，问："你不是说你进来过吗？ 怎么上次你来的时候没有门，现在有了？ 当时你怎么出去的？"

"我不晓得，我不晓得。 上次来的时候冒（没）得门。"丁二略带哭腔道。

"算了，既然他不让我们出去，我们只能走另外一边了。 那蜘蛛快过来了。"熊谏羽指着左侧的那条通道。

"要是左边也有蜘蛛怎么办？"胖子张着大嘴，被吓得不轻。

"那也没办法，在这肯定是个死，碰碰运气吧！"熊谏羽给坦克使了个眼色，坦克端好强弩，带头朝左侧的通道走去。

我正准备跟上去，丁二冷不丁又哭喊起来："嗷嚎嚎……我滴（的）宝贝不见了，宝贝不见了。"

丁二这么一哭喊，我才发现，他原本鼓鼓囊囊的胸前，此时变得平平的。估计是刚才那么一撞，水晶球掉了出来。 我赶紧在周围的地上找了找，根本没有水晶球的影子，那东西不见了。

丁二此时也在原地直转悠，说什么也不走了。 我拿手电照了下远处，见那两个茶杯大小的眼睛离我们越来越近，只得冲丁二吼道："你别管宝贝了，再不走，把你扔到这喂妖怪。"

这么一吓，丁二才老老实实地跟我们朝左侧的岔道急匆匆走去。 "奇怪，丁二的水晶球呢？"我边走边小声问钟声。

钟声意味深长地朝前边的坦克努努嘴，道："你没发现他包里现在沉甸甸的吗？"

钟声这么一提醒，我才观察到坦克的背包看上去确实比之前重了些。 难道是这小子趁我们不注意给捡了去？ 我本来想找坦克问问，但想想最好还是别找麻烦，他既然敢拿，肯定就没打算交出来，而且现在后头还有蜘蛛追着呢，犯不上给大家添麻烦。

我冲钟声摇摇头，那意思就是别吭声，钟声也心领神会，朝我点点头。 大家也就算默认了，只剩下那一脸惆怅的丁二，边走边哭。

我一边走还一边留了个心眼，不停观察身后蜘蛛的位置。 但奇怪的是，自从我们进入左边这个岔洞，那两只茶杯大小的红色眼睛似乎停在了岔道口，并没有跟上来。 我们越走越远，那两只眼睛也越来越小，直到完全消失在黑暗里。

我这人爱琢磨，心说为什么蜘蛛不跟进来呢？ 莫非嫌我们这几个人的肉太少，不够它塞牙缝的？ 还是它早就吃饱了，只是为了保护它的卵，才故意把我们驱赶出它的领地？

我们顺着通道走了有将近半个小时，整个通道逐渐伸向地下，而且空间也越来越宽敞，漆黑的空间里逐渐响起树叶摇动的"沙沙"声。 这种声音在漆黑的地下空间响起，感觉十分怪异。 常识告诉我们，植物需要进行光合作用，从恐龙时代到现代，这是亘古不变的道理。 常年不见阳光的地下，怎么可能有植物生长呢？

"丁二，别哭了。 你不是来过这吗，前边是什么？"我好奇地问丁二。

丁二吸了吸鼻涕，答道："前边就是我说滴（的）山，山上长了蛮多花。"

丁二的回答让我对前边可能出现的场景充满了向往，甚至由于激动而忘却了可能存在的危险。 现在我就像一个先驱，正在探索一个未知领域。 我看到的东西也许是世界上大部分人一辈子也无法看到、不敢想象的场景。

而随着耳边的"沙沙"声越来越大，原本漆黑的地下居然渐渐变得亮堂起来。 我能看到前方有许多像星星一样的亮点正在发出微弱的光芒。 在光芒的映射下，一座巨大的山形轮廓正慢慢显现。

当我看到这座大山的轮廓时，我有种想跪伏在地的冲动。 那是一种发自内心的崇拜与敬佩，似乎这一切与我血脉相连。 在这一刻，我居然感觉自己的眼角湿润了。 我赶紧用手擦了一把，暗笑自己怎么会哭。

这种情绪稍稍持续了几秒，一个奇怪的声音在我脑中响起，和我之前在水墓里那个声音给我的感觉一样。 我对这种声音毫无抵抗力，它不停地在我脑中重复着："族人，你身边的人类是邪恶的种子，决不允许他们肮脏的身体进入圣山。 他们要伤害你，要伤害我们的祖先。 你要阻止他们，阻止他们……"

我摇摇头，想摆脱这声音，却看到前方的坦克面目狰狞地朝我冲了过来，一拳打在我左脸上。

我见坦克毫无预兆地突然对我发起攻击，下意识地想端起手里的弩挡一下，但坦克速度快，爆发力惊人，我根本就不是他的对手。 他这一拳直接命中我的左脸，我顿时感觉头晕眼花，一个趔趄站立不稳，坐倒在地。

这突如其来的一拳我毫无防备，被打得有些发蒙。 但这种短暂的发愣仅仅持续了一两秒，我就觉得心里怒火中烧，心说早就知道你小子有问题，这会狐狸尾巴露出来了吧，那你也别怪我下死手。

想到这，我坐在地上，迅速端起弩，对正要扑上来的坦克扣动了扳机。 可坦克搏斗经验十分丰富，在我举起弩的那一刻，他下意识地朝旁边一个闪身，我的弩箭越过它飞向了远处，没伤着他一根毫毛。 我正准备拉弦再次击发，坦克不给我机会，窜到我身边一脚踢飞我手里的弩，接着又是一脚，踩到我胸口处。

这一脚下来，我感觉自己的骨头都要被踩碎了，赶紧求救似的看了眼旁边不远处的钟声和胖子二人，但这一看，我心就凉下来了，他们俩正像看戏一样笑呵呵地看着坦克踩着我，完全没有想上来帮忙的意思。

那一刻我真的糊涂了，这到底是怎么回事？ 如果坦克和熊谏羽不值得信任，难道钟声和胖子也被他们收买了不成？ 我心里一阵失落，紧接着突然胸中生出极大的愤怒，而这种愤怒迅速传遍全身，转换成一种力量。

我躺在地上发出一声低吼，双手猛地抓住坦克的右脚用力一掰，坦克嘴里"啊"地叫出声音，然后顺着我掰他脚的方向一个翻滚。

我见坦克的脚离开我的身体，迅速捡起弩，拉好弦，对准坦克就要扣扳机，但我还来不及动手指，忽然几双手猛地抓住我的手臂朝后一扭，接着我感觉身后有几个人把我脸朝下按在地上。

我趴在地上疯狂地喊着："你们干什么，为什么要这么对我？ 为什么……"

接着，我感觉脑袋上被一股热乎乎的水给淋了个遍，这水夹杂着一股腥臭味。 但说来也怪，当这水浇到我头上后，之前心中的那股愤怒慢慢平息下来，随之而来的是后背上一股钻心的疼痛。

"大维，大维！ 你能听见我说话吗？"身后传来钟声关切的问候。

我"嗯"了一声，身后那几双按住我的手稍微松了松劲。 "拉他起来吧，应该没事了。"熊谏羽的声音响起。

我摇晃着昏昏沉沉的脑袋坐起来，警惕地看着周围的几人，但这回钟声和胖子正一脸关切地看着我，而熊谏羽的表情似乎也如释重负，和我刚才看到的那几个人截然不同。

估计是见我表情奇怪，钟声开口道："刚才你怎么了，毫无预兆地一个人在那对着空气又吼又叫，还差点用弩把胖子射死。"

"刚才……刚才坦克攻击我，我才还的手啊！"我反驳道。

钟声眼神复杂地看了我一眼，又看看坦克道："我们谁也没动你，你自己突然对着空气又吼又叫。你哪里不舒服吗？"

钟声这么一说，我也糊涂了，看他们现在的表情都很正常，莫非刚才我魔怔了？我后背忽然又传来一阵钻心的疼痛，我咬着牙对钟声道："帮我看看，我后背怎么了，好疼。"

钟声点点头掀开我的衣服，面色凝重地道："好像比我上次看到的长大了不少，颜色也更深了。"

听钟声这么说，我感到事情不妙，原原本本把刚才看到、听到的东西告诉了众人。熊谏羽思考了会，说道："看来我们越来越接近地墓核心了。我猜测你和卡坦人留下的某种东西产生了关联，才导致你脑中产生了幻觉。"

我心神不宁地朝远处看了一眼，那山影的轮廓和点点繁星就在不远处。我怕我还没从幻境中走出来，问众人道："你们看到远处的亮点和山形的黑影了吗？"

大家点点头，表示都看见了。我这才敢相信自己的眼睛，看了看钟声和胖子，不禁摇头苦笑。当人连自己都无法相信时，还能相信谁？

"快走，别磨蹭了，这地方不对劲，赶紧拿到戒指找通道出去！"熊谏羽催促道。

我不知道熊谏羽为什么会说不对劲，也许是在封闭的空间内待得太久，人容易烦躁。我心里也有种不好的预感，越来越觉得像掉进了一个大的圈套里。

一行人又在黑暗里朝远处的亮光处摸索了十分钟，四周渐渐出现了不少残垣断壁。众人商议了会，决定冒风险再打一枚信号弹。也许光亮会引来不速之客，但周围复杂的环境里可能正有什么东西盯着我们，如果冷不丁从黑暗里冲出来发起攻击，我们更是猝不及防。

　　大家暂时停住脚步，端好武器，围成个圈，呈防御姿态。 坦克向远处打出信号弹，顶部的空间非常宽大，信号弹在空中划出一道美妙的弧线，光亮瞬间让我们看清周围的情形。

　　这整个空间一看就是人工建造的，左右看不到尽头，似乎有无限大。 四周有不少方形石头材质的房屋和大块的石柱，多数都已经破碎倒塌。 在众多残垣断壁之中，隐隐埋着些白色的碎骨，但骨骼普遍粗大，不像是人类的。

　　而正前方那座山形的阴影此刻我也看清了，那并不是山，而是类似于玛雅人的台庙金字塔。 此时，层层叠叠的金字塔台阶上不知为何长满了各种颜色的花，这些花无风自动，发出沙沙的响声，那些星星似的亮点不断从盛开的花朵里被喷射出来。 而之前飘浮在空中的亮点，则陆陆续续像水滴似的掉落在地，光芒逐渐暗淡。

　　看清周围并无危险，我们一群人大踏步来到金字塔前。 看着眼前往上延伸的台阶，我不禁心里一阵感慨，这金字塔和埃及的金字塔相比，显得更气势磅礴、震撼人心。 我问熊谏羽道："这个金字塔和玛雅人的台庙金字塔外观差不多，有什么说法吗？"

　　熊谏羽一边跨过台阶上的花丛，走上台阶，一边道："玛雅人的金字塔实际上就是卡坦人的金字塔，是一样的东西。 你可以边走边数数看，这金字塔共分为四面，每面一定有 91 级台阶，四面一共是 364 级，然后算上顶部的平台，一共是 365 级，正好是一年的天数。"

　　"那他们这么设计的目的是什么呢？ 仅仅是为了满足建造的乐趣吗？"我跟在熊谏羽身边，缓步一级级登上台阶。 这一刻，我有种错觉，感觉我是来这旅游的，身边的熊谏羽则是一位合格的导游，这种轻松惬意的感觉似乎很长时间没有过了。

　　"卡坦人拥有非常先进的天文学知识，他们的建筑讲究与自然调和匹配。 具体原因无从考证，也许和他们的起源有关。"熊谏羽像一个学者似的娓娓道来。

　　"卡坦人是如何起源的？"我发现从一开始就忽略了这个重要问题。 卡坦人的科技超越人类文明，而且他们一直把自己和人类区分开来，莫非他们不是人类？

"我也只是从有限的资料中查到了一些线索，并没有确凿的证据。卡坦人的金字塔在设计上非常讲究。"熊谏羽指着一个方向，"天狼星的光线，经过南边墙上的气流通道，可以直射到长眠于上层厅堂中的死者头部。而从卡坦人的各种建筑中，可以发现，他们对天狼星、南河三及参宿四这三颗星非常感兴趣。"

"你说的我不是很懂，你刚才说的那几个都是星星的名字吗？"熊谏羽的天文学讲解对我这个只略懂皮毛的人来说还是有些难度的。

"没错，在北半球的夜空，天狼星、南河三及参宿四组成了一个冬季大三角，而种种迹象表明，卡坦人就来自大三角区域中的某一颗星球中。另外，似乎他们的能量全部来自恒星，所以地球上的卡坦人才对离地球最近的恒星——太阳特别感兴趣。他们的神，被称为太阳神。"

我似懂非懂地点了点头，忽然想到一个问题道："你刚才说天狼星的光线直射到金字塔内的死者头部，莫非这里埋着什么重要人物？"我用力跺了跺脚下的台阶。

熊谏羽还没答话，钟声在身后突然喊道："小心，有声音，好像是什么裂开了。"

钟声这么一提醒，我心里打了个冷战，从我们上方不远处居然传出了类似岩石开裂的噼啪声。我心说不会吧，莫非卡坦人建的金字塔是豆腐渣工程，我没使多大劲跺台阶，怎么就裂了，这金字塔不会要塌吧？

想到这，我转身看了眼身旁众人的反应，熊谏羽、坦克和我站在同一排，神色紧张；钟声和胖子在我身后，也不知所措，一脸茫然；丁二离得最远，并没有跟着我们走上台阶，而是靠在一块凸起的石柱旁，表情怪异地看着我们。

我想提醒大家赶紧撤，但意想不到的事情发生了。前方开裂声音传出的地方，几团原本长在台阶上比人还高大的花像活了似的突然伸出几条黑色藤蔓，把我们站在台阶上的几个人死死缠了起来，朝那团花拖了过去。

藤蔓缠住我的那一刻，我感觉身体一紧，想挣扎，但藤蔓把我的手臂和双脚都牢牢缠住，让我动弹不得。而那藤蔓一使劲，我就像快木头似的被拖倒在地，脑袋直接磕到台阶上，磕得我眼冒金星，身体则不受控制地被拉向那朵巨花后停了下来。

　　我心里着急，这些看似人畜无害的花，怎么会突然发起攻击，这花难道要吃人不成？ 心里害怕，只有本能地在地上翻滚，想摆脱藤蔓。 可挣扎了片刻，我放弃了，因为我越挣扎，那藤蔓缠得越紧，我的呼吸也越来越困难，觉得再挣扎下去，没被花吃掉，就得被它勒死。

　　我放弃抵抗，靠在巨花那粗大的枝干上，看了眼旁人，发现身边这几位情况也差不多，此刻都是被勒得脸通红，放弃了抵抗。 而那藤蔓见我们不再反抗，也停了下来，并没有其他举动。

　　"丁二，本天尊有危险，你还傻站着干什么，还不快上来救我！"胖子朝站在台阶下的丁二吼道，显然他对丁二这种无动于衷的表现很不满。

　　众人也只得把希望寄托在丁二身上，现在就他是自由人。 可奇怪的一幕发生了，那丁二见胖子对他喊话，并没有回答胖子，而是冷笑一声，步伐矫健地朝侧面的黑暗里走去。 和之前的疯癫状态相比，判若两人。

　　看着丁二的身影消失在黑暗里，我忽然神情恍惚。 在那一刹那，强烈的不安笼罩着我——这丁二绝对有问题。 见丁二撇下我们离开，我们只能想办法自救。 众人都四处张望。 在头灯的照射下，我居然发现这簇巨大的花丛里包裹着几具人骨，旁边还散落着几个背包和一些破烂的衣服。

　　熊谏羽也看到了花丛里的人骨，其中一具人骨手里抓着一个黑色的小腰包。 他激动地冲我喊道："大维，快想办法拿到那个小包，看看里边有什么。 你离得最近，我动不了。"

　　我不知道熊谏羽为什么对一个普通的腰包表现得这么激动，但这群人里也就我离得最近，我只得忍着越勒越紧的蔓藤带来的窒息感，强行往花丛里蹭，最后整个人都钻进了花丛里，这才能勉强够上那腰包。

　　我费力地把腰包拿起来，就着头灯一阵翻腾。 熊谏羽在一旁急不可耐地催促道："里边有什么，快告诉我。"

　　"有一张相片和一些杂物，还有一本美国护照！"我盯着相片回答熊谏羽。相片是一个帅气黝黑的亚洲人和一个小婴儿的合影。 看到这，其实我已经知道了熊谏羽心里所想，因为这个亚洲人的眉眼和我面前的熊谏羽实在太相像了。 如果没猜错，这人就是熊谏羽的父亲。

　　"护照上写的什么名字？"熊谏羽继续催促道。

　　我翻开护照念出上边的名字："Sichu Xiong（熊思楚）。"我低头念完这名字，熊谏羽没有吭声。我赶紧抬头看了他一眼，却发现，这个铁骨铮铮的汉子早已双眼通红，泪流满面。

第 26 章
圣 婴

以前从没见过熊谏羽哭，他突然这么一哭，现场气氛有点尴尬。我只得赶紧安慰他道："你别着急，说不定这人不是你父亲，他只是捡到了你父亲的包而已。再说，丁二不是说这里边有个疯子野人吗？也许那才是你父亲。"

熊谏羽不愧是熊谏羽，迅速调整好情绪，止住眼泪，红着眼摇头道："其实我已经做好了心理准备。丁二之前说的那人，我也以为会是我父亲。不过现在看来，丁二这人就有大问题，他说的话不能相信。"

被他这么一提醒，我心里打了个冷战。现在我们几个都失去了行动力，这丁二也不知到黑暗里干什么去了。我心里感觉毛毛的，一边问大家有没有什么脱身的办法，一边在花丛里另一具骨架旁的破外套里翻了起来。这衣服一看就有些年头，绝对是 20 世纪八九十年代的流行款式。

很快，我就在破外套里发现了一张破旧的身份证，上边不知是被虫咬了还是被氧化了，表面的塑料破旧不堪，里层的身份信息也看不太清，在姓名那一栏隐隐约约能看到两个字：丁二。

当这两个字映入我眼帘时，我心里说不出的滋味。这个死人是丁二，那外边一直跟着我们的是谁？我们一群自认为绝顶聪明的人，却被一个装疯卖傻的人给耍了，更关键的是谁也没看出来他有问题。

我赶紧把这个发现告诉大家。一群人听完表情各异，有的摇头，有的苦笑。最可笑的是胖子，他问道："那我们之前那么欺负他，这小子不会把我们宰了吧！"

"你放心，他也许不会亲自动手，但目的肯定是想把我们宰了。你没看到他刚才站在台阶下不上来嘛，说明他知道这里有问题。现在我怀疑，就是这家伙启动了什么机关把我们困住的。"钟声接茬道。

我心烦意乱地打断二人，又从花丛里蹭出来问："你们有没有什么好办法？不能这么耗下去了。谁知道这花一会又有什么动静，我可不想当肥料。"

众人陷入了沉思。脱身现在看来很难，我们的双脚和双臂全被束缚住了，这要不会缩骨功，逃出去的可能性为零。而就在这时，丁二走进黑暗的方向传来"砰砰"的撞击声，伴随着碎石落地的动静。听上去像有人在砸墙。

没让我们等太久，一群人的身影从黑暗里显现出来。而这群人一出现，我们几个再次惊得瞠目结舌。来的不是旁人，站在前面的是那个丁支书，身后站了三个人。丁二则站在丁支书身旁，那残废的双手此刻也恢复了正常。他双手抱胸，冷笑着看着我们，一脸猥琐样。

"你们到底是什么人？我们无冤无仇，你们想干什么？"熊谏羽皱着眉，不解地问。

"我们是求财人，只是需要几个替死鬼。最近我正发愁呢，没想到你们几个外地人进村了，就和猴子一起给你们演了出好戏。天堂有路你不走，地狱无门你闯进来，千万莫怪我们呀！哈哈哈……"那丁支书说完，随着众人狂笑起来。

"求财？外面不是有那么多金子吗？为什么要算计我们？"我一脑袋黑线。

丁支书背着手在原地转了一圈，抬眼道："行，反正你们也跑不掉，我就原原本本告诉你们，让你们安心上路。那些金子，只是零花钱，让猴子给你们带路，也是为了让你们更信任猴子。等到了这里，他才可以启动机关呀。"

我恨得牙痒痒，心说这家伙果然不是丁二，而是什么猴子。"你就不怕我们被那食金兽给吃了吗？"我继续问道。

"自打你们进村，我就派人监视你们，发现你们运了不少家伙进村，装备精良。 从这点上看，你们也不是善茬。 所以我觉得你们应该能搞定那家伙。另外，我也不想和你们产生正面冲突，到时候还得把你们给绑了带进来，那多麻烦呀。 现在你们自己走进来，大家不都省事吗？ 哈哈哈……"

"你撒谎，矿道外的野地里有哨兵似的动物守着，进来之前还有桥，你们怎么可能完好无损通过？"钟声似乎对面前丁支书说的话不信。

"哎，要不说我有财运呢？ 当年我在野猪岭挖煤，但后来因为地震塌陷，我找人重新挖矿道，无意中打通了一条通向这里的暗道，后来我居然发现这里边有个活着的老头。"

"后来呢？"熊谏羽忽然激动地挣扎起来，低吼催促道。

丁支书不屑地看了熊谏羽一眼道："我说你激动个什么劲啊。"说完他从旁边青年的手里接过一个茶杯，咽了口茶，咂巴几下嘴，继续道："我们发现那个老头的时候，他都已经不行了，头上长了一大包，好像是得了什么病。 而且他神志不清，说话语无伦次的，一会说什么楚人灾难，一会说什么末日，一会又说什么坦克人，好像是这么说的，具体我也记不清了。 可能是他在这里被困的时间很长了吧，他倒是对这里的一切很熟悉，后来像主人似的带我们参观，不停地说什么坦克人是如何如何伟大。 对这些疯话我也没太在意。 后来他带我们走过那座桥，告诉我们通过桥的方法，之后又从拴着怪兽的那个通道里走了出来，我这才知道那有金子。 说来也怪，老头不知道用了什么招，那怪物居然在他面前老老实实的。 出来后老头给了我们几片树叶，让我们随身携带，说有什么动物跑出去了，会伤人，带着这叶子就没事，所以外边那些东西奈何不了我们。"

说到这，丁支书停了下来朝旁边那青年道："这什么鬼天气，口干舌燥的，赶紧再倒点热茶。"

后边那青年赶紧从背包里拿出一个小号的保温瓶，往杯子里续了点热水。丁支书接过水杯又开始喝了起来。

"你还没说为什么要陷害我们？"我提醒丁支书。 这个问题我百思不得其解。

丁支书放下茶杯，目光突然变得狂热起来，走到丁二之前在台阶下靠着的那块石柱旁，不知按了个什么东西，那石头"咔嚓"一响，之后居然像被烧着了似的变得通红，石头正面出现了一竖排鹅蛋大小的圆坑。那石柱离我们不太远，加上颜色通红，能见度很高，我能清楚地看清上边的东西。那些圆坑一共有十三个，最上边的七个坑里空荡荡的，什么都没有，而下边的六个坑里居然各自镶嵌着一枚像琥珀的透明黄色圆球，而琥珀圆球里包裹的不是什么苍蝇蚊子，而是一个婴儿。整个场景说不出的诡异。

"不好！"熊谏羽突然在旁边自言自语似的说了一句。

我们几人同时转头盯着熊谏羽，异口同声地问道："怎么了？"我搞不清楚他为什么会说不好，但可以肯定的是熊谏羽说了不好那绝对是要坏菜。

"那东西好像是卡坦人的圣婴，我在书里读到过。"熊谏羽的脸色越来越难看。

"圣婴是什么东西？"我还是第一次听到熊谏羽说出宗教意味这么浓的词。

"卡坦人将所有的科技传承和文化全部存放在圣婴脑中，这些圣婴就是未来可能的卡坦神。绝对不能让他们离开这里。"熊谏羽开始拼命挣扎起来，但反抗对这些藤蔓来说没有任何用处。

听熊谏羽这么说，我心里着急了，大声朝丁支书喊道："你要干什么？你知道那是什么东西吗？那东西危险！"

丁支书从一旁青年的手里接过一根撬棍，笑呵呵地道："我知道危险，所以才让猴子带你们进来启动机关，让那些植物把你们缠起来。当年那个老头告诉我，这些蛋是由那些植物守护的，那些植物每抓住一个人，才允许一个蛋离开。这些蛋我不知道是干吗使的，我也不想知道，我只知道这些蛋是金疙瘩，国际市场上有人专门高价收这玩意，上次我挖了四个，还剩六个，所以这次才找你们来当替死鬼呀！"

丁支书边说边把撬棍插进了一个坑的缝隙里，而那粗大的撬棍刚一接触琥珀，瞬间也像被烧红了似的变得通红，感觉再过几秒就得融化掉。丁支书眼疾手快，手上一使劲，其中一枚圣婴"叮叮当当"掉落在地。丁支书旁边的青年赶紧上前用一块布给裹了起来，塞进背包里。

　　"你说上次你挖了四个，这次还剩六个，但上边一共有十三个坑，还有三个呢？"胖子问了句不咸不淡的话。

　　丁支书一边撬剩下的圣婴，一边答道："我哪知道啊。当时我来挖的时候就少三个。估计是谁运气好，发现得早，挖走了吧！所以我这次来一定得全部带走，不能便宜了别人。"

　　丁支书的话一出口，我心里又七上八下的。照熊谏羽所说，这圣婴是未来的卡坦神，现在少了三个，古斯特的儿子看来就是其中一个，那剩下的两个在哪呢？卡坦神只可能有一个，现在怎么突然间冒出这么多了？还有，国际上到底是谁在收购这些东西呢？

　　但熊谏羽似乎没有太在意卡坦神的问题，而是阴着脸问："你上次挖了四个，那一定有四个人被植物困死在这了，是吗？"

　　"嘿嘿！你还挺能琢磨，自己都死到临头了，还管别人呢。没错，上次的替死鬼有四个，一个是洞里那老头，一个是村里的村民，还有两个是丁二和原来的丁支书。"假丁支书说着话就挖到了最后一颗圣婴，但怎么使劲也挖不动了。他累得满头大汗，气急败坏地把撬棍扔到地上问："这怎么回事，怎么不灵了？"

第 27 章
激　变

　　假丁支书这番话一出口，先不说别人的反应，我听着就觉得肺都快气炸了。　四条人命，在他嘴里就跟四只蚂蚁一样，他居然一点都不心虚。　做人如果没有底线，为了钱，什么都不顾，这种人就该死。

　　当初黑袍人告诉我人类是邪恶的，就是因为世界上这样唯利是图的人太多，把这世界搞得乌烟瘴气。　我忽然有种期望卡坦人重建世界的冲动，但这种感觉持续时间不长，脑中忽然想到父母，想到身边的朋友，想到更多善良的人。　他们是没错的。　这个世界正义的力量始终是主流。　一股热血充满胸膛，无论如何一定要阻止卡坦人毁灭世界。

　　我看了眼熊谏羽，知道他现在是最难受的。　事情很明显，他父亲死于假丁支书之手，面前站着他的杀父仇人。　熊谏羽的脸色越来越阴沉，甚至变得面目狰狞，我还是第一次见到熊谏羽如此愤怒，我甚至能听到他把自己的牙齿咬得咯咯作响。　但藤蔓死死地缠住他，让他无可奈何。

　　"怎么回事，这一颗蛋值几千万呢。　快，你们几个给我使劲挖，实在不行就把石柱子一起扛回去。"假丁支书气急败坏地冲身旁几个年轻人吼道。

　　见假丁支书发火了，那猴子畏畏缩缩地走到他身边道："大……大哥，半路跑了一个，现在只有五个人，所以这最后一个挖不动。"

假丁支书听猴子说话，抬眼看了我们几眼，从左到右数了一遍，又从右到左数了一遍，然后猛地一拍脑门道："还真他妈是五个，你刚才怎么不早说呢，害老子瞎忙活半天。"

"大哥，我刚才忘记了，您别生气！"那猴子一脸谄媚样。

假丁支书使劲挠了几下头，在原地踱了几步，忽然站住，盯着猴子，眼中凶光闪动，笑嘻嘻地对猴子道："平常我待你不薄，这么小的事你也办不好，那留你何用？ 既然跑了一个，那没办法了，只能让你顶上了。"说完，假丁支书朝旁边站着的三个青年道："把他扔进去。"

三个青年愣了一下，没有动。 其中一个麻脸的青年犹豫了会，走到假丁支书身边道："大哥，猴子是我远房亲戚，我带来的，跟您也不是一两年了。之前用苦肉计把他关笼子里，也算立了大功，现在要把他扔过去，这样不好吧，要不……要不咱们就少拿一个，把这五个卖掉，也够咱们兄弟一辈子吃喝不愁了。"

"啪！"假丁支书毫无预兆地转身对着他就是一巴掌，吼道："你放屁，你懂什么？ 老子花了这么多钱，就是来这挖宝贝的，这一个蛋，那大买家你也见过，出这个数。"假丁支书伸出五根手指，"少一个蛋，就少五千万。 你傻呀，五千万到手了，还认什么远房亲戚呀？ 快，给老子把他扔进去。"

那猴子早就快吓尿了，站在原地不住地发抖，可怜兮兮地哆嗦道："哥，我妈还在家等我拿钱回去看病呢，你救救我。"

我见那麻脸青年脸上的肌肉动了一下，似乎内心正痛苦地挣扎。 犹豫了会，终于下定决心似的往地上吐了口唾沫，脸色阴沉道："既然这样，那就对不住了。"说完他一扭头给他身旁的俩人使了个眼色。 俩人心领神会，仨人一拥而上，但并没有扑向猴子，而是直接扑向假丁支书，把他抬了起来，嘴里恶狠狠地道："大哥，借用您一句话，五千万到手，还认什么大哥呀。 对不住了。 扔过去。"说完，三人一使劲，假丁支书嚎叫着划了道弧线，被重重地砸到台阶上，而那蔓藤迅速伸出来，把假丁支书捆了个结实，拉到胖子身边。

这电光火石般的角色转换，让我有点摸不着头脑。 虽然够混乱，但也让我挺解气的，心里暗笑，莫非这就是传说中的现世报？

"小猴，快过来帮忙，别傻愣着了。"麻脸对猴子喊道。

那猴子刚才看三人冲过来，都吓哭了，但最后假丁支书被扔了过去，显然也出乎他的意料。猴子死里逃生，破涕为笑，冲到麻脸身边感激道："哥，谢谢你！"

麻脸用力拍了拍猴子的肩膀道："咱们是亲戚，就别说这话了，应该的。他不仁，别怪咱们不义。"说完恶狠狠地瞪了台阶上被摔得直哼哼的假丁支书。

"妈的，老子平时对你们不薄，你们怎么能这么对我！快帮忙把老子救出去，那一颗咱们不要了。"假丁支书好不容易翻了个身，朝下边的几人吼道。

我一看，假丁支书这下摔得可够惨的，满脸的血，脸上的本色都看不见了。但吃了大亏，假丁支书气势不减，还是一副大哥的模样。下边另一个青年张嘴了："大哥，你别怪兄弟们不仁义。老实说，你缺德事做得真不少，咱们兄弟跟着你也只是想混口饭吃，没想着跟你一起杀人放火，可你也太不把兄弟们的命当命了。都是爹娘生的，我们的命也是命，我们几个早就对你不满了。"

那假丁支书一听下边人都反了，口气立马软了下来，求情道："兄弟们，以前是我不对。以后咱们弄着钱，按人头平均分，也不会让你们卖命了。你们赶紧想办法救救我吧！"

"哼，现在你说这太晚了。你也知道，这树藤是解不开的。你只能自求多福，听天由命了。"说完，麻脸又对我们几个一抱拳，"这几位国内外兄弟，真是对不住。人为财死，鸟为食亡。这次被你们赶上了，回头你们变成鬼找我大哥去，这都是他的主意。我一定给你们多烧点吃的用的。"说完麻脸青年操起撬棍开始挖最后一颗圣婴。

我心里暗骂，这家伙话倒是说得冠冕堂皇的，其实也不是什么好鸟。

由于假丁支书离我有点远，离胖子最近，胖子估计也没被这么捆过，仇人相见，分外眼红，就见胖子挣扎着抬起那双肥腿，使劲朝身边的假丁支书胸口踢去，边踢还边骂："让你捆老子，让你捆老子……"

下边的年轻人可不管我们怎么对假丁支书，而是迅速撬下了最后一颗圣婴，放进背包，整理好东西准备离开。可就在这时，我们所有人的头灯、手电莫名其妙地像出了故障一样，闪了起来。

头灯一闪，本就阴森恐怖的地墓显得更加诡异。 台阶下的麻脸拍了几下头灯，可那头灯还是不听使唤地闪烁着，光亮也越来越暗，似乎电池的能量正在耗尽。 终于，没过多大工夫，所有人的头灯开始一盏盏熄灭。 最后仅剩下那根石柱发出的红光，照亮它附近三米左右的范围，而它旁边的麻脸等四人的脸色，在红光的映衬下，不知是因为害怕，还是光线原因，惨白无比。

所有的人类，对黑暗都有种莫名的恐惧，世界上如果没有光亮，所有的生命都将失去色彩。 "怎……怎么回事？"我的声音有些颤抖，问旁边的熊谏羽。 一股凉气从脚底直冲脑门。

熊谏羽显然也觉得气氛不对，也有点心虚，答道："不知道，很怪的感觉，没道理的。"

我这会心里没谱，只觉得浑身发冷，下意识地又往花丛里蹭了蹭，似乎本能地觉得，只要躲在花里，即使发生什么状况，受到的伤害也会小一些。 这种捂着鼻子骗眼睛的自我安慰没持续多久，金字塔上方突然传来"咕咕咕"水的沸腾声，彻底击溃了我的心理防线。 我忽然觉得浑身瘫软，一动不能动，脑袋里嗡嗡作响。

而下边的麻脸等四人，此时也吓得挤在一起，紧张地注视着周围的黑暗。 他们也不敢离开光亮，似乎走进黑暗就会被未知的东西给吞没一样。

水的沸腾声响了没多久，逐渐消失，取而代之的是金字塔上方的花丛里像有什么东西在穿行，搅得花丛发出"哗哗"的动静，而且离我们被绑着的几个人越来越近。

"大家安静，不要发出声音！"熊谏羽关键时刻还是体现出了领袖气质，强装镇定提醒我们几人。 而我们也很听话，像死人一样不敢动，我甚至有意减缓呼吸，怕被花丛里未知的东西发现，但那不争气的心脏却突突直跳，发出"咚咚"的声响，怎么压也压不住。

不知是不是我们几个装死起了作用，那声音在离我们不远处停了下来，似乎正在观察我们。 我心里暗自祈祷，希望这东西像青蛙一样是个瞎子，只能看到运动的活物，也希望它是嗅觉白痴，闻不到我们身上的气味。

也不知是不是我的祈祷感动了上苍，那动静居然绕过我们直奔台阶下的麻脸等人而去。 在通过我身边时，借着石柱发出的光亮，我看到一个不到一米高的白影在花丛里穿行，很快便消失在黑暗中。

台阶下的麻脸等人也听到那东西正朝他们的方向走过去，其中一个青年沉不住气了，大声道："别疑神疑鬼了，赶紧走吧。"说完，这青年举起一把刀对着前方的黑暗。

麻脸微微点了点头，准备招呼众人离开。 可他还没张嘴，我忽然听到花丛里"哗啦"一响，一道白影迅速奔向刚才说话的青年。 那青年反应很敏捷，赶紧调整方向，对着白影就是一刀。 然后，我看见了诡异的一幕。

第 28 章
不明物体

"啊……"寂静的空间里响起杀猪般的惨叫声。 那青年跪在地上,举着断臂,血像喷泉似的从断口处喷涌而出。 而让人毛骨悚然的一幕还未过去,那道白影又不知从哪冲了出来,一下撞在青年的身上,直接把青年拖进了黑暗里。 嚎叫声瞬间消失,四周再次陷入死般的寂静中。

整个过程不到五秒钟,我眼前只看到白影和喷涌而出的鲜血。 那白影速度奇快,具体是什么东西,我完全没看清。 而麻脸眼睁睁看着身边一个大活人就这么突然被夺走,也是被吓得不知所措,双手像晃筛子似的不停颤抖,脸部肌肉因为紧张都揪成了一团。

猴子紧紧拽住麻脸的胳膊,害怕得连一句完整话都说不出来,只是不停从嘴里蹦出一个个的字:"妖……妖……真的……妖……鬼……"

猴子和麻脸身边还剩一个青年,他可不淡定了,静静地沉默了一分钟左右,忽然歇斯底里地大吼一声:"哎呀,妈呀,鬼呀!"说完,也不顾眼前的黑暗,发疯似的朝他们来时的方向跑去。 可他刚跑进黑暗中没多久,一声惨叫传来,很快又恢复了安静。

看着、听着眼前两个大活人瞬间被那白色的不明物体袭击,而且连还手的机会都没有，我知道今天算是彻底交代到这了，不可能有活着的希望。我只希望那东西能给我来个干脆的，千万别弄个扒皮抽筋、大卸八块，别折磨我就行。

也不知是因为内心彻底放弃后身上肌肉松弛，还是别的什么原因，我居然感觉到身上缠着我的藤蔓力度越来越轻，已经没有之前那种强烈的束缚感，但力道还是足以限制我的行动。我已经没有了挣扎的欲望和信心，只能等待死亡的到来。

台阶下的麻脸和猴子，俩人此刻在石柱光亮的照射下，就像两个大明星，不过是即将被愚弄和屠戮的对象。而我们台阶上被捆住的几人，则像是看戏的观众，看着他们被未知的生物活生生撕开。如果这是电影，那一定极富观赏性，不过很可惜，这是实实在在的人生，我们也是这幕悲剧里的演员。

麻脸哆嗦了半天，脑袋忽然像通电了明白了什么似的，赶紧放下背包，从包里掏出六个圣婴，朝黑暗里大声喊道："对不起，我们错了，不该拿你的东西，我这就给你还回去。"说完，麻脸想把六个圣婴安放到石柱上的坑里。

可那石柱通红，温度很高，麻脸一次次忍着被灼烧的剧痛，闷哼着把圣婴安放到坑里，可那圣婴一次次地掉落下来，根本无法还原。

胖子这会也不知道是吓傻了还是脑袋短路了，轻声嘀咕了一句："有胶水就好了！"

我听到这句话，压根没有想笑的冲动。看着麻脸一次次把圣婴安上去，一次次又掉下来，我知道这最后的努力也将付之东流。我们的死亡不可避免地将要到来，只是时间早晚的问题。

很快，麻脸最后一次尝试失败后，不得不放弃努力，瘫坐在地上。他的双手因为过度接触滚烫的石柱，已经被烫得皮肉外翻，空气中都弥漫着人肉焦糊的味道……

麻脸坐在地上看着自己被烫得近乎残废的双手，像丢了魂似的傻傻看着。旁边的猴子赶紧哭着把他从地上拉起来道："哥，怎么回事啊，不要吓我。快走快走。"

但麻脸似乎什么都听不见，完全没反应。猴子见他的呼唤没起任何作用，忽然伸出手一巴掌扇了过去，只听见"啪"一声脆响，麻脸被打翻在地。

仅仅停顿了几秒，麻脸像抽风似的忽然从地上弹起来，拉上猴子跑上石阶。

也不知道是藤蔓已经抓够了人数，还是别的原因，这两人跑上石阶后并没有被缠住，麻脸拉着猴子朝金字塔顶部跑去，不一会就消失在黑暗里。

"他们干吗去？上边有什么？"我问假丁支书。

假丁支书也被吓得不轻，摇摇头道："不……不知道。我……我什么都不……不知道……"

"咱们怎么办？不能坐这等死。"我见假丁支书半天憋不出一个屁来，赶紧问熊谏羽。

"你有没有觉得藤蔓的力气在变小？现在似乎比之前松动些了，好像能挣开。"熊谏羽边说边开始挣扎，想摆脱藤蔓。

被他这么一提醒，我这才发觉身上的藤蔓力气确实在变小，之前那种压迫骨骼和肌肉的强烈束缚感不见了，现在感觉身上只是绑着一条绳子。我仔细看了眼藤蔓和旁边的植物，居然发现藤蔓正慢慢变色，颜色越来越淡，而且有变细的趋势，而旁边植物的叶子也不知为何开始卷曲了起来。所有的植物好像正逐渐丧失生命力，在慢慢枯萎。

这个发现让我精神一振，我大喊："藤蔓好像不行了，大家赶紧试试能不能摆脱它。"说完，我开始扭动身子，想把手给抽出来。

其他人一听，也都开始剧烈挣扎，一堆人在台阶上就像虫子似的扭动身体，各显神通。我挣扎了会就确定了刚才的判断。这些藤蔓不知为什么确实不行了，我在挣扎的过程中能感到它们还想用力束住我，可这会它们的力量已大不如前，居然慢慢地被我挣开。我艰难地抽出了一只手。

而另外几人的努力也颇有成效。熊谏羽两只手都脱离了出来，正拿刀割脚上的藤蔓，但似乎刀对这东西不管用，无论如何也割不动。

大家正忙活的工夫，另外一个现象吸引了我的目光。就见台阶下那根发红的石柱，光亮正慢慢变暗，似乎它的生命也将走向终结。黑暗里那个白影并没有对我们发起攻击，而是不时地在石柱旁像幽灵一样窜来窜去，速度越来越慢，原本我们熄灭的头灯和手电，在这时却慢慢变亮，逐渐恢复了功能。

当石柱上最后的光亮逐渐消失，那个白影也在石柱后停了下来。由于被石柱遮挡，我虽然有头灯，也看不真切。几乎在石柱光亮熄灭的同一时间，我感觉身上所有的藤蔓猛地一松，我随意挣扎了几下，藤蔓就碎成了几段。而在石柱之后，传来一声清晰的婴儿啼哭……

这一声婴儿的哭喊，本应该是生命诞生的标志，给人带来希望与幸福，可此时此地，听到哭声，我却觉得有点不寒而栗。因为这完全不符合逻辑，怎么会平白无故地冒出一个婴儿来？

更可怕的是，我看到那个白影窜到了石柱之后，莫非这白影就是婴儿？就是那个瞬间结果掉两条人命的凶手？

我还在思索前因后果，熊谏羽却一下站了起来，对我们道："大家快起来，拿好武器，这些藤蔓没威胁了。"

被他这么一提醒，钟声和胖子赶紧从地上爬起来，想找到自己的背包和武器。就在这时，意想不到的事情又发生了，一个声音在黑暗里响起。那个声音气急败坏地喊道："死胖子，不要乱动，还有，你们几个，都不要乱动。不然我就射死他。"

我朝声音传出的方向看了眼，就见这会大家的灯光都聚焦在胖子身上。胖子站在原地，用投降的姿势举起双手，而在他身后的黑暗处，假丁支书捡起了胖子的弩，顶在胖子后背上。假丁支书满脸是血，双眼通红，不停地扫视着我们几个人，身体随着呼吸一颤一颤的，情绪非常激动。

"你要干什么？"钟声眯着眼低声问道，语气中透露出一丝冰冷。

假丁支书用手抹了把脸上的血，瞪着钟声道："干什么？我想活着出去。你们要干嘛我管不着，但我，现在就想走。你们都别动，我先押着胖子走出去，到了外边就放他走。"

"你往哪走？你觉得你走得出去吗？你有那东西跑得快吗？"熊谏羽指向黑暗笑着问。

假丁支书咽了口唾沫，看了眼黑暗，顿了顿，提高了些音量，像给自己打气似的接着道："我不管，我得试试。反正有这个胖子和我一起，出不出得去是我的造化。但我在这，你们几个肯定不会放过我，我必死无疑。"

我心说这假丁支书还真不傻，知道把我们几个害得这么惨，我们早就恨他恨得牙根冒血，他留在这肯定没好果子吃。不过我心里边可没想着要杀他，毕竟杀人越货这种事我可不敢干，但其他人怎么想的我就不知道了。就在几人聊天的工夫，我看到站在稍微靠上些的坦克慢慢猫下身子，朝台阶上走去，身形慢慢隐在黑暗里。我心里打了个嘀咕，这坦克是要去哪？

"你先放了他，咱们的事可以商量。你不用那么紧张，现在咱们必须得齐心协力才有可能出去。你势单力孤，没必要冒这个险。"钟声说了句语重心长的话。

假丁支书又想了想，显得有些犹豫。毕竟黑暗里到底是什么大家谁也不知道，刚才发生的事，是大家亲眼所见，想闯出去，把握不大。假丁支书的表情很矛盾，继续问道："我为什么要相信你？你用什么保证？"

"因为你没得选择！"钟声突然淡淡一笑，看向假丁支书身后，那里出现了一道魁梧的黑影。

假丁支书见钟声的目光瞟向他的身后，意识到不妙，下意识一扭头，那个黑影不给假丁支书反应时间，铁锤般的大拳头猛地砸到假丁支书的脸上。可怜的假丁支书完全没心理准备，哼都没哼出一声，整个人斜着飞了出去，砸到台阶上，又往下滚了两级才停下来。

那黑影往前探了探身子，我这才看清，这人就是之前隐进黑暗的坦克。他从台阶上方的黑暗处绕到了假丁支书身后，发起了突然袭击。

坦克见假丁支书飞了出去，只是稍微停顿了两秒，一个箭步冲上前，左手揪起假丁支书的头发，右手胳膊紧紧环住他的脖子，使劲往后一勒。假丁支书刚才被一拳打蒙了，这会被人勒住脖子，突然惊醒，张着嘴想说点什么，但脖子被坦克勒住，根本没法发出声音。

我在旁边看见坦克咬着牙，手上的劲道越来越大，看那意思是想置假丁支书于死地。假丁支书这会眼珠上翻，眼看着就快不行了。熊谏羽赶紧冲上去对坦克喊道："不要杀死他，给他点教训就行，一会出去还用得着。"

坦克看了眼熊谏羽，不甘心地松开手，把假丁支书抬起的脑袋往台阶上一扔，砸得"砰"一声，那声音听着就疼。接着，传来假丁支书疯狂的咳嗽和大口大口的呼吸声。

熊谏羽蹲到假丁支书身边，轻声道："我不管你是谁，真丁支书也好，假丁支书也罢，最好老实点。你放心，我们不会杀你。一会我们拿了东西，还需要你带我们出去。如果你再跟我们要心眼，别怪我们不客气，明白了吗？"

假丁支书一边咳嗽一边朝熊谏羽点头，表示自己知道了。熊谏羽也点点头，笑着拍了拍他的肩膀。我在一旁看见熊谏羽那笑容里有种捉摸不透的东西，充满了诡异的色彩，而且带着浓浓的戾气，看得我浑身不自在。

"现在怎么办？白影在哪？为什么不见了？"钟声没有太关注假丁支书，手握强弩问道。

"白影没有威胁了，下去处理那个婴儿吧。"熊谏羽拿好武器，第一个朝台阶下走去。

他这一句话把我说得摸不着头脑。我亲眼看见白影藏在了石柱后，为什么他说没有威胁了？还有，什么叫处理那个婴儿？似乎这一切的缘由，熊谏羽心里一清二楚。

熊谏羽走到石柱旁，看了眼石柱后边，又扭头看向我们几个人，发现我们谁也没动弹，笑着道："都下来吧，让你们看看卡坦神的继承者，机会难得。"

他这一句话抛出来，我和钟声、胖子交流了一下眼神，我发现这两人眼神里充满欣喜和激动。胖子张着嘴，差点没高兴得叫出声来。不用想，我自己的表情肯定也很夸张，卡坦神的继承人，这可不是人人都有机会看到的，会是什么样的呢？

胖子对这种八卦的事情反应最快，第一个冲下台阶，晃动着肥胖的身躯跑到熊谏羽的身边，嘴里一边嘟囔着"我看看，我看看"，一边把脑袋凑到石柱后边。可他把脑袋凑过去两秒钟都不到，就听他大喊一声："哎呀，妈呀！"然后猛地一退，吓得一屁股坐在地上。

我见胖子这么大反应，心里"咯噔"一下，心说看到什么了吓成这样。赶紧和钟声三两步走上前，把胖子扶起来问："怎么回事？"

胖子哆嗦着指着石柱后边道："怪……怪胎！"

"哇哇哇……"石柱后传来一阵更大的哭喊，不知道是因为地墓里空间大、回声放大了这声音，还是这小孩的哭声本来就比正常小孩大。这一声大哭，震得我头皮发麻，仔细一听，那声音和野兽的吼叫声更加接近。

钟声胆子貌似比我大点，他慢慢地挪过去拿手电一照，就见他脸上的表情忽然一紧，下意识地往后退了一步，表情严肃地冲我摇摇头。

我心说这什么意思，好奇心强烈驱使着我走上前，拿手电一照。就这一眼，吓得我想逃开三米远。 只见石柱后的地上有个婴儿，并不是平躺在地上，而是斜靠在石柱上，确切地说是半个背部不知被什么粘在了石柱上。 婴儿不停地挣扎想脱离石柱，那细嫩的皮肤被扯得像蝉翼一样薄而透明。

之前曾听怀特说过，他们在危地马拉的金字塔里发现的那个小孩也是畸形儿，但通过他的描述，我觉得长相似乎还能接受，而面前这个婴儿的长相实在是太令人匪夷所思了。

首先，这小孩的脑袋呈纺锤形，左侧脸部有一个大洞，深深凹了进去，洞内鲜红的肉就那么赤裸裸地暴露在眼前，没有任何皮肤包裹，甚至能看到上边微小的血管。

第二，他的眼睛是没有眼睑的，用俗话说就是没有眼皮，一大一小两个黑眼珠就那么随意地紧贴着分布在额头上，而且眼珠不转动，看不出一丝生机。

第三，他的鼻子长得硕大无比，似乎整张脸上只有鼻子，而且鼻子上布了一层黑色的绒毛。

第四，他的嘴倒是长得比较正常，和人类基本一样，可他张嘴一哭，就露出嘴里两排米粒大小的尖牙。 虽然这会看上去并不锋利，但可以想象，随着这孩子的长大，这些牙将来绝对是让人不寒而栗的武器。

第五，这孩子只有一只手，看上去手臂十分粗壮有力，但是他的手指头不能分开，粘在一起，像刀片一样平滑。 此刻，上边布满了点点鲜红的血迹。

他不停地挣扎，但皮肤上传来的巨大疼痛让他不断地哭喊嚎叫。

我看着眼前这诡异的景象，不知该说什么好。 熊谏羽主动道："这应该是其中一个圣婴，也就是将来可能的卡坦神。"

我一时有点糊涂，问道："圣婴不是还在石头里吗？ 刚才麻脸还装包里的，怎么会躺在这？"

"你忘记了？ 石柱上一共有十三个坑，上次假丁支书他们挖走了四个圣婴石，这次还剩六个圣婴没有孵化，说明还有三个不知去向。 古斯特的儿子是其中一个。 如果不出所料，还有两个也已经孵化成功。 这就是其中一个，一直生活在地墓里。"

"为什么有的孵化成了婴儿，有的还是石头？ 这婴儿为什么会躺在这？跟刚才的白影有什么关系？"钟声思维缜密，问出了我也想知道的问题。

"其实白影就是这个婴儿之前的形态，他一直生活在地墓里，靠某种能量存活。这些能量应该来自于石柱。还有，石柱、石柱上的圣婴石、那些植物间可能构成了奇妙的供给关系，他们之间相互依赖。按照假丁支书之前所说，藤蔓抓住一个人，才会让一颗圣婴石离开石柱，而这次，他们把所有的圣婴石全部挖掉，圣婴石里的能量不能传给石柱，石柱也无法再提供维持地墓生命的各种能量，循环系统被破坏，因此这个白影为了保护自己、延续圣婴的生命，才恢复成婴儿形态，牢牢地靠紧石柱，想吸收石柱上残存的能量存活。而那些藤蔓萎缩，放开我们，也是循环系统被打破，能量不够导致的。"

"照你这么说，地墓的平衡被打破了，会发生什么？"我有些紧张地问道。

"你想先听好消息还是坏消息？"熊谏羽笑着问道，居然看不出一丝紧张。

我心说都什么时候了你还有心情开玩笑，赶紧催促道："你快说吧，什么消息都行。"

"那我先说好消息。这里的平衡被打破，因此，除了现有的这些圣婴石和已经孵化的圣婴，以后这里不会再有新的卡坦神接班人出现。所以我们只要能毁掉目前世界上所有的圣婴，就可以保证在多年以后，卡坦人不会再有机会卷土重来。"

不可否认，熊谏羽这个好消息确实让我为之一振，毕竟我们这么费劲，就是想阻止卡坦人毁灭人类、重建世界，如果真的能一劳永逸地解决这个问题，也算是功德一件。

"那坏消息呢？"钟声没有沉浸在喜悦中。

熊谏羽脸色一变道："维持地墓的能量已经渐渐消失，意味着原本控制着这里秩序的力量也不复存在。还记得我跟你们说过的吗？这里是记忆之城，里边有很多古老的生命。我们需要赶快找到地墓戒指，离开这地方。留给我们的时间不会太多。"

熊谏羽虽然没说得很明白，但我们也不是傻子，之前看到的那个大蜘蛛，就是因为惧怕这里的植物或者某种力量才不敢跟过来。但现在这里已经没有力量控制，所有的东西都会乱成一团。我们几个渺小的人类，根本不是那些东西的对手。

　　"那事不宜迟，赶紧找戒指去吧。 对了，这婴儿怎么办？"我看着面前这个哭闹的婴儿，虽然知道他非善类，但他毕竟是个婴儿，而且又这么可怜。

　　"交给我吧，决不能让他活着出去。"熊谏羽一脸严肃地盯着那婴儿。

第 29 章

绿　井

　　"你要干什么？ 他还是个孩子！"钟声指着地上哭闹的婴儿，脸色不太好看。

　　"你别管了，赶紧和大维一起上金字塔顶看看，别让麻脸和猴子坏了事。"说完，熊谏羽从包里掏出一把匕首，慢慢靠近孩子。

　　钟声见状，一把冲上去，抓住熊谏羽的手腕怒道："你不能这么干。"

　　熊谏羽把眼睛眯成一条缝，盯着钟声的脸答道："这孩子必须死，否则将来人类还得倒大霉。 你不要太仁慈了，坏了大家的事。"

　　钟声没有说话，只是死死地抓着熊谏羽的手腕。 我一看气氛不对，再这么僵下去，肯定得打起来。 虽然我心里知道这孩子和普通婴儿不同，但真让我看着熊谏羽杀了他，确实于心不忍。

　　我略微思索了会，对熊谏羽道："要不这样吧，暂时先放过他。 你也说了，石柱上的能量已经消失，这孩子如果没有人喂他吃的，也活不了太久。 被困在这地墓里，他也翻不起什么大浪来。"

　　说完，我又对钟声道："兄弟，这次进地墓，很多事情你也见了，很邪门，不是我们想的那么简单。 如果末日是真的，地球上这么多人都得陪葬，你也不想看到这个结果吧。 咱们就把孩子留在这，让他自生自灭，你觉得呢？"

钟声沉吟了会，表情复杂地看了眼孩子，点点头道："行，只要不杀他，就看他自己的造化了。"但他嘴上这么说，还是抓着熊谏羽的手腕不松开。

我看向熊谏羽，心里希望他能接受我这个提议。 这也是我能想出来最折中的方法了。 熊谏羽没多想，用左手接过匕首，插到背包里，笑着道："行，就听你的。 不过，一旦等会出现什么意外，这孩子有可能跑到外边去，就别怪我心狠手辣了。"说完熊谏羽猛地甩开钟声的手臂，捡起地上的六个圣婴石，塞进包里，头也不回地朝金字塔石阶走去。

钟声见熊谏羽离开，转身对胖子道："胖子，把你外套脱下来。"

胖子一脸迷茫，憨憨地道："要我外套干嘛！"

钟声也不管胖子挣扎，上去三两下剥掉胖子的外套道："就你穿得多，穿两件外套，你不嫌热吗？"说完，他把胖子的外套盖在婴儿身上。

说来也怪，刚才婴儿还在不停地哭闹，这衣服一盖上，小家伙突然不哭了，两个黑眼珠盯着钟声，不一会，居然眍着眼，打起鼾来。

钟声笑着摇摇头，搭着我和胖子的肩膀，朝台阶上等待的熊谏羽和坦克走去。

正走着，钟声突然停下脚步，眼神迷茫地看了我一眼道："兄弟，你说我这么做对吗？ 如果将来这小家伙真的出去了，把我们，还有我们的父母、朋友都给灭了，你们会怪我吗？"

我拍了拍他的肩膀，笑着道："兄弟，世界上所有的事情没有绝对的对与错，只有值不值得。 如果你觉得你做的事情值得，兄弟们就会支持你。 对吧，胖子？"

胖子点点头，嘟囔着嘴道："那是，开弓没有回头箭，既然干了，就不后悔。"

钟声见我们俩都站在他这边，才会心地笑了笑，算是放下了心理包袱。熊谏羽站在台阶上催促道："你们快点，咱们上去看看，拿了东西赶紧走。 这里越来越冷了。"

熊谏羽不提醒还好，这一提醒，我不禁打了个寒战。 也就几分钟工夫，地墓像是气球破了个洞，温暖的空气从洞里漏了出去，反倒是冷空气倒灌了进来，不知从哪时不时吹来一股凉风。

我把外套紧了紧，赶紧跟上熊谏羽。 一行六人开始朝着金字塔顶前进。大约走了一大半台阶，我感觉脚下黏糊糊的，低头一看，发现从上边的台阶上正往下流着绿色的液体。 这液体比水的黏度大，而且在黑暗的环境里似乎还有点荧光效果，但并没什么特殊的味道。

"这是什么东西？ 咋感觉这么恶心呢？"胖子抬起鞋底看了眼。

我们几个面面相觑，谁也没见过这种东西。 正发着愣，金字塔顶端忽然传出"咚咚"两声。

"不好，麻脸和猴子要坏事！"熊谏羽神色紧张，招呼坦克，抬腿朝金字塔上方冲过去。

"胖子，你看好假丁支书，慢慢跟我上来，别让这小子跑了。"钟声知道胖子爬楼梯费劲，跟胖子交代一声后，拉着我飞快地跟上熊谏羽。

我边跑心里边嘀咕，听刚才那声音，像是有人落水，莫非金字塔顶端有水不成？ 我和钟声气喘吁吁地跑到金字塔顶端，发现熊谏羽和坦克正站在一个由碎石搭成的、约半米高的圆弧状石壁前。

我上前一看，这才发现，这不是什么石壁，而是一口井的外延。 之所以开始没认出来这是口井，因为这是我见过最大的一口井。 我围着井口转了一圈，发现这井口的直径起码超过 15 米。 这还不是最让我吃惊的，更奇的是这井看上去是用一些碎石和贝壳搭成的。 在我的常识里，这些材料十分不结实，根本不适合搭井口，另外，卡坦人这么先进的科技，怎么会用这么原始的材料呢？

仔细观察过后，我发现了一个问题：这口井已经产生了裂缝，之前的那些绿色的液体就是井里的水，它们正顺着缝隙慢慢地渗透出来。

我们一群人拿着手电朝井里照了照，这一照，我心里更不踏实了。 井里的水并不是绿色的，而是那种看上去十分自然的井水，但它们从裂缝里渗出来后，却不知什么原因变成了绿色。

"刚才听声音，像是那两个家伙掉进去了！"钟声向众人道。

"没错，应该就是他们俩。"熊谏羽拿手电朝金字塔顶四周的黑暗处照了照，并没有发现两人的踪迹，而且，在井口边，找到了猴子的一只鞋。

但我对这个猜测表示怀疑，因为我现在观察井里的水面，十分平静，不像有东西掉进去过。 "会不会是别的东西，不是他们俩。 戒指看上去也不像在这藏着。 我看还是去别的地方找找吧！"我心里有种莫名的不安，说不出为什么，只想离开这个井口。

"别忙，看看井里有什么。"熊谏羽从包里掏出一根燃烧棒，点着后扔进井口。

四个人四双眼睛紧紧盯着井水，随着燃烧棒逐渐下沉，井里的视线逐渐清晰，但我们除了井水，什么也没发现。 也不知道燃烧棒到底下沉了多深，随着它的光线越来越弱，最后变成了一个小亮点，停住了。

"到底了，这口井不是很深，什么也没看见。"熊谏羽扶着井口，探头盯着水面。

熊谏羽这话不假，因为除了井水，我也什么都没看见。 正当我准备再劝大家离开井口时，在微弱亮光的映照下，我看见井底有两个漆黑的人影飘过，速度很快，只能看到一个轮廓。

更让我诧异的是，其中一个人的身上，有个东西正散发着幽幽的绿光，那绿光闪现的一刹那，我手指上在水墓里得到的戒指，温度骤然升高，变得滚烫，像呼应般也发出绿光。

在戒指亮起的那一瞬间，我把手指头给剁下来的心思都有了。 高温灼烧我的皮肤，俗话说十指连心，那种痛苦深入骨髓。

"啊……"我忍不住痛苦地大喊一声。

"大维，你怎么了？"钟声赶紧扶住我。

"烫，戒指变烫了！啊……"我觉得一秒钟也坚持不了，就想赶紧把戒指脱掉或者给戒指降温。

人在危急的时刻，很容易丧失理智。 我一眼就看到了井水，就想把手伸到井水里降降温，可井口离水面还有一段距离，我根本无法够着水面。 肉体的痛苦让我没多想，翻身一跃，就爬上了井口。

钟声和熊谏羽一看，赶紧想拉住我，但根本就来不及，我已经一头直接扎进了水里。

随着耳边泛起的水花声逐渐散去，整个世界都安静下来。 而我手上的那枚戒指，似乎也找到了他的归宿，温度逐渐降低。 我整个人浸泡在水里，一种从未有过的舒适感传遍我的全身。 在那一刻，我的脑子似乎停止了转动，任凭身体不由自主地下沉。

迷迷糊糊之中，我脑中传来"咔嚓"一声响，接着我听到某个沉重的东西正慢慢移动，发出"轰隆隆"的声音，那声音似乎就在耳边，又像是从遥远的地方直接传进我的脑子。 我打了个激灵，这才意识到自己在水里，快被淹死了。

一股强烈的恐惧感袭遍我的全身。 我看了眼周边，头灯所能照到的地方，除了漆黑的井水，什么也看不见。 我想使劲划水，浮上水面，可刚游了几下，就觉得左脚一紧，一股强大的力量抓住了我，把我朝井底拖去。 我心里着急，没憋好气，冰凉的井水一下灌进我的嘴里。

我赶紧扭头观察身后，看是不是有水草一类的东西缠住了我。 因为人在落水后，容易紧张，导致判断失误，不少游泳淹死的人都是因为被水草缠住，误认为有水鬼什么的索命，采取了不正确的处理方法。

我再次紧紧憋住呼吸，利用肺里所剩不多的氧气，努力看向身后。 但这一看，我更心灰意冷，我只看到脚踝上绑着几圈灰色的东西，大约有手臂那么粗，仔细一看，这东西还真不是水草，因为我清楚地看到这几圈灰色的东西一会粗，一会细，很明显是肌肉组织在伸缩，说明这东西是个活物，正拖着我游动。

我使劲蹬腿，想摆脱这东西，但在水里，人类的力量永远无法和水生动物相媲美。 拖行的速度越来越快，很快我就看到了井底，但奇怪的是，之前在上边看到的在井底的两个人却不知去向。

不知名的动物把我拖到井底，忽然一拐弯，平行朝井的侧面游去。 莫非这东西不想淹死我，想撞死我？

我被拖到了井的侧面，居然发现侧面有个半人多高的洞，这东西明显是想把我拖进洞里。

我心里一急，看来这家伙是想把我拖进它的巢穴里，慢慢享用。 出于求生的本能，刚到达洞口，我使劲用还空着的一只脚顶住洞的侧面。 可在水里平衡不好掌握，一只腿还被扯住，根本没法撑住身体，我只得猛地伸手抠住洞壁。

这样做也是徒劳，这洞壁常年在水里浸泡，湿湿滑滑的，根本没法使上劲。 但手上一使劲，还是减缓了一下被拖行的速度，也让我看清了这洞口。

这洞口的外延上画着一幅奇怪的图，看上去很像我们现代的行星运行轨迹。 本来这也没什么，毕竟古代人也有天文学方面的研究，但这幅图案里出现了一点不和谐的画面：一个人站在众多星球的运行轨道上，正用手抓着两个星球，这两个星球一个是蓝色，一个是土黄色，这人正努力想把这两个星球捏在一起。

我还想再仔细看看，但那动物可没给我留参观时间，我脚上一紧，整个人就被拉了进去。 我肺里最后一点氧气也被吸收干净，心说临死了也不让我知道真相吗？ 卡坦人到底是什么人？ 来自哪里？ 正当我放弃抵抗、一心等死的时候，脚上那股力气突然一松，紧接着，一个氧气面罩猛地扣到我的脸上。 我什么也顾不上，赶紧吐出废气，含上气管猛吸了一口。

这一口氧气吸到肚子里，心情才淡定了些。 忽然意识到不对，这哪来的氧气面罩？ 这次我们进地墓，根本就没带潜水装备，不可能是熊谏羽他们下来救我。

我瞪着眼朝给我套上氧气面罩的人看了眼，虽然我现在的头灯光线很暗，但还是清楚地看到了面前的来人。 这人也带着面罩，藏在面罩里的脸我熟悉得不能再熟悉了，因为那是被困在水墓里的古斯特的脸。

我惊慌失措地使劲划水，脑子一片混乱，想逃离这个地方。 古斯特赶紧扶住我的手臂，朝我摆摆手，给我做了一个镇定的手势，示意我不要紧张。

接着，我感觉身后有个人环住我的胸口，后背被一团软绵绵的东西紧紧贴住。 身后那人脚下一使劲，抱着我一起朝斜上方升去。 古斯特跟在我们身后，不时地朝身后张望，生怕有什么东西跟上来。

没过太长时间，我感觉头顶一温，脑袋已经冒出了水面，身后那人也放开了我。 我赶紧摘下氧气面罩，用手扶住岸边，看了眼抱住我的那人。

这一眼，看得我思绪万千。 抱着我上升的人，正是多次出现在我梦中的莎娃。 此刻她已经把头罩摘了下来，微湿的头发搭在额头上，苍白的脸色显得无比憔悴。 而她身旁的古斯特，整个人也不知经历了什么，瘦了一圈。

我很想上去问一句，你还好吗？ 但一想到在水幕里，她和古斯特将我抛弃，就觉得胸口发堵，这种又爱又恨的感觉让我不知所措，竟就那么傻傻地和莎娃对视着，一句话也说不出来。

"你最近还好吗？"莎娃打破了沉默，关切地问道。

我心底那股自尊，此刻无比倔强地冒了出来，我把头扭向一边小声道："托你们的福，还没死，不过也差不多了。"

"对不起，在水墓里我们也不想那样。"古斯特见我不爽，开口道。

"现在说这些还有什么用。 当初你们利用我去拿戒指，置我的安危于不顾，还好我命大，不然也没机会让你们说对不起。 不过好在我现在已经知道了实情，不会再上你们的当。"我用手撑了下岸边，把身子从水里拔出来，坐在一块平滑的石头上。 因为我忽然对水有了种莫名的恐惧感，刚才水下那东西真把我吓住了。

"虽然你们救了我，但我不会感谢你们。 我知道你们是想要我手上的这枚戒指，对吧？"我伸出手朝他们晃了晃。

我随意往手上看了眼，因为这东西自从戴到我的手上，我已经看过它无数遍，现在我觉得有点厌恶它，因为它完全打乱了我的生活。 但这随意的一瞥，却让我惊得浑身冒汗，因为我居然发现，原本套着戒指的食指旁，也就是我的中指上，不知道何时也套上了一枚戒指。

看我被惊得一句话都说不出来，古斯特也从水里出来，坐到我身边道："相信你已经知道自己体内流淌着古卡坦人的鲜血。 第二枚戒指已经找到了自己的主人。 你还有什么想知道的吗？"

"我想知道你为什么要不顾一切地想进入天墓，帮卡坦人恢复力量。 卡坦人如果重返这个世界，那人类怎么办？ 这么多生命你就不管不顾了吗？ 我知道你是为了你儿子，但你这份亲情与父爱是否太自私了？"我毫不掩饰地责备古斯特，又幽怨地看了眼莎娃。

古斯特的反应很平淡，并没有激烈地立刻反驳我，而是平静地道："这些都是熊谏羽告诉你的吧！"

我点点头。 古斯特继续道："没错，我是想不顾一切地进入天墓。 之前利用你拿戒指也是迫不得已。 我这么做也确实是为了帮我儿子。 但最终的目的并不是毁灭人类，而是拯救人类。"

古斯特的话让我有点混乱，我理了理思绪问："你不会想跟我说，人类太堕落了，必须要毁灭，才能获得新生这种逻辑吧。 如果你想用宗教的说辞来打动我，那你的如意算盘就打错了。 我就是死，也不会帮你们拿着戒指去开启天墓的大门，看着我的亲人、朋友遭殃。"

"你能告诉我，熊谏羽怎么对你说的吗？"古斯特问道。

我在心里权衡了一下，考虑是否要把熊谏羽和怀特对我说的话告诉古斯特。 因为他一旦知道了熊谏羽对我说过的话，凭他的智商，一定能想到对应说辞来推翻熊谏羽的话。

另一方面，我还考虑到，其实在整个事件中，熊谏羽的所作所为也不是完全没有漏洞。 我感觉他似乎有什么东西在瞒着我，并没有向我完全道出实情。 所以，现在想想，熊谏羽的话也不能全信。

稍微思考了会，我下定决心，在进入天墓之前，一定要将事情的来龙去脉搞清楚。 现在我夹在这两拨人中间，稍不留神，就会被其中一方利用。 不管怎么说，我现在是两枚戒指的主人，我有主动权，开启天墓之门，只有我能办到。

"你先别管熊谏羽对我说过什么，还是说说你们拯救人类的事吧！ 记住，想清楚再说！"我死死地盯着古斯特的眼睛，加重语气，希望能向他施加压力，让他别编瞎话。

古斯特笑了笑，似乎一点也不意外，对我道："既然你这么想知道，我就告诉你。"

古斯特调整了一下坐姿，盯着水面道："在地球的生命史上，人类的文明已经被重复多次。 我的意思是，人类已经有多个文明，并不是只有短短几千年而已。 现在我们的文明，只是最新的一个。 而之前的许多文明，都因为种种原因被摧毁。 现在我们的文明，正在经历一个五千多年的星系更新，从公元前3100多年开始，到公元2012年为止。 其实，从本质上说，2012年以后，人类的文明不会消亡，如果没有客观因素的阻挠，将会继续存在与发展下去，并能继续保持繁荣。"

"客观因素的阻挠？ 这是什么？"古斯特的理论我倒是第一次听说。

"这就是我们试图进入天墓的核心问题所在。这个客观因素可以说是人为的，但也是自然的。"古斯特神情严肃地道。

"你不要打哑谜了，一口气说完吧。"我无法从古斯特的只言片语中挖掘逻辑关系，有些急迫地催促道。

"卡坦文明实际上就是地球历史上的一个文明，比现在的人类文明要早很多。在百万年前，他们一直主宰着地球，无论是科技还是文化，都非常发达。但既然是文明，有人的地方就有争夺。资源的争夺、生存空间的争夺。卡坦人也有不同的部族，类似于我们现在的国家，不同的部族之间连年征战，地球也被搞得乌烟瘴气。有一部分在很早之前就脱离地球，到地球之外去寻找新的生存空间，而有一部分不愿意离开家园的卡坦部族，则留在地球上。离开的那批人是精英，带走了大量的科技与文化传承。留下的这批人，他们的繁荣时代一去不复返，为了生存，逐渐地与后来诞生的一代代人类文明进行融合，最终变成了一个伴生文明，隐藏在人类之中，他们称自己为卡图人。"

古斯特稍微吐了口气，继续道："离开的那一部分卡坦人，也曾想过回到他们的发源地——地球重新生活。但他们发现地球上新诞生的人类，和早期的卡坦人一样，相互之间因为抢夺资源，互相征伐。他们还发现，留在地球上的卡图人，居然利用他们残存的科技文化，帮助某些人类部落和种族对其他部落发动攻击。这些卡图人历经多个人类文化的繁荣与消亡，却始终没有改变他们好战和残忍的心理，而且他们还逐渐把这些性格里的东西想方设法地传授给人类。"

"几百万年前的事情，和我们有什么关系？"我觉得这个时间跨度太大，一时接受不了。

"当初离开地球的那部分卡坦人，无论从科技、文化还是伦理道德上来说，都已经达到非常高的程度。他们希望地球上的人类和卡图人能通过时间的洗礼，慢慢地洗刷掉性格里的残暴和杀戮，希望地球能变得和平安宁，伦理道德发展到一个非常高的水平，这样他们就会选择回归。所以他们每隔一段时间，就会回地球看看。但他们都只是看，从来不插手干预。他们希望人类以自己的方式进化发展，所以他们看到一个又一个文明的兴起，又见证了一个又一个文明的衰落，从不出手。直到五千多年前，也就是公元前三千多年前，他们发现了一个大问题。"

"发现了什么问题？"我有些急迫地问道。

"发现地球的能量正被某种东西强烈吸收，导致整个地球的环境失衡，自然灾害开始增多，还处于青壮年期的地球突然之间步入老年趋势，这是很不正常的。"古斯特道。

"这和我们谈的话题有什么关系？"我迷惑道。

"卡坦人经过仔细勘察，发现留在地球上的卡图人，正在进行一个惊天大阴谋。 他们不知从何处得到了远古卡坦人的一些技术，科技得到了突飞猛进的发展。 他们已经不满足于小小的地球，想到地球之外去寻找更大的领地，甚至占领卡坦人的领地，所以他们创造出了拥有强大力量的'卡坦神'。 其实应该叫做'卡图神'。 使用的手段就是完全榨干地球的资源，后果就是导致地球自然灾害频发，最终毁灭。"

"你的意思是，地球上火山、地震、暴雨、台风的频发，跟卡图人有关系？ 他们毁灭地球后，自己怎么生存？ 对他们没什么好处呀！"我忽然渐渐意识到事态的严重与复杂性，似乎古斯特的讲述和熊谏羽的说法截然不同。 卡图人的目的并不是要占领地球，而是要毁灭地球。

"没错，自然灾害的频发，和他们大量吸收能量有直接关系。 这些卡图人是早期卡坦人留在地球上的老弱病残，在他们的骨子里，觉得自己当年是被抛弃的一部分，因此他们对离开的那些所谓的卡坦精英，从血脉里就有种仇恨。 这种仇恨经过长时间的延续与发酵，使卡图人的民族性格变得更残暴与自私。 他们变得只会贪婪地索取，而不去生产和发展，更不会考虑延续性。 一旦地球的能量被榨干，他们会再去其他星球，以这样的方式继续延续下去。 就像蝗虫一样，穿梭在太空中。 目前卡图人已经在海底和地下建立起许多基地，他们的科技水平已经能向外太空发展，只是在积攒能量而已。 所以，地球的能量一旦被榨干，就是他们离开的时候。"

我听着古斯特这天方夜谭似的讲述，一时缓不过劲来。 本来以为这是最震撼的，没想到古斯特后来说的话更让我不敢相信。

古斯特停了停，继续道："公元前三千多年，卡坦人知道卡图人的阴谋之后，觉得地球是他们的老家，如果被毁灭，第一从情感上过不去，第二，他们觉得卡图人之所以会这样，他们应该负起责任。 而且地球上的人类是无辜的，不应该就这么平白无故地失去家园。 所以卡坦人试图与卡图人谈判，表示愿意接纳所有的卡图人到他们的星球居住。 但卡图人骨子里的仇恨感，决定了他们不会妥协，接受卡坦人的施舍。 所以卡图人毅然拒绝了卡坦人的提议，坚持要以这种索取的方式去延续种族。"

"那后来呢？ 卡坦人就这么不管了，看着地球被毁灭？"我胸中有股怒气。

"当然不会。 我之前说过，卡坦人的伦理道德已经发展到很高的水平，他们对待生命的态度非常谨慎，不会剥夺任何生命自由存在的权利，哪怕是一只蚂蚁。 但他们也知道，如果放任卡图人，地球最终会走向灭亡，所以，在和谈不利的情况下，卡坦人只能选择最极端的方式，就是除掉卡图人最强大的武器——卡图神。 卡图神不仅是卡图人的强有力武器，更是他们文化和科技传承的载体。 只要卡图神活着，他们的种族就能想办法延续下去，所以他们准备用武力第一次打击卡图神。"

"第一次？ 莫非不止一次？"我越听越不可思议。

"你别着急，听我慢慢跟你说。 在公元前 18 世纪左右，也就是发现卡图人野心的一千二百多年后，卡图神第一次出现在印度的摩亨佐·达罗地区，也称为死丘地区。 发现卡图神出现后，卡坦人尝试用高科技武器打击卡图神，但当时低估了卡图神的实力。 当时他们用一种叫做巨流火炮的东西直接命中了卡图神，可惜的是，卡图神已经吸收了很多的能量，在遭受打击后并没有死亡，只是受了重伤，之后消失得无隐无踪。 但这次攻击，造成了死丘地区整个城市的毁灭性打击，城市内所有的居民全部死亡。 这次失败的袭击让卡坦人很内疚，他们不仅没有歼灭卡图神，反而伤及无辜，所以他们准备一边继续追踪卡图神的下落，一边采取更加缓和的牵制手段来限制卡图神吸收更多能量。"

第 30 章
惊天秘密

"什么手段？"我发现已经深深陷入了古斯特的讲述之中。

"他们设计了一部机器，能够减缓卡图神吸收能量的速度，也能减缓地球的毁灭速度。他们希望赢得更多的时间来找到对付卡图神的办法。这部机器在几千年的运转中，能将卡图神吸收能量的水平维持在一个很低的数值，保证地球不会在短时间内枯竭。"古斯特解释道。

"那卡图神后来怎么样了？你刚才说并不止一次武力打击。"我继续问道。

"没错，第二次武力打击发生在第一次的三千多年后，具体时间是公元1626 年 5 月 30 日，也就是中国明朝天启年间。在当时北京王恭厂附近的地下，发现了卡图神的行踪。卡坦人对其发起了攻击，但这次攻击同样只是削弱了卡图神的力量，并没有歼灭，反倒是对地表上的居民造成了巨大伤害。当时死亡了约两万平民。"

古斯特说到这，我忽然觉得很耳熟。在我以前看过的资料中，确实有明朝时期发生大爆炸的记载。当时的大爆炸造成了巨大的破坏，而这个也是现代科学一直无法解释的现象。但我没想到卡坦人会是始作俑者。

"还有吗？"我越来越感到好奇，似乎历史上那一幕幕未解之谜的真正原因，在我眼前慢慢展现开来。

"卡坦人对卡图神的最后一次追杀发生在一百多年前，这也是离现代最近的一次行动，发生在俄罗斯的通古斯河附近。但这次行动还是以失败告终。狡猾的卡图神再一次躲过了袭击，并且进行了反击。当时在通古斯河附近两方进行了激烈的战斗，更重要的是，在这次行动过后，卡图人宣布，如果卡坦人再进行这样的武力对峙，他们将动用高科技武器，将地球彻底毁灭。为了展示他们的实力，卡图人在通古斯地区引爆了一枚类似于现代核弹的武器，这个武器只有米粒大小，却导致当地两千多平方公里范围内被烧成一片焦土。卡坦人怕卡图人狗急跳墙，将他们的老家地球彻底毁灭，无奈之下，只得暂时停止了攻击。"古斯特在讲述这些的时候，语气中带着一丝无奈。

古斯特的讲述，让我渐渐弄清了整个事件的背景。这其实是两个远古人类的战争，现代人类只是配角，如果不是卡坦人顾忌到生命的可贵，想保留住地球家园，让人类继续繁衍生息，以他们的科技，完全可以毁灭整个地球，来阻止卡图人向外太空扩张的计划。

而卡图人之所以没有与人类正面对抗，是他们觉得现代人类根本不值得对抗，他们其实早已将基地建在水下和地下，他们需要的只是地球的能量而已。现代人类能好好地活着，只是这两方争夺的间接受益者。

我忽然觉得人类真的很渺小，很可怜。不同国家，不同种族，为了生存空间和资源，尔虞我诈，相互攻伐，打得火热，却不知道就在我们身边，有更高科技的远古人类，只要动动手指，就能将我们完全毁灭。当我们仰望星空，感叹人类何其伟大时，却不知道在星空之中，有双别的眼睛正像看低等动物一样，注视着我们。

我揉了几下额头，想让自己紧张的神经松弛一下，但忽然感觉后背像被针扎过似的，猛地疼了一下。这一下剧痛，让我想起后背的卡坦神头像，这个挥之不去的阴影一直是我心头的噩梦，它到底是怎么产生的？

"古斯特，我后背的头像是怎么回事？"我想听听古斯特的说法和熊谏羽有什么不同。

"你是卡坦人的后裔，也是卡图人的后裔，你拥有他们的基因！这是上次你下到水墓之后，被激活的。"古斯特简洁明了地回答我。

到现在为止，两大远古人类的背景基本清晰了。我忽然有种无力感，在如此强大的两个种族之间，我能干什么呢？我现在的所作所为，有什么意义？和整件事情又有什么关联？莫非真如熊谏羽所说，需要我，是因为我能戴上戒指，开启天墓大门？

"为什么你们要找上我，让我参与整件事？"我直接问到根源上。

古斯特调整了下坐姿道："这件事要从头说起，当年我赞助怀特到危地马拉进行考古发掘，目的只是出于爱好。怀特最初的想法也只是发掘玛雅文化。但从在金字塔内发现那个孩子开始，我们俩的人生轨迹都发生了变化。"

古斯特眉头忽然皱了起来，似乎那是一段痛苦的回忆："首先说我自己。那个孩子被我带回美国后，我把他当成亲生儿子一样抚养长大，直到有一天，我发现他不用说话，就能用一种意念的方式和我交流，我才明白这孩子很特殊。后来，他慢慢告诉了我一些事情，这些事情包括我刚才和你说的卡坦人和卡图人的事情。"

"他怎么知道的？"我吃惊地问。

"因为他是卡坦人，是一个使者，他希望将这些告诉人类，让人类协助卡坦人完成阻击卡图神的任务。"古斯特一脸严肃。

我听到这个，仿若听到一个天大的笑话，控制不住自嘲地笑出声来："卡坦人那么大的本事都搞不定，我们这肉眼凡胎的怎么可能帮上忙？"

"正是因为他们已经多次使用武力正面冲突，都无法解决这个问题，才想到这个方法。是十分冒险的做法，其实，也是很无奈的做法。"

"为什么？"我感觉有些被绕晕了。

"我之前说过，如果再次使用武力攻击，卡图人就会狗急跳墙，彻底摧毁地球。所有人都不想看到这个结果。所以要阻止卡图神，必须另辟蹊径，使用更巧妙的办法。这就要说到另外一个问题。卡坦人当初设计那部机器阻止卡图神吸收能量的原理，其实是将卡图神身上的能量吸收出来，并储存到机器中，每隔一段时间，就会释放出来，还给地球。所以，只要卡图神不死，机器就会一直从卡图神身上吸收能量，永不停息。

但是后来卡坦人的科学家发现，由于设计的缺陷，机器释放的能量太少，使机器本身变成了另一个隐患。如果它不停止运转，最终会将地球的能量吸干，间接毁掉地球。所以科学家启动了应急机制。当机器内能量存储到一个极限值时，就会被强制关闭。经过计算，这个时间节点就是 2012 年 12 月 22 日。但是一旦机器关闭，就无人能阻止卡图神将地球的能量榨干。所以，卡坦人才让玛雅人留下 2012 年是世界末日的预言，给地球上的人类起到警示作用，希望人类的科技在 2012 年前能突飞猛进，有办法离开地球，寻找新的家园。但现在看来，离这个目标还很远。"古斯特耐心地解释道。

"那为什么不新建一部机器阻止卡图神？"我问。

"因为当初，在卡图神还没有那么高警惕的情况下，卡坦科学家和机器间建立了某种联系。但这种联系是单一的，只能这部机器使用。后来也想过再设计新的机器制约卡图神，但都没有成功。"

"那需要我干什么？还是不明白。"我摊了摊手，表示不解。

"刚才我说过，那部机器一旦停止，地球就将毁灭。所以第一件事，就是需要你去重置和更新机器，让它能持续以正常的水平保持运转，继续制约卡图神。另外，在新的程序中，机器还被赋予了另外一项功能：如果卡图神有一天被消灭掉，不需要再继续制约，它能源源不断地从外太空吸收能量，并向地球输送，使地球能继续存在直至遥远的生命尽头。重置和更新的程序你已经有了，就是你手上的两杯戒指，这两枚戒指，既是开启天墓之门的钥匙，更是重置机器的重要程序。"

没等我开口问，古斯特继续道："第二件事也需要你帮忙。机器里储存着巨大的能量，这股能量是卡图神需要的，因此，他一定会找到机器，吸取其中的能量、摧毁机器。你要做的，就是在他吸取能量、毁掉机器前，杀了他。"

古斯特说完，我承认自己的脑子已经完全傻掉了。这天方夜谭似的讲述，不是我疯了就是他疯了。我想扭头走开，把这一切都归结为一场梦，却看到周围无比真实的环境。我现在已经处于地墓之中，这段时间经历了太多的事情，我无法怀疑亲眼看到的东西。

我慢慢地抬起手掌，看了看戒指，小心翼翼地问："这两个真的是程序？那为什么会在卡图人的水墓和地墓之中？"

"水墓、地墓和天墓都是卡坦人建造的。首先有天墓，用来保护机器，后来为了保护两个程序，才有了水墓和地墓。 这两枚戒指做过特殊设计，必须拥有卡坦人或者卡图人和人类的混合基因才能戴上。 卡图神无法戴上，因此他无法激活戒指开启天墓大门，所以卡图神才会利用拥有基因传承的你来戴上戒指，开启天墓大门，这样他们才能接触到机器。"古斯特又说出了一些让我脑袋发蒙的事。

"你等等，你说卡图神利用我？ 我可从来没见过他。 你搞错了吧。 我一直都是跟着你和熊谏羽几个人探险的呀？"我完完全全被搞蒙了。

"你先别着急，刚才我说到去危地马拉探险，是我和怀特人生轨迹的分水岭。 我这边的情况已经说得差不多了，现在我给你说说怀特和熊谏羽。"

古斯特似乎坐得太久，站起身来踱了两步继续道："最初，怀特探险的目的很单纯，就是为了考古，但他后来认识了熊谏羽的父亲，整个人就变了，站到了熊谏羽父亲一边。 哎……"

古斯特叹了口气，继续道："熊氏家族是楚人后裔，而楚人，则是卡图人历史上一个重要的人类联盟。 卡图人传授了他们不少技术，但后来不知什么原因，两方关系逐步恶化。 没有了卡图人的帮助，楚国也日渐衰落。 楚国王室后代为了重振楚国，曾想过要和卡图人再次合作，但当时的卡图人被卡坦人盯得很紧，日子也不好过。 所以两方合作的事就这么被搁置起来。 直到熊谏羽的爷爷那代人，双方才再次达成协议，熊氏家族帮助卡图神找到机器，获得力量，而卡图神恢复力量后，则答应帮助复兴楚国。"

"什么？ 你是说熊谏羽一家子是为了帮卡图神？ 如果照你所说，他们难道不知道卡图神恢复力量后，地球就完蛋了吗？ 那还哪来什么楚国？"我提出心中的疑问。

"他们可没说在地球上复兴楚国。 他们答应会带着楚人去外太空开拓新的领地。"古斯特说完摇头笑了笑。

"你笑什么？"我被古斯特笑得有点发毛。

"你不觉得这空头支票开得很可笑吗？ 我不相信卡图人有这么好心。"古斯特自问自答。

"我也不相信熊谏羽他们一家子有这么笨！"我脱口而出，继续道，"这种毫无保障的承诺，就值得熊氏家族这么卖命地跟他们干？ 我不相信。 而且按你的意思，怀特也是在帮助卡图人？ 他可不是熊氏后人，没必要呀。 你跟我说了这么多，一直没问你，这一切你是怎么知道的，有什么证据？"

"她是人证！"古斯特指向一旁默不作声的莎娃。

我皱了皱眉头，盯着莎娃的眼睛，心说这事跟莎娃有什么关系。

"没错，我是人证。 我的祖上一直生活在俄罗斯通古斯地区，是卡图人的人类联邦之一，其实，只是庇护卡图神的人类族群之一。 卡图神当年藏身在我们的族群里，许诺以后将给我们带来繁荣，而他确实有一些近似于神迹的手段，我们的族人都很崇拜他，也对未来有所憧憬。 但后来，卡坦人发现了他的行踪后，对他展开围杀，卡图神侥幸逃脱。 在逃跑之前，为了隐藏他的所有踪迹，居然狠毒地将我们的部族完全毁灭。 我爷爷的父亲当年侥幸逃脱，并用卡图人当年赠予的工具，记录下了所有过程。"莎娃从脖子上取下一条项链托在手掌中，银色项链的一头挂着一块指甲盖大小的白色石头。

"这是？"我疑惑不解地指着那串项链。

"你自己看吧！"莎娃不知道动了什么，那白色的石头上忽然开始膨胀到手掌大小，中间显示出一块镜子似的平面，上边隐隐有画面开始运动。

这科幻小说似的一幕，按常理，我肯定得凑过去看看这是什么高科技，但现在我已经不吃惊了，一是因为之前看了太多匪夷所思的东西，麻木了；二是这地墓待得太久，体能和精力早就已经透支了。

莎娃把手上的石头托到我面前，上面的影像这才清晰起来。 影像看起来是透过一个栅栏的缝隙拍摄的。 透过影像，我看到一片狼藉，似乎那里是一条街道，许多房子正燃着熊熊大火，不少房屋已经倒塌，村民四散逃窜。 而在仓皇逃窜的人群之中，偶尔会出现一道黑影，那道黑影的速度非常快，当他越过村民身边时，村民的身体就像被子弹击中的玻璃瓶似的猛地爆裂开来。

看着那道黑影疯狂地屠杀村民，我虽然听不到现场的声音，但看到那些人临死前惊恐的表情，我内心有种说不出的痛楚与压抑。 我恨不得冲到现场，将那道黑影撕碎。

黑影不停地穿梭在人群中，手无缚鸡之力的村民一个个倒下，直到整条街道安静下来。 约莫过了十几秒，那道黑影垂首在镜头旁停下来，只露出小半身体，背对着镜头。

在那一瞬间，我心里像被什么揪了一下。因为这道背影太眼熟了，这人我肯定在什么地方见过。我努力回忆，却怎么也想不起来。这种无助感让我有点歇斯底里，我想怒吼一声，我想把这部不知名的放映机狠狠地摔到地上，但最后，我放弃了，因为我知道，即使我在现场，也只是任人宰割的对象，什么也做不了。

我感觉身上的力气像被抽干了似的，无力地垂下头，把头深深埋在双臂之间。心里不断问自己，为什么会卷进这样一场战争？我不是神，我只是个普通人，我希望过好自己的生活，我希望一切回到从前，安安稳稳地做我的小记者，然后娶妻生子，和家人幸福地生活在一起。

但现在，如此大的责任就这么不经意间落到我肩上。世界末日，一个亿万人关注的话题，有人因为末日预言惶惶不可终日，有人嘲笑，有人觉得和自己不相干。但无论如何，我如果不做点什么，2012年12月22日那天，我真的不会内疚吗？

"有些事情，你不得不去面对！"一只纤细滑嫩的手扶到我的肩膀上，那一刻，我身体像被闪电击中，内心那股隐藏许久的莫名情绪再次被勾起。

我抬头看着身边的莎娃，此时她几乎和我紧紧挨在一起，正用一种莫名的眼神看着我。那眼神里似乎充满了恳求，似乎有一万种委屈，她身上那股淡淡的幽香，让我有些出神。

"你还有什么想知道的吗？"古斯特突然开口，把我从美好的幻境中剥离出来。

"莎娃的事情，我暂时可以相信。"说到这，我看了眼莎娃，我也不知道自己是相信刚才看到的影像，还是内心深处愿意相信莎娃，"但你刚才说熊谏羽和怀特的目的是帮助卡图神，我还是无法理解。而且，你说你儿子是卡坦人的使者，他为什么不亲自出手重置机器？我相信卡坦人的本事一定比我大得多。"

"他有他的苦衷。卡坦人不能够直接动手。因为在通古斯追杀失败后，卡图神已经警告过卡坦人，一旦再对他不利，他就会想办法引爆他们藏在地球不同角落的武器，将地球炸成碎片。我相信以卡图人的个性，一定会这么做，所以我们不能把他逼急了。我只能告诉你，我、莎娃，还有我儿子，在你和熊谏羽等人进入天墓后，我们会尾随你们一起到天墓里，在你需要我们的时候去帮助你。"古斯特语气坚定地道。

"你等等！"我在原地转了几圈，有些烦躁地甩了甩手继续道，"你什么意思？ 听你这口气，是让我继续回去跟熊谏羽一起，当做什么都不知道，潜伏在他们身边。 对吧？"

"是的。"古斯特答道。

我狠狠地瞪了古斯特一眼骂道："靠，亏你想得出来！"

这会我确实有点烦躁，如果古斯特说的是真的，那熊谏羽等人极度危险，为了能进入天墓破坏机器，可什么都干得出来。 再说，刚才我也看到卡图神的手段，我这身段要去干掉他，成功的几率比我能怀孕还小。

"卡图神这么强大，我一个普通人，不可能战胜他。 不是我不想，而是我确实没那个能力。"我再次强调了一遍任务的困难性。

"就是因为他太强大，身边还有熊谏羽等人做帮手，所以首先你得取得他们的信任，让他们放松警惕，在他们最脆弱的时候下手。 这是拯救地球的唯一一次机会。 如果失败，地球不是被机器毁灭，就是被卡图神引爆。"

古斯特看我迷惑的样子，继续道："卡图神一旦进入天墓找到机器，他一定会先吸取机器内储存的能量。 由于能量太剧烈，卡图神一定会选择控制自己的身体，慢慢吸收，避免被能量反噬，这会花费较长时间。 可能是几个小时，也可能是几天。 而你就需要在他吸收能量的过程中，将你手上的两枚戒指安放到机器上，将机器重置，这样，剩下的事情机器会帮你做好，而卡图神也将从这个世界上彻底消失。"

"卡图神到底是谁？ 我见过吗？ 刚才我看画面上屠杀村民的背影，非常眼熟。"我希望从古斯特嘴里找到答案。

"说实话，我并不清楚，而且据我儿子介绍，卡图神的外形在历史上，变化过多次，目前还不清楚是什么原因造成的。"古斯特摇摇头。

我心里打了个哆嗦，赶紧问："会不会就是熊谏羽？"

古斯特摆摆手道："不是。 卡图神吃了这么多次亏，绝不可能就这么轻易地站在我们面前。 根据卡坦人从抓获的卡图人那里得到的消息，熊谏羽只是和卡图神有密约。 真正的卡图神在哪，连卡图人也不是很清楚。 但我相信，只要你和熊谏羽进入天墓，他一定会出现。

我忽然想到另外一个迷惑不解的问题："刚才我们在地墓里发现了一块石柱，上边有些圆石头，熊谏羽说那是圣婴，将来可能的卡坦神继承人。卡坦人真的和卡图人一样，也有卡坦神吗？而且那里已经有一个婴儿了，这是怎么回事？地墓不是卡坦人建立的吗？为什么要放这东西在里边？"

"没错，这些圣婴石确实是卡坦人留下的，但并不是卡坦神，而是卡坦使者，和我儿子一样。留下他们的目的一是为了保护地墓戒指，一旦有人想破坏地墓，他们就会发起攻击；二是当他们发育到一定时候，就会被传送到卡坦人留下的古迹里，等待人类发现他们，然后他们再将卡图人的阴谋告诉人类，让人类有所准备。其实早在中国唐朝的《推背图》里，就有人得到了启示，留下了线索，其中说到'乾坤再造在角亢'，角亢说的就是龙年，而 2012 年，机器停止的年份就是龙年。"

古斯特说到这，叹了口气道："我儿子就是当年被传送到危地马拉的金字塔里，凑巧被我发现的。他们的寿命很短，最长不能活过 22 年，而且每一次只能有一个使者存活在地墓之外。你刚才说上边发现了一个婴儿，是因为我儿子的寿命快到了，所以新的使者正在成长。"古斯特眼里突然泪光闪动。

看着古斯特复杂的表情，我心里也默叹了口气。都说父子情深，虽然不是亲生的，但一起生活了 20 年，这份情感不是谁都能割舍得下的。

通过古斯特的描述，我对整件事情的来龙去脉有了比较清晰的认识。但古斯特的话到底是真是假呢？按照熊谏羽的说法，他想找到天墓，是为了毁掉机器，这点和古斯特的说法不谋而合。但他想毁掉机器的目的是为了释放楚人的灵魂，这和古斯特的说法就不一样了。

另外，我还记得，在逃脱水墓的过程中，曾遇到过黑衣人，他通过意识告诉我，因为人类太贪婪，卡坦人要取代人类，重启新纪元。如果水墓和地墓都是卡坦人建造的，黑衣人作为守墓者，应该帮助和同情人类，为什么要对我说这番话？这和古斯特的说法完全相悖了。

我考虑再三，还是问古斯特道："你刚才说水墓和地墓是卡坦人为了保护戒指建立的，那为什么在我逃出水墓的时候，碰到了黑衣人，他们对我说卡坦人要毁灭人类，并没说拯救人类，你怎么解释？"

古斯特没有多想，张嘴回答我道："因为守墓的黑衣人，和攻击怀特的黑衣人，全都是卡图人，是卡坦人俘获的囚犯。卡坦人在他们身上植入了强制程序，让他们必须服从卡坦人的命令，比如攻击怀特，在水墓守护，但又不伤害你，这都是卡坦人的意思。只是这些卡图人本身的思维无法改变，他们骨子里仇恨卡坦人，蔑视人类，所以才对你说出那番话。这也正是卡坦人伦理道德发展到一定程度的表现。他们控制行为，但主张思维自由。"

"那既然你知道熊谏羽和怀特是为了找戒指，为什么还执意要和他们一起下到水墓？这不是引狼入室吗？"

"还是那个目的，那次水墓之行让他们参与，就是一个计划，为了让你能潜伏在他们身边，对付卡图神。为了让他们信任你，我必须制造假象，所以我故意将日记留在船上，让熊谏羽翻看。他知道我的身份后，一定会对我有所防备。接着，我把你一个人留在水墓的岛上对付几个守护神，也是为了让熊谏羽觉得你和我之间有隔阂。按照他的性格，一定会拉你入伙。所以，上次的水墓之行，这次的地墓之行，我都没有阻拦熊谏羽，让他带着你顺利拿到戒指，最后进入天墓。因为我们阻止卡坦神的机会，只此一次。"

听完古斯特的话，我心中一股无名火生了起来。说来说去，我就是杆枪，两边人都在利用我，我却浑然不知。更可悲的是，我还把钟声和胖子搭了进来。这种被人利用、玩弄于股掌之间的感觉让我觉得无比恶心。

"哼！"我一声冷笑，"为什么不能早点告诉我，现在才说？"

"世界末日，卡坦人，你觉得如果我一早就告诉你，你会相信吗？"古斯特反问道。

"我还是觉得自己不合适，反正拥有卡坦人或卡图人与人类基因传承的P型血的，这世界上也不止我一个，你们另谋高明吧！"我带着怒气说了句。

"现在戒指戴到了你手上，不能换人。你只能选择进入天墓重置机器，或者等待末日那天，看着你的亲人、朋友和你一起死亡。决定权在你手上。"古斯特淡淡地说了句。

古斯特这句话声音不大，但杀伤力不小。如果我只是一个人，怎么都好说；但现在我手里的两枚戒指，掌握着几十亿人类的命运。如果我不做点什么，在等待末日来临的日子里，我每天都将在自责中度过。

　　其实我心里早就下定决心，天墓一定要去，我只是不能接受古斯特和熊谏羽利用我，在我毫不知情的情况下让我卷入整件事。

　　所以问题的关键是，那部机器到底是干什么的，到底是该留还是该毁。我心里没了主意。而且不管是熊谏羽还是古斯特，从他们嘴里都能听出，那机器的能量非常大，决定着地球的命运，也决定着人类的命运。

　　稍微冷静下来，我深吸了口气道："我去。现在怎么办？"

　　"如果你做好决定，现在的第一件事就是激活天墓。因为天墓就像一个大盒子，把机器包裹在内。机器吸收了大量能量，许多已经外泄在天墓里。天墓的环境非常恶劣，如果你不让它释放一些出来，以人类的身体状况，根本无法进入。"

　　"怎么激活？"

　　"你将手指并拢，让两枚戒指贴在一起，再将你的血滴在戒指上，天墓会收到信息，开始释放能量。"古斯特说完，拔出一把匕首递给我。

　　我看了眼那把寒光闪闪的匕首，嘴角撇了一下，心说怎么干什么都得用到血，动不动就得割自己一刀，有些不乐意。但发现莎娃在一旁满怀期待地看着我，没办法，为了不露怯，只好硬着头皮接过匕首，轻轻割开了右手食指，紧紧并拢左手手指，让两枚戒指紧紧靠在一起，慢慢把血滴在了戒指上。

　　而我的血刚滴到戒指上没多久，两枚戒指发生了奇特的变化，其中一枚颜色变红，温度也在升高，而另一枚则像结了一层霜似的，慢慢变白，越来越凉。

　　这一冷一热两枚戒指，让我的感官彻底混乱了，一种从未有过的怪异感觉从手指上传来，很快爬满我的全身，似乎戒指里有什么东西被释放出来，融进了我的身体里。

　　这种感觉持续的时间不长，两枚戒指就恢复了正常温度，但能清楚地看到，这两枚戒指的表面，出现了一层像液体似的东西，正相互交替流动。

　　"现在，天墓已经被开启了。由于能量的释放，从现在开始，地球上的环境很可能变得极不稳定，更多的自然灾害会频繁发生，特别是火山、地震和风暴。因为这些能量释放得太急，没有经过机器的调和过滤，地球很难承受。但为了让你能顺利进入天墓，这是必须做出的牺牲。"

古斯特看了眼手表，似乎在比对什么，继续道："根据现在天墓的能量释放速度，达到人类能承受的范围，需要一定时间。 你最快进入天墓，也需要在2012 年的 8 月，也就是末日前的 5 个月，如果有可能，最好是等到 10 月再进入，否则太危险。"

"天墓里到底有什么？ 还有，天墓到底在哪？"我问道。

"天墓里的状况，我无法准确向你描述，因为我也没去过。 但我儿子告诉我，那是一个不同的世界，不同于地球上的任何一种环境。 至于天墓的具体位置，我也不知道。 根据卡坦人的设计，一旦天墓的能量水平适合你进入的时候，戒指会给你提示，你只需要耐心的等待。"古斯特一脸诚恳。

古斯特说话的工夫，戒指表面液体状的物质逐渐固化，恢复成之前的样子，再也没有半点动静。

"你现在顺着水道，去找熊谏羽他们，然后再返回这里，这是出口。"古斯特朝远处的黑暗指了指。

我这才仔细观察了一下周边的环境，之前从井底的入口进入水道，又从斜上方浮了出来，按位置来判断，这应该在金字塔内部。

"你们俩是从这进来的？ 你们准备怎么办？"我问道。

"对，这是我儿子告诉我的通道，但这是一条紧急通道，开启时间有限，很快就会关闭。 而且这里的平衡已经被打破，有些危险的东西随时会出现，你必须马上回去，带熊谏羽他们离开这里。"古斯特边说边收拾装备。

我一看他们准备把潜水装备带走，心里着急，问："装备你们拿走了，我怎么回去？"

古斯特抬头对我笑道："我们带着装备进来也是以防万一，没想到刚才还真帮到你了。 实际上这个水道并不长，刚才你是因紧张差点窒息。 我相信你能游回去，装备我必须带走，否则你上去后无法解释。"

我看了眼漆黑的水面，心里直打鼓。 刚才水下有东西攻击我，多亏了古斯特他们，这会又让我下水，有点强人所难："水下好像有什么动物会袭击人，你们刚才怎么对付它的？"

"你说的是它吗？"莎娃突然开口，指了指她侧面的一个石墩。

我朝莎娃手指的方向一看，发现石墩上正堆着一大团灰色的东西，其中还夹着一些黄点，光线太暗，看不真切。 "这是什么？"我往前凑了凑。

莎娃毫无预兆地吹了声口哨，那灰色的东西闻声动了一下，从石墩上爬下来。 这一动弹，我吓得赶紧往后退几步。 原来这是一条蟒蛇，目测有成人大腿粗，长度在五米以上，身上的皮肤呈暗灰色，其间还夹杂着一些黄色的大圆点。 这条蟒蛇不紧不慢地爬到莎娃身边，把头搭在莎娃的脚背上，一脸享受的样子。

我指着这条蛇，又指了指莎娃，脑子一片混乱，半天说不出话来。

"别大惊小怪，这条森蚺是我从小养大的，叫美娜，是我的好姐妹。 它在家里待太久了，所以让她跟我一起出来转转，没想到还真能帮上忙。 刚才我们在水下看到你落水，才让她去把你拖过来，我们如果亲自去，那口井并不深，怕熊谏羽看到我们。"莎娃淡定地蹲下身子，抚摸着那条蟒蛇的身体，目光中满是怜爱。

我还是第一次看到莎娃这么柔和的眼神，在那一刻，我多么希望趴在她脚上的是我呀！哎！我心里暗叹口气。

"走吧！时间不多了。 我们会在暗中跟着你。 天墓开启的时候，咱们再见，到时候我会提前和你交代一些事情。"古斯特背好包，给莎娃打了个手势。

莎娃站起身，跟着古斯特向前走去。 我呆呆地看着他们离去的背影，想到刚和莎娃见面，又要分开，不禁思绪万千。

莎娃刚走几步，似乎想起什么，转身朝我走过来。 这会的莎娃，表情没有我刚认识她时那么冷峻，似乎多了一份信任。 莎娃慢步走到我身边，用柔和的眼神盯着我。 我和莎娃如此近距离地四目相对，忽然觉得不太自在，明显感觉脸"唰"地一下红了，目光赶紧朝一旁躲闪，打岔道："怎……怎么还不走？"我发现自己舌头打结，都不会说话了。

莎娃没有说话，而是做了一个让我想也没想过的举动。 她给了我一个结实的拥抱，在我耳边说了句："多保重，谢谢你！"

莎娃说完，转身离去，慢慢和古斯特消失在远方的黑暗中，留下呆若木鸡的我傻傻地杵在那，好半天才缓过劲来。

我自嘲地摇头笑了笑，深吸了口气，身上仿佛还残留有莎娃的余香，心中有颗种子似乎正慢慢发芽。 在那一刻，我感觉一下子自信起来。 突然间无所畏惧，未知的黑暗貌似都被心中那团希望之火照得明亮起来，我看了眼前方鬼魅般的黑色水面，义无反顾地一头扎了进去。

（未完待续）

图书在版编目（CIP）数据

末日卷轴 / 钓不上鱼著 . —杭州：浙江大学出版社，
2012.11
ISBN 978-7-308-10692-4

Ⅰ.①末… Ⅱ.①钓… Ⅲ.①长篇小说－中国－当代
Ⅳ.①I247.5

中国版本图书馆 CIP 数据核字（2012）第 236527 号

末日卷轴

钓不上鱼　著

策　　划	蓝狮子财经出版中心	
责任编辑	徐　婵	
出版发行	浙江大学出版社	
	（杭州市天目山路 148 号　邮政编码 310007）	
	（网址:http://www.zjupress.com）	
排　　版	杭州中大图文设计有限公司	
印　　刷	浙江印刷集团有限公司	
开　　本	710mm×1000mm　1/16	
印　　张	18.5	
字　　数	275 千	
版 印 次	2012 年 11 月第 1 版　2012 年 11 月第 1 次印刷	
书　　号	ISBN 978-7-308-10692-4	
定　　价	36.00 元	